國語語法研究論集

湯廷池 著

臺灣學生書局印行

湯廷池教授

著者簡介

　　湯廷池，臺灣省苗栗縣人。國立臺灣大學法學
士。美國德州大學（奧斯汀）語言學博士。歷任
德州大學在職英語教員訓練計劃語言學顧問、美國
各大學合辦中文研習所語言學顧問、國立師範大學
英語系與英語研究所、私立輔仁大學語言研究所教
授、「英語教學季刊」總編輯等。現任國立清華大
學外語系及語言研究所教授，並任「現代語言學論
叢」、「語文教學叢書」總編纂。著有「如何教英
語」、「英語教學新論：基本句型與變換」、「高級
英文文法」、「實用高級英語語法」、「最新實用高級
英語語法」、「英文翻譯與作文」、「日語動詞變換語
法」、「國語格變語法試論」、「國語格變語法動詞分

類的研究」、「國語變形語法研究第一集：移位變形」、「英語教學論集」、「國語語法研究論集」、「語言學與語文教學」、「英語語言分析入門：英語語法教學問答」、「英語語法修辭十二講」、「漢語詞法句法論集」、「英語認知語法：結構、意義與功用」、「漢語詞法句法續集」、「國中英語教學指引」等。

「現代語言學論叢」緣起

　　語言與文字是人類歷史上最偉大的發明。有了語言，人類纔能超越一切禽獸成為萬物之靈；有了文字，祖先的文化遺產纔能綿延不絕，相傳到現在。尤有進者，人的思維或推理都以語言為媒介；因此，如能揭開語言之謎，對於人廣之探求至少就可以獲得一半的解答。

　　中國對於語文的研究有一段悠久而輝煌的歷史，成為漢學中最受人重視的一環。為了繼承這光榮的傳統並且繼續予以發揚光大起見，我們準備刊行「現代語言學論叢書」。在這論叢裡，我

們有系統地介紹並討論現代語言學的理論與方法，同時運用這些理論與方法，從事國語語音、語法、語意各方面的分析與研究。論叢將分爲兩大類：甲類用國文撰寫，乙類用英文撰寫。我們希望將來還能開闢第三類，以容納國內研究所學生的論文。

在人文科學普遍遭受歧視的今天，「現代語言學論叢書」的出版可以說是一個相當勇敢的嘗試。我們除了感謝臺灣學生書局提供這難得的機會以外，還虔誠地呼籲國內外從事漢語語言學研究的學者不斷給予支持與鼓勵。

湯　廷　池

民國六十五年九月二十九日於臺北

自　序

　　自從「國語變形語法研究第一集：移位變形」於前年三月出版以來，至今得到了三個意想不到的收穫。第一個收穫是，該書於前年獲得了行政院新聞局頒發的金鼎獎；第二個收穫是，該書已於今年年初修訂再版，並開始由日本鹿兒島經濟大學松村文芳教授譯成日文；而第三個收穫，也是最大的收穫，是曾經接到了許多國內外讀者的來信。這些信裏充滿了愛護與勉勵的話，令我既感動又慚愧。有些讀者期待我的「國語變形語法研究第二集」能早日問世，也有些讀者希望我能進一步討論如何把抽象的語言

理論應用到國語語法具體的研究上來。由於「國語變形語法研究第二集」尚在研討與整理的階段，乃決定提前出版這一本論集，做爲對這些讀者暫時的交代。

「國語語法研究論集」，蒐集了過去三年來在國內外發表的有關國語語法的論文共二十六篇。其中只有一篇 "Case Grammar in Mandarin Chinese" 是一九七〇年十二月寫成的舊作。雖然在內容上有些陳舊，但是由於這是作者就國語語法正式發表的第一篇論文，特地收錄在這裡藉以紀念個人「心路歷程」的一站。在這二十六篇論文中，有十六篇是在國語日報的語文週刊上以「小題大作」的副題發表的，故名爲「小題大作篇」；有兩篇是在華文世界上發表的，姑名爲「華文世界篇」；其他八篇則分別在中國語文、師大學報、師大英語系系列，以及香港雙語教育會議、夏威夷大學太平洋地區對比語言學與語言普遍特質會議、夏威夷大學中國語言學會議上發表的，綜名爲「中國語文篇」。由於所發表的刊物的性質與讀者對象的不同，這些論文在內容、體裁與推論行文的方式上都有相當大的差別。大致說來，「小題大作篇」與「華文世界篇」裏的文章，是以非語言學家爲對象而寫的，內容注重語言事實與條理的闡明；而「中國語文篇」的文章則是以語言學家或「準語言學家」爲對象而寫的，內容方面兼顧語言現象的分析與語言理論的探討。所有這些論文都有一個共同的目的，那就是提倡與推廣國語語法的研究。

因爲這些論文是先後在不同的刊物上以不同的讀者爲對象而寫的，所以文章的內容難免有些重複的地方（例如「小題大作篇」的「國語動詞的語法與語意屬性」與「華文世界篇」的「動詞與

形容詞之間」，以及「小題大作篇」的「直接賓語與間接賓語」與「中國語文篇」的「國語的雙賓結構」以及英文的 "Double-Object Constructions in Chinese"）。讀者或許可以從這些題材相同而體裁不同的文章裡體會出一些論文寫作的要領。又有些論文在分析上有前後不一致的地方（例如「小題大作篇」的「主語的句法與語意功能」與「中國語文篇」的「中文的關係子句」裡有關存現句的分析）。這是研究的過程中幾乎無可避免的現象，因為隨着研究範圍的擴大與程度的加深，必然會有新的發現與修正。這裡為了「存眞」起見，一字不改地保留原文。希望讀者能從這些文章裡追蹤作者在語言分析中「嘗試與錯誤」的過程。

　　書末四篇附錄裏有兩篇是批評「小題大作篇」所含前面七篇的文章的，特地收錄在論集裏藉以表示對這兩篇作者的敬意。同時，為了進一步提倡批評與討論的風氣，願意在這裡提出一些答辯的話。因為陳先生有關反義詞的問題已有專文討論，這裡只準備回答張先生在「『小題大作』與『大題小作』」一文裏所提出的幾點建議。張先生這一篇文章觸及語言研究的意義、目標與方法，值得我們重視。

　　首先，張先生認為我所討論的主題不見得就是「小題」，甚至可以說是「大題」；因此，有些文章與其說是「小題大作」，不如說是「大題小作」。我想這不是具體內容的問題，而是各自觀點不同的問題。在「小題大作」前七篇文章裏所討論的問題，無論是助動詞「會」的兩種用法、「跟」的介詞與連詞用法、助詞「了」的兩種用法、或是反義形容詞的分析，在傳統的國語文

法裏都不佔一席之地，很少有人去討論，所以纔稱爲「小題」。「小題」經人「大作」就變成「大題」；而「小題大作」之後發現可以討論的問題仍然很多，就不免引起「大題小做」的感慨了。但是，不經「小題大作」的指引就無從領悟「大題小作」的事實；而且無論是「小題大作」也好，「大題小作」也好，最主要的是希望大家一起來分析語言現象，發現語言規律，共襄其成。

其次，張先生認爲語料的選擇應該謹愼而充足，這一點我非常贊同。不過，我們也要了解詞句的「合法度」（well-formed-ness）與「接受度」（acceptability）是一個相當複雜而微妙的問題。所謂語料的「普遍性」與「客觀性」也必須依據社會客觀的標準來決定，而不能僅憑個人的主觀來斷定取捨。關於這一個問題，我在「從句子的『合法』與『不合法』說起」這一篇文章裏已做相當詳細的討論，這裏不再贅述。一般說來，國外的語言學家對於這個問題採取比較客觀而開明的態度，而國內語文專家的看法則比較偏於主觀而保守。不過，最近幾年來國人對這個問題的看法似已開始轉變。例如，策畫中的「遠流活用中文字典」，在「荣」字的形容詞用法下加了如下的注解與用例：「⑵不中用的，或用來形容所有看不上眼（瞧不起）的人、事、物、行爲等〔例〕荣貨／那本書寫得很荣／他的字寫得荣荣的／他老做荣事」，並附上了如下的說明：「⑵的用法，近年來用得很廣泛，開始的時候，多爲大、中學生使用，後來漸漸流行到社會上，是新的流行語」。

張先生的第三個建議是「在研究過程中，不忙求結論，不強立規矩」。這本來是一切科學研究所應該共同遵守的準則，我當

然也極力贊成。但是反過來說，語言學家的工作是從語言現象中
尋出條理來，如果做不到這一點，語言學的研究就失去意義。語
言學家必須一面觀察語言事實，一面分析語言現象，試圖提出假
設性的規律來說明這些事實與現象。要評鑑語言學家的工作成
果，也就要比較他們所提出的語言規律來判斷其眞僞與優劣。因
此，問題的重點應該不在於我所提出的語言規律是否有「補足，
修正或推翻改造」的餘地，而在於應該如何「補足、修正或推翻
改造」我所提出的語言規律。張先生或許以爲陳先生的文章已經
把我所提出的語言規律「推翻改造」了，逼得我忙於「補足，修
正」，因而陷入了「早摘的果子澀口」的苦境。但是，事實上並
非如此，因爲陳先生始終沒有提出另一套他自己的分析（亦即所
謂的 alternative analysis)，而且說也慚愧，我自已到現在也
提不出更好的分析來。陳先生所提出的反例，我並不認爲是反
證，因爲這些例句仍然可以用原來的假設來解釋。同時更進一步
說地，在廣大的語言現象中，發現不規則或例外的現象，非但絲
毫不足爲奇，而且這些例外現象的存在也無碍於一般性規律的成
立。換句話說，我們不能因爲有一些例外的現象，就逕認爲否定
了一個能夠解釋其他大部份語言現象的規律。例外現象的提出，
唯有在由此能夠找出一個可以解釋包括這些例外現象在內的、更
普遍的規律的時候，纔有意義纔有價值。關於這一點，Noam
Chomsky 在 Aspects of the Theory of Syntax 218 頁也說了
如下的話:

"It must be borne in mind that the general rules of
grammar are not invalidated by the existence of excep-

tions. …. the generaliztion is invalidated only if a
more highly valued grammar can be constructed that
does not contain it. It is for this reason that the dis-
covery of peculiarities and exceptions (which are rarely
lacking, in a system of the complexity of a natural
language) is generally so unrewarding, in itself, has
so little inmportance for the study of the grammatical
structure of the language in question, unless, of course,
it leads to the discovery of deeper generalizations"。至
於我在論文裏是否以 「三五條的特殊例子」 來供做歸納分析之
用，或以「片面的實景來決定詞的語意屬性」，這是有關論文內
容的事實認定的問題，希望讀者能直接從我的文章裡尋求答案。

　　張先生的最後一個建議是有關「叙寫程序」與「討論技術」方
面的。其中有些建議，例如在「小題大作」裡應該避免附註，我
已經採用了。我也承認，在語文週刊有限的篇幅裏向一般讀者介
紹語法理論或展開語言分析，需要有高度的討論技巧。只是張先
生談到有關論文中先提出「結論」或「定則」，再列舉語料實例的
叙寫程序，認爲「明明是歸納的，往往看起來却活像是演繹的；
又像幾何學上求證定理而先命題後推證似的，減低了實事求是的
觀念」，這一點不能不稍做解釋。如張先生所說，語言學家從語
言現象中尋求語言規律的過程是歸納的；但是語言規律一旦設定
之後，其功能却是演繹的，唯有在運用這些規律必能產生合法的
詞句的情形下纔算有效。當語言學家開始觀察語言事實或分析語
言現象的時候，語言規律並不以「先驗的」(a priori)「命題」

的形式存在，而是經過分析與歸納之後纔以「後驗的」（a pos-
teriori）「假設」的形式提出來，好讓其他的語言學家共同檢
驗其眞僞優劣。這種敍寫的方式，對於一般讀者或許不甚習慣，
但是其論證的態度卻是「實事求是」的；因爲無論結論與實例都
擺在讀者的眼前供讀者去檢驗，讀者可以舉出其他的實例來做爲
反證，也可以提出更妥當的結論來修正假設。

　　我個人是竭誠歡迎批評的，因爲要有批評纔有進步。但是
「批評容易，分析難」，希望大家在批評的同時，也兼做分析的
工作，隨時提出自己的結論或假設來。在拜讀張先生的文章以
後，我曾「封筆」許久以「反求諸己」，並熱切盼望在這一段時
間裏能夠看到別人的分析，結果我的期望卻落了空。國語語法的
研究是浩瀚無垠、任重而道遠的工作，必須靠大家不斷的探索、
奮鬥，方能一步一步地往前推展。

　　最後我要向語文週刊的蘇尙耀先生、中國語文的張席珍先生
與台灣學生書局的張洪瑜先生感謝這三年來的愛護與鼓勵。省立
新竹女中的陳偉老師與師大國文系的姚榮松先生在百忙中協助校
對，並提出了許多可貴的意見，也在這裡一併致謝。又這一本論
集裏有一些研究是受國家科學委員會的獎助而完成的；因此，飮
水思源，也向行政院國家科學委員會與一般納稅民衆致最高的敬
意！

湯廷池一九七九年三月識于新竹

候　敎　處：

　　(1)臺北市和平東路國立師範大學英語系辦公室

　　(2)新竹市民族路一一三巷六號

國語語法研究論集

目　　錄

小題大作篇：

助動詞「會」的兩種用法

　　國語的助動詞「會」有兩種意義與用法。第一種「會」表示知能、技能、體能等各方面的能力，可以叫做「能力的會」。第二種「會」表示對於事情發生的可能性做一個判斷，可以叫做「預斷的會」。「國語大詞典」與臺灣圖書出版所印行的「增訂版標準學生詞典」都只列着第一種意義（分別解為「能」與「能夠」）。「國語日報辭典」則兩種解釋都有（解為「知道怎樣做」與「有可能」）。從註解的內容看來，似乎是受了趙元任與楊聯陞兩位先生合編的「國語字典」（第一〇八頁）或趙元任先生所著「中國話的文法」（第七三六頁）的影響。下面就這兩種「會」的意義與用法做更進一步的分析與討論。（例中的（a）句都含有「能力的會」，（b）句都含有「預斷的會」。）

①兩種「會」都可以在後面接上動詞，叫做主動詞。主動詞可能是及物的，也可能是不及物的，而且還可以附上各種修飾語或補語。

a.他會跳舞。　我會講三種語言。

b.你這樣會感冒的。　我明天一定會來看你們。

②兩種「會」都不能在詞尾加上表示動詞完成式的「了」或進行式的「着」，也不能用重疊的方式來表示嘗試式。(句前的星號「＊」表示該句子是不合乎國語語法的句子。)

a.＊我會了看相。　＊我會着看相。　＊我會(一)會看相。

b.＊他會了來看你。　＊他會着來看你。　＊他會(一)會來看你。

③兩種「會」都可以用「不」來否定，却不能用「沒(有)」來否定。

a.我不會看相。　＊我沒(有)會看相。

b.他不會來看你。　＊他沒(有)會來看你。

④兩種「會」都可以出現於表示讓步的句式「…是…(的)」裏面。

a.他會跳舞。→　他跳舞是會的。　他會是會跳舞的。

b.他會來。→　他來是會來的。他會是會來的。

⑤兩種「會」都可以連接肯定式與否定式的方式造成正反問句。

a.他會跳舞不會跳舞？　他會不會跳舞？　他會跳舞不會？

b.他會來不會來？　他會不會來？　他會來不會？

⑥兩種「會」都可以單獨做問句的答語用。

ａ.他會不會跳舞？「會。」「不會。」

ｂ.他會不會來？「會。」「不會。」

⑦兩種「會」都不能用於祈使句。

ａ.＊（趕快）會跳舞！

ｂ.＊（趕快）會來！

從①到④的用法是國語助動詞的特性，⑤與⑥是國語動詞的通性，而⑦則表示國語助動詞屬於靜態動詞 (動態與靜態動詞的區別詳後)。

⑧「預斷的會」可以拿有生或無生的名詞做主語，而「能力的會」却只能以有生名詞做主語。有生名詞包括人與較高級的動物，無生名詞包括具體或抽象的事物。

ａ.人會說話。　狗會看家。

ｂ.人馬上會來。　車子馬上會到。　物價還會漲。

⑨不含主語的「無主句」，如果含有「會」，那麼只能解釋為「預斷的會」。

ａ.明天會下雨嗎？　今天晚上會不會有人來？

⑩出現於「預斷的會」後面的主動詞可能是動態動詞，也可能是靜態動詞，而「能力的會」後面的主動詞却只限於動態動詞。表示施事者積極、主動的行為或動作的動詞，叫做動態動詞；非表示施事者積極、主動的行為或狀態的動詞，叫做靜態動詞。靜態動詞包括含有被動意味的動詞 (如「挨罵」、「挨餓」、「受冷」、「感冒」、「病倒」、「接到」)，表示感情知覺的動詞 (如「聽見」、「看到」、「覺得」)，有關存在 (如「在」、「處於」)，所有 (如「有」、「屬於」)，狀態 (如「是」、「像」) 的動詞等。試比較下列句子：

· 3 ·

　　a.他一定會看相的。　他將來一定很會賺錢的。

　　b.他一定會看到你的。　他將來一定會很有錢的。

　⑪只有「預斷的會」後面可以接形容詞。簡單地說、能單獨做謂語，而且可以用「很」等程度副詞限制的語詞，叫做形容詞。有些形容詞還可以接上賓語（如下例的第二個句子）。

　　b.他（聽了）一定會（很）高興的。

　　　他一定會（很）同情你們的。

　⑫「來」與「去」在語意上應該屬於動態動詞。但是這兩個動詞的用法相當複雜，除了表示動作（「他已經來〔去〕了」）以外，還可以表示狀態（「他來〔去〕了三天了」）或目的（「他跑來〔去〕看你」），也可以做趨向補語（「他看你來〔去〕了」）。有趣的是，無論那一種用法，「來」與「去」都只能與「預斷的會」一同出現。

　　a.他會開車。　他會游泳。　我們會打棒球。

　　b.他會開車來。　他會到這裏來游泳。　我們會打棒球去。

　⑬「能力的會」常常用程度副詞「很」來修飾。這個時候的「很」對於施事者所具有的能力做肯定的評價。

　　a.他很會唱歌。（他唱歌唱得很好。）

　　　你很會照顧弟妹。（你把弟妹照顧得很好。）

「預斷的會」也有時候用程度副詞「很」來修飾。這個時候的「很會」可做「常常會」或「很容易」解。

　　b.他很會發脾氣。　我的小女兒很會感冒。

　⑭「能力的會」可以用表示過去、現在、未來任何時間的副詞來修飾。

　　a.他（從前、現在、將來、一直、已經）會說三種語言。

「預斷的會」主要地對未來的事情做判斷，因此通常都以表示未來時間、或包括未來時間在內的副詞（如「常常」、「經常」）做修飾語。（詞句前面的問號「？」表示這是一個有問題的說法。）

b.他（明天、馬上、現在、？一直、＊從前、＊已經）會來看你。

但是這並不就是說「預斷的會」決不能用在敍述過去事實的句子裏，例如下面用「常常」或「很」修飾「會」的句子似乎都是合語法的句子。

b.小的時候，你常常會發脾氣。

小時候的你很會哭鬧。

⑮「預斷的會」除了助動詞本身可以用「不」否定以外，後面的主動詞也可以用「不」來否定，而「能力的會」卻沒有這種用法。

a.＊他會不說英語。

b.他（聽了一定）會不高興的。

⑯「預斷的會」可以出現於別的助動詞之前，也可以出現於別的助動詞之後，而「能力的會」卻只能出現於別的助動詞之後。

a.中國人「應該」「會」説中國話。（能力）

b.他「應該」「會」「肯」幫助你。（預斷—趙元任「中國話的文法」第七三二頁）

b.他不「會」不「敢」（不「願意」）去。（同前）

⑰國語的句子常把主語與謂語加以顚倒，並且在中間加揷「的是」，以加重主語的分量。在這個句式裏主語與謂語被「的是」分開，所以叫做「（準）分裂句」。「能力的會」出現於分裂

句裏很通順自然；「預斷的會」出現於「(準)分裂句」裏似乎也沒有問題。

    a.張三會游泳。→　會游泳的是張三。

    b.張三會來游泳。→　會來游泳的是張三。

除了主語與謂語可以「(準)分裂」以外，動詞與賓語也可以「(準)分裂」，以加重賓語的分量。例如，「能力的會」當及物動詞用的時候，就可以有這樣的句式。

    a.張三會英語。→　張三會的是英語。

「能力的會」當助動詞用的時候，似乎也可以有這種句式，而「預斷的會」則不能出現於這種句式裏。

    a.張三會唱歌。→　張三會的是唱歌 (不是跳舞)。

    b.張三會來唱歌。→＊張三會的是來唱歌 (不是來跳舞)。

這些觀察似乎表示「能力的會」在語法功能上屬於「及物助動詞」，而「預斷的會」却屬於「不及物助動詞」。

    以上所討論的有關「會」的意義與用法是根據筆者個人的語料分析而得來的。由於生長與教育背景的不同，每一個人的語料或多少有些差異，但是就以上幾點而言，是大致相同的。①到⑦所列幾點屬於兩種「會」共同的語法功能，而⑧到⑰所討論的則牽涉到兩種「會」不同的語意內涵及與此有關的語法功能。我們常聽到一些人說：國語沒有一定的語法。但是我們旣然連對於一個常見的字如「會」的用法，都具有這樣精細的判斷「合法」與「不合法」的能力，就不容我們懷疑國語語法的存在。國語的語法不但存在，而且內容非常豐富、有趣，只是很少人去發掘或研究罷了。

＊本文曾刊載於語文週刊 (1976) 一四二七期。

「跟」的介詞與連詞用法

　　國語的「跟」有介詞與連詞的兩種用法。「跟」的介詞用法與英語介詞 with 的用法相似，而「跟」的連詞用法則與英語連詞 and 的用法相似。這兩種用法有時候並不容易分辨，例如①的句子可以解爲②的英語句子，也可以翻成③的英語句子。

　　①老張跟老李來了。

　　②老張 came with 老李。

　　③老張 and 老李 came。

　　因此，俄國漢語學家龍果夫 (Dragunov) 認爲國語的連詞不能單獨成類，而趙元任先生「中國話的文法」（第七九一頁）也把連詞「跟」歸入「介詞性的連詞」(prepositional conjunction)。其實，

「跟」的介詞與連詞用法，無論在語意的解釋上抑或語法的表現上都有很大的差別。下面詳細討論這兩種用法的區別。

一、以「跟」相連的兩個名詞，假如出現於補語或賓語的位置，就只能解釋爲連詞的用法。例如：

④應邀參加討論會的是「張先生跟李先生」。（主語補語）

⑤我認識「老張跟老李」。（動詞賓語）

⑥小偷用「起子跟扳手」把門撬開了。（介詞賓語）

二、以「跟」相連的兩個名詞，假如出現於主語的位置，就有如下的區別：

㊀含有介詞「跟」的句子，可以在介詞賓語的後面加上範圍副詞「一起」或「一塊」；含有連詞「跟」的句子，可以在並列主語的後面加上範圍副詞「都」。

⑦老張跟老李「一起」來了。

⑧老張跟老李「都」來了。

⑦的句子表示老張與老李「同時」「相伴」而來，而⑧的句子則只表示他們兩人都來了，卻不一定是「同時」或「相伴」來的。「都」與「一起」很少連用，但是假如同一個句子裏同時含有「都」與「一起」，那麼這個句子就應該解釋爲連詞「跟」與介詞「跟」的連用。例如，⑨的句子與⑩的句子同義。

⑨老張跟老李都一起來了。

⑩老張跟老李都（跟某人）一起來了。

㊁含有介詞「跟」的句子，否定詞放在「跟」的前面；含有連詞「跟」的句子，否定詞放在「都」的後面。

⑪老張「不」跟老李一起來。（老張「沒(有)」跟老李一起來。）

⑫老張跟老李都「不」來了。 (老張跟老李都「沒(有)」來。)

⑫的句子表示老張與老李兩人都不會來，但是⑪的句子却只表示老張不跟老李一起來，因此並沒有排除老張單獨來或跟李四以外的人來的可能性。

㈢在含有介詞「跟」的句子裏， 時間副詞 (如「昨天」、「常常」) 常放在「跟」的前面；在含有連詞「跟」的句子裏，時間副詞則常放在「都」的後面。

⑬老張「昨天」跟老李一起來了。

　　老張是「昨天」跟老李一起來的。

⑭老張跟老李都「昨天」來了。

　　老張跟老李都是「昨天」來的。

㈣在含有介詞「跟」的句子裏， 狀態副詞 (如「很快地」、「高高興興地」) 常放在「跟」的前面； 在含有連詞「跟」的句子裏，狀態副詞則常放在「都」的後面。

⑮老張「高高興興地」跟老李一起來了。

⑯老張跟老李都「高高興興地」來了。

⑮的句子只提到老張一個人的高高興興，而⑯的句子却提到老張與老李兩人的高興。

㈤在含有介詞「跟」 的句子裏， 助動詞 (如「肯」、「願意」) 常放在「跟」的前面；在含有連詞「跟」的句子裏，助動詞則常放在「都」的後面。

⑰老張「願意」跟老李一起來。

⑱老張跟老李都「願意」來。

㈠到㈤的語法特徵顯示，在句子結構成分的分析上，介詞「跟」

與後面的賓語名詞同屬於謂語，而以連詞「跟」相連接的兩個名詞則屬於主語。

㈥強調肯定語氣的「是」可以放在介詞「跟」的前面，但是不能放在連詞「跟」的前面。試比較：

⑲老張「是」跟老李一起來的。

　老張跟老李「是」一起來的。

⑳＊老張「是」跟老李都來的。

　老張跟老李都「是」（坐車）來的。

㈦出現於介詞「跟」前面的主語名詞，可以移到句首做談話的主題；出現於連詞「跟」前面的主語名詞似乎不能這樣做主題。

㉑老張（啊），跟老李一起來了。

㉒＊老張（啊），跟老李都來了。

就國語語法演進的歷史過程而言，國語的介詞都是由動詞衍變而來的。㈠到㈥有關介詞「跟」的語法特徵，表示介詞「跟」仍然保留着一些類似動詞的語法功能。因此，有一些人還把介詞當做動詞看待，用在選擇問句裏。例如：

㉓老張「跟不跟」老李一起來呢？

但是介詞的「跟」已經不再是完整的動詞，因此㉓的問句不能單獨用「跟」做答語，可以附加在一般動詞詞尾的時態標記（如表示完成式的「了」與經驗式的「過」）也不能放在介詞「跟」的後面。

㉔＊老張跟「過」老李一起看戲。

　比較：老張跟老李一起看「過」戲。

另一方面，連詞的「跟」可以說是再進一步由介詞的「跟」

演變出來的。連詞的「跟」已經完全失去了動詞的語法功能，所以不能用在選擇問句裏。

　　㉕＊老張「跟不跟」老李都來呢？

但是國語連詞的「跟」還沒有發展成爲完整的連詞，因此只能連接並列的名詞或名詞化的謂語（如㉖與㉗兩句），却不能連接謂語動詞（如㉘）、形容詞（如㉙）、或句子（如㉚）。

　　㉖「吃飯」跟「睡覺」是兩回事。

　　㉗你一天到晚，除了「吃飯」跟「睡覺」以外，甚麼事也不做。

　　㉘？你一天到晚「吃飯」跟「睡覺」。

　　㉙＊你很「懶惰」跟「好玩」。

　　㉚＊「我只會吃飯」跟「你只會睡覺」。

　　國語除了「跟」以外，「和」與「同」（來自華中與華南一帶的方言）也都有上述介詞與連詞的兩種用法。另外，國語還有「與」跟「及」，在用法上比較接近文言，多半出現於書寫的語言裏，很少與口語的「一起」或「一塊」連用，在實際的用例上也就以屬於連詞的用法居多。

附記：

　　國語的「跟」還有一種介乎介詞與連詞之間的用法。國語有些動詞與形容詞（如「商量」、「談話」、「合作」、「衝突」、「相撞」、「見面」、「相同」、「相似」、「平行」、「(相)像」等），根據其語義內涵的要求必須與複數主語（例如「老張跟老李」或「他們」）一起出現。例如：

　　①老張昨天跟老李商量（談話、討論、衝突、相撞、見面）了。

②這本書跟那本書一樣 (相同、相似、平行、很像)。

①與②的句子不能像③那樣從連接的兩個句子經過相同語詞的刪略而得來，因為事實上沒有④與⑤這樣的句子存在。

③老張昨天來了。
　老李昨天來了。 ⇨ 老張 (昨天來了) 跟老李昨天來了。

④老張昨天商量了。
　老李昨天商量了。 ⇨

⑤這本書一樣。
　那本書一樣。 ⇨

這類句子也不一定能與「一起」或「都」連用。例如：

⑥a.?老張跟老李一起商量了。

　b.*老張跟老李一起衝突了。

⑦a.?老張跟老李都商量了。

　b.*老張跟老李都衝突了。

⑧a.?這一本書跟那一本書都一樣。

　b.*這本書跟那本書一起一樣。

在 (6.a) 的句子裏「一起」表示「在同一個地方」，因此與前面所討論的「一起」並不完全一樣。(7.a) 與 (7.b) 的句義與原來①裏面的句義也並不相同。(8.a) 的句子表示「這一本書跟那本書都 (跟另外一本書) 一樣」或「這一本書或那一本書都無所謂」。所以與原來②的句義也不盡相同。再看否定詞「不」在這些句子所出現的位置：

⑨a.老張不跟老李商量。

　b.老張跟老李 (決) 不商量 (事情)。

⑩a.這本書不跟那本書一樣。

　　b.這本書跟那本書不一樣。

　　可見這類句子在有些地方接近介詞的用法，在另外一些地方卻又接近連詞的用法。

＊本文刊載於語文週刊（1976）一四二九期。

國語助詞「了」的兩種用法

　　國語助詞「了」有兩種不同的意義與用法。一種是表示動作完成的「了」，另一種是表示發生新事態的「了」。我們可以把第一種用法稱爲「完成式的了」，而把第二種用法稱爲「新事態的了」。

　　㈠「完成式的了」是表示動詞時態的助詞，通常都附加在動詞的詞尾。例如①與②裏面的「了」分別表示關門的動作與贈與的行爲已經完成了。

　　①我關了門，就睡覺去了。

　　②他送了兩張電影票給我們。

　　㈡「新事態的了」是表示說話者語氣的助詞，通常都出現於

句尾。這種「了」與動作或行爲的完成與否並無關聯，因此可以用在敍述未來消極行爲的句子，例如：

③我明天不去了。

④這一本書我不想看了。

③與④裏面的「了」都表示一種新的事態的產生：本來打算去的，現在「不去了」；原來有意看的書，如今却「不想看了」。

㈢這兩種不同的「了」，可以在一個句子中一起出現。這個時候，出現的次序一定是：動詞、「完成式的了」、賓語或補語、「新事態的了」。例如⑤與⑥的第一個「了」都表示動作或行爲的完成，而第二個「了」則表示由於這些動作或行爲的完成而產生的新的事態。

⑤我早就讀完了這一本書了。

⑥他們已經來了三次了。

這兩種「了」有時候還可能合而爲一。例如，若把⑤的賓語「這一本書」移到句首做主題，就產生⑦的句子。這個句子原來有兩個「了」，現在却合成一個「了」。換句話說，這個「了」可以解釋做「完成式的了」，也可以解釋做「新事態的了」。

⑦這一本書，我早就讀完了了。

⇨這一本書，我早就讀完了。

㈣「完成式的了」表示動作的完成。動作的完成可能發生於過去，也可能發生於未來；例如⑧與⑨的「完成式的了」都出現於敍述未來的條件或時間的副詞子句中。

⑧萬一在路上遇見了他，我該怎麼辦？

⑨等我讀完了這一本書，我就馬上借給你。

我們有理由相信⑧與⑨的「了」是「完成式的了」，而不是「新事態的了」，因為如果在這些副詞子句的句尾加上「新事態的了」，就變為不合語法的句子。

⑩＊萬一在路上遇見了他了，我該怎麼辦？

⑪＊等我讀完了這一本書了，我就馬上借給你。

同理，⑫與⑬的「了」，也都應該解釋為「完成式的了」。

⑫如果他來了，我該跟他說些什麼？

⑬等我讀完了，我纔還給你。

⑤「新事態的了」出現於句尾，而且只能出現於主要子句或直接引用的句子的句尾。⑭的第一個「了」與第三個「了」是「完成式的了」；第二個「了」與第四個「了」是「新事態的了」。第二個「了」出現於從屬子句的句尾，所以不合語法；第四個「了」出現於主要子句的句尾，所以合語法。

⑭如果你見了他（＊了），就告訴他我已經到了家了。

又⑮引號裏面的句子是直接引用的句子，所以「新事態的了」可以出現於句尾。

⑮他說：「我不想去了。」

同理，⑯、⑰、⑱、⑲括號裏面的「新事態的了」都不能用。

⑯假使我當了總經理（＊了）的話，我一定給你加薪。

⑰當你接到這封信（＊了）的時候，我恐怕已經遠離人間了。

⑱他就是偷了我的錢（＊了）的小偷。

⑲老張破了產（＊了）的消息很快地傳到他的故鄉。

至於表示「完成式的了」在關係子句中常常可以省去。

⑳他就是偷 (了) 我的錢的小偷。

㉑這些是我早就看完 (了) 的小説。

㈥「完成式的了」似乎是由動詞「了」（「不了了之」或「一了百了」的「了」）虛化而來的； 因此凡是「完成式的了」 都可以唸文言音「ㄌ丨ㄠ」。在現代國語裏，動詞的「了」還可以與「完成式的了」連用。

㉒如今了了這一件事，你也可以安心了。

王士元先生在「國語的兩種時態標記」一文中，把「完成式的了」分析爲「有」的變體。換句話說，「了」與「有」雖然在字形或字音上很有差別，但是在字義上都表示動作的完成，因此可以說是屬於同一個詞素下的兩個同位詞。他的根據是國語裏面的「了」與「有」，在㉓與㉔的例句裏有互補分佈的情形：即凡是「了」出現的地方，「有」都不出現；而凡是「有」出現的地方，「了」都不出現。

㉓他來了。

（比較閩南話裏的「他有來」與不合國語語法的「＊他有來了」。）

㉔他沒有來。

（比較不合國語語法的「＊他沒有來了」。）

而在㉕與㉖的例句裏，「有」與「了」也很整齊地搭配成肯定式與否定式連用的正反問句。

㉕他有沒有來？ （⇦ 他有 (來，還是) 沒有來？）

㉖他來了沒有？ （⇦ 他來了 (還是) 沒有 (來)？ 他有來，還是沒有來？）

㈦「新事態的了」似乎是由「完成式的了」進一步發展爲語

氣助詞的。這就說明了這兩種「了」的界限有時候並不十分淸楚。但是趙元任先生「中國話的文法」（246頁）却認爲可能是由「來」虛化而來的。他指出在寧波話裏，動詞「來」與語氣助詞「了」都唸成「ㄌㄛ」。他還從「景德傳燈錄」中引用（㉗）的對話，指出文中的兩個「來」在現代國語裏都要用「了」。

㉗百文一日問師：「甚麼處去來？」曰：「大雄山下採菌子來。」

「新事態的了」在所陳述的語氣內容上，相當於文言的「哉」，而在現代國語裏可以用「啦」來代替。試比較：

①我關了門，就睡覺去啦。（＊我關啦門，就睡覺去了。）

③我明天不去啦。

⑦這一本書，我早就讀完啦。

⑫＊如果他來啦，我該跟他說些甚麼？

㉑＊這就是我早就看完啦的小說。

㉕＊他來啦沒有？

㈥「完成式的了」可以根據其用法與表達的語意，再細分爲幾類：

A.與過去時間連用，以表示事情發生於過去。

㉘他們上個月到日本去了。

㉙昨天我又挨罵了。

B.與未來時間連用，以表示有關未來的假說。

㉚等一會見了他，千萬別漏口風。

㉛我死了，你最好改嫁。

C.與「新事態的了」連用，以表示事情剛剛完成或延續到現

在。

㉜我寫好了信了。

㉝我教了二十多年的書了。

D.與「過」連用，以表示到現在爲止的經驗。

㉞這一本書我以前看過了。

㉟你結過了婚没有？

㈨「新事態的了」也可以根據其用法與所表達的語意，再細分爲幾類。（下面的例句中有許多採自趙元任先生「中國話的文法」。）

A.與現在時間連用，以表示新的事態發生。

㊱他現在説話了。

㊲糟了，下雨了。

㊳有了，找到了。

B.用在祈使句中，以表示對於新的事態所做的反應或措施。

㊴吃飯了，大家進來了。

㊵好了，好了，不要再吵了！

C.與靜詞（卽可以用程度副詞「很、太、最」等修飾的詞類）連用，以表示進入新的事態：

㊶湯冷了。

㊷你胖了。

或表示「過分」或「非常」，以加重語氣：

㊸湯鹹了。（＝湯太鹹了。）

㊹鞋子買小了。（＝鞋子買得太小了。）

㊺你這個人最討厭了。

D.與靜態動詞（卽不能用在祈使句的動詞）連用，以表示事情的理

所當然或顯然如此。

⑯這個你就不懂了。

⑰這就是你的錯了。

E.與「就」連用，以表示後面的事情相繼或相應而生。

⑱他開了門，你就可以進去了。

⑲你一按門鈴，他就來開門了。

㊿那我就不去了。

＊本文原刊載於語文週刊（1977）一四四九期。

語義相反的形容詞

　　形容詞，簡單地說，是可以用表程度的副詞如「很」、「太」、「最」等修飾的詞類。國語裏可以找到許多語義相反的形容詞，也就是說可以出現於「既不……也不……」中的空白裏面的一對形容詞，例如：「大，小；長，短；遠，近；新，舊；多，少；深，淺；寬，窄；熱，冷；高，矮(低)；重，輕；厚，薄；硬，軟；強，弱；快，慢；亮，暗」等。其中擺在前面的形容詞(如「大、長、遠、多、深、寬」等)表示正面的或積極的意義，而擺在後面的形容詞(如「小、短、近、少、淺、窄」等)則表示反面的 或消極的意義。這些語義相反的形容詞，在語意功能上都有一個共同的特點；肯定其中的一個就必定否定另外的一個，但是否定其

中的一個不一定就肯定另外的一個。例如，如果（1a）的句子是對的話，（1b）的句子一定也是對的。同樣地，（2a）的句子是對的話，（2b）的句子一定也對。可是（3a）的句子雖然對，（3b）的句子却不一定對。同樣地，（4a）的句子縱然對，（4b）的句子也未必是對的。這是因為在「高」與「矮」兩個屬性之間，還有「不高也不矮」這個屬性的存在。

①a.老張很高。

　b.老張不矮。

②a.老李很矮。

　b.老李不高。

③a.老張不高。

　b.老張很矮。

④a.老李不矮。

　b.老李很高。

　　國語的形容詞在肯定句裏通常都要加「很」。例如，我們通常不說（5a）而說（5b）。

⑤a.他高。

　b.他很高。

（5a）的句子似乎只有在做（6a）或（6b）等含有比較意味的問句的答句時才有人使用。

⑥a.你高還是他高？

　b.你跟他兩個人究竟誰高？

因此，形容詞前面的「很」，並不一定表示「極」或「甚」。要明白地表示「極」或「甚」，就得用「非常」、「得很」或「極

了」。例如:

⑦a.他非常高。

　b.他高得很。

　c.他高極了。

其實, 一對語義相反的形容詞, 除了表示正面、積極與反面、消極這兩種意義以外, 還可以表示不偏不倚的中立意義。例如,⑧的問句並不在詢問房子大到什麼程度, 而只問房子的面積或坪數有多少。同樣地,⑨的問句並不是問繩子長到什麼程度, 而是問繩子的長度是多少。

⑧這個房子多大?

⑨這條繩子多長?

因此,⑧句裏的 「大」 與⑨句裏的 「長」, 並不表示正面的意義, 而是表示中立的意義。同樣地,⑩到⑫裏的形容詞都表示中立的意義。

⑩你有多高? (可能的回答:不到一公尺五十公分)

⑪你家離這裏有多遠? (可能的回答:就在前面)

⑫水有多深? (可能的回答:很淺)

當然, 這些形容詞也可以用來在問句中表示正面的意義。例如:

⑬聽說他的房子很大,究竟有多大?

⑭你說張英武這個人個子很高,究竟有多高?

另一方面, 表示反面意義的形容詞不能代表中立的意義,因此我們不能說⑮, 而只能說⑯。在表示中立意義的問句裏, 形容詞要唸重;而在表示正面或反面意義的問句裏, 卻要把疑問詞「多」唸重。

⑮＊這個房子多「小」？

⑯你說你的房子小得不能住，究竟「多」小？

同樣地，在下列問句裏我們通常都用表示正面意義的形容詞（a句），而不用表示反面意義的形容詞（b句）。

⑰a.你的房子多「寬」？

　b.＊你的房子多「窄」？

⑱a.你的字典有多「厚」？

　b.＊你的字典有多「薄」？

⑲a.你的行李有多「重」？

　b.＊你的行李有多「輕」？

⑳a.你能夠跑得多「快」？

　b.＊你能夠跑得多「慢」？

㉑a.時間要多「久」？

　b.＊時間要多「短」？

唯一的例外似乎是「多少」，因為我們不說「你的書有多多？」而說「你的書有多少？」。其實，「多少」本身就是聯結正反兩義的形容詞「多」與「少」而成的疑問詞。也就是說，疑問詞「多」，似乎就是由「多少」簡化而來的。

㉒你家離這裏有多少遠？

　⇨你家離這裏有多遠？

表正面意義的形容詞，不僅出現於含有疑問詞「多」的問句中，而且出現於表達數量或時間的直述句中。例如，在下例句中，我們都只說（a）句，而不說（b）句。在這些例句裏，（a）句的形容詞都表中立意義，而不表正面意義。因此，如果以（a）

句表中立意義的形容詞來代替（b）句表反面意義的形容詞，那麼（b）句就成爲合語法的句子。

㉓a.他高一公尺八十公分。

　　b.＊他矮一公尺五十公分。

㉔a.他有六尺高。

　　b.＊他有五尺矮。

㉕a.他重八十公斤。

　　b.＊他輕四十公斤。

㉖a.行李有五十斤重。

　　b.＊行李有五斤輕。

㉗a.馬路寬四十公尺。

　　b.＊馬路窄四公尺。

㉘a.馬路有四十公尺寬。

　　b.＊馬路有四公尺窄。

㉙a.參加人數達三千人之多。

　　b.＊參加人數達三十人之少。

㉚a.歷時五個小時之久。

　　b.＊歷時五分鐘之短。

同樣地，代表程度的抽象名詞都用正面意義的形容詞來表中立意義，而不用反面意義的形容詞。因此，國語詞彙中有（31a）的詞語，却沒有（31b）的詞語。

㉛a.高度、身高、重量、體重、深度、厚度、溫度、硬度、強度、速度、靱性。

　　b.矮度、低度、身矮、身低、輕量、體輕、淺度、短

度、薄度、寒度、軟度、弱度、脆性。〔註1〕

又連用正反兩義的形容詞來表中立意義的程度的時候，通常的次序是表正面意義的形容詞放在先，表反面意義的形容詞放在後。

㉜高矮、高低、大小、多少、多寡、深淺、長短、厚薄、遠近、寬窄、強弱、快慢。〔註2〕

附　　註

〔註1〕當然，由於科技的發達，常需要新的概念。因此，現代國語詞彙中兼有「溫度」、「熱度」與「冷度」三個詞彙。一般說來，「熱度」表正面的意義、「冷度」表反面的意義，而「溫度」則表中立的意義。因此 (i) 的 (a,b) 兩句都可以說，而 (ii) 與 (iii) 兩句却只能說 (a) 句。

〔i〕a.華氏一百度的溫度。

　　b.零下十度的溫度。

(ii) a.華氏一百度的熱度。

　　b.??零下十度的熱度。

(iii) a.零下十度的冷度。

　　b.??華氏一百度的冷度。

又如果以「熱度」與「冷度」拿來比較，「熱度」較接近中立的意義。試比較：

(iv) a.攝氏二十度的熱度。

　　b.?攝氏二十度的冷度。

〔註2〕但是也有例外的情形，例如「輕重、冷熱、冷暖、早晚」的次序都正好相反。前三個詞多半用來描寫事態，也就是不能用客觀的儀器衡量的程度（如「問題的輕重」、「態度的冷熱」、「人間的冷暖」等）；最後一個詞則多半用做副詞（如「他早晚總會吃虧的」）。閩南語裏用「燒冷」來表熱度，

都合乎通常的次字。又有些形容詞或副詞，似乎只有正、反兩面的意義，而沒有中立的意義，試比較：

(i) a.你今天晚上要多晚才回來？

　　b.你今天晚上要多早就回來？

(ii) a.你明天早上要多晚才起來？

　　b.你明天早上要多早就起來？

這時候，表中立意義的問句似乎是 (iii)：

(iii) a.你今天晚上什麼時候要回來？

　　b.你明天早上什麼時候要起來？

又北平話可以在問句裏連用「早」與「晚」，例如：

(iv) 你多「早晚」才回來？

「多早晚」在口語中還可以簡縮成「多喒」。（參方師鐸先生所著「國語詞彙學構詞篇」第三十六頁）。

＊本文曾刊載於語文週刊（1977）一四五一期。

再談語義相反的形容詞

爲甚麼我們可以說①③⑤⑦的句子，却不可以說②④⑥⑧
的句子？

　　①時間還早呢！（再坐一會兒吧。）

　　②＊時間還晚呢！

　　③路還遠呢！（趕快上路吧。）

　　④＊路還近呢！

　　⑤你的衣服還新呢！（不要扔掉。）

　　⑥＊你的衣服還舊呢！

　　⑦我們的米還多呢！（你儘管吃吧。）

　　⑧＊我們的米還少呢！

又爲甚麼 ⑨ 到 ⑫ 的句子都可以說，而 ⑬ 到 ⑯ 的句子却不能說？

⑨水還熱呢！（趕快去洗澡吧。）

⑩水還冷呢！（等會兒再洗澡吧）

⑪天還亮呢！（還可以在戶外看書。）

⑫天還黑呢！（再多睡一會兒吧。）

⑬？水溝還寬呢！

⑭？水溝還窄呢！

⑮？山還高呢！

⑯？山還矮呢！

從①到⑯的句子都含有語義相反的形容詞。但是究竟哪些語義相反的形容詞與我們目前所討論的問題有關？又在正反兩義的形容詞中究竟哪一個形容詞可以出現於「還……呢！」的句式？又爲甚麼有些形容詞正反兩義都可以出現？而有些形容詞却正反兩義都不能出現？

凡是以國語爲母語的人，都能對於①到⑯的例句的合法度下正確的判斷。但要解釋爲甚麼有些例句合語法，而有些例句則不合語法或無意義，却並不是一件容易的事情。例如，在下面的例句裏，同樣的形容詞有的可以出現於「還……呢！」的句式裏，有的却不能出現：

⑰日子還長呢！（慢慢兒來吧。）

⑱＊日子還短呢！

⑲＊你的頭髮還長呢！

⑳你的頭髮還短呢！（下星期再理吧。）

㉑空位還大呢！（還可以裝上貨物。）

㉒＊空位還小呢！

㉓＊她的年紀還大呢！

㉔她的年紀還小呢！（還談甚麼婚事！）

其實，說穿了很簡單。這些形容詞都表示正反兩面不同的事態，而這種事態的變化都與時間的推移有關。例如，「時間」是愈來愈「晚」、「路」是愈來愈「近」、「衣服」是愈穿愈「舊」、「米」是愈吃愈「少」、「日子」是愈過愈「短」、「頭髮」是愈留愈「長」、「空位」是愈佔愈「小」、「年紀」是愈長愈「大」。換句話說，在這些語義相反的形容詞中，有一個表「先前的事態」，另外一個表「後來的事態」。只有表「先前的事態」的形容詞，如「早、遠、新、多、長（日子）、短（頭髮）、大（空位）、小（年紀）」等，才可以出現於「還……呢……」的句式；而表「後來的事態」的形容詞，如「晚、近、舊、少、短（日子）、長（頭髮）、小（空位）、大（年紀）」等，却不能出現。至於「冷、熱、亮、黑」之所以正反兩義都能出現，是由於：「已燒好的水」愈來愈「冷」，而「正在燒的水」則愈來愈「熱」；傍晚的時候「天色」是愈來愈「黑」，而清早的時候「天色」是愈來愈「亮」。同樣地，在通常的情形下，「水溝」不會愈來愈「寬」或愈「窄」，「山」也不會愈來愈「高」或愈「矮」，所以正反兩義的形容詞都不能用。

根據以上的解釋，我們可以判斷下面的句子都是合語法而有意義的句子。

㉕你的個子還矮呢！（小孩子的個子會愈來愈高。）

㉖老公公的身體還健壯呢！（老年人的身體會愈來愈差。）

㉗油條還脆呢！（油條會愈來愈軟。）

㉘年糕還軟呢！（年糕會愈來愈硬。）

㉙娃娃的頭髮還少呢！

㉚老公公的頭髮還多呢！

「先前的事態」與「後來的事態」這個語義上的區別，除了與「還……呢！」的句式的運用有關以外，也與「已經……了」、「這麼……就……」、「這麼……纔……」等句式的連用有關。

首先注意：表「後來事態」的形容詞，可以出現於「已經……了」的句式，而表「先前的事態」的形容詞卻不能出現。例如：

㉛時間已經晚了。　＊時間已經早了。

㉜衣服已經舊了。　＊衣服已經新了。

㉝天已經亮了。　天已經黑了。

㉞？山已經高了。　？山已經矮了。

㉟頭髮已經長了。　＊頭髮已經短了。

其次注意：表「先前事態」的形容詞常可以出現於「已經不……了」的句式；而表「後來事態」的形容詞則常可以出現於「還不……呢」的句式。例如：

㊱時間已經不早了。時間還不晚呢！

㊲衣服已經不新了。衣服還不舊呢！

㊳頭髮已經不短了。頭髮還不長呢！

最後注意：表「先前事態」的形容詞或副詞與「這麼…就…」的句式連用；而表「後來事態」的形容詞或副詞與「這麼…纔…」

的句式連用。試比較:

⑨你這麼早就來啊!

　你這麼晚纔來啊!

⑩衣服這麼新就要送給我啊!

　衣服這麼舊纔要送給我啊!

⑪頭髮這麼短就要理啊!

　頭髮這麼長纔要理啊!

「還」與「這麼…就…」可以連用,而「已經」與「這麼…纔…」也可以連用。例如:

⑫天還這麼亮就要收工啊!

　天已經這麼黑纔要收工啊!

⑬天還這麼黑就要動工啊!

　天已經這麼亮纔要動工啊!

這種「先前的事態」與「後來的事態」的區別與各種句式的連用,除了適用於形容詞與副詞以外,還適用於動詞與名詞。試比較:

⑭他還活着呢!

　*他還死着呢!

⑮他還是個小娃娃呢!

　*他還是個老年人呢!

　*他已經是個小娃娃了。

　他已經是個老年人了。

從以上的討論可以知道:要把存在於我們大腦中的有關語法判斷的能力加以說明或形式化,並不是一件簡單的工作。但是爲

了編一部極有價值的國語字典，或向外國學生解釋「還」、「已
經」、「就」、「纔」等國語虛詞的用法，這種研究是必需而且
是重要的。

＊本文曾刊載於語文週刊（1977）一四五三期。

三談語義相反的形容詞

「小題大作」原是以介紹現代語言學理論與提倡國語語法研究為目的而寫的。最近「談語義相反的形容詞」與「再談語義相反的形容詞」兩篇文章在語文周刊登載以後，幾位熱心的讀者曾經來信提出一些問題。為了提倡大家共同討論問題的風氣，我在這裏公開答覆這些來信，並順便就教於高明的讀者。

第一位讀者認為：「語義相反的形容詞」一文中，「多長」、「多大」、「多寬」、「多重」等詞句裏的「長」、「大」、「寬」、「厚」、「重」等詞已經不是形容詞，而好像應該是名詞。這個問題牽涉到如何決定國語詞類的畫分與歸屬的問題，因此準備在最近的將來另寫一篇「談國語詞類」詳細討論，這裏僅

就形容詞與名詞的區別作簡略的回答。

　　依據國語詞類在句中的語法功能，形容詞不妨界說爲㊀可以出現於程度副詞「很」、「太」、「這麽」、「非常」或疑問副詞「多」等後面，㊁可以出現於「……不……」的疑問句式，㊂可以單獨充當謂語或答語的詞類；而名詞則不妨界說爲㊀可以出現於數量詞「一個」、「兩條」等後面，㊁可以單獨充當主語或賓語的詞類〔註1〕。根據這個形容詞與名詞的界說，下列例句中的「長」是形容詞，「長度」是名詞。

　　　　①這一條繩子很長。這一條繩子太長。

　　　　②繩子這麽長啊！繩子多長呢？

　　　　③繩子長不長？（很）長。

　　　　④＊這一個長適合不適合？

　　　　⑤＊繩子的長不夠。（比較：繩子不夠長。）

　　　　⑥＊這一條繩子很長度。　＊這一條繩子太長度。

　　　　⑦＊繩子這麽長度啊！　＊繩子多長度呢？

　　　　⑧＊繩子長度不長度？　＊長度。

　　　　⑨這一個長度適合不適合？

　　　　⑩繩子的長度不夠。

　　因此，「長」（形容詞）與「長度」（名詞）的詞類可以標明於字典中。比較成問題的是⑪與⑫這些例句，因爲「長」在這些例句裏可以分析爲動詞「有」的賓語，而賓語通常都由名詞充當。

　　　　⑪這一條繩子有多長？

　　　　⑫這一條繩子有三尺長。

但是我們認爲這些例句裏的「長」仍然應該分析爲形容詞，因爲

如果用名詞「長度」來代替形容詞「長」，那麼這些句子就不能成立。

⑬ ＊這一條繩子有多長度？

⑭ ＊這一條繩子有三尺長度。

而事實上，形容詞「長」不能作名詞用。試比較：

⑮這一條繩子的長度有多少？

⑯？這一條繩子的長有多少？

⑰這一條繩子的長度有十尺。

⑱？這一條繩子的長有十尺。〔註2〕

　　至於形容詞充當賓語，這是詞在句中所擔任的詞品或扮演的詞位的問題，不是詞的類別或歸屬的問題。詞類係指詞語分類的範疇而言（如名詞、代名詞、動詞、形容詞、副詞、介詞、連詞、助詞等），詞品或詞位係指詞在句中所擔任的職務而言（如主語、賓語、補語、飾語、修飾名詞的叫做「定語」、修飾動詞的叫做「狀語」）等，二者不能混爲一談。詞類可以依據詞的語法功能或表面形態（例如「長度」、「高度」、「深度」、「溫度」、「熱度」、「冷度」、「寬度」、「濕度」、「幅度」、「程度」、「限度」等詞語的詞尾「度」表示名詞），並且可以標明於字典中〔註3〕。詞品或詞位則必須等到詞在句中出現以後才可以決定，因此不能也無須標明於字典中。屬於某一個詞類的詞，在不同的句子中擔任不同的職務，並不因此改變這一個詞的詞類〔註4〕。同時，我們也應該避免「名詞當形容詞用」或「形容詞當名詞用」這種含糊迷離的說法，而直截了當地說：在⑲句裏名詞「這個人」當定語，形容詞「聰明」則連同定語「這個人的」當主語。

⑲這個人的聰明是有口皆碑的。

因此，我個人一向主張用「詞」（如名詞、代名詞、動詞，形容詞……）來表示詞類，而用「語」（如主語、賓語、補語、定語、狀語……）來表示詞品或詞位〔註5〕；並且主張國語詞彙的詞類應該在字典中標明，而詞品或詞位則可以從詞在句中所出現的位置以及與其他的詞的關係來推定。

同一位讀者還提到有關正反兩義的形容詞在構詞上的次序問題。他承認大部分的正反詞都是「正」的在前、「反」的在後，不過他認為中文裏有不少例外，因此他最後的結論是：「這不是文法上的問題，只不過是讀起來順口而已」。這裏我必須聲明，在「語義相反的形容詞」一文裏所討論的僅是聯合正反兩義的形容詞以表示度量衡概念的抽象名詞，並沒有說及國語詞彙中所有由正反詞所組成的並列合成詞都依照這個正反的次序。因此，這一位讀者在信中所舉出的例句，如「大有出入」的「出」與「入」既不是形容詞也不聯合成為代表度量衡的名詞，根本不在該文討論之列。同時，我自己在文中也提到一些例外的存在，並且加以注釋。語言是人類經過長久的年代，透過不同的社會形態與文化背景發展出來的極其複雜的表意系統。因此，在浩瀚的語言現象中發現一些例外現象，非但絲毫不足為奇，而且這些少數例外的存在並無礙於解釋大多數語言現象（如「長短」、「大小」、「高低」、「厚薄」、「寬窄」等合成詞的連詞結構）的一般性原則或規律的成立。換句話說，我們不能因為有一些例外的語言現象，就遽認為已經否定了一個能解釋其他大部分語言現象的規律的存在。例外現象的提出，唯有在由此能夠找出一個可以解釋包括這些例外現象在內的、更普遍的規律的時候，才有意義，才有價值。一般人總以

為語言既然是「約定俗成」，就沒有甚麼條理可言；而語言學家却企圖從看似雜亂無章的語言現象中尋求一般性的規律來加以解釋。「只不過讀起來順口而已」這種說法並沒有解釋問題，因為我們應該更進一步追問：怎麼樣的次序才使人覺得「順口」？為甚麼這樣的次序就會使人覺得「順口」？對於這些問題我在文中所擬定的答案是：就聯合正反兩義的形容詞而成的表示各種度量衡的抽象名詞而言，「正面意義」在前，「反面意義」在後的次序「使人覺得順口」；而這個理由可能就是由於「正面意義」的形容詞常兼表「中立意義」的緣故。同時更要注意，用正面意義的形容詞來表示中立意義（如「多長」、「長度」），並不是國語的特殊現象，就是其他語言，如英語（how long, length）、日語（長さ），莫不如此。這個事實似乎表示這些語言現象與自然語言的普遍性質有關；也就是說，可能與我們人類心智活動的內容有關。而發現自然語言的普遍性質與闡明人類心智活動的內容，正是所有語言學家共同一致所追求的終極目標。

　　另外一位讀者提到有關語義相反的形容詞與「還」連用的問題。他指出：⑳句的話如果由學校軍訓教官在檢查學生頭髮的時候用來表示頭髮還不夠短，就可以通。

　　　⑳你的頭髮還長呢！

　　這種用例，我在撰文時也考慮到，只是為了避免繁瑣的注解才把它省略。例如㉑句，在挖水溝的工人認為水溝的寬度還不夠的時候也可以用。

　　　㉑水溝還窄呢！

不過語言學家在討論句義的時候，都儘量根據一般人在通常的情

況中所表達的語義來解釋。因爲許多語法或語意上有問題的句子,如果換成某一個特定身分的人在某一種特殊的情況中使用,就可能成爲合語法或有意義的句子。例如「再談語義相反的形容詞」的文稿中在例句㊹下原有㉒的句子。

　　㉒＊他巳經活了。　他巳經死了。

但是由於日常生活中在一個人昏厥以後,也有(意外地)「他已經活了」的用例,所以爲了避免誤會就把這個例句略去了。其實,「死」與「活」的相對用法中,「昏厥」是特殊的情況,「死亡」才是通常的情況。同時,㉓與㉑兩句如果成立,句中的「還」應該作「還是太」解,這似乎與其他例句中與時間推移有關的「還」的含義與用法不盡相同。

　　又有一位讀者指出:㉓句的「小娃娃」如果與㉔句的「老公公」對比雖然不能成立,但是如果與「襁褓中的嬰兒」對比却可以通。這一位讀者的話沒有錯,因爲這個時候「襁褓中的嬰兒」代表「先前的狀態」,而「小娃娃」則代表「後來的狀態」,所以原來的結論還是對的。

　　㉓＊他巳經是個小娃娃了。(比較:他還是個小娃娃呢!)
　　㉔他巳經是個老公公了。(比較:＊他還是個老公公呢!)

附　　註

〔註1〕這些語法功能必須同時具備,不能缺少其中任何一個語法功能,才能分別歸屬於形容詞或名詞。

〔註2〕「長」在文言中可以轉用或活用爲名詞,但是在現代國語裏却必須使用「長度」、「長處」等。試比較:

（i）取人之長，補己之短。

（ii）拿人家的長處來補自己的短處。

在（iii）的例句中「長」似乎應當作名詞用，但是許多人還是認為最好用「長度」。

（iii）這一塊玻璃，長（度）夠、寬（度）不夠。

〔註3〕我們當然承認國語詞彙中有「一詞多類」的現象。例如在下列例句中，「寶貝」在（i）句裏是名詞、（ii）句裏是形容詞、（iii）句裏是動詞（或及物形容詞）：

（i）這一塊玉是我們家的寶貝。

（ii）他這個人很寶貝。

（iii）你未免太寶貝孩子了。

這三個「寶貝」無論在語法功能或語義內涵都有差別，因此在字典中應該同時註明名詞、動詞、形容詞這三種詞類的意義與用法。相對地，「寶石」却只能在字典中標明為名詞。

（iv）我太太很喜歡寶石。

〔註4〕這一位讀者也在信中說：「長」就是「長度單位」的簡化詞，就像英語中的 how long 等於 what length。但是卽使 how long 與 what length 的語義與職務完全相同，也不能把 long（形容詞）與 length（名詞）歸併成同一詞類。

〔註5〕英語語法則用 noun, adjective, adverb 等來代表詞類；用 nominal, adjectival, abverbial 等來代表詞品或詞位。

＊本文曾刊載於語文週刊（1977）一四五七期。

再談反義詞的問題

—敬答陳永禹先生—

上面的文稿寄出以後，又在二月二十四日的語文周刊上拜讀了陳永禹先生的大作「反義詞的問題」。我很高興讀到陳先生在文中提及：「中文在文法結構上也是很豐富的，只是我們平常沒有覺察到罷了」。我也極贊成陳先生在文末的呼籲：「語言學在臺灣還算是新興的學問，關於現行中文語法的研究，仍有待語言學專家的努力。語言非但是維繫一國文化、歷史的命脈工具，也是人從事各種活動學術研究的基本工具，因此振興國內中文語言研究的工作，是迫切並具有重大意義的任務」。不過我們還得承認，「給語言現象找解釋、定規則」並不是一件容易的工作。

例如有關語義相反（究竟應該用「相反」或「相對」，我個人沒有成見，

我在文中用「相反」只是為了便於做「正」與「反」的區別）的形容詞的 討論中，我先借「語義相反的形容詞可以出現於『既不……也不……』空白裏面」 這一句話來做引導性的說明， 但是這一個界說只能說是邏輯上所謂的「必需條件」。因此，我馬上接着舉出他們在語意功能上的共同特點：「肯定其中的一個，就必定否定另外的一個」來做為「充足條件」。 如此， 非但可以排除 「漂亮」 與『聰明』（因為人可能既「漂亮」又「聰明」），而且也可以排除「紅」、「藍」 與 「甜」、 「酸」（因為事實上有「藍紅」色的顏色與「又甜又酸」的味道）。陳先生在文中說：「一對相反詞， 在語義指稱上必須屬於同一個範疇」固然很對，但是「範疇」本身的界說必須預先下定，而且「同一」的認定也必須另外有所依據。倒是前面所提出的「充足條件」隱含了「範疇同一」的條件，因為如果能肯定其中的一個詞就能否定另外的一個詞，那麼這兩個詞的語意指稱必屬於同一個範疇。

又如有關「還」的用法，我也在文中先舉出一些含有「還」的例句，然後進而為這些例句的合語法或不合語法找解釋、定規則。我在這一篇文章裏所討論的並不是「還」的一切意義與用法（例如「他還在屋子裏呢！」、「我還是糊裏糊塗呢！」、「他還沒有來呢！」、「你的頭髮還是太長呢！」、「這條水溝還算穿呢！」、「他比你還要高呢！」這些例句裏面的「還」都沒有討論）， 而是其中與時間的推移有關的「還」的意義與用法。我的結論（簡要地說）是：

如果有一個形容詞可以出現於「愈來愈……」的句式中，那麼這個形容詞的相反詞就可以出現於「還……呢」的句式中。陳先生做為反證而所列舉 的例句大多數 （其他少數係屬於不同的「還」）

都合乎這個結論，因此這些句子當然可以成立。只是陳先生為這些例句所假設的語言情況與我個人所假設的語言情況不同罷了。因此，我並沒有以片面的實景來決定詞的語意屬性（因為我的文章中已有「熱」、「冷」、「亮」、「黑」等正反兩種形容詞都可以與「還」連用的例句），而是主張在討論這些形容詞的語意屬性的時候必須考慮「時間的推移」或「先前的狀態」、「後來的狀態」這個因素，才能合理地解釋有關的語言現象。

至於「你的字典有多薄？」、「你的行李有多輕？」這些例句，我在文中已經指出：這些問句只能表示反面的意義；也就是說，只在預先設定「字典很薄」或「行李很輕」的時候才可以用。因此，在中立意義（即不預先設定「薄」或「輕」）的語言情況下使用這些問句就不合語法，而在反面意義（即預先設定「薄」或「輕」）的語言情況下使用這些問句就合語法。我還提到在這兩種不同的語言情況下，疑問副詞「多」的讀音有輕重之別。

在國內研究語言學，最大的苦惱是找不到人討論，尋不到人批評。因為獨自一個人研究問題，常有觀察上的盲點而不能自覺，往往走入推理上的死巷而無法自拔。「小題大作」對於國語語法提出了許多「大膽的假設」，目的就在歡迎國內外的學者來參加共同「小心的求證」。求證的結果，這些假設能夠成立，固然值得高興，就是被推翻了，也同樣值得欣慰。因為無論是假設的成立或推翻，都意味着我們向國語語法的了解往前邁進了一步。

＊本文曾刊載於語文週刊（1977）一四五八期。

動詞的語法屬性

依照傳統的文法，「詞素」（有人譯為「語位」）是「語言中具有表意作用的最小單位」，而「詞」是「能獨立運用的詞素」。把詞按照它們的語義指稱或語法功能，加以分門別類，就得到「詞類」。其實，要研究詞的語義內涵或語法功能，必須把詞語分析到比詞或詞素還要小的單位——語義或語法屬性，才能真正領會詞語的含義，徹底了解詞語的用法。

例如，動詞與形容詞都可以㈠ 單獨充當謂語或答語，㈡ 用「不」或「沒(有)」來否定，㈢ 以肯定與否定連用的方式來表達正反問句，㈣ 直接接上助動詞（如「會、得、要」等），㈤ 用各種副詞修飾，㈥ 帶上由「得」引導的表結果或情狀的補語。在以下的

例句裏，（a）句含有動詞，（b）句含有形容詞。

  ①a.他來了。

    b.他高興了。

  ②a.他不來了。

    b.他不高興了。

  ③a.他來不來？　來。

    b.他高興不高興？　（很）高興。

  ④a.他一定會來的。

    b.他一定會高興的。

  ⑤a.他昨天來過。

    b.他昨天很高興。

  ⑥a.他來得很不巧。

    b.他高興得掉下眼淚來。

這些例句表示國語的動詞與形容詞，在語法功能上非常接近〔註1〕。二者主要的區別在於只有形容詞可以 ㈆ 帶上程度副詞，㈧出現於比較句，㈨重疊式採用「AABB」的形式（而動詞則採用「ABAB」的形式）。試比較：

  ⑦a.＊他很遊玩。＊他遊玩得很。

    b.他很快樂。　他快樂得很。

  ⑧a.＊他比我讀書。＊他跟我一樣讀書。

    b.他比我用功。　他跟我一樣用功。

  ⑨a.我們一起來遊玩遊玩。

    b.我們一向都是快快樂樂的。

因此，我們可以把具有前述㈠到㈨這些語法功能的詞，不分

動詞與形容詞，都統稱爲「述說詞」〔註2〕。在述說詞中，具有㋥到㋡的語法功能的，也就是說具有「描述」〔註3〕或「可比較」〔註4〕這個語法屬性的，就是所謂的形容詞。缺少這些語法功能，也就是說具有「敍述」或「不可比較」這個語法屬性的，就是所謂的動詞〔註5〕。

又如動詞有及物與不及物之分：前者可以帶上賓語，而後者則不能。同樣地，形容詞也有及物與不及物之分。試比較：

⑩a.我認識他。　＊我很認識他。　＊我比你認識他。

　b.我了解他。　我很了解他。　我比你了解他。

因此，我們可以把述說詞中能帶上賓語的分析爲具有「及物」這個語法屬性；不能帶上賓語的，就分析爲具有「不及物」這個語法屬性。如此，我們就可以利用數學上的正（＋）負（－）兩值，把「發生」（不及物動詞）、「引起」（及物動詞）、「緊張」（不及物形容詞）、「關心」（及物形容詞）這四個述說詞，根據「描述」與「及物」兩個語法屬性，做如下的分析與分類。

⑪不幸的事情終於「發生」了。（「－描述」、「－及物」）

⑫通貨膨脹「引起」了物價的上漲。（「－描述」、「＋及物」）

⑬他們都很「緊張」。（「＋描述」、「－及物」）

⑭他們都很「關心」你。（「＋描述」、「＋及物」）

在及物動詞與形容詞中，復有可以帶上子句做賓語的，我們也以能否接子句做賓語（「±子句賓語」）這個語法屬性來區別。

⑮他在「等」你。（「－描述」、「＋及物」、「－子句賓語」）

⑯他「說」你會早一點兒來。（「－描述」、「＋及物」、「＋子句賓語」）

⑰我們很「同情」你。（「十描述」、「十及物」、「一子句賓語」）

⑱我們很「高興」你能來參加。（「十描述」、「十及物」）、

「十子句賓語」）

語法屬性的分析，不但有助於把詞的語法功能做有系統的整理或記載，而且還可以幫助我們了解許多複雜的語法現象，進而為這些語法現象定出條理來。譬如述說詞中有表達施事者積極主動的行為的，如「走、跑、叫、拿、看、聽、學、研究」等，叫做動態動詞。動態動詞所表達的動作，通常都可以從外表加以認定或證實。另一方面，非表達施事者積極主動的行為的述說詞，如「是、有、屬於、在、處於、看見、看到、聽見、聽到、覺得、懂得」等，叫做靜態動詞。靜態動詞所表達的多半都是內在的關係、狀態、知覺、情感等。國語述說詞之屬於動態抑或靜態，亦即具有「動態」這個語法屬性與否，關係着下列幾種語法功能的差異。下面就以動態詞「看」與靜態動詞「看見」為例，說明這種差異〔註6〕：

一、動態動詞可以出現於祈使句；靜態動詞則否。

⑲a.快點兒看他！

　b.＊快點兒看見他！

二、動態動詞可以有起始式（「起來」）、進行式（「着」）、繼續式（「下去」）、嘗試式（「一下」、「…一…」）；靜態動詞則否〔註7〕。

⑳a.他一看起書來，飯也不想吃了。

　b.＊他一看見起書來，……

㉑a.他在看着書呢。請你把書看下去。

b.＊他在看見著書呢。　＊請你把書看見下去。

㉒a.讓我看一下（看一看）。

b.＊讓我看見一下（看見看見）。〔註8〕

三、動態動詞可以與受惠者（「替…」、「為…」）或工具（「用…」）連用；靜態動詞則否。

㉓a.我替你看報告。

b.＊我替你看見報告。

㉔a.他用放大鏡看字。

b.＊他用放大鏡看見字。

四、動態動詞可以在表目的或趨向的「為了……」、「來……」、「去……」等句式中出現；靜態動詞則否。

㉕a.為了看女朋友，他上臺北去了。

b.＊為了看見女朋友，他上臺北去了。

㉖a.他們（是）來看你（的）。

b.＊他們（是）來看見你（的）。

五、動態動詞可以與「肯」、「願意」、「會（表能力）」等助動詞連用；靜態動詞則否。

㉗a.你願意不願意看這一份報告？

他很會看人。

b.＊你願意不願意看見這一份報告？

＊他很會看見人。

六、動態動詞可以出現於「記住要」、「忘記去」等動詞或「有意」、「故意」、「勉強地」、「小心翼翼地」等副詞後面；靜態動詞則否。

㉘a.我忘記去看信。

　b.＊我忘記去看見信。

㉙a.他很勉強地看了信。

　b.＊他很勉強地看見了信。

七、動態動詞可以充當「叫」、「請」、「催」、「逼」等使役動詞的賓語補語；靜態動詞則否。

㉚a.他叫我看書。

　b.＊他叫我看見書。

由於篇幅的限制，我們只討論了七種語法功能的差異，而且僅舉了「看」與「看見」這一對動詞為例。文中是否遺漏其他更重要的差異，以及是否有特殊的例外，還請讀者來信指教〔註9〕。

附　　註

〔註1〕有關動詞與形容詞語法功能的詳細比較，參看將於「華文世界」第九期登載的拙著「動詞與形容詞之間」。

〔註2〕也就是包括形容詞在內的廣義的動詞，英文的術名叫做 verbal。

〔註3〕英文可翻成 descriptive。

〔註4〕英文可翻成 gradable。

〔註5〕我們承認有一些述說詞可能兼有「描述」與「敍述」兩種用法。例如「高興」在(a)句是描述動詞，在(b)句是敍述動詞：

　　(a) 他一天到晚都是「高高興興」的。

　　(b) 你就順從他，讓他「高興高興」吧。

因此有不同的重疊方式。

〔註6〕這裏爲了討論的方便，只舉動詞的例子。國語形容詞，大多數都屬於靜態，

但是也有屬於動態的。

〔註7〕靜態動詞中也有例外地可以與這些時態標記連用的。

〔註8〕比較：合語法的「讓我研究一下；讓我研究研究」，這裏「研究」是動態動詞。

〔註9〕本文所討論的有關動態與靜態動詞語法功能的區別，讀者不難發現許多有問題的情形，特別是有關動詞與時態標記、助動詞、以及副詞的連用方面。這是由於這些語法功能的區別，除了「動態」這個語法屬性以外，還牽涉到「持續」、「結束」等其他語法屬性。又描述動詞中有可以重疊的（如「歡喜」、「高興」、「明白」、「自然」），也有不能重疊的（如「歡迎」、「高傲」、「明亮」、「突然」）。這些問題將在以後的文章中逐項討論。

＊本文曾刊載於語文週刊（1977）一四六三期。

從句子的「合法」與「不合法」說起

——敬答守白先生

語文周刊第一四六五期刊登了守白先生的大作「讀國語變形語法研究」。守白先生在這一篇文章裏，除了對於拙著「國語變形語法研究第一集：移位變形」與「小題大作」說了許多愛護與勉勵的話以外，還爲了「寶貝」的動詞與形容詞用法提出了下列三個問題：

一、句子的通不通（或「合法」「不合法」）的判斷，在語言習慣以外，還需要一個「社會的標準」嗎？

二、如果我們說，「你未免太寶貝孩子了」這個句子在舊有的語法（或文法）書，可能被看作「不通」（或至少是「大妄」），而有人實際上這樣說，能夠承認和接受嗎？

三、這樣的句子，假定被多數人承認是通的，對於我們的國語語法會發生哪一類影響？守白先生所提出的這些問題，觸到了有關國語語法研究與國語敎學的某些基本觀念，因此願意在這裏披露我個人的看法，並向諸位先進請敎。

首先，我們必須了解，今日做爲中華民族共同語的國語，雖然以北方話爲基礎方言，但是並不就等於北方話或北平話。據我個人的了解，當初制定國語的時候，固然以北平語音爲標準音，並以北方話爲基礎方言，可是並沒有包羅北平話中所有的土話（俚語）或黑話（隱語）在內，而且也接受了後來白話文學對於國語的貢獻，甚且還吸收了其他方言中有用的成分，成爲一種能順應時代要求的富有表達力的語言。因此，我們不能完全以北平話的語言習慣做爲判斷國語句子合法度的依據。因爲語言是衆人約定俗成的產物，不斷地在成長與變化之中，所以不但在理論上沒有「純粹的國語」這種語言的存在，而且事實上也沒有人對於國語的詞彙或句法做規範的工作，就是有人做了，大家是否會一律遵守也很成問題。

其次，我們應該明白，所謂句子的「通」與「不通」、「妥當」與「不妥當」、或「合法」與「不合法」，只是一個相對的概念，二者之間並沒有截然分明的界線。換句話說，我們大多數人對於國語大多數的句子，都能做相同的「合法」與「不合法」的判斷，但是仍有許多句子介乎「合法」與「不合法」之間，有些人接受而有些人不接受，因而無法對於句子的合法度做共同一致的判斷。守白先生在文中說，他個人覺得以「寶貝」爲及物動詞的用法不很習慣，而他的許多朋友卻承認是通的，就是這個事

實最好的佐證。影響這種合法度判斷的因素，可以從「時」、「地點」、「人」、「用」等各方面來討論。

語言，無論是語音、詞彙、句法，都會隨着年代的變遷而發生變化。我們以國語的現代音來讀儀禮、詩經、左傳、史記、漢樂府、古文尚書、梁達摩語錄、唐詩等，決不可能與當時的人的讀音一樣。又文言與白話，無論是字音（如「滑稽」的「滑」，文言讀《ㄨ、白話讀ㄏㄨㄚ）、詞彙（如「目」與「眼睛」、「足」與「腳」等的差別）、詞類的活用（如「老吾老以及人之老」中「老」的名詞與動詞用法）、句法（如「吾誰欺？」、「時不我與」中動詞與賓語的倒序），都有很大的差異。這種語言的差異，甚至可以在生活於同一個年代，但是屬於不同一個世代的人的身上發現。例如同樣是北平人，但是八、九十歲的人，五、六十歲的人與二、三十歲的人所說的北平話，無論在發音（如輕聲與兒化的有無）、用詞（如「汫水」與「游泳」、「胰子」與「肥皂」的差別），或句法（如「那封信，請你把寄出去」與「那封信，請你把它寄出去」的差別）上都可以看出語言變化的過程。

至於中國地域性方言的龐雜，不必在這裏贅述。就因爲中國各地方的方言差異大，大到無法彼此交談與會意的地步，才有共同語「國語」的產生。方言差異，最顯著的是語音，其次是詞彙，句法上的差別則較小。以國語與臺語爲例，這兩種語言在語音上的差異就非常顯著。例如，國語的圓唇前高元音與捲舌音爲臺語所無，而臺語的鼻化元音與濁聲輔音則爲國語所無。又如國語有四種聲調（不包括輕聲），而臺語則有七種聲調。在詞彙方面，國語的「腳踏車」在臺語則除了「腳踏車」以外，還有「自轉車、兩輪車、鐵馬、孔明車、哱吭車」等好幾種說法。在構詞方面，國

語的形容詞只能重疊（如「白白」的、「歪歪」的），而臺語的形容詞則可以三疊（如「白白白」、「歪歪歪」）。至於句法方面，國語以子句為賓語時不需要任何標記，而臺語則常以「講」做子句賓語的標記。因此，國語的「我不相信他有這種膽量」與「我沒有想到你也會來」，在臺語的口語中就變成「我不信講他有這種膽量」與「我沒有想到講你也會來」。

除了地域性的方言以外，我們也應該注意到社會性方言的存在。一個教會牧師在講臺上做悲天憫人的說教時所用的語言，與一個走江湖的人在賭場裏呼么喝六時所用的語言，無論語調、用詞、句式都有很大的差別。就是同一個牧師，跟他同事所談的話也不同於跟他妻子兒女談的話。就是同一對男女，在飯桌上與牀笫之間所使用的語言又不同。

附帶地，我們也應該注意，句法上的「不合法」與句義上的「無意義」，是兩個不同的概念。例如，「胖的人都很瘦」是個語意矛盾的句子，而「太陽從西邊出來」這個句子所表達的內容則與客觀事實不相符，因此這兩個句子都可以說是「無意義」的句子。但是這些句子，儘管在句義上有瑕疵，在句法上却是完全合法的句子，因為只要把這些句子放在適當的上下文，如「胖的人都很瘦是一句矛盾的話」或「除非太陽從西邊出來，否則我決不嫁給他」，就成為合法而有意義的句子了。此外，我們也應該考慮到，句子在語用上「妥當」與「不妥當」的問題。例如，「你把我嚇了一跳」與「我把你嚇了一跳」這兩個句子，在句法與句義上都沒有問題，但是實際上我們雖然常用第一句，却很少用第二句。又如「我被他罵了一頓」與「他被我罵了一頓」，也都

是合法而有意義的句子，但是事實上第一句比第二句常用得多。可見句子的 「通」 與 「不通」 所牽涉的問題是相當複雜而微妙的。

經過以上的討論之後，我們就可以回答守白先生所提出的三個問題了。

一、句子的通與不通，或合法與不合法，是要根據語言習慣來判斷的。但是這個語言習慣不是固定不移、恒久不變的東西，而是會隨着「時」、「地」與「人」而發生變化的。這一些變化不能由少數人來任意控制，而是由社會上大多數的人在不知不覺之中共同一致地，或根據類推與簡化的原則，或受到外來語言或其他方言的影響而改變的。因此，語言習慣可以說是由社會的標準來規範的。我們甚至可以說：語言習慣就是社會的標準，社會的標準也就是語言習慣，二者實乃一體的兩面。

二、語言的變化，不是一日之間突然地在所有人的身上發生的，而是經年累月逐漸地在社會大衆之間傳播的。當只有少數人接受語言的變化的時候，這個變化就被視爲「不通」或「欠妥」，但是一旦爲大多數人所接受， 這個變化就被認爲「通」、「妥當」或「合法」。在國語詞類的活用上，不乏這種實例。例如，「幽默」一詞原是由英語的名詞 humor 經過音譯而收入國語詞彙的。當初這個詞一定是當名詞用的（如「你這個人一點不懂幽默」），後來有人開始把它當做形容詞用 （如「他的話很幽默」），而逐漸地爲大家所接受。現在也有人偶爾把它當做動詞用（如「幽他一默」），但是還沒有到普遍地爲大家所接受的地步。

「寶貝」的形容詞與動詞用法，其演變的情形與「幽默」並

無二致。我們可以想像，「寶貝」原來是當名詞用的。不久就開始有人把它當形容詞或動詞用，然後逐漸地為大家所採用。因為這種變化完全合乎國語詞類活用的原則，所以大家就見怪不怪，自然而然地普遍接受。一般說來，年輕的一代比年老的一代更容易接受語言的變化。生活圈子大而與社會的接觸面廣的人，又比生活圈子小而與社會的接觸面窄的人，更容易接受變化。

　　三、任何語言變化，只要被大多數人承認是通的，或者更確切地說，只要被大多數人在日常的談話中使用，那麼久而久之就變成根深蒂固的語言習慣，再也無法用外力來加以干涉或糾正。歷史上並不是沒有以保存「純粹的語言」，不使之「轉訛」為目的而成立組織的先例，但是結果都失敗了。例如，英國的 The Society for Pure English 成立於一九一三年，由權威字典學家與文學教授等人組成，但是到了一九四五年以後就沒有活動了。其他如義大利的 Accademia della Crusa 與法國的 l' Académie Française 也做了類似的嘗試，但是這些組織都發生不了預期的效果就「壽終正寢」了。

　　如果我們能客觀地接受這個事實，那麼語言的變化對於國語語法所發生的影響是顯而易見的，那就是：新的語言習慣勢必成為國語的一部分，因而產生新的國語語法。事實上，許多這種變化已經在不知不覺之中發生，並且早已成為新的語言習慣了。例如，年紀較大的北平人所用的正反問句，如「你高興不高興？」、「這個東西乾淨不乾淨？」、「你想去不想？」、「你吃了飯沒有？」等，在臺灣年輕一代的國語中已經過簡化與規則化而變成「你高不高興？」、「這個東西乾不乾淨？」、「你想不想去？」、

「你有沒有吃飯？」了。如果大家平時能注意閱讀報章雜誌的文章，或收聽電視收音機上的談話，那麼不難發現這些新的用法在使用頻率上遠遠超過舊的用法。

有一些語言的變化，可能不是一般「有識之士」所樂意接受的。例如，國語動詞的完成時態，原是把「了」加在動詞之後而成。但是年輕的一代所使用的國語，却在臺語句法的影響及語言規則化的趨勢下，以「有」來代替「了」，並且把「有」加在動詞的前面。於是標準國語的「我打了電話給他了」，就變成「臺灣國語」的「我有打電話給他（了）」。據非正式的調查與統計，目前在高中及大專學校就讀的學生，不分性別與籍貫，使用這種「臺灣國語」的用法者，人數已達二分之一到三分之二。

做為一個語言學家，我們無意對於語言的變化做任何價值判斷，因為這是屬於語言規範與語言教學的工作，按理應該由文教當局與語文教師來擔任。我們所能做的，只是細心觀察語言的變化，照實紀錄這種變化，並試圖說明變化的理由及過程而加以條理化，如此而已。

＊本文曾刊載於語文週刊（1978）一五一五期。

主語的句法與語意功能

　　主語與謂語是分析句子結構時兩個最基本的概念。但是國語句子的主語有時候並不容易認定，至少沒有英語句子的主語那麼容易認定。這是因為：

　　㈠英語的動詞與主語之間，存有「身」與「數」的照應關係。又英語的助動詞，在疑問句必須移到主語的前面。國語的動詞與助動詞缺乏這種句法功能，所以不能藉此認定主語。

　　㈡國語的句子與英語的句子不同，不一定含有主語。例如，說話者的「我」與聽話者的「你」，在當面談話、記日記或寫信中常被省略，因而產生「（我）已經等（你等）了一個鐘頭了！」、「（我）請（你）提出寶貴的意見」、「（你）要不要

一道走？」等不含主語的「無主語句」。就是「我（們）」與「你（們）」以外的其他主語，也常由於有語言環境（如當面說話或有上下文等）可資依靠而加以省略；如「換班了」、「謝絕參觀」、「知無不言，言無不盡」。又如「高速公路通車了」、「今天輪到我當主席」等句子，很難在動詞前面加上主語。至於表示「氣象」的句子（如「刮風了」、「下雨了」、「打雷了」、「出太陽了」）與表示「存在」或「出現」的句子（如「臺上坐着許多位來賓」、「前面來了一個女孩子」、「昨天走了三位客人」、「忽然傳來一陣呼叫聲」）等，有人認為屬於「無主語句」，但也有人主張應該分析為主語與謂語調換位置的「倒裝句」。試比較前面的例句與後面的例句：「風刮得很大」、「雨還在下」、「雷打得很響」、「太陽出來了」、「許多位來賓在臺上坐着」、「有一個女孩子從前面來了」、「有三位客人昨天走了」、「忽然有一陣呼叫聲傳來」。

㈢國語的主語不一定出現於句首。不僅時間名詞可以出現於主語的前面（如「昨天他上臺北去了」、「上星期我見過他」），連賓語名詞也可以由於強調而提到主語之前（如「我讀過這本書了」→「這本書我讀過了」、「他沒有吃早飯，就上學去了」→「早飯他沒有吃，就上學去了」）。尤其國語的句子，除了主語以外，常含有主題（如「他膽子很小」、「五個蘋果有三個爛掉了」、「她的兩個兒子，一個當教員，一個做生意」）。有些主題更獨立於句子組織之外，不與句子裏面的任何成分發生連繫（如「這些事情，我的經驗最豐富了」、「這件事，你自己做主吧」），結果產生好像含有兩個主語的「雙主語句」。有時候，主語的一部分還可能出現於動詞的後面，宛如賓語（如「他的眼睛瞎了」→「他瞎了眼睛了」、「她的臉紅着」→「她紅着臉」）。

以上的現象，使國語句子的主語與動詞的關係糾纏不清。因此，我們要認定主語，就非了解主語的句法與語意功能不可。有關國語主語的句法功能，應該注意下列幾點：

㈠就句法結構而言，國語的主語多是名詞（如「老張」）、代名詞（如「他們」）、名詞片語（如「那些鄰居的孩子」），或經過名物化而具有名詞功能的句子（如「你學法律」最適合）或謂語（如「讀書」是一件樂事、「在家裏」比在外頭舒服多了）。因此，沒經過名物化的介詞片語（①句的「在郊外」），應該分析為處所狀語，而非主語：

①在郊外有一座關公大像。

㈡就名詞的指稱而言，只有「有定」（說話者與聽話者都知道指的是誰或甚麼）或「有指」（只有說話者知道指的是誰或甚麼）的主語纔能出現於動詞之前。有定名詞常加上「這」、「那」、「每」等限定詞或名詞的領位，可以自由地出現於動詞的前面。有指名詞如果要出現於動詞之前，則通常要加「有」（如「我看過三部電影了」→「有三部電影我看過了」）。無定名詞不能出現於動詞的前面。試比較：

②那一張畫掛在牆上。（有定）

③有一張畫掛在牆上。（有指）

④牆上掛着一張畫。（無定）

以上三個例句，除了名詞「畫」的定性有別之外，都描述同樣的事態。因此，如果「那一張畫」是②句的主語，那麼似乎沒有理由不把「有一張畫」與「一張畫」分別視爲③句與④句的主語。

㈢就詞與詞之間的語意上的聯繫而言，主語與動詞之間常有一定的選擇關係。例如，有生名詞纔能做動詞「死」的主語、屬

人男性名詞才能做動詞「娶」的主語、屬人女性名詞才能做「嫁」的主語、具體名詞才能做動詞「搖動」的主語、而抽象名詞才能做動詞「動搖」的主語等。因此，在⑤句裏，主語應該是「腰」與「腿」，而不是「李小姐」，因爲只有「腰」才能「細」、「腿」才能「長」：

　　　⑤李小姐，腰很細，腿很長。

同樣地，在⑥句裏，主語應該是「三位客人」，而不是「昨天」；因爲「來」的是「客人」，而不是「昨天」。

　　　⑥昨天來了三位客人。

同理，⑦句的主語應該是「一個病人」，而不是「牀上」；因爲與動詞「躺」具有語意上的選擇關係的不是「牀上」，而是「一個病人」

　　　⑦牀上躺着一個病人。

　　㈣就句法功能而言，主語可以把句中指稱相同的名詞改爲代名詞（如⑧句的「他」）或反身代名詞（如⑨句的「自己」）、可以把複句中指稱相同的另外一個主語名詞加以刪略（如⑩句的「李小姐」）、也可以在修飾子句中因與被修飾語名詞指稱相同而被刪略（如⑪句的「那個人」）：

　　　⑧老張跟老張的朋友一起出去了。

　　　　→　老張跟（他的）朋友一起出去了。

　　　⑨小明很會照顧小明。　→　小明很會照顧自己。

　　　⑩李小姐說完了這一句話，李小姐就走開了。

　　　　→　a.李小姐說完了這一句話，就走開了。

　　　　　　b.說完了這一句話，李小姐就走開了。

⑪那個人又來了；那個人老愛跟你抬槓。

　　→　老愛跟你抬槓的那個人又來了。

根據這些句法功能來判斷，⑫ 句的「三位客人」與 ⑬ 句的「一張畫」，似乎具有主語的句法功能：

⑫昨天晚上來了三位客人；（這三位客人）是我先生的朋友。

　　昨天晚上來的三位客人是我先生的朋友。

⑬牆上掛着一張畫；（那張畫）是張大千畫的。

　　牆上掛着的一張畫是張大千的作品。

就主語在語意上所扮演的角色而言，國語的主語具有下列幾種語意功能：

㈠施事主語：卽謂語所說的行爲是由主語積極地推動的，在意義上主語是行爲的主動者；如「他打了我一個耳光」、「狗咬了他的腿」。施事主語經常都是有生名詞；含有施事主語與受事賓語的句子常可以改爲被動句，如「我被他打了一個耳光」、「他的腿被狗咬了」。

㈡起因主語：卽謂語所說的事件是因主語而發生的，在意義上主語是事件的起因，如「那一場大火燒毀了好幾棟房子」、「颱風吹倒了所有的樹」。起因主語經常都是無生名詞；含有起因主語與受事賓語的句子通常可以改爲被動句，如「好幾棟房子被那一場大火燒毀了」、「所有的樹都被颱風吹倒了」。

㈢工具主語：卽謂語所說的行爲是以主語爲工具或材料而達成的，在意義上主語是行爲的工具，如「這一把鑰匙可以開大門」、「這一塊布可以做兩件襯衫」。工具主語經常都是無生名

詞；含有工具主語的句子通常不能改為被動句，謂語動詞也不能用進行式。

㈣受事主語：卽主語受謂語所說的行為的影響，在意義上主語是行為的被動者，如「他傷了手」、「我挨了一頓大罵」、「他受到熱烈的歡迎」、「你的信放在桌子上」、「門口的招牌掉下來了」。受事主語可能是有生名詞，也可能是無生名詞；含有受事主語的句子不能改為被動句。

㈤感受主語：卽主語受謂語所說的感官經驗的影響，在意義上主語是知覺或情緒的感受者，如「我聞到了瓦斯的氣味」、「我嚇了一跳」、「我覺得很榮幸」、「他很同情你的遭遇」。感受主語經常是有生名詞；含有感受主語的句子通常不能改為被動句，但是也有例外，如「你說的話全給他們聽到了」、「我昨天抽煙被老師看見了」。

㈥客體主語：卽謂語所說的狀態或事件無所謂施事或受事、主動或被動，主語只是謂語陳述的對象，如「地球是圓的」、「小明很頑皮」、「昨天發生了一件車禍」、「時間過得眞快」。客體主語可能是有生或無生名詞，也可能是具體或抽象名詞。

㈦處所主語：卽主語是表示處所的名詞，如「臺北很熱鬧」、「這裏很清靜」、「這一個運動場可以容納三萬人」。

㈧時間主語：卽主語是表示時間的名詞，如「今天是星期五」、「明年是閏年」、「後天放假」。含有客體主語、處所主語、時間主語的句子通常不能改為被動句，謂語動詞通常也不用進行式。

㈨事件主語：卽主語是表示事件的名詞，如「期末考試從下

週開始」、「比賽正在進行」、「這一次展覽很成功」。事件主
語通常都是由動詞經過名物化來的抽象名詞。

　　㊂交與主語：卽謂語所說的行爲必須牽涉到兩個以上的人或
事物，如「小明跟小華很合得來」、「他們交換了一下眼色就走
開了」、「這四條直線是平行的」。

　　在國語的句子裏所出現的名詞，通常都依照下列的優先次序
成爲句子的主語：① 施事者、起因 ② 工具 ③ 受事者 、感受者
④ 客體、事件 ⑤ 處所 ⑥ 時間。

　　後記：如何認定主語，是國語語法研究史上衆說紛紜，爭論
最久的問題之一。這裏僅提出了我個人對這個問題的看法，以就
敎於方家。又有關國語主語的特性，將在下一篇文章「主語與主
題的畫分」中做更進一步的討論。

＊本文曾刊載於語文週刊（1978）一五一九期。

主語與主題的畫分

在「主語的句法與語意功能」這一篇文章裏，曾提到國語句子的主語並不容易認定。趙元任先生在「中國話的文法」（六九一七〇頁）也注意到這個問題。他指出：國語的主語與謂語之間的語意關係，並不是施事者與其行為的關係，而是主題（談話的話題）與評論（有關話題的解釋）的關係。據趙先生的估計，國語裏主語表達施事者而謂語表達其行為的句子，連含有被動意義的句子都算在內，也只不過是佔句子總數的百分之五十左右而已。因此，他主張拿語意涵蓋比較周延的主題與評論來分別代替施事者與行為，並且認為主題即是主語，評論即是謂語。更具體地說，凡出現於句首，而做為談話的話題的句子成分都是主語；凡是出現於

主題之後,而解釋話題的句子成分都是謂語。因此,按照趙先生的說法,下面例句中包括在引號裏面的部分都是主題,也就是主語;而其餘的部分都是評論,也就是謂語。

①「今天」不去了。

②「這裏」不能說話。

③「他死了的話」就不容易解決了。

④「為了這事情」我真發愁。

⑤「在一年裏」我只病了一次。

⑥「我們」兩個男孩兒,一個女孩兒。

⑦「這個人」耳朵軟。

⑧「十個梨子」五個爛了。

⑨「朋友」舊的好。

⑩「我」一隻手打不過你。

這樣分析句子的結果,產生了許多具有主謂結構的謂語,也就是說,謂語本身含有主語與謂語。例如④句的謂語「我真發愁」裏,含有主語「我」與謂語「真發愁」;⑤句的謂語「我只病了一次」裏,含有主語「我」與謂語「只病了一次」。其他 ⑦、⑧、⑨、⑩ 句的謂語也都含有主語與謂語。除了具有主謂結構的謂語以外,趙先生還承認具有主謂結構的主語。例如,⑪句的主語「狗拿耗子」,含有主語「狗」與謂語「拿耗子」;⑫句的主語「你光說那個」,含有主語「你」與謂語「光說那個」;而⑬句的主語「他死了」含有主語「他」與謂語「死了」,謂語「我真難過」也含有主語「我」與謂語「真難過」。

⑪「狗拿耗子」多管閒事。

⑫「你光説那個」没用。

⑬「他死了」我真難過。

為了區別全句的主語與主謂結構中的主語，前者就叫做「大主語」，後者就叫做「小主語」。

依照趙先生的主張來分析國語句子，確能簡化主語的辨認，辨認的結果也確能趨於統一。但是以這種方式來分析國語句子並不是没有問題的。首先，我們要明白「主題」、「主語」與「施事者」是可以獨立而並存的概念。主題與評論是屬於「交談功用」上的概念：主題表示交談雙方共同的話題，評論表示在這個主題下所做之陳述或解釋。就交談功用而言，主題常代表舊的已知的訊息，而評論則傳遞新的重要的訊息。而主語與謂語則屬於「句法關係」的概念，因此句子的主語固然可以成為交談的主題，動詞的賓語、介詞的賓語、甚至表時間或處所的狀語也都可以成為主題。例如在下列例句裏，⑭與⑮兩句的主題是主語「老張」、⑯句子的主題是動詞「討論過」的賓語「這一個問題」、⑰句的主題是介詞「跟」的賓語「老李」、⑱句的主題是時間狀語「昨天」、而⑲句的主題是處所狀語「在會議上」。

⑭老張昨天在會議上跟老李討論過這一個問題。

⑮老張，（他）昨天在會議上跟老李討論過這一個問題。

⑯這一個問題，老張昨天在會議上跟老李討論過。

⑰老李，老張昨天在會議上跟他討論過這一個問題。

⑱昨天，老張在會議上跟老李討論過這一個問題。

⑲在會議上，老張昨天跟老李討論過這一個問題。

至於施事者，是指名詞的「語意功能」而言。我們在前一篇文章

裏已經討論過，國語的主語在語意上所能扮演的角色，除了施事者以外，還有「起因」、「工具」、「受事者」、「感受者」、「客體」、「處所」、「時間」、「事件」等。因此，無論是主語或主題的語意都不限於施事者，擔任其他語意功能的名詞也都可以成爲主語或主題。例如，下列例句中引號內的名詞分別具有不同的語意功能。但是就句法關係而言，都是句子的主語；就交談功用而言，都是交談的主題。

　　⑳「那一場大火」把幾十棟房子統統燒燬了。（起因）

　　㉑「這一把鑰匙」可以開大門。（工具）

　　㉒「僑胞」受到了熱烈的歡迎。（受事者）

　　㉓「她」感到了無比的幸福。（感受者）

　　㉔「地球」是圓的。（客體）

　　㉕「圖書館裏」很清靜。（處所）

　　㉖「下星期三」放半天假。（時間）

　　㉗「歌唱比賽」正在進行中。（事件）

既然主題、主語、施事者是可以獨立而並存的概念，就似乎不應該把三者混爲一談，而應該加以區別才對。

　　其次，我們應該注意國語的主語與主題，在語意與句法功能上有如下的區別：

　　㈠主語與謂語動詞或形容詞之間，在語意上有一定的選擇關係；主題與謂語動詞或形容詞之間則沒有這種選擇關係。例如在㉘句裏，謂語動詞「病」必須選擇有生名詞「我」爲主語，與主題「去年」則並無語意上的選擇關係。

　　㉘去年我只病了一次。

同樣地，在㉙句裏形容詞「眾多」與「豐富」分別爲主語「人口」與「物產」充當謂語，而與主題「中國」則並無直接的語意聯繫。

　　㉙中國人口眾多，物產豐富。

　　㈡謂語動詞可以決定主語，却不能決定主題。例如動詞「開」、如果與施事者名詞「老王」、工具名詞「這一把鑰匙」、與客體名詞「大門」連用時，在一般情形下可以依照①施事者、②工具、③客體的優先次序決定其主語。試比較：

　　㉚「老王」可以用這一把鑰匙開大門。

　　㉛「這一把鑰匙」可以開大門。

　　㉜「大門」可以開。

另一方面，主題却無法如此決定。例如㉝到㊱的句子都由不同的名詞來擔任主題，但是在這些句子裏並無任何優先次序可言。

　　㉝「老王」昨天用這一把鑰匙來開大門。

　　㉞「昨天」老王用這一把鑰匙來開大門。

　　㉟「這一把鑰匙」老王昨天用來開大門。

　　㊱「大門」（是）老王昨天用這一把鑰匙來開（的）。

　　㈢主語名詞可以把句中指稱相同的名詞改爲代名詞、反身代名詞、或整個加以刪略，也可以由於改爲被動而在句子中移動。主題名詞則除非同時兼充主語，否則不具有這種句法功能。試比較（從㊲到㊵的例句中，a句的「陳先生」是主語，b句的「陳先生」是主題）：

　　㊲a.陳先生跟（他的）朋友一起出去了。

　　　b.陳先生，他太太跟（她的）朋友一起出去了。

　　㊳a.陳先生很會照顧（他）自己。

　　ｂ.陳先生，他太太很會照顧 (她) 自己。

㊴ａ.陳先生很會唱歌 (他) 也很會跳舞。

　　ｂ.陳先生，他太太很會唱歌 (她) 也很會跳舞。

㊵ａ.陳先生不小心 (他) 給椅子絆倒了。

　　ｂ.陳先生，他太太不小心 (她) 給椅子絆倒了。

　　㈣主題名詞必須在指稱上是「有定」或「泛指」的，因為只有「有定」或「泛指」的人或事物才可以做為談話的主題。主語名詞不一定是「有定」或「泛指」的，「有指」名詞 (卽只有說話者知道所指者究竟何人、何物、何事，而聽話者卻不知道) 也可以當主語。
試比較：

㊶ａ.這一種魚，我很喜歡吃。 (有定)

　　ｂ.這一種魚很好吃。

㊷ａ.魚，我最喜歡吃黃魚。 (泛指)

　　ｂ.魚 (都) 很好吃。

㊸ａ.??有一種魚，我最喜歡吃。 (有指)

　　ｂ.有一種魚很好吃。

㊹ａ.＊一種魚，我很喜歡吃。 (無定)

　　ｂ.＊一種魚很好吃。

　　㈤主題名詞經常出現於句首；主語名詞則不一定出現於句首。在前面所舉的例句中，所有的主題名詞都出現於句首。但是主語名詞卻不一定出現於句首，因為如果主題與主語同時出現，那麼兩者出現的次序一定是主題在先，主語在後。又如果把㊺句的「那三個客人」與㊻句的「三個客人」，根據其語意與句法功能都分析為主語，那麼有指名詞「三個客人」就出現於句尾做主

語。

㊺那三個客人昨天來了。

㊻昨天來了三個客人。

㈥主語名詞與所屬句子之間有一定的句法關係；主題名詞雖然在大多數情形下都可以分析爲來自句子的主語、賓語、或狀語等，但是也有些主題名詞獨立於句子組織之外，不與句子裏面的任何成分發生句法上的關係。例如㊼句的「魚」與㊽句的「這一種事」，就無法分析爲後面句子的組織成分。

㊼魚，黃魚最好吃。

㊽這一種事，我的經驗最豐富了。

㈦主題名詞常可以在前面冠上「說到」、「至於」、「關於」等；主語名詞經過變形而離開句首的位置以後也常可以在前面加上「被」、「歸」、「由」等。試比較:

㊾「說到魚」，黃魚最好吃。

㊿「關於這一種事」，我的經驗最豐富了。

(51)a.老師罵了我。

b.我「被老師」罵了。

(52)a.他保管所有的錢。

b.所有的錢都「歸他」保管。

(53)a.我來處理這一個問題。

b.這一個問題「由我」來處理。

最後，我們談到主題與主語之間可能存在的語意上的聯繫。主題與主語之間的語意關係，主要地有「施受關係」(如(54)與(55)句)、「時間背景」(如(56)句)、「處所背景」(如(57)句)、「分子關

係」（如⃝58句）、「領屬關係」（如⃝59與⃝60句）、「類名關係」（如⃝61句）、「度量關係」（如⃝62句）等。

　　⃝54老張，（他）幫過我的忙。（施事者）

　　⃝55老李，我幫過（他的）忙。（受事者）

　　⃝56五月裏，雨量最多。

　　⃝57阿里山上，櫻花開得很美。

　　⃝58她的三個孩子，一個在大學念書、一個在中學念書、一個在小學念書。

　　⃝59李小姐，眼睛很漂亮。

　　⃝60這個人，年紀雖小，做事却很老練。

　　⃝61哺乳動物，鯨魚最大。

　　⃝62糖，一斤五塊錢。

＊本文曾刊載於語文週刊（1978）一五二三期。

賓語的句法與語意功能

　　國語句子中賓語的概念，乍看之下，似乎比主語的概念清楚得多，其辨認似乎也較爲容易。其實，無論就句法功能或語意內涵而言，國語的賓語都比主語更爲複雜，更難以下定界說。

　　爲了要確實了解賓語的概念，我們必須先辨別及物動詞與不及物動詞之分。黎錦熙先生在「國語文法」一百二十二頁對及物動詞（外動詞）與不及物動詞（內動詞）所下的定義分別是：「動作外射，及於他物」與「動作內凝，止乎自身」。但是黎先生這一種全憑抽象語意的定義，非但未能解決問題，反而引起更多的問題來。

　　㈠動詞不一定表示動作，也可能表達事件或狀態。特別是表

示關係、情意作用、或經驗方法的動詞都沒有具體能見的動作可言。例如，下面各例句引號裏面的動詞，雖然不表動作，但都是動詞，而且都是及物動詞。

　①我「有」兩個弟弟，三個妹妹。

　②他「喜歡」英文，「討厭」數學。

　③我「聽」過了話以後，就把它「忘掉」了。

　㈡所謂「外射」與「內凝」的區別，或「及於他物」與「止乎自身」的畫分，實在太抽象、太籠統，無法幫助我們認定那些是及物動詞，那些不是及物動詞。例如在①到③的例句中，「兩個弟弟」與「三個妹妹」是及物動詞「有」的賓語，「英文」與「數學」分別是及物動詞「喜歡」與「討厭」的賓語，而「話」與「它」又分別是及物動詞「聽」與「忘掉」的賓語。但是這些及物動詞與賓語之間，都沒有外部可見的活動形式。即令就表具體可見的動作的動詞如「吃」而言，可以出現於動詞後面的名詞，除了受動作直接影響的事物（如「吃飯」）以外，還可以是與動作有關或對動作起一些限制作用的各種名詞，包括：處所詞（如「吃館子」）、時間詞（如「吃晌午」）、以及表示動作的結果（如「吃壞了肚子」）或使用的工具（如「吃大碗」）的名詞等等。另一方面，我們也不能把所有出現於動詞後面的名詞一律分析爲賓語，因爲有些出現於動詞後面的名詞可能是主語補語（如④、⑤兩句）、期間補語（如⑥、⑦兩句）、囘數補語（如⑧、⑨兩句），甚或可能是主語（如⑩、⑪兩句）或主語的一部分（如⑫、⑬兩句）。

　④我姓王。

　⑤他成爲百萬富翁。

⑥他睡了一夜。

⑦我病了三天。

⑧她哭了兩次。

⑨你跑了好幾趟。

⑩昨天來了許多客人。

⑪牀上躺着一個病人。

⑫她死了母親。 （比較：她的母親死了。）

⑬他聾了耳朵。 （比較：他的耳朵聾了。）

㈢國語的及物動詞常具備兩用的性質； 也 就 是 說可以帶賓語，也可以不帶賓語。例如，在下面的例句中(a)、(b)兩句都可以說。

⑭a.我吃過飯了。

　　b.我吃過了。

⑮a.他已經看完了書了。

　　b.他已經看完了。

⑯a.你一定要牢牢記住這一句話。

　　b.你一定要牢牢記住。

⑰a.我們很高興你來。

　　b.我們很高興。

只有極少數的及物動詞（如「使」、「讓」、「強迫」等經常做兼語式的第一個動詞，因此非帶賓語不可），僅能單用，而不能兩用。另一方面， 不及物動詞雖然以單用為原則 ， 但是在特殊情形下也可以帶賓語。這種情形，包括：詞類與詞義的改變（如⑱與⑲兩句）、由「施動」用法變為「使動」用法（如⑳與㉑兩句）、及以處所名詞表終點（如㉒與

㉓兩句）等。

  ⑱a.他笑了。

   b.他笑我（笨）。

  ⑲a.媽媽肚子疼。

   b.媽媽疼兒子。

  ⑳a.喇叭一直響着。

   b.司機一直響着喇叭。

  ㉑a.有一百多個學生坐在教室裏。

   b.這個教室可以坐一百多個學生。

  ㉒a.他跑了。

   b.他天天跑臺北。

  ㉓a.小鳥飛了。

   b.他明天飛日本。

有些不及物動詞本來只能單用，但是後來逐漸帶上使動的意義，也可以接賓語而變成兩用了。在語言演變的過程中，常產生過渡時期的中間現象。因此，在對與不對，或通與不通之間，就難免產生不同的看法。例如，大多數人都會接受㉔與㉕的句子；但是㉖與㉗的句子則可能有些人接受，有些人不接受。

  ㉔我們必須「端正」社會風氣。

  ㉕我不「清楚」你的意思。

  ㉖我們應該設法「豐富」我們的生活經驗。

  ㉗只要你能「坦白」你的錯誤，我們決不責怪你。

  ㈣要辨認及物與不及物動詞，還得先確定詞的界說或範圍。有些動詞單獨用的時候是不及物動詞，但是帶上了補語以後就可

以有及物用法。試比較下列例句：

　　㉘a.他笑了。

　　　b.他差一點笑破了肚子。

　　㉙a.她哭了。

　　　b.她哭壞了眼睛。

　　㉚a.我不小心跌倒了。

　　　b.我不小心跌傷了腿。

又有些動詞，如「留心、幫忙、免職」，具有及物動詞與賓語的內部結構，而且常能拆開來用（如㉛到㉝的a句），但就外部的句法功能而言，本身也是及物動詞，可以另外帶上賓語（如㉛到㉝的b句）。

　　㉛a.請你多留點心。

　　　b.請你留心火燭。

　　㉜a.我來幫你的忙。

　　　b.我來幫忙你。

　　㉝a.部長免了他的職。

　　　b.部長把他免了職。

另外還有一些動詞，如「坐牢、站崗、走江湖、跑龍套」等，動詞與賓語之間的結合非常密切，除了可以插進「了」、「過」等時態標記或加上「三年的」、「一小時的」等表期間的修飾語以外，很少拆開來使用，似乎應該做爲固定結合的詞來處理。

　　從上面的討論可以明白，賓語的辨認不僅牽涉到及物動詞與不及物動詞的區分，而且還關係到詞的界說與範圍，問題相當複雜。因此，我們要辨認賓語，就非徹底了解賓語的句法與語意功能不可。

有關國語賓語的句法功能，應該注意下列幾點：

㈠就句法結構而言， 國語的賓語多是名詞（如（吃）「飯」）、代名詞（如（認識）「他」）、名詞片語（如（接受）「大家的意見」）或具有名詞功能的句子（如（高興）「你能來」）或謂語 （如（喜歡）「讀書」、（愛）「跟人抬槓」）。因此，表期間或囘數的數量片語（如㉞句的「一整天」與㉟句的「三次」） 與沒有經過名物化的介詞片語 （如㊱句的「在樹底下」與㊲句的「到這裏」）都應該分析爲補語，而非賓語。

㉞我睡了一整天。

㉟他前後看了三次。

㊱她站在樹底下。

㊲他們甚麼時候來到這裏？

㈡就名詞的指稱而言，「無定」或「有指」賓語常出現於動詞的後面；「有定」賓語旣可以出現於動詞的後面，又可以出現於動詞的前面或主語的前面。試比較：

㊳a.我想買一本字典。（無定或有指）

b.我已經買了那一本字典了。

㊴a.＊我一本字典想買。

b.＊一本字典我想買。

c.我那一本字典已經買了。

d.那一本字典我已經買了。

這種賓語提前的句子，如果由於當面說話或有上下文可資依靠而把主語加以省略，就變成以賓語爲表面主語的帶有「受動」意味的句子，例如：

㊵那一本書已經買了。

㊂就詞與詞之間的語意上的聯繫而言，動詞與賓語之間常有一定的選擇關係。例如，有生名詞才能做動詞「殺」的賓語、屬人男性名詞才能做動詞「嫁」的賓語、屬人女性名詞才能做動詞「娶」的賓語、具體名詞才能做動詞「搖動」的賓語、而抽象名詞才能做動詞「動搖」的賓語等。

㊃就句法功能而言，國語的賓語具有下列幾個句法特徵：

甲、賓語的位置通常在動詞的後面。但是爲了強調賓語，讓它突顯（如㊵句），或者由於賓語字數太多，放在原位嫌累贅（如㊶句）的時候，可以提到動詞或主語的前面。提前的賓語，必須是「有定」的，至少是「有指」的（如㊷句）。

㊵a.他沒有吃早飯就上學去了。

b.他早飯沒有吃就上學去了。

c.早飯他沒有吃就上學去了。

㊶a.我還記得她那一頭烏黑的頭髮和明亮的眼睛。

b.她那一頭烏黑的頭髮和明亮的眼睛，我還記得。

㊷a.我不會解一個問題。

b.我有一個問題不會解。

c.有一個問題我不會解。

提前的有定賓語常可以在前面加介詞「連」，例如：

㊸a.他連早飯也沒吃就上學去了。

b.連早飯他也沒吃就上學去了。

㊹a.我連她的名字都還記得。

b.連她的名字我都還記得。

兩事平行或對比的時候，賓語也常移到動詞或主語的前面，

例如：

⑮a.他要學法文，也要學德文。

b.他法文也要學，德文也要學。

c.法文他也要學，德文他也要學。

⑯a.我們扔掉不能用的，留下還可以用的。

b.我們把不能用的扔掉，還可以用的留下。

c.不能用的我們扔掉，還可以用的我們留下。

兩個（或兩個以上）並列的句子，以同一個名詞為賓語的時候，為了避免重複，也常把賓語提到句首：

⑰a.老師解釋過這一個問題，可是我們還是不太清楚這一個問題。

b.這一個問題老師解釋過了，可是我們還是不太清楚。

⑱a.李小姐看過那一本書了；林小姐看過那一本書了；王小姐看過那一本書了。

b.那一本書，李小姐、林小姐、王小姐都看過了。

這一種提前到句首的賓語，在交談上具有主題的功能。因此有前一句的主語成為後一句的賓語的情形（如⑲句），也有前一句的賓語成為後一句的主語的情形（如⑳句）。

⑲這一本書寫得很好，你應該仔細研讀。

⑳這一本書我已經讀過了，寫得很不錯。

周遍性（即含有「無論甚麼」或「一切」的意思）的賓語，非提前不可。試比較：

㉑a.＊他辦好了件件事。

b.他件件事都辦好了。

　　c.件件事他都辦好了。

⑤a.＊我吃（無論）甚麼。

　　b.我（無論）甚麼都吃。

　　c.（無論）甚麼我都吃。

㊌a.＊這個人不相信（無論）誰。

　　b.這個人（無論）誰都不相信。

　　c.（無論）誰這個人都不相信。

㊐a.＊他不去（無論）哪兒。

　　b.他（無論）哪兒也不去。

　　c.（無論）哪兒他也不去。

㊑a.＊我問過凡是跟他有關的人。

　　b.我凡是跟他有關的人都問過。

　　c.凡是跟他有關的人我都問過。

動詞由表「剛做某事」的 「一」 修飾的時候， 賓語也非提前不可，例如：

㊏a.＊他一脫鞋子，一扔帽子，就躺在牀上呼呼大睡了。

　　b.他鞋子一脫，帽子一扔，就躺在牀上呼呼大睡了。

　　c.鞋子一脫，帽子一扔，他就躺在牀上呼呼大睡了。

後面帶有補語的賓語 （如㊐句）、 介詞後面的賓語 （如㊑句）、 或「連動式」裏面第一個動詞的賓語 （如㊒句）提前移到句首的時候，必須在原位置留下人稱代詞做「副本」。

㊐a.我們請張先生幫你設計。

　　b.＊張先生我們請幫你設計。

　　c.張先生我們請「他」幫你設計。

⑱a. 我們跟那個人毫無關係。

b. ＊那個人我們跟毫無關係。

c. 那個人我們跟「他」毫無關係。

⑲a. 我抱了那一個孩子從窗口跳下去。

b. ＊那一個小孩子我抱了從窗外跳下去。

c. 那一個小孩子我抱了「他」從窗口跳下去。

在比較歐化的句法裏，子句賓語也可以提前，特別是動詞是「想、以為、認為、知道、問」等的時候，例如：

⑳a. 我想事情不妙了。

b. 事情不妙了，我想。

㉑a. 他以為一切都是天意，怪不得別人。

b. 一切都是天意，怪不得別人，他以為。

乙、有定賓語帶有適當的補語或修飾語的時候，可以用介詞「把」提到動詞的前面去。試比較：

㉒a. ＊我把他打。

b. 我把他打昏了。

c. 我把他打倒在地上。

d. 我把他打了一頓。

e. 我把他打得哭起來了。

f. 我把他打得東倒西歪的。

g. 我把他狠狠地打了。

㉓a. ＊他把書放。

b. 他把書放好了。

c. 他把書放下來。

d.他把書放到一邊。

e.他把書放得很整齊。

f.他把書放得整整齊齊的。

g.他把書一放，就跑出去玩了。

用介詞「把」的賓語提前，與前面討論過的可用介詞「連」的賓語提前不同： 前者的動詞受有許多限制， 後者的動詞限制較少 (如64與65句)；前者的賓語出現於時間副詞與助動詞的後面，後者的賓語出現於時間副詞與助動詞的前面 (如66句)。

⑥a.他很喜歡數學。

b.他 (連) 數學 (都) 很喜歡。

c.*他把數學很喜歡。

⑥a.我見過那一個人。

b.我 (連) 那一個人 (也) 見過。

c.*我把那一個人見過。

⑥a.他下個月要租出去那棟房子。

b.他那棟房子下個月要租出去。

c.?他下個月那棟房子要租出去。

d.他下個月要把那棟房子租出去。

e.*他把那棟房子下個月要租出去。

　　丙、在被動式裏，主動式原來的賓語變成主語，而主語則變成介詞「被」的賓語，試比較：

⑥a.他太太狠狠地打了他一頓。

b.他被他太太狠狠地打了一頓。

⑥a.他把你的信弄丟了。

b.你的信被他弄丟了。

丁、賓語後面帶有情狀（如⑥⑨句）、期間（如⑦⑩句）、量值（如⑦⑪句）、回數（如⑦⑫句）等補語的時候，動詞要重複出現一次，例如：

⑥⑨他唱歌「唱」得很好聽。

⑦⑩我睡午覺「睡」了三個鐘頭。

⑦⑪她買菜「買」了五十塊錢。

⑦⑫他們看戲「看」了三次。

如果把這些例句的第一個動詞刪掉，就變成了賓語提前的句子。

⑦⑬他歌唱得很好聽。

⑦⑭我午覺睡了三個鐘頭。

⑦⑮她菜買了五十塊錢。

⑦⑯他們戲看了三次。

戊、表期間、量值與行程的補語可以移到賓語的前面做修飾語，例如：

⑦⑰我睡了「三個鐘頭的」午覺。

⑦⑱她買了「五十塊錢的」菜。

⑦⑲我走了「三公里」的路。（我走路走了三公里）

⑧⑳他們看了「三次」戲。

⑧㉑她買了「十斤」牛肉。（她買牛肉買了十斤）

己、表「關係者」的介詞（如「跟」、「給」等）的賓語，也可以刪掉介詞之後成為動詞賓語的修飾語，試比較：

⑧㉒a.你別「跟他」開玩笑。

　　　b.你別開「他的」玩笑。

　㉓a.不要再「跟我」搗蛋。

　　　b.不要再搗「我的」蛋。

　㉔a.請你「給我」幫忙。

　　　b.請你幫「我的」忙。

　　庚、動詞與賓語之間通常可以插進時態標記「了、過、着、起(來)」等，例如：

　㉕a.我吃「了」飯了。

　　　b.我吃「過」飯了。

　　　c.我正吃「着」飯呢。

　㉖他說「起」話「來」，總是說個沒完。

㉖句裏面的「個沒完」，不是賓語，而是表情狀或程度的補語。趙元任先生在「中國話的文法」三二〇頁裏稱這種補語爲「假賓語」。類似的例句還有：

　㉗你得說個清楚。

　㉘我今天要喝個痛快。

　　辛、關係子句裏面的賓語，如果與被修飾語名詞指稱相同，通常都要刪去，例如：

　㉙a.那個小孩子又來了；你喜歡那個小孩子。

　　　b.你喜歡的那個小孩子又來了。

但是如果賓語後面帶有補語 (如⑳句)， 那麼就要在原位置留下人稱代詞做「副本」。

　㉚a.那個小孩子又來了；你叫那個小孩子不要再來。

　　　b.＊你叫不要再來的那個小孩子又來了。

c.你叫「他」不要再來的那個小孩子又來了。

就賓語在語意上所扮演的角色而言，國語的賓語具有下列幾種語意功能：

㈠受事賓語：卽因施事者所發起的行為或動作而受影響者，在意義上賓語是謂語動詞所表達的行為或動作的受事者。受事賓語可能是有生名詞，如「他殺了他的太太」；可能是無生名詞，如「他不小心打破了她心愛的花瓶」；也可能是抽象名詞，如「敵人的宣傳不能動搖我們的意志」。受事賓語可以移到句首做主題，可以改為「被」字句的主語，也可以出現於「把」字句。

㈡結果賓語：卽賓語所指的事物是因謂語動詞所說的行為或動作而產生的，在意義上賓語是行為或動作的成果，如「唱歌、寫字、畫畫、做詩、煮飯、挖洞、蓋房子、創紀錄、製造新聞、發明機器」等。結果賓語可以移到句首做主題，也可以改為「把」字句，但是通常都不能成為「被」字句的主語。試比較：

㉛a.他們在地上挖了一個洞。

b.＊(有)一個洞被他們在地上挖了。

c.地上被他們挖了一個洞。

㈢對象賓語：卽賓語是謂語動詞所說的感官經驗的對象，在意義上對象賓語與感受主語相對，因而二者常相伴出現，如「他很同情你的遭遇」、「他不滿意你的作風」、「我不明白你的意思」。對象賓語可以移到句首做主題，但是除了少數例外不能出現於「把」字句與「被」字句。試比較：

㉜a.他 (很) 同情你的遭遇。

b.＊他把你的遭遇 (很) 同情。

　　c. ＊你的遭遇被他 (很) 同情。

⑨a.他們聽到了你說的話。

　　b. ＊他們把你說的話聽到了。

　　c.你的話被他們聽到了。

　　㈣致動賓語：卽謂語動詞含有使動意義，因此致動賓語雖然在句法上是賓語，在語意上卻是謂語動詞所說的行為或狀態的主體。例如，「他開了門」的結果是「門開了」，而「他停了車子」的結果是「車子停了」。又如，「司機一直響着喇叭」表示「喇叭一直響着」，而「那麼就辛苦你一趟吧」則表示「你要辛苦一趟了」。這種動詞的使動用法，常由單音節形容詞轉用而來，而且賓語大都是跟身體有關的名詞，如「大着膽子、紅了臉、彎了腰、歪着嘴巴、狠了心、靜點心、低着頭、光着頭、直着脖子、軟了心、硬着頭皮」等。又這些動詞與賓語的配合常是固定的；也就是說，某一個動詞只能與表示身體某一部分的名詞連用。例如，我們可以說「大着膽子」或「紅了臉」，卻不能說「大着心」或「紅了手」。另外還有雙音節形容詞或動詞的使動用法，如「端正社會風氣、鞏固學習基礎、壯大隊伍、堅強陣容、鎭定自己、健全組織、澄淸視聽、充實內容、豐富生活經驗、緩和國際形勢、繁榮國家經濟」等。致動賓語可以移到句首做主題或主語，甚或可以出現於「把」字句，但是很少出現於「被」字句。

　　㈤工具賓語：卽謂語動詞所說的行為是以賓語為工具或材料而達成的，在意義上賓語是行為的工具或器材，如「開刀、澆水、敬酒、蓋被子、吃大碗、吃小碗」等。工具賓語，除了「吃大碗、吃小碗」等例外以外，大都可以移到句首做主題，也可以

改爲「把」字句，却很少出現於「被」字句。

㈥歷事賓語：即賓語是主語所充任的職務或所經歷的事件，如「我做了主席」、「他當過班長」、「她遭受了繼母的虐待」，「你終於嘗到了失敗的滋味了」。歷事賓語可以移到句首做主題，但是不能改爲「把」字句或「被」字句。

㈦處所賓語：即賓語是表示地點（如「住旅館、住宿舍、走路、走江湖」），起點（如「下車、下臺、跳車、離家」），終點（如「上車、上臺、跳海、回家、飛東京」），途徑（如「上樓、下樓、走海線、走山線、飛太平洋」）的名詞。含有處所賓語的句子，一般都不能改爲「把」字句或「被」字句。

㈧時間賓語：即賓語是表示時間（如「近午刻、過期限」），或期間（如「過了三天，還差兩天」）的名詞。含有時間賓語的句子，一般都不能改爲「把」字句或「被」字句，但有例外。試比較：

(94)a.他等了兩個鐘頭的時間。

b.＊他把兩個鐘頭的時間等了。

c.＊兩個鐘頭的時間被他等了。

(95)a.他花了兩個鐘頭的時間。

b.他把兩個鐘頭的時間全花在牌桌上。

c.兩個鐘頭的時間被他全花在牌桌上。

㈨量値賓語：即謂語動詞是表示量値以及增減關係的詞，而賓語名詞是表示價値或數量的詞，如「這一棟房子値三百萬元」、「參加的會員達三千人」、「他們最近又添了一個孩子」、「他考了一百分」。量値賓語既不能移到句首做主題，也不能改寫成「把」字句或「被」字句。

　　㊂領屬賓語：卽主語與賓語之間具有「物主」與「屬物」的關係；領屬賓語雖然在句法上是賓語，但是語意上却是主語的一部分。例如，「他瞎了眼睛了」與「他的眼睛瞎了」同義，而「她死了母親了」則與「她的母親死了」同義。接領屬賓語的動詞，如「瞎、死、聾（耳朵）、麻（腿）」等，實際上是不及物動詞，因此含有領屬賓語的句子不能改爲「把」字句或「被」字句。

＊本文曾刊載於語文週刊（1978）一五二五期、一五二七期、一五二八期。

直接賓語與間接賓語

國語及物動詞裏面，有一種表示「人與人之間交接一種事物」（黎錦熙「國語文法」三四頁）的動詞，常帶兩個名詞作賓語。傳統的國語文法，把這兩個賓語名詞中，表示接受事物的人（如例句①、②、③的「我」）叫做間接賓語，表示所交接的事物（如例句①的「兩本書」、②的「一份禮物」、③的「十塊錢」）叫做直接賓語。帶有直接與間接雙種賓語的動詞，可以叫做「雙賓動詞」。

①他給我兩本書。

②他要送我一份禮物。

③他昨天還了我十塊錢。

國語的雙賓動詞，主要的有「給、送、還、寄、交（付）、遞、

傳、賣、許、賺、輸、賞、罰、託（付）、告訴、問、請教、麻煩、借、拿、買、租、分、搶、偷、騙、佔、贏、用、花」等。（趙元任先生「中國話的文法」三一八頁還列了「叫」（如「他叫我三哥」）、「罵」（如「他罵我笨蛋」）、「當」（如「你當我甚麼東西？」）、「封」（如「皇帝封他右將軍」）等，但是這些動詞後面的兩個名詞分別是賓語與賓語補語，而不是間接賓語與直接賓語。）這些動詞雖然都可以帶上兩個賓語，但是這兩種賓語無論在語意內涵或句法功能上都有相當的差別。例如④句雖然與③句極為相似，但是「借」後面的間接賓語「我」却不能解作接受事物的人，因為在這個例句裏主語的「他」是向間接賓語的「我」（也就是從「我」這裏）借了十塊錢去的。同樣地，⑤句中的「你」似乎也不能解作接受事物的人，「一個問題」也不能解作所交接的事物。

　　④他昨天借了我十塊錢。

　　⑤我想請教你一個問題。

又如②句與③句可以分別改成⑥句與⑦句，而並不因此改變句義。但是④句與⑤句却不能比照前兩句改為⑧句或⑨句，因為⑧句與④句不同義，而⑨句則不合國語語法。

　　⑥a.他要送給我一份禮物。

　　　b.他要送一份禮物給我。

　　⑦a.他昨天還給了我十塊錢。

　　　b.他昨天還了十塊錢給我。

　　⑧a.他昨天借給了我十塊錢。

　　　b.他昨天借了十塊錢給我。

　　⑨a.＊我想請教給你一個問題。

b.＊我想請教一個問題給你。

這些觀察顯示我們必須對於國語間接賓語的語意與句法功能做更深入一層的分析。

國語的雙賓動詞，根據其間接賓語的語意內涵與句法表現，可以分為四類：

第一類雙賓動詞包括：「傳、交、許、寄」等。這類動詞在語意上都表示交接的動作；主語名詞表示交接事物的人，直接賓語表示所交接的事物，而間接賓語則表示接受事物的人。在句法功能上，這些動詞必須在間接賓語之前加「給」，而間接賓語在句中既可以出現於直接賓語的前面，又可以出現於直接賓語的後面。無論是出現於直接賓語之前或後，間接賓語前面的「給」都不能省略。例如：

⑩a.我寄給他一份禮物。

　　b.我寄一份禮物給他。

⑪a.他交給我這一封信。

　　b.他交這一封信給我。

又含有這一類雙賓動詞的句子，間接賓語的有無並不影響句子的成立， 但是直接賓語的省略似乎使句子顯得較為不自然。 試比較：

⑫a.我寄了一份禮物。

　　b.？我寄了給他。

這一類動詞，只有直接賓語可以移到句首做主題（如⑬句）、 可以在「被」字句當主語 （如⑭句）、 可以在「把」字句與「連」字句中提到動詞的前面 （如⑮句與⑯句）、 可以在關係子句內被刪略 （如

⑰句)、可以在「準分裂句」中用「的是」分開後做為句義的焦點（如⑱句）。例如：

⑬a. 那一份禮物，我寄給老師了。

　　b. *老師，我寄 (給) 了那一份禮物了。

⑭a. 那一本書被他寄給朋友了。

　　b. *我被他寄給那一本書了。

⑮a. 我把那一份禮物寄他了。

　　b. *我把他寄 (給) 那一份禮物了。

⑯a. 我連那一份禮物都寄給老師了。

　　b. *我連老師都寄 (給) 一份禮物了。

⑰a. 這就是我要寄給朋友的禮物。

　　b. *他就是我寄 (給) 禮物的朋友。

⑱a. 我寄給朋友的是這一份禮物。

　　b. *我寄一份禮物的是 (給) 這一位朋友。

　　第二類雙賓動詞包括：「送、賞、託 (付)、還、付、輸」等（趙元任先生「中國話的文法」把「輸」歸入第一類，而把「教、告送」歸入第二類）。在語意上，這一類動詞與第一類雙賓動詞一樣，也都表示交接的動作；主語、直接賓語、間接賓語分別表示交接事物的人、所交接的事物、與接受事物的人。在句法功能上，這一類動詞也要在間接賓語之前加「給」，而間接賓語也可以出現於直接賓語的前面或後面。不過與第一類雙賓動詞不同，出現於直接賓語前面的間接賓語可以省略「給」。試比較：

⑲a. 我要送給他一份禮物。

　　b. 我要送一份禮物給他。

⑳a.我要送他一份禮物。

　b.＊我要送一份禮物他。

㉑a.我要寄給他一份禮物。

　b.＊我要寄他一份禮物。

這一類動詞，直接賓語的省略也似乎比間接賓語的省略較爲不自然。

㉒a.我送了一份禮物。

　b.？我送了給他。

第二類雙賓動詞與第一類雙賓動詞一樣，只有直接賓語可以做被動句的主語(㉔句)、或在「把」字句中提前(㉕句)；但是與第一類雙賓動詞不同，除了直接賓語之外間接賓語也似乎可以做句子的主題(㉓句)、可以在關係子句內被刪略(㉗句)、也可以在準分裂句中做焦點(㉘句)。例如：

㉓a.那一份禮物，我送(給)老師了。

　b.老師，我送了一份禮物了。

㉔a.那一本書被他送(給)朋友了。

　b＊我被他送(給)那一本書。

㉕a.我把那一份禮物送(給)他。

　b.＊我把他送(給)了一份禮物。

㉖a.我連那一份禮物都送(給)老師了。

　b.我連老師都送了一份禮物了。

㉗a.這就是我送(給)朋友的禮物。

　b.他就是我送了禮物的朋友。

㉘a.我送(給)朋友的是這一份禮物。

　　　b.我送了一份禮物的是這一位朋友。

　　第三類雙賓動詞包括：「吃、喝、抽、收、用、賺、贏、搶、偷、佔、罰、騙、要、討、花、欠」等。這一類動詞在語意上表示消耗、索取、侵佔、贏得、奪取等動作或行為，主語與間接賓語分別表示因這些動作或行為而得利與受害的人，直接賓語則表示與利害得失有關的事物。這一類動詞在句法功能上不能在間接賓語之前加「給」，而且間接賓語必須出現於直接賓語的前面。試比較：

　　㉙a.我要了他一份禮物。

　　　b.＊我要給了他一份禮物。

　　　c.＊我要了一份禮物他。

　　　d.＊我要了一份禮物給他。

　　㉚a.他贏了我十塊錢。

　　　b.＊他贏給了我十塊錢。

　　　c.＊他贏了十塊錢我。

　　　d.＊他贏了十塊錢給我。

含有這一類動詞的句子，直接賓語的省略也比間接賓語的省略較為不自然。

　　㉛a.我要了一份禮物。

　　　b.??我要了他。

　　㉜a.他贏了十塊錢。

　　　b.??他贏了我。

又這一類動詞的間接賓語，如果在後面加了表示領位的「的」，就可以成為直接賓語的修飾語。例如：

㉝a.我要了他的一份禮物。

　　b.他贏了我的十塊錢。

第三類雙賓動詞，與第一、二類雙賓動詞不同，直接與間接賓語都不能在「把」字句中提前 (㊱句)，而且間接賓語比直接賓語更適合於做句子的主題 (㉞句) 或被動句的主語 (㉟句)、在「連」字句中提前 (㊲句)、在關係子句中被刪略 (㊳句)、在準分裂句中做焦點 (㊴句)。試比較：

㉞a.？那一份禮物，我要過他。

　　b.他，我要過那一份禮物。

㉟a.＊那十塊錢被朋友要了我了。

　　b.我被朋友要了十塊錢了。

㊱a.＊我把一份禮物要了他了。

　　b.＊我把他要了一份禮物了。

㊲a.＊我連那一份禮物都要了他了。

　　b.我連他都要了一份禮物了。

㊳a.？？這就是我要過朋友的禮物。

　　b.他就是我要過禮物的朋友。

㊴a.？？我要過朋友的是這一份禮物。

　　b.我要過禮物的是這一位朋友。

第四類雙賓動詞包括：「問、教、告訴、請教、麻煩」等。這些動詞，與第三類雙賓動詞相似：間接賓語之前不能加「給」，而且必須出現於直接賓語的前面。試比較：

㊵a.他問了我許多問題。

　　b.＊他問給了我許多問題。

　　　c.＊他問了許多問題（給）我。

但是如果動詞是「敎」，有些人（特別是來自大陸北方的年長一輩）常在間接賓語之前加「給」，因而也可以出現於直接賓語的後面。

　　㊶a.我敎了他一些秘訣。

　　　b.我敎給了他一些秘訣。

　　　c.我敎了一些秘訣給他。

　　　d.＊我敎了一些秘訣他。

　　又這一類動詞與其他三類動詞不同，似乎可以允許直接賓語的省略。例如：

　　㊷a.我問過老師這一個問題。

　　　b.我問過這一個問題。

　　　c.我問過老師。

　　㊸a.他敎我們英文。

　　　b.他敎英文。

　　　c.他敎我們。

　　第四類雙賓動詞，仍然暗含「交接」的意義，雖然這一個意義並不十分明顯。例如，㊷句裏動詞「問」的結果，說話者「我」便從「老師」那裏得到「這一個問題」的答案。又如，㊸句裏動詞「敎」的結果，「英文」的知識便由「他」傳授給「我們」。不過這裏要注意：動詞「敎」的主語是交接的起點，其間接賓語是交接的終點；動詞「問」的主語是交接的終點，其間接賓語是交接的起點。這個語意上的差異，有時候反映在句法功能上的區別。試比較：

　　㊹a.那一個秘訣，我敎過他。

    b. 他，我教過那一個秘訣。

    c. 那一個問題，我問過老師。

    d. 老師，我問過那一個問題。

㊺a. ？那一個秘訣被他教了朋友了。

    b. ＊我被朋友教了那一個秘訣了。

    c. ＊那一個問題被老師問過我了。

    d. 我被老師問過那一個問題了。

㊻a. 我把那一個秘訣教了他了。

    b. ＊我把他教了那一個秘訣了。

    c. ＊我把那一個問題問了老師了。

    d. ＊我把老師問了那一個問題了。

㊼a. 我連那一個秘訣都教了他了。

    b. 我連他都教了那一個秘訣了。

    c. 我連那一個問題都問了老師了。

    d. 我連老師都問了那一個問題了。

㊽a. 這就是我教了朋友的秘訣。

    b. 他就是我教了秘訣的朋友。

    c. 這就是我問過朋友的問題。

    d. 他就是我問過問題的朋友。

㊾a. 我教了朋友的是這一個秘訣。

    b. 我教了秘訣的是這一位朋友。

    c. 我問過朋友的是這一個問題。

    d. 我問過問題的是這一位朋友。

除了上面四類雙賓動詞以外，還有兩類雙賓動詞值得特別注

意。一類是動詞「拿、買、租、借、分」等。這些動詞所代表的動作或行爲可以有兩個方向。例如，(50)句裏的「借」表示向外的動作「借出」，而(51)句裏的「借」則表示向內的動作「借入」。

(50)我借給了他十塊錢。

(51)我借了他十塊錢。

這一類雙賓動詞，在表示向外的動作的時候，其句法功能很像第一類雙賓動詞（如(52)句）；在表示向內的動作的時候，其句法功能很像第三類雙賓動詞（如(53)句）。試比較：

(52)a.我借了十塊錢給他。

b.＊我借了十塊錢。（向外的「借」）

c.？我借了給他。　？我借給了他。

(53)a.＊我借了十塊錢他。

b.我借了十塊錢。（向內的「借」）

c.？我借了他。

d.我借了他的十塊錢。

又當這些動詞表示向外的動作的時候，主語名詞表示交接事物的人，間接賓語名詞表示接受事物的人；而表示向內的動作的時候，主語名詞表示接受事物的人，間接賓語名詞表示交接事物的人。例如，(51)句與(54)句同義。

(54)a.我跟他借了十塊錢。

b.我向他借了十塊錢。

c.我從他那裏借了十塊錢。

因此，我們不妨把這些動詞稱爲「雙向動詞」，並把「向外」用法歸入第一類雙賓動詞，而把「向內」用法歸入第三類雙賓動

詞。「向外動詞」在間接賓語之前必須加「給」，「向內動詞」在間接賓語之前不能加「給」；「向外動詞」的間接賓語可以出現於直接賓語之前、也可以出現於直接賓語之後，「向內動詞」的間接賓語只能出現於直接賓語的前面。下面含有雙向動詞的各種句式的合法度判斷，證實我們這種分析是正確的。

⑤a.那十塊錢，我借給他了。（向外）

　　b.*他，我借（給）十塊錢了。

　　c.?那十塊錢，我借了他了。（向內）

　　d.他，我借了十塊錢了。

⑤a.我把那十塊錢借給他了。（向外）

　　b.*我把他借（給）了十塊錢了。

　　c.*我把那十塊錢借了他了。（向內）

　　d.*我把他借了十塊錢了。

⑤a.我連那十塊錢都借給他了。（向外）

　　b.*我連他都借（給）十塊錢了。

　　c.*我連那十塊錢都借他了。（向內）

　　d.我連他都借了十塊錢了。

⑤a.那十塊錢被他借給朋友了。（向外）

　　b.*我被他借給十塊錢了。

　　c.*那十·塊錢被朋友借了我了。（向內）

　　d.我被朋友借了十塊錢了。

⑤a.這就是我借給朋友的十塊錢。（向外）

　　b.*他就是我借（給）十塊錢的朋友。

　　c.?這就是我借了朋友的十塊錢。（向內）

　　　d.他就是我借了十塊錢的朋友。

　　⑩a.我借給朋友的是這一本書。(向外)

　　　b.＊我借一本書的是(給)這一位朋友。

　　　c.?我借了朋友的是這一本書。(向內)

　　　d.我借了一本書的是這一位朋友。

　另一個值得特別注意的雙賓動詞是「給」。「給」在表面上很像第四類雙賓動詞，因為間接賓語之前不能加「給」(如⑥b句)、間接賓語不能出現於直接賓語的後面(如⑥c句)、間接賓語的領位不能作直接賓語的修飾語(如⑥d句)、直接賓語與間接賓語似乎都可以單獨省略(如⑥e與f句)。試比較：

　　⑥a.他給了我十塊錢。

　　　b.＊他給了給我十塊錢。

　　　c.＊他給了十塊錢我。

　　　d.＊他給了我的十塊錢。

　　　e.他給了十塊錢。

　　　f.(？)他給了我。

但是根據黎錦熙先生「國語文法」一二五頁與趙元任先生「中國話的文法」三一五頁，⑥的句子可以通。而且⑥a的句子，可以看做是由⑥的句子刪去一個重疊的音節「給」而得來的。

　　⑥他給了十塊錢給我。

　　⑥他給給(了)我十塊錢。→　他給(了)我十塊錢。

我們有理由相信，這樣的分析是十分合理的：因為「給」如果念ㄐㄧ(如「供給」)就可以不刪掉(如⑭句)，可是如果念ㄍㄟ(如「發給」)就非刪掉不可。

⑥他供給給我許多書。

⑥*他發給給我許多書。→　他發給我許多書。

因此，「給」似乎應該歸入第二類雙賓動詞，唯一不同的點是：緊跟在動詞「給」後面的間接賓語不能加介詞「給」。下面含有雙賓動詞「給」的各種句式的合法度判斷，更進一步支持我們這種分析是正確的。

⑥a.錢，我給了他了。

　b.他，我給了錢了。

⑥a.我把十塊錢給了他了。

　b.*我把他給了十塊錢了。

⑥a.我連錢都給他了。

　b.我連他都給錢了。

⑥a.那些書被他給了朋友了。

　b.*我被他給了那些書了。

⑦a.這就是我給了朋友的書。

　b.這就是我給了書的朋友。

⑦a.我給了朋友的是這一本書。

　b.我給了書的是這一位朋友。

*本文曾刊載於語文週刊（1978）一五三一期、一五三三期。

國語句法中的重疊現象

　　國語句法中把一個詞重疊起來表示特殊意義的情形很多。下面就名詞、量詞、數詞、動詞、形容詞、副詞的重疊，討論它們的重疊形式、語音形態、句法功能與語意內涵。

一、單音的名詞、量詞與數詞

　　單音節的名詞、量詞、數詞的重疊形式是 AA（例如「人人、個個、一一」）；雙音節的名詞、量詞、數詞都不能重疊。能重疊的名詞很受限制，常見的只有「人、家、戶、處、年、月、日、天、時」等幾個詞而已。其中有的詞不能單獨使用（如「戶、處、時」），有的詞兼有量詞的性質（如「家、年、月、天、日」），重疊後副詞性的功能勝過名詞性的功能。有些表示親屬稱呼的名詞（如

「爸爸、爹爹、媽媽、太太、哥哥、姊姊、弟弟、妹妹、嫂嫂、伯伯、叔叔、舅舅、嬸嬸、姑姑、爺爺、奶奶、姥姥、公公、婆婆」）或 表示細小的人或事物的名詞（如「娃娃、寶寶、乖乖、星星」），雖然也以重疊的形式出現，但是其中除了「爸、爹、媽」三個詞以外都不能單獨使用（「奶、乖、寶」雖然可以單獨使用，但是其詞義或詞性與重疊式的詞義、詞性不相同），而且第二個音節常讀輕聲；因此似乎不應該做單音詞的重疊分析，而應該做獨立的「疊詞」處理。又有些名詞的重疊形式很少單獨使用，却可以與另外一個詞義相近、相對或相反的名詞的重疊式連用，例如：「男男女女、子子孫孫、老老少少、大大小小、世世代代、家家戶戶、星星點點、形形色色、口口聲聲、鬼鬼怪怪、上上下下、層層疊疊、日日夜夜、朝朝夕夕、年年月月、年年歲歲、早早晚晚、時時刻刻」等。這些四字連用的重疊式，大都是已經固定化的成語，但是我們仍能模仿這個形式而創造新的重疊聯用詞句，如「山山嶺嶺、山山谷谷、草草木木、點點圈圈」等。

量詞的重疊通常也限於一般量詞，（如：「個個、種種、件件、隻隻、棵棵、張張、塊塊、條條、雙雙、對對、陣陣、頓頓」）與容器量詞（如「盤盤、杯杯、罐罐、」）等。至於暫用量詞（「（一）臉（泥巴）、（一）筆（好字」）、準用量詞（如「國、省、縣」）、標準量詞（如「尺、碼、里、升、畝、分、秒」）、行動量詞（如「遍、下、番」）等，則有許多量詞不能重疊或不常重疊。

重疊後的名詞與量詞，在句法功能上也頗受限制，多半只能做主語、動前賓語或狀語使用。試比較：

①a.人人都有求生存爭自由的權利。

　b.??神愛人人。

　　　c.他把人人都看做自己的朋友。

　②a.家家戶戶都掛燈結綵。

　　　b.?他查遍了家家戶戶。

　　　c.他家家戶戶都查遍了。

　③a.人間處處都有溫暖。

　　　b.他處處都替人設想。

　④a.他們個個都精神飽滿。

　　　b.??我認識他們個個。

　　　c.他們個個我都認識。

　⑤a.天天都有數不完的事情要做。

　　　b.他天天都在外頭奔波。

　有些量詞的**重疊式**可以做名詞的修飾語用。這個時候出現於主位的名詞似乎比出現於賓位的名詞來得通順（如⑥句）。有些量詞的重疊式，出現於名詞的後面似乎比出現於名詞的前面來得自然（如⑦句）。試比較：

　⑥a.條條大路通羅馬。

　　　b.?士兵在條條公路上站崗。（比較：士兵在每一條公路上站崗。）

　⑦a.十幾張嘴張張都那麼厲害。

　　　b.?(他們)張張嘴都那麼厲害。

北平人把名詞或量詞重疊使用的時候，常把第二個音節的韻尾加以兒化，例如：

　⑧a.家家(兒)都有本難唸的經。

　　　b.他們個個(兒)都精神飽滿。

　名詞與量詞的重疊，在語意上表示「每」或「一切」，因此

常與範圍副詞「都」連用。又名詞與量詞的重疊在語意上具有普遍數量詞「每一」的功能，所以不另外加其他的限定詞（如「這、那」）或複數標記（如「些、們」）。例如：

⑨a.＊這些人人都是我的好朋友。

　b.＊人人們都知道健康的重要。

數詞「一」與量詞重疊式的連用，表示「逐指」（一個又一個），多半用在動詞的前面做狀語。這個時候，重疊的形式是「一A(一)A」，例如：

⑩他們一個（一）個（地）走進來。

⑪他們把房子一棟（一）棟地蓋起來。

有時候除了數量詞以外，連名詞都一併加以重疊。這個時候，數詞「一」必須重疊，因此重疊的形式是「一AB一AB」，例如：

⑫他們把零用錢一毛錢一毛錢地存起來。

⑬他靠自己的雙手一塊磚一塊磚地把整個牆砌起來。

也有連用兩個數詞的重疊式，或兩個量詞的重疊式來表示「一羣一羣地」或「一對一對地」的說法，例如：

⑭他們三三兩兩坐在樹底下談天說笑。

⑮他們雙雙對對在公園裏散步。

數詞「千」與「萬」的重疊連用，表示「極其多」的意思。

⑯千千萬萬的人都關心着事態的發展。

　　二、動　　詞

　　單音節動詞的重疊形式是「Ａ（一）Ａ」（如看（一）看、聽（一）聽、聞（一）聞、想（一）想、說（一）說、笑（一）笑、做（一）做、問（一）問、讀（一）讀、打（一）打、敲（一）敲、開（一）開、歌（一）歌」）。雙音節

動詞的重叠形式是「ＡＢＡＢ」(如「學習學習、討論討論、調查調查、整理整理、統計統計、核對核對、校正校正、辦理辦理、慶祝慶祝、紀念紀念、回憶回憶、認識認識、報告報告」)。一般說來，國語的動態動詞都可以重叠；靜態動詞，如「是、像、姓、有、在(注意這些動詞通常都不能與表時態的標記連用)、死、活、掉、剩、贏、輸、怕、看見、看到、聽見、聽到、感到、得到、獲得、希望、知道、覺得、以為、認為、變成、忘記、出現、發生、缺乏、消失、完成、達成、達到、實現」等則原則上不能重叠。又北平人讀動詞的重叠式，常把單音動詞重叠式的第二個音節及雙音動詞重叠式的第二與第四個音節讀成輕聲。

　　經過重叠後的動詞在語意上表示程度的減輕，含有「嘗試」(做一下試一試)或「暫且」(做一下就停止)的意思；因此常可以在動詞重叠式後面加上表嘗試的「看」，或以表暫且的行動量詞「一下」來代替重叠式。例如下面⑰與⑱裏面的三個句子所表達的意思大致相同。(括號中的「這件衣服」與「這一個問題」表示無論動詞的及物或不及物用法都可以重叠。)

⑰a.請你試 (一) 試 (這件衣服)。

　b.請你試試 (這件衣服) 看。

　c.請你試一下 (這件衣服)。

⑱a.我來研究研究 (這一個問題)。

　b.我來研究研究 (這一個問題) 看。

　c.我來研究一下 (這一個問題)。

動詞的重叠有表時態 (嘗試時態) 的作用，因此一經重叠之後就不能再加上在語意上與嘗試時態相牴觸的其他時態標記，如表經驗

時態的「過」或表進行時態的「着」。例如：

⑲a.我來試 (一) 試。

　b.??我試 (一) 試過。

　c.＊我試 (一) 試着。

⑳a.你來研究研究這一個問題。

　b.??你研究研究過這一個問題。

　c.＊你研究研究着這一個問題。

表完成事態的「了」，可以出現於單音節動詞重疊式的中間，表示這項嘗試的動作已經完成。但是如果這個「了」出現於單音節動詞的後面，或與雙音節動詞連用，就顯得不自然。試比較：

㉑a.他笑了笑。

　b.他笑了一笑。

　c.??他笑 (一) 笑了。

㉒a.他試了試那件衣服。

　b.?他試了一試那件衣服。

　c.??他試 (一) 試那件衣服了。

㉓a.??他研究了研究這一個問題。

　b.＊他研究研究這一個問題了。

　本來可以重疊的動詞，如果後面帶有處所 (如㉕句)、期間(如㉖句)、情狀 (如㉗句)、程度 (如㉘句)、結果 (如㉙句) 等補語，也不能重疊。這是由於這些補語的語意內涵（表示行為或動作的繼續或完成）與重疊式所表達的「嘗試」或「暫且」的含義互相牴觸的緣故。試比較：

㉔a.你叫他。　　你叫叫他。

b. 你叫他來看我。　　＊你叫叫他來看我。

㉕a. 請他坐。請他坐 (一) 坐。

b. 請他坐在客廳。　　＊請他坐坐在客廳。

㉖a. 我看了。我看了 (一) 看。

b. 我看了十分鐘。　　＊我看了看十分鐘。

㉗a. 他跳。他跳 (一) 跳。

b. 他跳得很高。　　＊他跳 (一) 跳得很高。

㉘a. 你灑水。你灑灑水。

b. 你灑得滿地都是水。　　＊你灑灑得滿地都是水。

㉙a. 你推門。你把門推一推。

b. 你把門推開。　　＊你把門推一推開。

以句子為賓語的動詞，通常也不重疊，例如：

㉚a. 你說話。你說說話。

b. 你說你並不反對。　　＊你說說你並不反對。

有些單音節動詞的重疊是沿用文言詞的形式，常見於固定成語或書面語裏。

㉛錢財滾滾如流水般進來。

㉜他念念不忘舊人。

㉝他們身上都是雨水淋淋的。

此外，在客套語中也常見動詞重疊的現象，例如：「以後請多指教指教、失禮失禮、失敬失敬、慢待慢待、慢走慢走、留步留步、保重保重」等。這是由於動詞重疊式有緩和語氣，增加親切感的功用。試比較下列句子，就可以看出這種語氣或親切感的不同。

㉞a.查字典！

　b.查查字典。

　c.查查字典看。

㉟a.你去陪他！

　b.你去陪一陪他。

　c.你去陪陪他吧。

㊱a.我們來研究這個問題。

　b.我們來研究研究這個問題。

　c.我們來研究研究這個問題看。

　　如果把兩個詞義相關的單音節動詞的重疊式並列使用，那麼就表示程度的加強，含有「重複」（做了又做）或「長久」（一直不停地做）的意思。例如「說說笑笑」是「說了又說，笑了又笑」或「有說有笑，又說又笑」的意思；「哭哭啼啼」是「哭啼不休」，「進進出出」是「不斷進出」的意思。其他同類的例子有：「跳跳蹦蹦、出出入入、吞吞吐吐、閃閃爍爍、斷斷續續、修修補補、挖挖補補、拉拉扯扯、打打鬧鬧、玩玩笑笑、哆哆嗦嗦、跟跟蹌蹌、跳跳躜躜」等。這些並列的重疊式，可以用做動詞或名詞的修飾語，也可以用做謂語。

㊲a.他吞吞吐吐地始終不敢把話說出來。

　b.你這個人說話老是吞吞吐吐的，究竟怎麼了？

㊳a.這個大樓進進出出的人說少也有幾百人。

　b.這個大樓一天到晚都有人進進出出。

下面例句裏動詞的重疊式也都表示重複或長久的動作。

㊴他們說着說着就說起你來了。

⑩我們找啊找啊的把整個屋子都找遍了。

⑪他們盡講盡講的講個沒完。

三、形容詞

單音節形容詞的重疊形式是「AA」。在北平話裏，第二個音節常改讀陰平，並把韻尾加以「兒化」，重音也在這個音節上；同時重疊後通常還要加上詞尾「的」或「地」。在下面⑫到⑮的例句裏，單音節形容詞的重疊式分別做爲名詞的修飾語（⑫句）、動詞的修飾語（⑬句）、補語（⑭句）、與謂語（⑮句）用。

⑫紅紅的臉，高高的個子。

⑬他慢慢地走到窗口，靜靜地站在那裏。

⑭大家都把手舉得高高的。

⑮他個子高高的。

雙音節形容詞的重疊，最常用的形式是「AABB」。在北平話裏，第二個音節讀輕聲，第三四音節改讀陰平，或只第四音節改讀陰平；但是目前在臺灣大多數的人都照字念本調。雙音節形容詞的重疊式，在句子中通常也做名詞的修飾語（⑯句）、動詞的修飾語（⑰句）、補語（⑱句）或謂語（⑲句）用。

⑯破破爛爛的房子，歪歪斜斜的圍牆。

⑰他高高興興的從辦公室裏走出來。

⑱她把屋裏收拾得整整齊齊的。

⑲他一天到晚迷迷糊糊的。

單音節形容詞的重疊沒有甚麼特別的限制，除了「近、壞、糟、窮、多、少」等少數例外，絕大多數的單音節形容詞都可以重疊。但是雙音節形容詞的重疊，情形就較爲複雜，可以根據重

疊形式的不同分爲下列幾種:

　　（甲）大多數的雙音節形容詞，只有一種重疊形式「AABB」；如「高興、冒失、勉强、敦厚、坦白、痛快、老實、快樂、歡喜、爽快、仔細、從容、斯文、清白、清楚、清爽、清靜、乾淨、整齊、破爛、漂亮、明白、彆扭、樸實、平整、平安、平穩、平實、切實、舒服、安靜、稀鬆、忙碌、匆忙、冷靜、活潑、隨便、悽慘、淒涼、簡單、熱鬧、安穩、穩當、完全」等。不過，並不是所有的雙音節形容詞都可以如此重疊。具有動賓式 (如「有用、討厭、開心、注意」)、偏正式 (如「內行、外行、鮮紅、筆直」)、主謂式 (如「面熟、年輕、性急、眼紅、頭痛」) 等內部結構的形容詞，由名詞或動詞轉類的形容詞 (如「禮貌、寶貝、幽默、同情、感激、佩服」)，由外國語 (主要是日語) 借入的形容詞 (如「積極、消極、主觀、客觀、」)；以及不能用程度副詞「很、太、最」等修飾的全量形容詞 (如「通紅、噴香、雪白、漆黑、冰涼」)，大都不能重疊，即令能重疊也不用「AABB」的形式。例如，「雪白、鮮紅、冰涼」等，都以「ABAB」的方式重疊。能重疊爲ｌAABB」形式的雙音節形容詞，大多數是由同義字合成的聯合式，但是有些由同義字合成的聯合式 (如「美麗、偉大、莊嚴、勇敢、聰明」) 並不能重疊，而有些偏正式 (如「正式、和氣、客氣、秀氣、公道、厚道、小心」) 却可以重疊。而且雙音節形容詞之能否重疊與如何重疊，方言差異相當大 (例如溫州話的形容詞都用ABAB的重疊式，臺語的形容詞兼用AABB (「做人就要老老實實」) 與ABAB (「這個人老實老實」) 兩種重疊式)，就是屬於同一個方言地區的人之間也難免有個別差異 (例如「小心」與「新鮮」能否重疊，個別的反應並不完全一致)。

（乙）有些雙音節形容詞，重疊的形式有兩種：「ABAB」與「ABB」。在北平話裏，「BB」相疊的兩個音節全讀陰平，或只末一個音節讀陰平。其中大多數的形容詞都可以不重疊，以原詞的形式使用（如「冷靜、甜蜜、孤單、空洞、死板」），但是有些形容詞卻很少以原詞的形式使用（如「孤零、昏沈」）；例如：

⑤他們倆甜(甜)蜜蜜的依偎在一起。

⑤他一個人孤(孤)零零地生活。

（丙）有些雙音節形容詞，重疊的形式只有「ABB」，而沒有「AABB」。這些形容詞大都屬於主謂式，如「年輕、火爆、火辣」。另外有些形容詞只有「ABB」的重疊形式，卻沒有與此相對的「AB」的形式，如「酸溜溜、光溜溜、圓溜溜、亂哄哄、臭哄哄、慢騰騰、熱騰騰、熱呼呼、黑呼呼、甜絲絲、涼絲絲、紅通通、白生生、白淨淨、綠油油、黑漆漆、嬌滴滴、懶洋洋、雄赳赳、文謅謅、陰森森、直挺挺、香噴噴」等。其中大多數的「A」音節都是形容詞（如「硬梆梆、胖都都、亂糟糟、乾巴巴、濕淋淋、亮光光、冷冰冰、慢悠悠」），但也有名詞（如「氣昂昂、眼巴巴、水汪汪、雨星星」）或動詞（如「鬧哄哄、醉薰薰、羞答答、活生生、氣鼓鼓、笑嘻嘻」）的。雙音節形容詞或名詞的後面能帶這種重疊成分的不多，只有「可憐巴巴」、「眼淚汪汪」等少數幾個例子而已。又在這類形容詞中，有些形容詞有與「ABB」相對的「BA」形式的全量形容詞（如「香噴噴」與「噴香」、「紅通通」與「通紅」、「黑漆漆」與「漆黑」、「涼冰冰」與「冰涼」）。試比較：

⑤a.他還很年輕。

　b.他年輕輕的就出外謀事。

(53)a.＊她說話很嬌滴。

b.她說話總是嬌滴滴的。

(54)a.他長得很胖。

b.他長得胖都都的。

(55)a.到處都是水。

b.到處都是水汪汪的。

(56)a.她笑着回答。

b.她笑嘻嘻地回答。

(57)a.他滿臉通紅。

b.他滿臉紅通通的。

這些「ABB」形式的形容詞，大多數都沒有「AB」的原式，而且「A」與「BB」之間的關係非常密切，似乎應該做爲獨立的詞彙來處理。

（丁）有些雙音節形容詞，重叠的形式很特別，既不是「AABB」，也不是「ABB」，而是「A裏AB」。重音通常落在第一個或第四個音節，北平人並常把「裏」字讀成輕聲。例如：「糊(裏糊)塗、古(裏古)怪、荒(裏荒)唐、迷(裏迷)糊、模(裏模)糊、馬(裏馬)虎、骯(裏骯)髒、痲(裏麻)煩、囉(裏囉)嗦、嘮(裏嘮)叨」；其中「糊塗、迷糊、模糊、馬虎、骯髒、囉嗦、嘮叨」等亦可以相疊成「AABB」的形式，如「糊糊塗塗、迷迷糊糊、模模糊糊、馬馬虎虎、骯骯髒髒、囉囉嗦嗦、嘮嘮叨叨」。「A裏AB」的重疊式在語意上表示貶稱或憎稱，因此「小氣、流氣、土氣、俗氣、傻氣、傲氣、寶氣」等形容詞都可以有「A裏AB」的重疊式，而「客氣、和氣、秀氣、福氣、神氣」等形

容詞却沒有這種重疊式。試比較：

⑱a.這個人很糊塗。

　b.這個人一天到晚都是糊裏糊塗的，不曉得在幹甚麼。

⑲a.你這樣做未免太小氣了些。

　b.做事要大大方方，不要這樣小裏小氣。

⑳a.他待人很客氣。

　b.他待人一向都是客客氣氣的。

　c.＊他待人一向都是客裏客氣的。

有些「A裏AB」的重疊式形容詞，沒有「AB」的原式形容詞。例如，我們可以說「妖裏妖氣」或「怪裏怪氣」，却不說「很妖氣」或「很怪氣」。又「哆嗦、晃盪、拖拉」原來是動詞，「疙瘩」原來是名詞，「嘩喇、撲通、喀嚓、呼嚕」原來是象聲詞，但是叠成「A裏AB」的形式以後，就具有一般重疊式形容詞的語意與句法功能。例如：

㉑他哆裏哆嗦地站在凜冽的寒風裏。

㉒他臉上疙裏疙瘩的，長着許多瘡。

（戊）有些形容詞只有「AABB」的重疊式，却沒有「AB」的原式。例如，我們雖然有「堂堂正正、轟轟烈烈、密密麻麻、密密層層、花花綠綠、瘋瘋癲癲、病病歪歪、婆婆媽媽、駡駡咧咧」等重疊式，却沒有「堂正、轟烈、密麻、密層、花綠、瘋癲、病歪、婆媽、駡咧」等原式。試比較：

㉓a.我們要堂堂正正的做人。

　b.＊我們做人要（很）堂正。

㉔a.這個人瘋瘋癲癲的，我想八成是喝多了酒。

b.＊這個人很瘋癲。

⑥a.你再也不要這樣婆婆媽媽了。

b.＊你再也不要這樣婆媽了。

（己）有些雙音節形容詞可以兼有「ＡＡＢＢ」與「ＡＢＡＢ」兩種重叠式，例如「高興、舒服、輕鬆、痛快、端正、清楚」等。這些形容詞以「ＡＡＢＢ」的形式重叠時，表示程度的加重，有加強修飾的作用；另一方面，以「ＡＡＢＢ」的形式重叠式時，表示程度的減輕，具有動詞的重叠式那樣表「嘗試」或「暫且」的功能。試比較：

⑥a.他高高興興的來了。

b.你就順着他，讓他高興高興吧。

⑥a.我的生活過得舒舒服服的。

b.你就躺在牀上舒服舒服吧。

⑥a.我把事情辦得清清楚楚的。

b.我想先清楚清楚這裏的情形。

有些雙音節動詞　（如「搖晃、搖擺、商量、溜達」等）　也可以採用「Ａ ＡＢＢ」的重叠式來取得修飾語的功能，例如：

⑥他搖搖晃晃地倚着拐杖走出來。

⑦他們在街上溜溜達達的，到處走走，到處看看。

就語意功能而言，原式形容詞表示單純的屬性，而重叠式形容詞則除了表示屬性程度的加強以外，還暗示說話的人對於這個屬性的主觀評價或感情色彩。例如「靑山綠水」裏的「綠」所表示的只是單純的顏色，但是在「綠綠的水」或「綠油油的水」中，「綠綠的」與「綠油油的」則除了顏色以外還表示這個顏色

所呈現的狀況或情態。又如，「小眼睛」與「高鼻子」是客觀而冷靜的描寫，但是「小小的眼睛」或「高高的鼻子」就注入了主觀評價與感情色彩的因素；也就是說，除了屬性的客觀描寫以外，還滲入了說話者的好惡或愛憎等主觀因素。因此，「骯骯髒髒」比「骯髒」更能表示說話者對於這種事態的憎惡，而「骯裏骯髒」似乎又比「骯骯髒髒」更能表示憎惡的程度。這種語意功能上的不同，也反映在句法功能上的區別。

　　㈠形容詞放在名詞前面做修飾語的時候，單音節原式形容詞可加也可不加「的」，而重疊式形容詞則非加「的」不可。例如：

　　⑺a.熱水，熱的水。

　　　b.熱熱的水，熱騰騰的水。

　　　c.＊熱熱水，熱騰騰水。

又原式形容詞對於名詞的限制或分類的作用很強，因此常不經過「的」而與名詞直接結合成爲複合名詞。另一方面，重疊式形容詞的功用在於狀況或情態的描寫，因此無法與名詞直接結合而成爲複合名詞。試比較：

　　⑺a.黑的板。

　　　b.黑板。

　　　c.黑黑的板。

　　　d.＊黑黑板。

　　⑺a.老實的人。

　　　b.老實人。

　　　c.老老實實的人。

d.＊老老實實人。

㈡如果名詞的前面有數量詞，單音節原式形容詞只能放在數量詞的後面，而重疊式形容詞則可以放在數量詞的前面或後面。試比較：

⑭a.一間小 (的) 屋子。

b.＊小 (的) 一間屋子。

c.一間小小的屋子。

d.小小的一間屋子。

㈢單音節原式形容詞的後面加「的」，有名詞化的作用，因此可以在前面加上數量詞或限定詞；重疊式形容詞沒有這種作用，也就不能在前面加上數量詞或限定詞。試比較：

⑮a.我挑了一個小的。

b.她要穿那一件新的。

c.＊我挑了一個小小的。

d.＊他要穿那一件新新的。

同樣地，只有雙音節原式形容詞可以帶上量詞「個」而出現於動詞的賓位；重疊式形容詞則沒有這種用法。

⑯a.我想哭個痛快。

b.他把野草燒了個乾淨。

c.＊我想哭個痛痛快快。

d.＊他把野草燒了個乾乾淨淨。

㈣原式形容詞做謂語用時，必須在前面加上判斷動詞「是」或程度副詞「很」等；重疊式形容詞則不受這種限制。

⑰a.這個是小的。　這個很小。

　　b.那件衣服是新的。　　那件衣服很新。

　　c.他的臉紅紅的。　　他的臉紅通通的。

　　d.這個人糊糊塗塗的。　　這個人糊裏糊塗的。

㈤原式形容詞做情狀補語時，必須在前面加程度副詞「很」；重疊式形容詞則不受這種限制。試比較：

⑱a.＊她的眼睛瞇得小。

　　b.她的眼睛瞇得很小。

　　c.她的眼睛瞇得小小的。

⑲a.＊他把房子掃得乾淨。

　　b.他把房子掃得很乾淨。

　　c.他把房子掃得乾乾淨淨的。

㈥原式形容詞很少用時間副詞（如「一直、永遠、已經」）或範圍副詞（如「也、都」）來修飾；重疊式形容詞則沒有這種限制。試比較：

⑳a.？湖水永遠是綠的。

　　b.湖水永遠是綠油油的。

㉑a.？他也是糊塗的。

　　b.他也是糊裏糊塗的。

㈦原式形容詞通常不能修飾動詞（但是在書面語裏有人在雙音節形容詞加上詞尾「地」以後修飾動詞），而重疊式形容詞則經常用來修飾動詞。試比較：

㉒a.＊他（很）緊地握了我的手。

　　b.他緊緊地握了我的手。

㉓a.？我想痛快地玩幾天。

b.我想痛痛快快地玩幾天。

㈦ 原式形容詞在對照或比較的句子裏， 或在疑問句的答 句裏， 纔能單獨做謂語使用；重叠式形容詞則沒有這種限制。試比較：

⑭a.?? 老張高。

b.老張高還是老李高？ 老張高。

c.老張又高又胖。

d.老張高，但是老李矮。

⑮a. ? 老張個子高。

b.老張個子很高。

c.老張個子高高的。

四、副　　詞

國語詞彙中以重叠的形式出現的副詞不少，例如「單單、恰恰、足足、整整、統統、通通、頻頻、微微、屢屢、匆匆、悄悄、徐徐、**往往**」等，但是這些副詞只能以雙音節「ＡＡ」的形式出現， 不能以「Ａ」的形式使用， 因此似應做獨立的叠詞處理。另外有一些副詞大都出現於書面語，很少在口語裏使用，例如「滔滔(不絕)、咄咄(逼人)、循循(善誘)、歷歷(在目)、紛紛(響應)、唯唯(聽命)、冉冉(上升)、炯炯(有神)」。這些叠詞多半都出現於動詞的前面，但是也可能出現於動詞的後面，例如：

⑯a.大家紛紛響應。

b.大家議論紛紛。

在口語裏常用的副詞中，兼以「ＡＡ」與「Ａ」兩種形式出現的並不多，例如「常(常)、剛(剛)、偏(偏)、漸(漸)、僅(僅)、

時（時）」，其中「漸、僅、時」還是屬於書面語的詞彙。這些副詞的重疊式，與形容詞的重疊式一樣，有強調程度與增加音調的美的作用。

⑧a.他常來看我。

　b.他常常來看我。

雙音節副詞中只有少數副詞（如「多少」）可以疊成「AABB」的形式，也只有少數副詞（如「茫然、貿然、飄然、渾然、幾乎」）可以疊成「AAB」的形式，例如：

⑧a.他們多少可以分擔你的辛勞。

　b.他們多多少少可以分擔你的辛勞。

⑧a.他們茫然不知怎麼樣的好。

　b.他們茫茫然不知怎麼樣的好。

⑨a.我幾乎錯過了機會。

　b.？我幾幾乎錯過了機會。

又「自然」與「實在」雖然可以分別疊成「自自然然」與「實實在在」，但這似乎是形容詞「（很）自然」與「（很）實在」（而不是副詞「自然」與「實在」）的重疊式；另一方面，重疊式「時時刻刻」卻沒有相對的原式副詞「時刻」。

⑨a.到時候你自然會明白的。

　b.？到時候你自自然然會明白的。

⑨a.我們時時刻刻都在努力。

　b.？我們時刻都在努力。

此外，國語的象聲詞也常採用重疊的形式。其形式有「AA」型的（如「哈哈（笑）、吱吱（叫）、（鐘聲）鐺鐺、（笑聲）格格」）；有「A

ABB」型的（如「叮叮噹噹、嘻嘻哈哈、咭咭呱呱」）；也有「ABB」型的（如「嘩喇喇、呼嚕嚕、惡邠邠」）。試比較：

㊚大家哈哈大笑起來。

㊙他們嘻嘻哈哈的笑着進來。

㊛流水嘩喇喇。

＊原刊載於語文週刊（1978）一五四八期至一五五一期。

國 語 的「是」字 句

　　國語動詞「是」的語意與語法功能究竟如何？中國語言學家之間，對於這個問題的看法頗有出入。黎錦熙先生的「新著國語文法」把「是」（包括「就是、便是、乃是、算是、不是」）連同「係、爲、乃、非」等分析爲表決定的同動詞，王力先生的「中國語法理論」與許世瑛先生的「中國文法講話」都把「是」看成連繫主語與謂語的繫詞，其功用在於解釋事物的涵義或判斷事物的同異，高明凱先生的「國語語法」則認爲「是」是「千眞萬確」的指示詞，即使做爲繫詞用，也不能視爲動詞或同動詞。

　　就句法功能而言，「是」無疑是個動詞，因爲它具有國語動詞的功能：可以否定（如①句），可以用程度、範圍或其他副詞

修飾（如②到④），可以出現於正反問句（如⑤句），可以單獨做答語用（如⑥句）。

① 他不是林先生。

② 她真是一個美人兒。

③ 他只是一個不懂事的小孩子。

④ 我原來是個中學教員。

⑤ 他們是不是美國人？

⑥ 是；不是。

可是，「是」屬於非活動行為的靜態動詞，很少帶上「了、過、着、起來、下去」等表時態的助詞，不能改為祈使句，不能靠重疊來表示嘗試，不能與表示進行的「在」連用，可以連接的情態助動詞也只限於「會」、「可以」、「可能」等幾個字。再加上，「是」的語義內涵虛靈，在語音上也常讀輕聲；難怪有一些語言學家要把「是」分析為繫詞，認為其語法與語意功用，有如數學上的等號，僅是連繫句子中的主語與謂語而已。其實，國語「是」的意義與用法相當複雜，可以分為下列幾點來討論。

㈠「主語＋是＋名詞」：這是所謂的名詞句或判斷句。在這一類句式裏，「是」的功用是連繫主語名詞與補語名詞，用以說明或判斷由主語與補語名詞所代表的兩種事物之間的相同或相屬的關係，例如：

⑦ 中國是世界上人口最多的國家。

⑧ 臺灣是中國的一個省分。

這一類句子又可以分為兩種：等同句與類屬句。等同句指認事物，或為事物下定義（如⑨與⑩句）；類屬句指出類與成員的關

係（如⑪與⑫句）。

⑨　李先生是我們的國文老師。

⑩　鯨是世界上最大的動物。

⑪　李先生是一位國文老師。

⑫　鯨是一種哺乳動物。

等同句的主語與補語可以易位，並可以在「是」的前面加上表強調的「就」；類屬句的主語與補語不能易位，通常不在「是」的前面加「就」。試比較：

⑬a．　我們的國文老師是李先生。

　b．　李先生就是我們的國文老師。

⑭a．＊一位國文老師是李先生。

　b．？李先生就是一位國文老師。

有時候，以「就是」連繫的主語與補語，似乎比以「是」連繫的主語與補語便於互易位置。試比較：

⑮a．　他是我們的國文老師。

　b．(？)我們的國文老師是他。

⑯a．　他就是我們的國文老師。

　b．　我們的國文老師就是他。

但是有些含有「就是」的句子，主語與補語的位置並不能互易，例如：

⑰a．　團結就是力量。

　b．？？力量就是團結。

⑱a．　不喝酒就是不夠朋友。

　b．？？不夠朋友就是不喝酒。

這是由於這些句子裏的主語與補語並不是處於等同的關係，而處於引申的關係的緣故。可見名詞句裏主語與補語的能否易位，與句子的含義有密切關係。

有些說明時間、籍貫、年齡、價格等的名詞句，習慣上可以不用「是」，例如：

⑲　今天星期三。

⑳　他河北人。

㉑　這個人好人。

㉒　我今年二十五歲。

㉓　米一斤幾塊錢？

但是這些句子的否定必須用「不是」，而要強調肯定的時候也可以在謂語的前面加重讀的「是」。

㈡「主語＋是＋形容詞」：在形容詞句或描寫句中，如果是着重事物的描寫，一般都不加「是」。但如果是要斷定事物的性狀，就可以用上「是」。試比較：

㉔a.　他的房子很漂亮。

　　b.　他的房子是很漂亮。

㉕a.　小孩子們非常地快樂。

　　b.　小孩子們是非常地快樂。

用在形容詞前面的「是」可以用表程度或強調的副詞，如「很、眞、最、就」等修飾，例如：

㉖　他的房子眞是漂亮。

㉗　小孩子們很是快樂。

㈢「主語＋是＋動詞」：在動詞句或敍述句中，如果是着重

活動的敍述，通常都不加「是」。但如果是斷定活動的情況，就可以動詞的前面插進「是」，並且可以用副詞「又、還、可、倒、硬」等來修飾，例如：

㉘　他是幫自己，不是幫我。

㉙　她只是搖頭不說話。

㉚　他硬是不肯承認自己的錯誤。

趙元任先生的「中國話的文法」，把這裏的「只是、硬是」同「要是、若是、凡是、但是、可是、原是、橫是」等一起認爲是連詞或副詞的詞尾。

　　㈣「主語＋是」：這裏的主語可能是一個名詞，也可能是一個子句。「是」後面不帶補語而單獨做謂語，對前面的子句所敍述的事件表示斷定或贊同。這種「是」常用副詞「就」來加强，而且因爲出現於句尾所以經常都要重讀，例如：

㉛　你要找級任導師，我就是。

㉜　你原諒他就是。

㉝　等我把房子賣了，還你錢就是。

㉞　你說的(很)是。

　　㈤「處所詞或時間詞＋名詞」：在這一類句式裏，先提出一個處所或時間，然後用「是」帶上名詞來斷定那個處所存在的是甚麼事物，或在那個時間所發生的是甚麼事件，例如：

㉟　屋外是一片青翠的樹林。

㊱　四周是呻吟哭號的傷患。

㊲　滿天都是星光。

㊳　今年又是大選。

這些句子在語義上都表示存在，因此常可用表存在的「有」來改寫句子。但是「有」字句僅表示存在，而「是」字句則兼表存在與斷定。又在這些句子裏「是」前面與後面的名詞各指不同的事物。其實，「是」前面的名詞並不限於處所詞或時間詞，其他的名詞或代詞也可以出現，例如：

㊴　人家是豐年，我們是歉年。

㊵　我是排骨麵，我太太是肉絲麵。

㊶　我們是兩個男孩兒，一個女孩兒。

㈥「是＋名詞或子句」：在這一類句式裏，出現於句首的「是」表示斷定，而「是」後面的名詞或子句表示所斷定的事物或事實，例如：

㊷　又是一陣雨。

㊸　除此以外，就是一片寂靜。

㊹　是隔壁的孩子進院子裏來撿球。

㈦單獨以「是」做謂語：「是」可以單獨用做應對語。例如，「是（呀）」、「是的」、「是、是」等常用於回答中，表示肯定或贊同對方所說的話。這種「是」通常都重讀。

㊺a．　你是不是今天晚上就走？

　　b．　是呀（我不是早上告訴過你麼？）

㊻a．　這一本書是不是你的？

　　b．　是的（我想是的）。

㊼a．　請你明天務必早一點來。

　　b．　是、是。

另外，「有的是」、「多的是」常用來表示「多」的意思，而

「這就是」、「這些都是」等則用來指示事物。這些「是」一般也都重讀，例如:

㊽a. 將來機會有的是。

b. 將來有的是機會。

㊾a. 他家裏錢多的是。

b. 他家裏多的是錢。

㊿a. 你要借給我的書呢?

b. 這就是。這些都是。

綜觀上述，除了第一類用法的「是」或可分析爲繫詞以外，其他六類用法中的「是」都很難看成繫詞。在這些用法裏，「是」都具有斷定或强調的作用。「是」在名詞句裏斷定事物的同異，在形容詞句裏斷定事物的性狀，在動詞句裏斷定動作的情況，在其他的用法裏也都斷定事物或事實的存在。因爲在這些用法裏的「是」都含有「的確、確實、實在」的意思，所以可以用表程度或强調的副詞「很、眞、最、就」等修飾。下面有關「是」的特殊用法，更證明國語的「是」不是單純的繫詞，而是表斷定或强調的判斷動詞。

㈧「是」的對比用法:「是」可以放在兩個語義相反或相對的詞語前面，用以强調對比。這時候，成對比的詞語要重讀，「是」本身則唸得很輕，甚至可以唸成輕聲，例如:

(51) 我們現在是討論，不是吵架。

(52) 這水果是酸的，不是甜的。

(53) 他的個子是很大，不過身體不大好。

㈨「是」的强調肯定用法:在這個用法裏，肯定式的「是」

與否定式的「不是」形成對比，因此「是」本身要唸重，例如：

⑭　他「是」中國人。誰說不是呢？

⑮　他「是」累，不是不累。

㈢「是」的讓步用法：「是」可以插入重叠的名詞（如⑯句）、形容詞（如⑰句）、動詞（如⑱與⑲句）、或動賓詞組（如⑳句）之間，用以表示讓步。試比較：

⑯a．　他好人。

　　b．　（他）好人是好人，就是不大聰明。

　　c．　（他）人是好人，就是不大聰明。

⑰a．　這東西很好。

　　b．　（這東西）好是好，就是太貴了一點。

　　c．　（這東西）好是很好，就是太貴了一點。

⑱a．　我去。

　　b．　（我）去是去，可是要一個人去。

⑲a．　（我）想去。

　　b．　（我）想去是想去，可是沒有時間。

　　c．　（我）想是想去，可是沒有時間。

　　d．　（我）去是想去，可是沒有時間。

　　e.(?)（我）想去是想，……

　　f.＊（我）想去是去，……

　　g.＊（我）去是想，……

⑳a．　（我）吃飯。

　　b．　（我）吃飯是吃飯，但是不喝酒。

　　c．　（我）吃飯是吃，但是不喝酒。

d.　（我）吃是吃飯，但是不喝酒。

e.　（我）飯是吃，但是不喝酒。

f. *（我）飯是吃飯，……

g. *（我）吃飯是飯，……

㈡「分裂句」： 所謂「分裂句」是用表強調的判斷動詞「是」與表斷定的語氣助詞「的」，把一個句子分裂爲兩段，以便把語義重心或強調的焦點放在「是」的後面。例如，在61的各句裏，用引號夾註的部分就是該句的焦點。

61a.　張先生昨天晚上到新竹去看李先生。

b.　是「張先生」昨天晚上到新竹去看李先生的。

c.　張先生是「昨天晚上」到新竹去看李先生的。

d.　張先生昨天晚上是「到新竹」去看李先生的。

e.　張先生昨天晚上到新竹是「去看李先生」的。

有時候，句尾的「的」可以出現於動詞與其賓語之間，例如：

62a.　愛迪生發明電燈。

b.　是「愛迪生」發明電燈的。

c.　是「愛迪生」發明的電燈。

d.　電燈是「愛迪生」發明的。

63a.　我昨天去買車票。

b.　是「我」昨天去買車票的。

c.　是「我」昨天去買的車票。

d.　車票是「我」昨天去買的。

㈢「準分裂句」： 所謂「準分裂句」是用判斷動詞「是」與從屬子句標記「的」，把一個句子分成兩半，用以強調「是」後

面的詞語是句子的焦點。「準分裂句」與「分裂句」所不同的
是：「的」與「是」總是連結在一起，而且只能出現於動詞與賓
語之間，或謂語與主語之間。試比較：

⑥a. 李先生迫切需要別人的同情。

    b. 李先生(所)迫切需要的是「別人的同情」。

    c. 迫切需要別人的同情的是「李先生」。

⑥a. 陳老師送給學生一本書。

    b. 陳老師送給學生的是「一本書」。

    c. 送給學生一本書的是「陳老師」。

關於國語的分裂句與準分裂句，我們將來還有機會做更詳細的
討論。這裏我們只強調，在上面所有的句子裏，動詞「是」都具
有斷定或強調的作用。有些句子本來不需要動詞「是」的，可是
爲了表斷定或強調而把「是」加進去；結果，「是」就與後面的
詞句形成了合成謂語。

   *本文曾刊載於語文週刊（1979）第一五五九、一五六〇期。

國語的「的」字句

國語的助詞「的」，是一個具有多種語意與句法功能的虛字，不但在國字的使用頻率上高居首位，而且在國語語法裏佔有極重要的地位。在本文裏，我們把所有含有助詞「的」的詞句結構統稱爲「的」字句，除了詳細討論各種「的」字句的意義與用法以外，並試圖從這些看似分歧的意義與用法中歸納出一些共同的原則來解釋這些意義與用法。

國語的助詞「的」，主要地有下列幾種意義與用法。

㈠「名詞、代詞、指示、數量詞＋的」修飾名詞：「的」可以附加在名詞或代詞的後面，形成領位或領屬格，例如：

① 兔子的耳朵比狗的耳朵長。

② 我的錢就是你的錢。

形成領位的名詞不限於表人或動物的名詞,其他表事物、時間、處所等名詞也都可以加上「的」。所謂領屬的意義,也不限於狹義的所有或所屬,還可能表示作者、發明者、來源、屬性、質料、種類、用途、度量衡等各種意思。試比較:

③ 我的太太、人的壽命、齊白石的國畫、黃春明的小說、瓦特的蒸汽機、國民的貯蓄、房子的屋頂、學校的操場、書的內容、水的密度、飛機的速度、羊毛的襯衫、木頭的房子、博士的學位、男人的皮鞋、女人的大衣、昨天的會議、院子的前面、一個鐘頭的工夫、半斤的牛肉、三天的路程、四層的樓房…

在語義內涵上,領位標記「的」前面的名詞對後面的名詞可能處於主位(施事者主語與動詞)、賓位(受事者賓語與動詞)、或同位(主語與等同補語或屬性補語)的關係。試比較:

④a. 主席的決定(比較:主席決定了一件事。)

 b. 主席的選舉(比較:大家選舉了主席。)

 c. 主席的職位(比較:主席是一個職位。)

⑤a. 科學的進步(比較:科學進步了。)

 b. 科學的研究(比較:我們研究科學。)

 c. 科學的定義(比較:定義是有關科學的。)

正如④句裏的名詞「決定、選舉」與⑤句裡的名詞「進步、研究」是由動詞轉化而來的,下面 ⑥ 句裡的名詞「勇敢」與 ⑦ 句裡的名詞「聰明」是由形容詞轉化而來的。而且,這些形容詞與領位標記「的」前面的名詞,在語義上居於事物主語與屬性謂語的關

係。這一種形容詞轉成名詞的用法，在口語中比較少見，但是在小說、翻譯等書面語裏却常出現。

⑥　（人人都稱讚）他的勇敢。（比較：他很勇敢。）

⑦　你的聰明（才智令人敬佩）。（比較：你很聰明。）

表領屬、時間、處所的名詞後面，一般都要加「的」。但是如果「的」前後的兩個名詞在語義上結合得很密切，例如它們是表親屬關係、身體部位、或空間相對位置的概念等，那麼「的」字常可以省去，例如：

⑧　小明(的)爸爸在哪裏做事？

⑨　你們(的)老師是敎什麼的？

⑩　她(的)眼睛很漂亮。

⑪　你(的)頭髮太長了，該去理了。

⑫　老林(的)旁邊站着一個中年婦女。

⑬　他把書放在桌子(的)上面。

表質料、屬性的名詞後面，「的」字也常可以省去，例如：

⑭　皮(的)大衣、尼龍(的)襪子、羊毛(的)襯衫。

⑮　鐵(的)門、木頭(的)房子、鋼筋水泥(的)樓房。

但是在比喻用法裏，特別是單音節名詞後面，「的」字常不能省掉。例如：

⑯　鐵(一般)的事實、黃金的年華。

雙音節名詞修飾雙音節名詞，常可以省去中間的「的」，例如：

⑰　中國(的)人民、美國(的)政府、四川(的)榨菜、韓國(的)人參。

有時候，「的」字的有無會影响語義。試比較：

⑱a． 你的孩子的脾氣太壞了。

　b． 你的孩子脾氣非改不可。

⑲a． 美國的朋友來過信沒有？

　b． 美國朋友可靠不可靠？

指示、數量詞做名詞的修飾語，通常不用「的」；但是如果表領屬關係，就必須加「的」。試比較：

⑳　我(的)那(一)個孩子考上大學了。

㉑　哪(一)個孩子跌倒了？

㉒　這是哪一個的孩子？

表度量衡或容器的量詞，可以用「的」，但是通常都省去。例如：

㉓　我買了一斗(的)米。

㉔　我們走了十里(的)路。

㉕　他吃了三碗(的)飯，還喝了一大碗(的)湯。

不過如果前面另外有數量詞，那麼就非用「的」不可，例如：

㉖　我要一根三尺(長)的棍子。

㉗　他們租了一棟二十層的樓房。

借用名詞的量詞，可用也可不用「的」，但是以用的時候爲多，例如：

㉘　我們請了兩桌子(的)客人。

㉙　灑了一地的糖，結果引來了一廚房的螞蟻。

數量詞重疊以後，也常要加「的」，例如：

㉚　海上點綴着一座(一)座的小島。

㈡「形容詞＋的」修飾名詞：

「的」字也可以附加在形容詞的後面修飾名詞。一般的單音節形容詞都可以不用「的」，直接修飾名詞；但是如果要強調形

容詞所表示的屬性，就可以用「的」。試比較：

㉛a. 他是一個好學生。

　　b. 好的學生比壞的學生多。

㉜a. 留長頭髮好看嗎？

　　b. 只有長的頭髮纔可以用來做假頭髮。

雙音節形容詞，特別是修飾單音節名詞的，通常都加「的」，例如：

㉝　快樂的人比有錢的人幸福。

有些形容詞與名詞在語義上結合得很緊密，幾乎形成一個複合名詞。這時候，「的」就常省去。試比較：

㉞a. 一個聰明的人不會做這樣糊塗的事情。

　　b. 你是個聰明人，我不必多解釋。

㉟a. 這樣老實的人竟然受人冤枉！

　　b. 他是一個老實人，不太會說話。

在書面語裡，雙音節形容詞後面的「的」也常省略：

㊱　重要問題、密切關係、優秀份子、親密戰友、緊急事變、特別法案。

　形容詞的重叠式，或程度副詞所修飾的形容詞，必須用「的」；但是如果名詞前面有數量詞，就可以不用「的」。試比較：

㊲a. 一間小小的屋子。

　　b. 一間很小的屋子。

　　c. 一池綠油油的湖水。

㊳a. 小小(的)一間屋子。

　　b. 很小(的)一間屋子。

　　c. 綠油油(的)一池湖水。

並列的形容詞，特別是單音節形容詞放在多音節形容詞的前面的時候，通常都要用「的」。例如：

⑨　新的年輕的一代。

⑩　新的年輕的勇敢的一代。

又帶「的」的修飾語與不帶「的」的修飾語連用的時候，帶「的」的修飾語一定要放在不帶「的」的修飾語的前面。試比較：

㊶a．　黑的大狗。

　　b．　大的黑狗。

　　c．　大黑狗。

　　d．＊黑大的狗。

　　e．＊大黑的狗。

㊷a．　瓷的小茶杯。

　　b．　小的瓷茶杯。

　　c．　小瓷茶杯。

　　d．＊瓷小的茶杯。

　　e．＊小瓷的茶杯。

如果名詞是不能獨立存在的附着語式，就不能用「的」。試比較：

㊸a．　這是我的新的衣服。

　　b．　這是我的新衣服。

㊹a．＊這是我的新的衣。

　　b．　這是我的新衣。

㈢「動詞＋的」修飾名詞：

動詞也可以加「的」來修飾名詞，例如：

㊺a. 吃的人（主事者：人吃東西）

b. 吃的菜（受事者：菜被人吃）

c. 吃的地方、吃的時間、吃的方法、吃的樣子、吃的速度、吃的份量。

d. 吃的問題、吃的重要性。

少數單音節不及物動詞可以不加「的」，這是從文言用法遺留下來的。

㊻ 逃兵、來信、飛鳥、走獸、跑道。

有些雙音節的動詞，如果後面不用「的」也不會產生歧義，就可以直接修飾名詞，例如:

㊼ 研究方法、學習負擔、建築材料、參考文獻。

但是這些動詞似乎已轉化爲名詞，因爲不能名詞化的動詞不能如此修飾名詞。試比較:

㊽ 關心的問題、喜歡的東西、盼望的事情、打聽的消息。

有一些動賓詞組修飾名詞，在習慣上也可以不用「的」，例如:

㊾ 下雨天、洗澡水、傷風藥、感冒藥、退燒藥、裁軍問題。

㈣「句子＋的」修飾名詞:

國語裏在句子後面加上「的」來修飾名詞的情形有兩種。一種是被修飾的名詞（卽中心語）與修飾語之間蘊涵着某一種語法關係。例如，㊿句的中心語「朋友」與修飾語「來看你」之間蘊涵着主語與謂語的關係；(51)句的中心語「書」與「路」分別與其修飾語「讀過」與「走過」之間蘊涵着直接賓語與動詞的關係；(52)句的中心語「老師」與修飾語「（你)問(問題）」之間蘊涵着

間接賓語與動詞的關係。試比較：

⑩a. 來看你的朋友（真不少。）

　b. 朋友來看你。

⑤a. 我讀過的書，走過的路（比誰都還要多。）

　b. 我讀過書，我走過路。

⑫a. 你問問題的老師（是哪一位？）

　b. 你問老師問題。

另外一種情形是，中心語與修飾語之間不蘊涵這種語法關係。例如，⑬到⑮句的中心語與修飾語分別是「消息」與「朋友來看你」、「聲音」與「他彈鋼琴」、「問題」與「我們如何籌措經費」；二者之間除了中心語與修飾語的關係以外，找不出其他的語法關係。

⑬　朋友來看你的消息（是你弟弟告訴我的。）

⑭　他彈鋼琴的聲音（把我吵得整夜沒睡。）

⑮　我們如何籌措經費的問題（下一次再討論。）

屬於第一種情形的修飾語可以稱爲「關係子句」，而屬於第二種情形的修飾語則可以稱爲「同位子句」。關係子句離開中心語以後仍可以當做名詞使用；可以出現於指示、數量詞的前面或後面，子句標記「的」不能省略。同位子句不能離開中心語而獨立；通常只能出現於指示、數量詞的前面，而且子句標記「的」多半都加以刪略。試比較⑯與⑰的關係子句，跟⑱與⑲的同位子句。

⑯a. 來看你的(人)是你的朋友。

　b. 那一個來看你的朋友。

    c.   來看你的那一個朋友。

    d.＊那一個來看你朋友。

    e.＊來看你那一個朋友。

57a.   你問了問題的(人)是一位老師。

    b.   那一位你問了問題的老師。

    c.   你問了問題的那一位老師。

    d.＊那一位你問了問題老師。

    e.＊你問了問題那一位老師。

58a.＊朋友來看你的是消息。

    b.   朋友來看你的消息。

    c.   朋友來看你這一個消息。

    d.？朋友來看你的這一個消息。

    e.??這一個朋友來看你的消息。

59a.＊我們如何籌措經費的是問題。

    b.   我們如何籌措經費的問題。

    c.   我們如何籌措經費這一個問題。

    d.？我們如何籌措經費的這一個問題。

    e.??這一個我們如何籌措經費的問題。

同位子句在語法功能上近乎同位語，與中心語的關係比較密切。因此，**關係子句與同位子句共同修飾同一個名詞的時候，其出現的次序是關係子句在前、同位子句在後**。例如：

60a.   主席所提出的這一個問題。

    b.   我們如何籌措經費這一個問題。

    c.   主席所提出的我們如何籌措經費這一個問題。

    d. *我們如何籌措經費主席所提出的這一個問題。

㈤「形容詞、動詞、副詞、名詞、數量詞＋的」修飾動詞、形容詞：

「的」還可以加在形容詞或動詞的後面來修飾動詞，例如：

  ⑥1   我很僥倖的考上了大學。

  ⑥2   他很興奮的把消息告訴了我。

  ⑥3   她很(有)禮貌的回答我的問題。

少數單音節形容詞可以不用「的」直接修飾動詞，例如：

  ⑥4   快跑、慢走、大叫、高喊、小看、細聽、輕視、重用、
       臭罵、紅燒、清唱。

這些本來是文言的用法，因此大都是已經凝固的形式，不能隨意自由地結合。就是比較能自由結合的少數單音節形容詞（如「多、少、早、晚、快、好」等）也在語法功能上應該視爲由形容詞轉成副詞，例如：

  ⑥5   你應該少喝酒，多運動。

  ⑥6   早去早回，晚去晚回。

雙音節形容詞在口語裏通常都加「的」，但是在書面語裏却常不加「的」。試比較：

  ⑥7a.   我們應該(很)仔細的考慮這一個問題。

    b.   我們應該仔細考慮這一個問題。

  ⑥8a.   他們(很)勇敢的跟敵人作戰。

    b.   他們個個勇敢作戰。

形容詞與動詞修飾動詞，常以重疊或並列的形式出現。這個時候，通常都要加「的」；單音節形容詞的重疊還常常「兒化」，

例如：

⑥a. 他慢慢的走到窗口，然後靜靜的站在那裏。

b. 他慢慢兒(的)走到窗口，然後靜靜兒(的)站在那裏。

⑦ 他們一天到晚快快樂樂的過日子。

⑦ 他吞吞吐吐的把來意說了出來。

⑦ 他們嘻嘻哈哈的笑著。

形容詞前面有程度副詞，或後面有重疊輔助成份的時候，一般也都要用「的」，例如：

⑦ 他很親切的招待我。

⑦ 他十分熱誠的款待我們。

⑦ 我糊裏糊塗的把事情給忘掉了。

⑦ 他氣呼呼的從屋裏衝出來。

除了單獨的動詞以外，動賓詞組與主謂詞組也可以用來修飾動詞，例如：

⑦ 他用心的學習，拼命的工作。

⑦ 他們有系統的研究問題。

⑦ 我們馬不停蹄的趕路。

⑧ 他手不停揮的勤於寫作。

動賓詞組與主謂詞組，常以並列的方式出現，例如：

⑧ 他們刷鍋洗碗的忙。

⑧ 他拍胸跺腳的叫了起來。

⑧ 我們手舞足蹈的高興了起來。

⑧ 他人不知鬼不覺的溜了出去。

　　副詞中能加「的」的，限於「十分、非常、忽然、突然、偶然、經常、常常、漸漸、統統、一再、再三」等少數幾個；但是雙音節副詞不加的時候多，加的時候少。

　　⑧　他聽了消息以後非常(的)高興。

　　⑧　我突然(的)難過起來。

單音節的程度副詞重疊以後，仍然不可加「的」，例如：

　　⑧　他是我們班上最最優秀的學生。

表時間（如「現在、今天、將來、以後、過去」）或處所（如「到處」）的語詞通常都不加「的」，但是如果以重疊的形式出現，就可以加「的」，例如：

　　⑧　他天天(的)發愁。

　　⑧　你處處(的)替人設想。

　　除了動詞、形容詞、副詞以外，名詞、數量詞、方位詞等也可以重疊或並列的形式修飾動詞，例如：

　　⑨　她立刻醬呀醋的忙起來。

　　⑨　他們你一句，我一句的爭吵個不休。

　　⑨　她一把眼淚，一把鼻涕的述說她的傷心事。

　　⑨　他們一屋一屋的訪問。

　　⑨　他三步兩步的跑進屋子裏來。

　　⑨　老師一五一十的敎我。

　　⑨　警察裏裏外外的搜索犯人。

　　⑨　她在箱子裏上(上)下(下)的翻着東西。

名詞與動詞還可以與「…一般的」、「…一樣的」、「…似的」等連用以後修飾動詞，例如：

⑱　他們嚇得豬一般(的)叫了起來。

⑲　我的心頓時針紮一樣的難過起來。

⑩　日子飛也似的過去。

　　以上幾種「的」的意義與用法看似複雜分歧，其實仍然可以歸納出一些共同的原則來說明這些不同的意義與用法。首先，在這些用法裏「的」字的功用都在連繫修飾語與被修飾語，而且修飾語都出現於被修飾語的前面。其次，幾乎所有「的」字的用法都導源於句子。也就是說，大多數「的」字的用法都是由於句子的名詞化、形容詞化、副詞化而產生的。例如⑩a 句的主語與⑫a 句的賓語分別是由於 b 句的名詞化而產生的：

⑩a.　科學的進步真令人驚異。

　b.　科學進步。→　科學的進步。

⑫a.　大家都盼望着春天的來臨。

　b.　春天來臨。→　春天的來臨。

同樣的，⑩a 句的賓語是由於 b 句的名詞化而得來的。

⑩a.　我很喜歡科學的研究。

　b.　(我)研究科學。→　科學的研究。

　　又如，修飾⑭句裏名詞「工作」與⑩句裏名詞「小姐」的形容詞修飾語，分別是由於 ⑩ 與 ⑩ 括號內的句子形容詞化而產生的；形容詞化的過程是把句子內指稱相同的名詞加以刪略，並在句尾加上「的」。這種形容詞子句，我們稱爲「關係子句」。

⑭　我要做的工作十天也做不完。

⑮a.(我要做工作)工作一天也做不完。→

　b.我要做的工作 …

⑯　那一位穿旗袍的小姐是誰？

⑩a. 那一位（小姐穿旗袍）小姐是誰？→

b. 那一位穿旗袍的小姐 …

同樣地，⑩ 句裏修飾名詞「消息」的形容詞修飾語，是由 ⑩ 括弧內的句子經過形容詞化而得來的；形容詞化的過程是在句尾加上「的」。這種形容詞句，我們稱爲「同位子句」。

⑩ 老張自殺的消息不可能是真的吧？

⑩a. （老張自殺）消息不可能是真的吧？→

b. 老張自殺的消息 …

再如，⑩句與⑪句修飾動詞的副詞修飾語，分別是由⑪與⑬括號內的句子副詞化而產生的；副詞化的過程是把句子內指稱相同的名詞加以刪略，並在句尾加上「的」。

⑩ 她很客氣的招待我們。

⑪a. 她（她很客氣）招呼我們。→

b. 她很客氣的 …

⑫ 他很仔細的檢查了帳目。

⑬a. 他（他很仔細）檢查了帳目。→

b. 他很仔細的 …

同樣地，⑭句裏修飾動詞的副詞修飾語，是由⑮括號內的句子副詞化而得來的；因爲句子裏沒有指稱相同的名詞，所以僅在句尾加上「的」。

⑭ 我們馬不停蹄的趕路。

⑮a. 我們（馬不停蹄）趕路。→

b. 我們馬不停蹄（一般）的 …

就是單獨以名詞、形容詞或動詞做修飾語的用例，也大都可

以分析為由句子演變而來的，或至少可以解釋為根據句子形容詞化或副詞化的「類推」或「援用」而加上「的」字去的，例如：

⑯a. （李先生有房子）房子很漂亮。→

　b. 李先生的房子很漂亮。

⑰a. （書在桌子上面）書是我的。→

　b. （在）桌子上面的書是我的。

⑱a. 我認識那一位（醫生是高個子）醫生。→

　b. 我認識那一位高個子的醫生。

⑲a. 那一位（小姐漂亮）小姐是誰？→

　b. 那一位漂亮的小姐是誰？

⑳a. （人來）人並不多。→

　b. 來的人並不多。

國語的「的」字，除了上面的用法以外，還有兩種比較特殊的用法。一種是出現於主語與動詞的後面，下面還帶着表結果或程度的補語的「的」。這種補語可能是主謂結構（如㉑到㉓句）、動賓結構（如㉔句）、動補結構（如㉕句）、單純的動詞（如㉖句）；也可能是形容詞的並列式（如㉗句）、重疊式（如㉘句）、或單純式（如㉙句），例如：

㉑ 我說的嘴乾了。

㉒ 你老叫，叫的我心慌了。

㉓ 孩子鬧的我整夜沒睡。

㉔ 他連話也懶的說一句。

㉕ 他一個拳頭把那人打的躺在地上。

㉖ 我累的走不動了。

⑫⑦　我累的又睏又乏。

⑫⑧　她把房間收拾的乾乾淨淨的。

⑫⑨　這個人傻的可愛。

如果這種「的」字出現於形容詞的後面，那麼就可以用「很」做補語，例如：

⑬⓪　下雨以後路上滑的很。

⑬①　這個孩子皮的很，應該好好兒管敎。

　另外一種是加在句尾用以加強肯定語氣的「的」。例如，下面例句中的「的」都表示事實本來如此。

⑬②　你應該問問他的。

⑬③　這個問題我會解決的。

⑬④　他絕不會來的。

　這兩種用法與前面的幾種用法不同，「的」字的功用不在連繫修飾語與被修飾語。例如，由「的」所引導的表結果或程度的補語，與一般副詞修飾語不同，可以改為正反問句，也可以單獨做答語：

⑬⑤a.　你說的嘴乾不乾？

　　b.　乾。

⑬⑥a.　你走的累不累？

　　b.　不累。

又如，表加強肯定語氣的「的」，後面不能帶被修飾語。但是連這兩種特殊用法的「的」，都似乎與句子具有相當密切的關係。例如，表示結果或程度補語的「的」，常可以在後面補上適當的名詞（如「結果」）。

⑬⑦　孩子鬧的(結果)我整夜沒睡。

⑬⑧　他氣的(結果)連話都說不出來。

又如，表示肯定語氣的「的」，本來就加在句子的後面，而且有時候還可以帶上別的語氣助詞（如表疑問語氣的「嗎」）。

⑬⑨　(是)老師教你來的嗎？

以上有關國語虛詞「的」的意義與用法的分析，還可以從本地人的語感上獲得支持。也就是說，這種分析可能具有「心理上的實在性」（psychological reality）。從前文學界有人主張：表示名詞領位的「的」字改爲「底」字，表示副詞修飾語的「的」字改爲「地」字，表示結果或程度補語的「的」字改爲「得」字，而表示形容詞修飾語的「的」字則不改，以求語意與語法上的清晰。結果，一般人大致地接受了「得」字，有限度地接受了「地」字，却幾乎一致地拒絕了「底」字。這是由於中國人在語感上覺得表示結果或程度補語的「的」字，與其他用法的「的」字差別最大；在有些方言裡甚至有不用「的」，而用「到」或「得」的，因此大都願意接受以「得」字代替「的」字。形容詞與副詞修飾語，雖然同爲修飾語而且都出現於被修飾語之前，但是一個修飾名詞而另一個修飾動詞（形容詞、副詞），二者之間稍有差別，所以有人願意接受以「地」字代替「的」字。表名詞領位的「的」字，與表形容詞修飾語的「的」字同爲名詞的修飾語，而且都由句子轉化而來，在中國人的語感裏感覺不出二者之間存有任何差異，因此很少人接受以「底」字代替「的」字。至於句尾語氣助詞的「的」字，則因爲出現於句尾，與別的「的」字沒有混淆的可能，因此沒有人主張以別的字來代替。

※原刊載於語文週刊（1979）第一五七〇期。

華文世界篇

動詞與形容詞之間

　　依照傳統的 國語語法 ，動詞與 形容詞是兩個獨立 自主的詞類：前者敍述行動變化、後者描寫性質狀態，二者之間儼然壁壘分明、互不相干。其實，國語的動詞與形容詞，具有許多相同的語法功能，關係非常密切。現就動詞與形容詞在語法功能上的異同分述如下。（例句中的a句都含有動詞，b句都含有形容詞。）

　　一、動詞與形容詞，都可以單獨充當謂語或答語。

　　①a.「他們都來了嗎？」「來了。」

　　　　b.「他們都很高興嗎？」「很高興。」

　　二、動詞與形容詞，都可以單獨出現於否定句及肯定式與否定式連用的正反問句。

②a.他們不來了。

　　b.他們很不高興。

③a.他們來不來？

　　b.他們高興不高興？

　　三、動詞與形容詞，都可以出現於 情態助動詞 (如「得、會、要」等) 的後面。

④a.你得來，也得帶太太來。

　　b.你得快，也得小心。

　　四、含有動詞或形容詞做謂語的句子，都可以在主語或謂語之間插入判斷詞「是」，以表示對比 (這個時候「是」常念輕聲，如⑤句) 或斷定 (這個時候「是」念重音，如⑥句)。

⑤a.他是賣水果的 (擦皮鞋的、撿破爛的)。

　　b.這瓶藥水是甜的 (苦的、酸的)。

⑥a.我現在是當班長 (不是沒當班長)。

　　b.這條毛巾是乾淨的 (不是不乾淨的)。

　　五、動詞與形容詞，都可以用時間副詞 (如「昨天」)、處所副詞 (如「在這裏」)、範圍副詞 (如「都」) 等修飾。

⑦a.他們昨天舉辦郊遊。

　　b.他們昨天很快樂。

⑧a.我們在這裏休息。

　　b.我們在這裏很舒服。

⑨a.他們都聽從我的話。

　　b.他們都很聽話。

　　六、動詞與形容詞，都可以出現於肯定與否定祈使句中。形

容詞在肯定祈使句中不能帶上程度副詞，並且要在詞尾加「些」或「點兒」。試比較：

⑩a.你們 (要) 跑過來。→ 跑過來！

b.你們 (要) 很小心。→ 小心點兒！

⑪a.你們不要大聲講話。→ 不要大聲講話！別講了！

b.你們不要太吵。→ 不要太吵！別吵了！

七、動詞與形容詞都可以充當名詞的修飾語 。

⑫a.孩子打架。→ 打架的孩子。

b.孩子很胡鬧。→ 胡鬧的孩子。

⑬a.那一位先生常在女人面前說大話。

→ 那一位常在女人面前說大話的先生。

b.那一位先生在女人面前很害羞。

→ 那一位在女人面前很害羞的先生。

八、動詞與形容詞都可以名物化，充當動詞的主語、賓語或補語。

⑭a.打是疼，罵是愛。 說比做容易。

b.(屋頂)高好，低了太熱。 快總比慢好。

⑮a.我喜歡唱(歌)，不喜歡跳(舞) 。

b.我喜歡喝熱的，不喜歡喝涼的。

九、動詞有及物與不及物之分：及物動詞可以帶賓語，不及物動詞不帶賓語。某些形容詞也可以帶賓語，因此可以說也有及物與不及物之分。試比較：

⑯他們都很急 (着急、緊張、失望) 。

⑰＊他們都很急 (着急、緊張、失望) 你。

⑱他們都很怕（擔心、關心、同情）。

⑲他們都很怕（擔心、關心、同情）你。

十、有些動詞以子句充當賓語；同樣地，有些形容詞也可以帶上子句做賓語。

⑳a.我們答應你來加入我們的公司。

　　b.我們很高興你來加入我們的公司。

㉑a.我認為這個計畫會失敗的。

　　b.我很擔心這個計畫會失敗的。

十一、一般動詞都可以在詞尾附加「了、着、過、起來、下去」等表示時態的標記；有些形容詞也可以在詞尾帶上這些時態標記。

㉒a.我已經吃了。　我已經吃了飯了。

　　b.他的臉紅了。　他紅了臉了。

㉓a.他們都保護着你。

　　b.他們都關心着你。

㉔a.我從來沒有見過這樣的人。

　　b.我從來沒有這樣快樂過。

㉕a.他一談起話來，總是說個沒完。

　　b.他一緊張起來，話都說不清楚。

㉖a.你這樣讀書下去，會累壞身體的。

　　b.你這樣懶情下去，不會有好結果的。

注意，這個時候形容詞都不帶上程度副詞。

十二、動詞與形容詞都可以在後面帶上期間補語。

㉗a.我等他。　我等他等了半天。

　　　　b.我很難過。　我難過了半天。

　　㉘a.她工作。　她一直工作到晚上。

　　　　b.她很傷心。　她一直傷心到晚上。

　　十三、動詞與形容詞都可以在後面帶上表示情狀或結果的補語。

　　㉙a.我等得不耐煩。

　　　　b.我難過得要命。

　　㉚a.她跑得連氣都喘不過來了。

　　　　b.她傷心得連眼淚都掉下來了。

　　十四、動詞可以帶上表行為單位的數量補語；形容詞也可以帶上表度量衡單位的數量補語。試比較:

　　㉛a.他跳了六下。　他跑了三圈。

　　　　b.他重了六斤。　他高了三寸。

有時候，表示度量衡單位的數量詞可以出現於形容詞的前面。

　　㉜這件行李有五十斤重。　那一道圍牆有三公尺高。

　　十五、動詞與形容詞最大的不同之點，在於只有形容詞可以用表程度的副詞如「很、更、最、比較、非常」等來修飾。

　　㉝a.＊她很玩樂。＊他最讀書。

　　　　b.她很快樂。＊他最用功。

同樣地，只有形容詞可以充當比較句的謂語。

　　㉞a.＊她跟我一樣讀書。

　　　　b.他跟我一樣用功。

　　㉟a.＊我沒有他那麼讀書。

　　　　b.我沒有他那麼用功。

㊱a.＊他比我還要讀書。

　b.他比我還要用功。

但是這個區別也不是絕對的。第一： 形容詞在祈使句（如例句⑩）或帶有時態標記（如例句㉒到㉖）、期間補語（如例句㉗與㉘）、情狀或結果補語（如例句㉙與㉚）的時候，不能帶上程度副詞。第二：許多動詞如「希望、相信、稱讚、贊成、反對、歡迎」等，可以用程度副詞修飾，也可以出現於比較句。

㊲我很希望我們能早點兒結婚。

㊳我比你更希望早點兒結婚。

　十六、動詞用「A（一）A」或「ABAB」的重疊式來表嘗試或短暫的意思；形容詞用「AA」或「AABB」的重疊式來表示加強或誇張的意思。

㊴a.讓我看。 讓我看(一)看。 讓我看一下。

　b.他走得很慢。 他慢慢兒地走開了。

㊵a.我們一起來研究。 我們一起來研究研究。 我們一起來研究研究看。

　b.我們聊天聊得很快樂。 我們快快樂樂地聊天。

但是這個區別也不是絕對的，因為有些形容詞（例如「高興」）可以有兩種重疊式。試比較：

㊶他一天到晚都是高高興興的。

㊷你就將就他，讓他高興高興吧。

　從以上的討論可以知道：動詞與形容詞，與其說是分隸於兩個獨立的詞類，不如說是共屬於同一個詞類的兩個小類。這個共同的詞類，姑且名為廣義的「動詞」或「述詞」。表性質狀態而

可以用程度副詞修飾的形容詞，不妨叫做「描寫動詞」或「靜詞」；而表示行動變化而不能用程度副詞修飾的動詞，就叫做「敘述動詞」或狹義的「動詞」。無論是「描寫動詞（靜詞）」或「敘述動詞（動詞）」，都可以有及物與不及物之分。

⑭動詞 {敘述動詞 {及物 / 不及物 } 描寫動詞 {及物 / 不及物 }}

⑭述詞 {動詞 {及物 / 不及物 } 靜詞 {及物 / 不及物 }}

「描寫動詞」或「靜詞」的語法功能，㈠可以帶上程度副詞、也可以出現於比較句，㈡重疊式用「AA」或「AABB」的形式，㈢在肯定祈使句中要加「些」或「點兒」，㈣時態標記的附加比較受限制；除了這幾點差別以外，與「敘述動詞」並沒有兩樣。又有些動詞兼有「敘述」與「描寫」兩種功用，因此也就並具兩種語法功能（如⑪與⑫兩句的「高興」）。

＊本文曾刊載於華文世界（1977）第九期（30──40頁）。

動詞與介詞之間

　　在國語語法 體系裏， 究竟要不 要承認介詞這一個 獨立的詞類？ 學者間對這個問題迄今未有定論。有一些學者認爲，現代國語裏所謂的「介詞」都可以追溯到文言動詞，不僅在語意上保留着動詞原有的含義， 就是在語法上也仍然具有動詞的句法功能，因此應視爲動詞的小類。更具體地說，所謂介詞是及 物動詞，要與賓語連用；但是與一般及 物動詞不同，必須與後面的主要動詞共用，因而稱這種動詞爲「共動詞」或「介動詞」(co-verb)。另外一些 學者却認爲， 現代國語的介詞 固然大都淵源 於文言動詞，但是其動詞意義已大爲冲淡，其動詞句法功能也喪失殆盡，新的意義與用法乃代而產生；因此應該承認一個獨立的詞類，而

稱此爲介詞。我個人的看法是：上面兩派學者的說法都有其道理，但是眞理恐怕是存於這兩種說法之間；卽就語法演變的歷史而言，介詞確係由文言動詞虛化而來，不過演變的速度有快慢之分，虛化的效果也有徹底與不徹底之別。有些動詞（如「用」、「在」、「到」、「給」、「比」等）演變的速度較慢、虛化的效果也較爲不徹底，這些動詞就保留較多的動詞語意內涵與句法功能，而成爲介「動詞」。有些動詞（如「被」、「由」、「把」、「將」、「爲」、「離」、「和」等），演變得較快，虛化得較爲徹底，幾乎喪失了動詞的原有含義與句法功能，已經很接近「介詞」。更有些動詞黏合成爲雙音介詞（如「自從」、「根據」、「依據」、「按照」、「依照」、「因爲」、「關於」、「對於」、「至於」、「由於」等），完全失去了動詞的句法功能，是不折不扣的「專用介詞」。有些介詞（如「跟」、「爲了」、「因爲」、「由於」等），甚至有更進一步演變成爲連詞的趨勢。這一種演變的趨勢，可以用下面的圖解表示：

　　動詞→介動詞→介詞→連詞

以下分三段來詳細說明我這種看法。

　　首先，讓我們來研究動詞的句法功能。國語動詞主要地有下列幾種句法功能：

　　㈠動詞可以單獨充當謂語或答語，例如：

　　①你認識他嗎？ 認識。

　　㈡動詞可以有否定式，而且以連用肯定式與否定式來形成「正反問句」，例如：

　　②你認識不認識他？ 不認識。

　　㈢動詞可以在詞尾附加「了」、「着」、「過」、「起來」、

「下去」等表示時態的標記：

　　③他吃了飯就走了。

　　④她紅着臉不說話。

　　⑤我見過他好幾次了。

　　⑥他一說起話來，就說個沒完。

　　㈣動詞可以用「A㈠A」或「ABAB」的重疊式來表示嘗試或短暫的意思，例如：

　　⑦我來查一查字典。

　　⑧大家一起來研究研究這個問題。

　　㈤及物動詞的賓語可以提前移到動詞的前面， 或 主語的前面。例如：

　　⑨我看完了這本書了。→　我這本書看完了。→　這本書
　　　　我看完了。

　　⑩張三打了李四一頓。→　張三把李四打了一頓。→　李
　　　　四被張三打了一頓。

　　㈥及物動詞與賓語的後面帶有期間、回數、或情狀補語的時候，及物動詞常要重覆一次（但也有不重覆動詞的說法），例如：

　　⑪他讀書讀了半個鐘頭。

　　　（比較：他讀了半個鐘頭的書。）

　　⑫他看電影看了三次。

　　　（比較：他看了三次電影。）

　　⑬他跳舞跳得很好。

　　　（比較：他舞跳得很好。）

　　其次，我們在下面列舉國語裏常用的介動詞或介詞。

㈠引介施事 主語的介詞，有「被」、「讓」、「給」、「由」、「歸」、「任」等。這些介詞通常在「施事主語十動詞十受事賓語」的句式裏隱藏不顯，而改爲「受事賓語十施事主語十動詞」的句式才會顯露出來，例如：

⑭他已經賣了房子了。→ 房子已經被他賣了。

⑮我來員責辦理這件事。→ 這件事由我來員責辦理。

⑯他保管這一筆錢。→ 這一筆錢歸他保管。

㈡引介受事賓語的介詞，有「把」、「將」、「管」等。這些介詞通常也是在「施事主語十動詞十受事賓語」的句式裡隱蔽起來，但是改爲「施事主語十受事賓語十動詞」的句式就會出現，例如：

⑰他已經賣了房子了。→ 他已經把房子賣了。

⑱我們叫他老粗。→ 我們管他叫老粗。

㈢引介受惠者的介詞，有「替」、「給」、「爲」、「代」等，例如：

⑲我替你去走一趟。

⑳媽答應給你娶個好媳婦。

㈣引介關係、對象或範圍的介詞，有「和」、「跟」、「同」、「與」、「比」、「對」、「向」、「給」、「對於」、「關於」、「至於」、「除(了)」等：

㉑這一件事和我沒有關係。

㉒他跟你差不多一樣高。

㉓你比我聰明得多。

㉔我已經跟他說過了。

㉕這一句話你是對誰説的？

㉖你快去給他説個道理。

㉗我對於這件事沒有意見。

(五)引介工具的介詞，有「用」、「拿」等。

㉘我們用筷子吃飯。

㉙我們應該拿科學方法的來處理問題。

(六)引介起點或距離的介詞，有「從」、「打（從）」、「離」、「距」、「自從」等，例如：

㉚他從日本轉往美國。

㉛你家離車站還有多遠？

(七)引介終點或方位的介詞，有「到」、「給」、「往」、「向」、「往」、「望」、「朝」等：

㉜你到這裏來做什麼？　我把信寄到他家裏去。

㉝他送給我一本書。　他送一本書給我。

(八)引介處所或時間的介詞，有「在」、「當」、「臨」等。

㉞他在牀上休息。

㉟一個交通警察當街站着。

㊱他臨走什麼也沒説。

(九)引介依據的介詞，有「據」、「照」、「依」、「按」、「憑」、「藉」、「靠」、「趁」、「依據」、「依照」、「按照」、「根據」等：

㊲你就照他的意思去做吧。

㊳我要靠自己的本領吃飯。

㊴我們必須依照規定處理。

㈩引介原因或目的的介詞，有「因」、「爲」、「因爲」、「爲了」、「爲着」、「由於」等：

⑩他爲了錢什麼事都幹。

⑪他一定是因病不能來。

最後，我們來檢查以上這些介詞是否具有前面所討論的六種動詞句法功能。檢查的結果，我們得到下列結論。

㈠介詞與及物動詞相似，與賓語連用。但是介詞與一般及物動詞不同，必須用於主要動詞的前面。因此，介詞不能單獨充當謂語，也不能單獨做答句，例如：

⑫他被人打了。　＊他被人。

　他被人打了沒有？　＊被。

⑬他把房子賣了。　＊他把房子。

　他把房子賣了沒有？　＊把。

⑭我跟他說了。　＊我跟他。

　你跟他說了沒有？　＊跟。

但是許多人接受以引介工具的「用」、終點的「到」、與處所的「在」單獨做謂語或答句，例如：

⑮他用筷子吃飯。　他用筷子。

　他用什麼吃飯？　用筷子。

⑯他到臺北去辦事。　他到臺北。

　他到哪裏去辦事？　到臺北。

⑰他在牀上休息。　他在牀上。

　他在哪裏休息？　在牀上。

可見介詞「用」、「到」、「在」等還保留着動詞的句法功能。相形之下，介詞「拿」與「從」的動詞意味就較淡了，試比較：

⑱我們拿科學的方法處理問題。　＊我們拿科學的方法。

　我們拿什麼處理問題？　（？）拿科學的方法。

⑲他們從日本來。　　　　　＊他們從日本。

　他們從哪裏來？　　　　　（？）從日本。

　㈡介詞與動詞不一樣，不能改爲「正反問句」，也不一定可以加上否定詞「不」。若要改爲正反問句或否定式，常加上表時態的助動詞「有（了）」、「要」、「會」等，例如：

⑳他被人打了。　＊他被不被人打了？　＊他不被人打了。

　（比較：他被人打了沒有？　他沒有被人打。）

○51他把房子賣掉了。　＊他把不把房子賣掉了？　＊他不把房子賣掉了。

　（比較：他把房子賣掉了沒有？　他沒有把房子賣掉。）

○52這件事和他有關係。　＊這件事和不和他有關係？

　＊這件事不和他有關係。

　（比較：這件事會不會和他有關係？　這件事不會和他有關係。）

　但是有一些人接受含有「跟」、「比」、「用」、「到」、「在」等介詞的正反問句與否定式：

○53你跟他一起去。　（？）你跟不跟他一起去？　我不跟他一起去。

　（比較：你要不要跟他一起去？　我不要跟他一起去。）

○54他比你高。　他比不比你高？　他不比我高。

　（比較：他會不會比你高？　他是不是比你高？）

⑤你用不用筷子吃飯？　我不用筷子吃飯。

⑥他在不在牀上休息？　他不在牀上休息。

⑦他到不到臺北去辦事？　他不到臺北去辦事。

這似乎表示介詞「跟」、「比」等比別的介詞更接近動詞，而「用、到、在」等又比「跟、比」等更接近動詞。至於雙音介詞「自從、根據、依照、關於、對於、由於」等則完全失去動詞的功能，根本不能視爲動詞。

　㈢介詞與一般動詞不同，不能在後面帶表示各種時態的標記：如表完成的「了」、表經驗的「過」、表進行的「著」、表起始的「起來」、表繼續的「下去」等。雖然有少數介詞能帶「了」（如「爲了」、「除了」）或「着」（如「爲着、奔着、犄着、恐着、對着、朝着、望着、沿着、順着」等），但是這些介詞並不因此而含有「完成」或「進行」的意義。因此，⑧句與⑨句，或⑩句與⑪句，在意義與用法上都沒有分別。

⑧爲了孩子的將來，我們願意犧牲自己。

⑨爲着孩子的將來，我們願意犧牲自己。

⑩他靠他的信心堅持下去。

⑪他靠着他的信心堅持下去。

又如⑫句與⑬句，雖然在意義與用法上稍有分別，但是這個分別不能歸諸「進行式」與「非進行式」的差異。

⑫他對這個問題有什麼意見？

　（比較：＊他對着這個問題有什麼意見？）

⑬他對着我笑了。

　（比較：（？）他對我笑了。）

因此，部分介詞之帶有時態標記「了」或「着」，雖然表示着這些介詞在過去曾當動詞使用的痕跡，但是在現代國語語法的分析上應該如同「根據、依照、對於、關於、由於、自從」一般視爲雙音介詞。

　　㈣介詞與一般及物動詞不同，不能把後面的賓語名詞移到前面去，例如：

　　　　㉔他被老師罵了。→　*老師他被罵了。

　　　　㉕你跟他一起去。→　*他你跟一起去。

　　　　㉖他把房子賣了。→　*房子他把賣了。

可是像下面的句子：

　　　　㉗信寫完了，請你把(它)抄了寄走。

　　　　㉘貓的飯，狗給吃了。

趙元任先生在「中國話的文法」（三三〇頁）說：㉗句括號中的「它」可以省去。黎錦熙先生的「新著國語文法」（二〇七頁）也說：北平話的「給」常把所介的名詞省去，並列了㉘的例句。但是目前年輕一輩的人，已經不說㉗、㉘這樣的句子了。

　　㈤介詞與一般及物動詞不同，不能用「A㈠A」或「ABAB」的重疊式，也不能直接帶表期間、囘數、或情狀的補語。

　　㈥介詞與其賓語不一定出現於主要動詞之前。有些介詞（如引介處所的「在」、引介終點的「到」、引介起點的「自」等）常出現於主要動詞之後。試比較：

　　　　㉙他前年在香港去世。　他前年死在香港。

　　　　㉚他們到公園去散步了。　他們散步到公園去了。

⑦他從星加坡來。　他來自星加坡。

有一些介詞與其賓語，還出現於主語之前，例如：

⑦爲了錢他甚麼都幹。

⑦對於這個問題我沒有意見。

⑦根據他的看法你根本沒有成功的希望。

甚至有些介詞（如「關於」與「至於」），非出現於主語之前不可，試
比較：

⑦關於這個問題我沒有意見。

（＊我關於這個問題沒有意見。）

⑦至於住的問題我給你想辦法。

（＊我至於住的問題給你想辦法。）

這些出現於句首的介詞是不折不扣的專用介詞。

　(七)在文言裏介詞和連詞的界限不十分清楚，在現代國語裏這
種現象依然存在。例如在下列「跟」的例句中，ａ句是介詞用
法，ｂ句是連詞用法。

⑦ａ.老張不跟老李來。

　　ｂ.老張跟老李都不來。

⑦ａ.老張昨天跟老李來了。

　　ｂ.老張跟老李都昨天來了。

⑦ａ.老張願意跟老李來。

　　ｂ.老張跟老李都願意來。

⑧ａ.老張很快地跟老李來了。

　　ｂ.老張跟老李都很快地來了。

其他如「爲了」、「因爲」、「由於」等也兼有介詞與連詞兩種

用法。試比較：

⑧a.為了家他一天到晚辛苦地工作。

b.為了養活一家八口，他一天到晚辛苦地工作。

⑧a.有信心的人不因為他人的反對改變宗旨。

b.因為大家都反對，他只好改變初衷。

⑧a.由於這個緣故他纔沒有來。

b.由於身體不舒服，他纔沒有來。

這些例句中的用法似乎顯示：有些介詞更進一步地虛化而變成連詞，因為在連詞用法中連原有的那麼一點動詞功能都消散無餘了。

＊本文曾刊載於華文世界（1978）第十二期（13——19頁）。

中國語文篇

國語的「有無句」與「存在句」

一、「有無句」與「存在句」

這裏所謂的「有無句」與「存在句」，是指由表示「事物（包括人）」的名詞、表示「處所」的名詞、與動詞〔有〕或〔在〕所組成的句子。

「有無句」的詞序是「處所」十〔有〕十「事物」，例如：

①桌子上有書。

「存在句」的詞序是「事物」十〔在〕十「處所」，例如：

②書在桌子上。

這兩種不同句型的使用，完全決定於表示事物的名詞的「定性」：卽無定名詞出現於「有無句」，有定名詞出現於「存在句」。

二、名詞的「定性」

國語的名詞，可以根據其定性分為五種：

㈠「泛指」：指某種事物的總類，包括這一類所有的成員，如：

③人是社會的動物。

④我很喜歡狗。

⑤飛機，我從來沒有坐過。

「泛指」的名詞，常可以在前面加〔凡是〕或〔大凡〕等表示總類的修飾語。〔註一〕

⑥凡是人都難免自私。

⑦凡是狗我都喜歡。

「泛指」的名詞，有時候可以加上數量詞〔一個〕，也可以帶上形容詞性的修飾語。

⑧一個人難免自私。

⑨一個自私的人往往得不到朋友。

⑩ (凡是) 寂寞的人都渴望有朋友。

「泛指」的名詞，如果不帶著數量詞〔一個〕，就可以與副詞〔都〕出現。

⑪a.人都是難免自私的。

　b.*一個人都是難免自私的。

⑫ (凡是) 狗，我都喜歡。

與〔都〕一起出現的「泛指」名詞都是表示複數。但是如果「泛指」名詞與表示複數的詞尾〔們〕一起出現，那麼反而顯得不順，特別是這個「泛指」名詞出現於賓位的時候。

⑬？老師們都是自私的。

⑭??我不喜歡孩子們。　比較：

⑮我不喜歡孩子。

㈡「專指」：指某一個特定的人、事物、或場所，也就是所謂的「專有名詞」，例如：

⑯小明很喜歡狗。

⑰(我家的狗)小白很可愛。

⑱通霄是我的故鄉。

「專指」的名詞，通常都不能加數量詞，也不能有複數形，但是可以帶上形容詞性的修飾語。

⑲＊一個小明很喜歡狗。

⑳＊小白們很可愛。

㉑那一位就是老當益壯的楊森將軍。

加上數量詞的專有名詞不是沒有，但是這個時候的專有名詞不再是「專指」，而是轉用為普通名詞了。

㉒我們班上有兩個(同姓同名的)陳淑貞。　(指名不指人)

㉓三個周瑜也抵不過一個諸葛亮。(指具有那種特性或能力的人，
　　不指真人。)

「專指」的名詞可以與副詞〔都〕一起出現。

㉔小明、小華都是我的好朋友。

㈢「特指」：指特定的人或事物，但不是「專有名詞」。

「特指」常常是「明指」，卽說話的人明白地把所講的事物指出來，使對方了解他指的究竟是那一個。例如，說話的人可以用〔這〕、〔那〕等「指示詞」配合手勢或眼神指出一個特定的事物。

㉕這一本書你讀過了沒有？

㉖請你把那一扇門關起來。

「特指」不一定指眼前的事物。說話的人亦可加上適當的修飾語，把不在眼前的事物向對方指出來，例如：

㉗上個星期借給你的書，你讀完了沒有？

這個時候指示詞似乎只能用〔那〕，不能用〔這〕。試比較：

㉘我上星期借給你的那本書，讀完了沒有？

㉙*我上星期借給你的這本書，讀完了沒有？

㉘句無論所指的書在眼前與否都可以使用，㉙句則只有所指的書在眼前的時候才可以使用。

「特指」不一定要用指示詞或修飾語來「明指」，也可以靠語言情況（也就是所謂的上下文）或說話者與聽話者之間彼此的了解或默契來「暗指」。例如㉚句的〔書〕，雖然沒有修飾語〔我上個星期借給你的〕，仍然能使聽話的人會意。

㉚（我上個星期借給你的）書，你看完了沒有？

㈣「有指」：當說話者知道自己指的是甚麼，但是由於某種理由（或許由於不願意，或許認為沒有必要），沒有明白地向對方指出來，就叫做「有指」。這個時候聽話的人並不一定知道（雖然可能知道）他指的是那一個。

㉛我一直很想買一本書。（說話者已經決定要買甚麼書。）

㉜他不喜歡一個人。 (說話者知道〔他〕不喜歡的是那一個人。)

「有指」的名詞如果出現於句首必須加上指示詞〔有〕。

㉝有一本書,我一直很想買。

㉞有一個人,他很不喜歡。

表示「有指」的指示詞〔有〕, 甚至可以與表示姓氏的名詞用在一起。

㉟我認識一位李先生。

㊱有一位楊太太要找你。

「有指」的名詞所用的數詞不一定限於〔一〕。

㊲有三個人在外面等你。

㊳這本書有好幾個地方我看不懂。

「有指」的名詞可以與副詞〔都〕一起出現。

㊴ (議員裏面) 有三個人都是大學畢業的。

㊵有好幾頁書我都看不懂。

「有指」的名詞也可以加上修飾語。

㊶我一直很想買一本討論語言學的書。

㊷有三個穿西裝的人在外面等你。

㈤「無指」: 指不特定的人或事物,說話者與聽話者都不知道究竟指的是那一個。

㊸我一直很想買一本字典 (,但是不曉得買哪一本好)。

㊹我知道他不喜歡一個人 (,但是不知道究竟是誰)。

㊺他每天都喝一瓶牛奶。

名詞究竟是「有指」還是「無指」,有時候不容易從句子的表面形態上看得出來。例如㊻與㊼都有 a 與 b 兩種含義:

⑷我一直想買一架電唱機。

a.我一直想買一架電唱機（但是不知道哪家牌子的好）。——

無指

b.我一直想買一架電唱機（跟電唱機行的老闆都講好了，只是還

欠鈔票）。——有指

⑷外面有一個人一直在望著我們。

a.外面有一個人一直在望著我們。（到底是誰啊？）——無指

b.外面有一個人一直在望著我們。（是隔壁的太太）——有指

但是只有「有指」的名詞可以提前放在句首（這個時候要加上指

示詞〔有〕），「無指」的名詞却不能這樣做。試比較：

⑷a.＊一架電唱機我一直想買。——無指

b.有一架電唱機我一直想買。——有指

⑷a.＊一個人一直在外面望著我們。——無指

b.有一個人一直在外面望著我們。——有指

這種「有指」與「無指」的區別，可以說明為什麽下面的句

子有些是合語法，有些却不合語法。

⑸＊有一本字典我一直想買，但是不曉得買哪一本好。

⑸＊有一個人我知道他不喜歡，但是不知道究竟是誰。

⑸a.＊有一架電唱機我一直想買，但是不知道哪家牌子的

好。

b.有一架電唱機我一直想買，但是還欠鈔票。

國語的「無指」名詞，通常（但是不一定）都帶有數量詞，而

且都出現於動詞的後頭。相反地，國語的「有指」與「特指」名

詞却沒有這種限制，而且在很多場合出現於動詞的前頭似乎比出

現於動詞的後頭來得通順自然。試比較下列賓語名詞出現於動詞的後頭 (a句) 與出現於句首 (b句) 的例句。

53 a. 我想喝一杯牛奶。——無指

　b. ＊一杯牛奶我想喝。

54 a. 我想喝一杯牛奶。——有指

　b. 有一杯牛奶我想喝。

55 a. 我想喝這一杯牛奶。——特指

　b. 這一杯牛奶我想喝。

56 a. 他已經看完了一本書了。——無指

　b. ＊一本書他已經看完了。

57 a. 他已經看完了一本書了。——有指

　b. 有一本書他已經看完了。

58 a. 他已經看完了這一本書了。——特指

　b. 這一本書他已經看完了。

　　因為「無指」名詞不能出現於動詞的前頭，所以也就無法出現於「處置式」或「被動式」中作〔把〕或〔被〕的賓語。比較：

59 a. 他已經吃掉了那一個蘋果了。——特指

　b. 他已經把那一個蘋果吃掉了。——處置式

　c. 那一個蘋果已經被他吃掉了。——被動式

60 a. 他已經吃掉了一個蘋果了。——有指

　b. 他已經把一個蘋果吃掉了。（處置式）〔註2〕

　c. 有一個蘋果已經被他吃掉了。（被動式）

61 a. 他已經吃掉了一個蘋果了。——無指

b.? 他已經把一個蘋果吃掉了。（處置式）〔註2〕

c.?? 一個蘋果已經被他吃掉了。（被動式）

國語「無指」名詞的這種特點，也可以說明爲什麼在⑫與⑬中，「無指」名詞出現於動詞的後頭，而「有指」或「特指」名詞卻出現於動詞的前頭。

⑫a.昨天晚上來了一位客人。

b.昨天晚上有一位客人來了。

c.昨天晚上那一位客人來了。

⑬a.牆上掛著三張圖。

b.有三張圖掛在牆上。

c.那三張圖掛在牆上。

最後，「無指」名詞不能與副詞〔都〕連用。所以只帶數量詞而不帶指示詞的名詞，如果與〔都〕出現在一起，就只能解釋爲「特指」。比較：

⑭a.來了兩位客人了。──無指

b.＊兩位客人來了。

c.有兩位客人來了。──有指

d.那兩位客人都來了。──特指

e.兩位客人都來了。──特指

綜合上面五類名詞定性的分類，第一類到第四類（卽「泛指」、「尊指」、「特指」、「有指」）的名詞都可以出現於動詞的前頭，並且可以與副詞〔都〕連用，可以稱之爲「有定（名詞）」。最後一類名詞（「無指」），只能出現於動詞的後頭，並且不能與副詞〔都〕連用，可以稱之爲「無定（名詞）」。

三、名詞的「定性」與「有無句」、「存在句」的關係

　　有定名詞，如前所述，都是有所指。換句話說，至少在說話者的心裏，這些名詞所代表的事物都確實存在。因此，在「事物」與「處所」的關係中，說話者所關心的不是事物「有無」的問題，而是事物「存在」於何處的問題。相反地，無定名詞，是無所指；因此在「事物」與「處所」的關係中，說話者所關心的乃是事物之「有無」的問題，而不是所在何處的問題。

　　再就國語的特性而言，國語的主語實際上常兼任主題，而主題必須是「已知的」或「已提及的」，因為「未知的」或「未提及的」名詞無法成為談話的主題。

　　根據這些觀察，我們可以預測下列幾點：

(1)有定事物名詞一定出現於「存在句」，無定事物名詞一定出現於「有無句」。

(2)「存在句」必須以有定事物名詞為主語，而以有定處所名詞為補語；「有無句」必須以有定處所名詞為主語，而以無定事物名詞為補語。

(3)表示「有指」的事物名詞，只有說話者知道該事物確實存在，而聽話者却不知道。因此，說話者所關心的可能是事物存在的處所，也可能是要讓對方知道該事物確實存在。換句話說，有指的事物名詞可以出現於「存在句」，也可以出現於「有無句」。

(4)表示泛指的事物名詞既不出現於「有無句」（因為是有定名詞），也不常出現於「存在句」（因為「泛指」是只問整類而

不問所在何處）， 所以泛指的事物名詞除非本身受有處所
的限制（如（65c）否則不能出現於「存在句」。

下面有關語法合法度的判斷似乎支持我們上面的預測是對
的。

㈠泛指事物名詞

　　⑥⑤a．？人在地球上。

　　　　b．？地球上有人。〔註3〕

　　　　c．地球上的人都在地球上。

㈡專指事物名詞

　　⑥⑥a．小明在教室裏。

　　　　b．＊教室裏有小明。

㈢特指事物名詞

　　⑥⑦a．那一本書在教室裏。

　　　　b．＊教室裏有那一本書。〔註4〕

㈣有指事物名詞

　　⑥⑧a．有一本書在教室裏。

　　　　b．教室裏有一本書。

㈤無指事物名詞

　　⑥⑨a．＊一本書在桌子上。

　　　　b．桌子上有一本書。

㈥〔每〕・〔所有〕十事物名詞

　　⑦⑩a．每一本書／所有的書都在桌子上。〔註5〕

　　　　b．＊桌子上有每一本書／所有的書。

　　我們已經說過〔都〕只能與「有定名詞」出現，因此（⑦⑦

a）不合語法，而（⑦b）則合語法。

⑦a.＊兩本書在桌子上。

　　b.兩本書都在桌子上。

　　當國語的人稱代詞領位與數量詞一起出現的時候，有兩種不同的詞序：

⑦a.代詞領位＋數量詞＋名詞。（你的一封信）

　　b.數量詞＋代詞領位＋名詞。（一封你的信）

　　下面我們提出一些證據來證明（⑦a）是「特指」名詞組，而（⑦b）是「有指」或「無指」名詞組〔註6〕：

⑦a.＊桌子上有你的一封信。——特指

　　b.你的一封信在桌子上。

⑦a.桌子上有一封你的信。——有指

　　b.有一封你的信在桌子上。

⑦a.桌子上有一封你的信。——無指

　　b.＊一封你的信在桌子上。

　　對於⑦到⑦的例句的語意與語法合法度的判斷感到懷疑的人，不妨把下列三對句子的（a）句與（b）句兩相比較，看那一個句子比較自然而通順。

⑦a.桌子上有一封你的信。

　　b.桌子上有你的一封信。

⑦a.你的一封信在桌子上。

　　b.一封你的信在桌子上。

⑦a.有一封你的信在桌子上。

　　b.有你的一封信在桌子上。

根據大多數人的反應，在上面三對句子中，(a) 句都比 (b)
句來得通順。

　　名詞除了代詞領位與數量詞以外還帶有指示詞的時候，
也可能有兩種不同的詞序：

　　　⑲a.代詞領位＋指示詞＋數量詞＋名詞 (你的那一本書)

　　　　b.指示詞＋數量詞＋代詞領位＋名詞 (那一本你的書)

據一般人的反應，這兩種詞序的名詞都是特定的，但是似乎
(a) 句比 (b) 句較爲常用：

　　　⑳a.你 (的) 那一本書在桌子上。

　　　　b.*桌子上有你 (的) 那一本書。。

　　　　c.*有你 (的) 那一本書在桌子上。

　　　㉑a.?那一本你的書在桌子上。

　　　　b.??桌子上有那一本你的書。

　　　　c.*有那一本你的書在桌子上。

又有人反應，如果用指示詞〔這〕與〔那〕來表示「明指」 (即
直接指眼前的事物) 的話，只能用 (㉒a) 的詞序。

　　　㉒a.你這／那一本書是在哪裏買的？

　　　　b.*這／那一本你的書是在哪裏買的？

四、名詞的「定性」與疑問句的關係

　　　事物名詞的有定與無定的區別，　對 於 國語疑問句的形
成似乎也有很密切的關係 。表示疑問的疑問詞，如〔誰〕、
〔甚麼〕、〔幾〕等，在性質上是「無定、無指」的，因爲名詞
是無定的，所以總需要提出問句。疑問詞既然是「無定」，
就不能移到動詞的前頭來。試比較：

⑧a.你最喜歡誰／甚麼人 (呢) ？

　b.你今天早餐吃了甚麼／甚麼東西 (呢) ？

　c.他剛才吃了幾個蘋果 (呢) ？

⑧a.？你誰／甚麼人最喜歡 (呢) ？〔註7〕

　b.？你今天早餐把甚麼／甚麼東西吃了 (呢) ？

　c.＊他把幾個蘋果吃了 (呢) ？

⑧a.??誰／甚麼人你最喜歡 (呢) ？

　b.??甚麼／甚麼東西你吃了 (呢) ？

　c.＊幾個蘋果他吃了 (呢) ？

　　⑧是日常生活常見的問句，兩個人見面的時候，隨便那一方都可以用這些問話來開始交談。在⑧的問句裏，疑問詞出現於動詞的前頭。這些問句聽起來很不自然，而且只有在因為聽不清楚對方的話，而提出問句的時候才可以使用。

例如：

⑧a.我今天早餐把 (嘰嘰喳喳) 吃掉了。

　b.甚麼？你今天早餐把甚麼 (東西) 吃掉了？

　　⑧的問句更表示「無定、無指」的疑問詞不能放在句首作為談話的主題。

　　另一方面，疑問詞〔哪〕是要對方從「已知」的數個事物當中選出一個 (或有限的幾個) 來。也就是說，從「有指」的事物中特別指出一個或幾個來。因此，含有疑問詞〔哪〕的名詞可以出現於動詞的前頭來，試比較：

⑧a.你最喜歡哪一個電影明星？

　b.你哪一個電影明星最喜歡？

    c.哪一個電影明星你最喜歡？

⑧a.你看完了哪幾本書？

    b.你把哪幾本書看完了？

    c.哪幾本書你看完了？

    從以上的觀察，我們可以預測：疑問詞〔誰、甚麼、幾〕可以出現於「有無句」，但不能出現於「存在句」；疑問詞〔哪〕在「有無句」或「存在句」都可以出現。

    一般人有關⑧與⑨各個句子的合法度判斷，似乎支持我們這個預測。大家都認為（⑧acd）的問句是合法的，可以用來開始交談；（⑧be）與（⑨）的問句是在預先知道或預先假設〔教室裏有人〕或〔桌子上有書〕的情形下纔使用。至於⑨的句子，大家合法度的判斷則不一致。有些人（特別是來自北平地區的年紀較大的人）認為⑨的句子有問題，而另外有些人（特別是在本省生長的年輕人）認為⑨的句子可以通。〔註8〕

⑧a.教室裏有誰／甚麼人？

    b.教室裏有哪些人？

    c.桌子上有甚麼（書）？

    d.桌子上有幾本書？

    e.桌子上有哪幾本書？

⑨a.誰／甚麼人在教室裏？

    b.哪些人在教室裏？

    c.甚麼（書）在桌子上？

    d.幾本書在桌子上？

    e.哪幾本書在桌子上？

⑨a.有誰／甚麼人在教室裏？

b.有哪些人在教室裏？

c.有甚麼（書）在桌子上？

d.有幾本書在桌子上？

e.有哪幾本書在桌子上？

附　　註

〔註1〕〔凡是〕與〔大凡〕只能加在出現於句首的「泛指」名詞。試比較：

(I)凡是狗我都喜歡。

(II)＊我喜歡凡是狗。

〔註2〕(⑩b)與(⑪b)的〔一個蘋果〕可以解釋爲「有指」，卻不容易解釋爲「無指」；因此(⑩b)是合法的句子，而(⑪b)是有問題的句子。

〔註3〕(⑥a)或許可以解釋爲〔地球上有人存在〕。（比較〔火星上有生物（存在）〕），但是這個解釋下的〔人〕（或〔生物〕）都不能解作「泛指」。

〔註4〕辛勉教授認爲：如果把(⑥b)放在表示假設的條件句，而改爲〔假如教室裏有那一本書，請你替我拿回來〕，似乎可以通。但是有些人卻認爲這個句子應該改爲(I)或(II)：

(I)假如教室裏有一本書，請你替我拿回來。

(II)假如那一本書在教室裏，請你替我拿回來。

又注意(III)的句子通，(IV)的句子卻不通：

(III)假如小明在教室裏，請你把他叫回來。

(IV)＊假如教室裏有小明，請你把他叫回來。

〔註5〕〔每〕、〔所有〕、〔一切〕等稱爲「全稱數量詞」。與「全稱數量詞」一起出現的名詞，可以出現於動詞的前頭，並且可以與〔都〕連用，因此也是

「有定」的，例如：

(I)我吃掉了每一個／所有的蘋果。

(II)我把每一個／所有的蘋果都吃掉了。

(III)每一個蘋果／所有的蘋果我都吃掉了。

〔註6〕〔你的一封信〕相當於英文的〔your letter〕；〔一封你的信〕相當於英

文的〔a letter of yours〕。

〔註7〕表示〔無論甚麼人〕或〔任何人〕的〔誰〕必須放在動詞的前頭，例如：

(I)　他誰／甚麼人／任何人也不相信。

(II)　他不相信任何人。

(III)＊他不相信誰／甚麼人。

〔註8〕這似乎表示在台灣生長的年輕一輩的人裏以〔有〕、〔誰〕、〔甚麼〕、

〔幾〕等來指「有指」名詞的情形已經很普遍。

＊本文曾刊載於華文世界（1977）第四十卷第二期（24—36頁）。

國語的雙賓結構

一、國語的雙賓動詞

　　國語及物動詞中，有一種表示「人與人之間交接一種事物」〔註1〕的動詞，常帶兩個名詞作賓語。傳統的文法〔註2〕，把這兩個賓語名詞中，表示接受事物的人，如例句①、②、③的「我」，叫做「間接賓語」；表示所交接的事物，如例句①、②、③的「一本書、一份禮物、十塊錢」，叫做「直接賓語」。帶有直接與間接雙種賓語的動詞，就叫做「雙賓動詞」。下面例句中標有黑點的動詞，都是雙賓動詞。

　　①他給我一本書。

　　②他說要送我一份禮物。

　　③他昨天還了我十塊錢。

國語的雙賓動詞，尚有「寄、交(付)、遞、傳、賣、許、輸、賞、罰、託(付)、請教、麻煩、借、拿、買、租、分、搶、偷、佔、贏、賺、用、花」等。這些動詞雖然都可以帶上兩個賓語，但是這兩種賓語在語意內涵與語法功能上都有相當的 差別。 例如，④句雖然與③句極為相似，但是「借」後面的間接賓語「我」卻不能解作 「接受 事物的人」， 因為在這一個 例句裏 主語的「他」是向間接賓語的「我」或從「我」這裏借了十塊錢去的。同樣地，⑤句中的「你」似乎也不能解作「接受事物的人」，「一個問題」也不能解作「交接的事物」。

　　④他昨天借了我十塊錢。

　　⑤我想請教你一個問題。

再如②與③的句子可以分別改為（⑥a）、（⑥b）與（⑦a）、（⑦b）的句子，而並不因此改變語義。但是④與⑤的句子卻不能同樣地改為（⑧a）、（⑧b）或（⑨a）、（⑨b）的句子，因為⑧句與④句不同義，而⑨句則不合國語語法。

　　⑥a.他說要送給我一份禮物。

　　　b.他說要送一份禮物給我。

　　⑦a.他昨天還給了我十塊錢。

　　　b.他昨天還了十塊錢給我。

　　⑧a.他借給了我十塊錢。〔註3〕

　　　b.他借了十塊錢給我。

　　⑨a.＊我想請教給你一個問題。

　　　b.＊我想請教一個問題給你。

這些觀察顯示傳統國語文法中有關雙賓結構的分析不夠深入與詳盡。本文的目的，即在更進一步研究國語雙賓動詞的語意內涵與語法表現。

二、雙賓動詞的分類

國語的雙賓動詞，根據間接賓語之前能否加介詞「給」，以及直接、間接賓語的位置能否互相對調，可以分為四類。

第一類雙賓動詞，在其間接賓語之前必須加「給」。間接賓語在句中既可以出現於直接賓語之前，又可以出現於直接賓語之後。無論是出現於直接賓語之前或後，間接賓語前面的「給」都不能省略。例如：

⑩a.他寄給我一份禮物。

　　b.他寄一份禮物給我。

⑪a.他交給我這一封信。

　　b.他交這一封信給我。

又含有這一類雙賓動詞的句子，間接賓語的有無並不影響句子的成立，但是直接賓語的省略似乎使句子顯得較為不自然。試比較：

⑫a.我寄了一份禮物。

　　b.? 我寄了給他。〔註4〕

屬於第一類雙賓動詞的有：「寄、交、傳、遞、許、賣、輸〔註5〕」等。這一類動詞在語意上都表示「交接」的動作；主語名詞表示交接事物的人、直接賓語表示所交接的事物，而間接賓語則表示接受事物的人。

第二類雙賓動詞，在間接賓語之前也要加「給」，間接賓語也可以出現於直接賓語之前或後。但是與第一類雙賓動詞不同，出現於直接賓語前面的間接賓語可以省略「給」。試比較；

⑬a.我要送給他一份禮物。

b.我要送一份禮物給他。

⑭a.我要送他一份禮物。

b.＊我要送一份禮物他。

⑮a.＊我要寄他一份禮物。

b.＊我要寄一份禮物他。

第二類雙賓動詞與第一類雙賓動詞一樣，直接賓語的省略似乎比間接賓語的省略較為不自然。

⑯a.我送了一份禮物給他。

b.我送了一份禮物。

c.？我送了給他。

屬於第二類雙賓動詞的有：「送、賞、還、託（付）」等〔註6〕。這一類動詞，與第一類雙賓動詞一樣，也都表示交接的動作：主語、直接賓語、間接賓語分別表示交接事物的人、所交接的事物、與接受事物的人。

第三類雙賓動詞，在間接賓語之前不能加「給」，而且間接賓語必須出現於直接賓語的前面。試比較：

⑰a.我要了他一份禮物。

b.＊我要給了他一份禮物。

c.＊我要了一份禮物他。

d.＊我要了一份禮物給他。〔註7〕

⑱a.他贏了我十塊錢。

　b.＊他贏給了我十塊錢。

　c.＊他贏了十塊錢我。

　d.＊他贏了十塊錢給我。〔註8〕

含有這一類動詞的句子，直接賓語的省略也比間接賓語的省略較爲不自然。

⑲a.我要了一份禮物。

　b.？我要了他。

⑳a.他贏了十塊錢。

　b.？他贏了我。〔註9〕

又這一類動詞的間接賓語如果在後面加了表示領位的「的」，就可以成爲直接賓語的修飾語。例如：

㉑a.我要了他的一份禮物。

　b.他贏了我的十塊錢。

屬於第三類雙賓動詞的有：「吃、喝、抽、收、用、賺、贏、搶、偷、罰〔註10〕、花、要、討」等。這一類動詞表示消耗、索取、侵佔、奪取等動作，主語與間接賓語分別表示因這些動作而得利與受害的人，直接賓語則表示與利害得失有關的事物。

　第四類雙賓動詞，與第三類雙賓動詞相似：間接賓語之前不能加「給」，而且必須出現於直接賓語的前面。試比較：

㉒a.他問了我許多問題。

　b.＊他問給了我許多問題。

　c.＊我問了我許多問題（給）我。

㉓a.我教了他一些秘訣。

　　b.(*)我教給了他一些秘訣。〔註11〕

　　c.(*)我教了一些秘訣給他。〔註11〕

　　d.*我教了一些秘訣他。

但是這一類動詞與第三類動詞不同，似乎可以允許直接賓語的省略。例如：

㉔a.我問過老師這一個問題。

　　b.我問過這一個問題。

　　c.我問過老師。

㉕a.他教我們英文。

　　b.他教英文。

　　c.他教我們。

屬於這一類動詞的有：「問、教、告訴、請教、麻煩」等。這些動詞，仍然暗含「交接」的意義，雖然這一個意義並不十分明顯。例如，㉔句裏動詞「問」的結果，說話者「我」便從「老師」那裏得到「這一個問題」的答案。又如，㉕句裏動詞「教」的結果，「英文」的知識便由「他」傳授給「我們」。

　　除了上面四類動詞以外，還有兩類雙賓動詞特別值得注意。一類是動詞「拿、買、租、借、分」〔註12〕。這些動詞所代表的動作可以有兩個方向。例如，㉖句裏的「借」表示向外的動作「借出」，而㉗句裏的「借」卻表示向內的動作「借入」。

　　㉖我借給了他十塊錢。

　　㉗我借了他十塊錢。

這一類動詞，在表示向外的動作的時候，其語法功能很像第一類

雙賓動詞；在表示向內的動作的時候，其語法功能很像第三類雙
賓動詞。試比較：

㉘a.我借了十塊錢給他。

　b.＊我借了十塊錢。（向外的「借」）

　c.？我借了給他。／？我借給了他。

㉙a.＊我借了十塊錢他。

　b.我借了十塊錢。（向內的「借」）

　c.??我借了他。

　b.我借了他的十塊錢。

又當動詞表示向外的動作的時候，主語名詞表示交接事物的人，
間接賓語名詞表示接受事物的人；而當動詞表示向內的動作的時
候，主語名詞則表示接受事物的人，間接賓語名詞則表示交接事
物的人。因此，我們不妨把這些動詞稱為「雙向動詞」，而把
「向外」用法歸入第一類雙賓動詞，「向內」用法歸入第三類雙賓
動詞。注意：向外動詞在間接賓語之前必須加「給」；向內動詞
在間接賓語之前不能加「給」。

　另一個特別值得注意的雙賓動詞是「給」。「給」在表面上
很像第四類雙賓動詞，因為間接賓語之前不能加「給」（如㉚
b）、間接賓語不能出現於直接賓語的後面（如㉚c）、間接賓語
的領位不能作直接賓語的修飾語（如㉚d）。試比較：

㉚a.他給了我十塊錢。

　b.＊他給了給我十塊錢。／＊他給給了我十塊錢。

　c.＊他給了十塊錢我。

　d.＊他給了我的十塊錢。

　　　e.他給了十塊錢。

　　　f.？他給了我。

但是根據黎（1968：125）與趙（1968：318），㉛的句子可以通〔註13〕。而且（㉚a）的句子，可以看做是由㉜的句子刪去一個重疊的音節「給」而得來的。〔註14〕

　　　㉛他給了十塊錢給我。

　　　㉜＊他給給了我十塊錢。⇨　他給了我十塊錢。

我們有理由相信，這樣的分析是十分合理的：因為「給」字如果唸ㄐㄧˇ（如「供給」）就可以不刪掉（如㉝句），可是如果唸ㄍㄟˇ（如「發給」）就非刪掉不可（如㉞句）。

　　　㉝他供給給我許多書。〔註15〕

　　　㉞＊他發給給我許多書。

因此，「給」應該歸入第二類雙賓動詞，唯一不同之點是：緊跟在動詞「給」後面的間接賓語不能加介詞「給」。

三、雙賓動詞與有關變形

　　當句子結構的表面形態發生變化，而所表達的語義則不改變的時候，這個變化就稱為「變形」。例如，㉟與㊱的句式雖然有差異，但是所表達的句義卻相同。這個時候我們就說：㊱的「表面結構」是由㉟的「基底結構」，經過「變形」而產生的。

　　　㉟他看完了這一本書了。

　　　㊱他把這一本書看完了。

同樣地，㊲的「基底結構」經過變形而產生㊳的「表面結構」。

㊱我吃掉了你那一份點心。

㊳我連你那一份點心都吃掉了。

下面就「把提前變形」、「連提前變形」、「被動變形」、「主題變形」、「關係句變形」、「準分裂句變形」，討論各種雙賓結構與這些變形的關係。

㈠「把」提前變形

　　「把提前變形」，如上述例句㉟與㊱，把賓語名詞移到動詞的前面，並在賓語名詞之前加「把」〔註16〕。

　　1.第一類動詞：「把提前變形」可以適用於直接賓語，卻不能適用於間接賓語。

　　㊴a.我寄一份禮物給他。⇨

　　　　我把一份禮物寄給他。

　　　　b.我寄給他一份禮物。⇨

　　　　＊我把他寄給一份禮物。

　　2.第二類動詞：「把提前變形」適用於直接賓語，但不適用於間接賓語。

　　㊵a.我送一份禮物給他。⇨

　　　　我把一份禮物送給他。

　　　　b.我送(給)他一份禮物。⇨

　　　　＊我把他送(給)一份禮物。

　　3.第三類動詞：「把提前變形」不能適用，因此直接賓語或間接賓語都不能提前。

　　㊶我要了他一份禮物。⇨

　　　　a.＊我把一份禮物要了他。

b.＊我把他要了一份禮物。〔註17〕

4.第四類動詞：「把提前變形」對於有些動詞（如「教」與「告訴」）可以適用於其直接賓語，對於其他動詞（如「問」、「請教」、「麻煩」）則直接與間接雙種賓語都不能適用。試比較：

㊷我教了他許多秘訣。⇨

a.我把許多秘訣教了他。

b.＊我把他教了許多秘訣。

㊸我問了他許多問題。

a.＊我把許多問題問了他。

b.＊我把他問了許多問題。〔註18〕

5.雙向動詞：「向外用法」的直接賓語可以提前，間接賓語不能提前（與第一類動詞同）；「向內用法」的直接與間接賓語都不能提前（與第三類動詞同）。試比較：

㊹a.我借十塊錢給他。⇨

我把十塊錢借給他。

b.我借給他十塊錢。⇨

＊我把他借給十塊錢。

㊺我借了他十塊錢。

a.＊我把十塊錢借了他。

b.＊我把他借了十塊錢。

6.動詞「給」：直接賓語可以提前，間接賓語不能提前（與第二類動詞同）。

㊻我給了他十塊錢。⇨

a.我把十塊錢給了他。

b.＊我把他給了十塊錢。

(二)「連」提前變形

「連提前變形」，如上述例句㊲與㊳，把句中某一個要加强的名詞用「連」提到動詞的前面或句首。

1.第一類動詞：「連提前變形」僅能適用於直接賓語。但是如果在句中留下代名詞做副本，那麼間接賓語也可以提前。試比較：

㊼a.我連那一份禮物都寄給老師了。

b.＊我連老師都寄（給）一份禮物了。

（比較：我連老師都寄給他一份禮物了。）〔註19〕

2.第二類動詞：「連提前變形」可以適用於直接賓語；如果間接賓語之前省去「給」，也可以適用於間接賓語。

㊽a.我連那一份禮物都送（給）老師了。

b.我連老師都送了一份禮物。

c.＊我連老師都送給了一份禮物。

3.第三類動詞：「連提前變形」僅適用於間接賓語。

㊾a.＊我連那一份禮物都要了他。〔註20〕

b.我連他都要了一份禮物。

4.第四類動詞：「連提前變形」可以適用於直接賓語，也可以適用於間接賓語。

㊿a.我連那一個秘訣都教了他。

b.我連他都教了那一個秘訣。

(51)a.我連那一個問題都問了老師。

b.我連老師都問了那一個問題。

5.雙向動詞：向外用法，直接賓語可以提前（與第一類動詞同）；向內用法，間接賓語可以提前（與第三類動詞同）。

(52)a.我連那十塊錢都借給老師了。

b.＊我連老師都借給那十塊錢了。

(53)a.＊我連那十塊錢都借了老師。〔註21〕

b.我連老師都借了十塊錢。

6.動詞「給」：直接與間接賓語都可以提前（與第二類動詞同）。

(54)a.我連錢都給了老師。

b.我連老師都給了錢。

㈢被動變形

「被動變形」，如例句(55)把賓語名詞移到句首，並把主語名詞在前面加「被」之後移到賓語名詞的後面。

(55)a.他吃掉了那一份點心。⇨

b.那一份點心被他吃掉了。

1.第一類動詞：「被動變形」的結果，直接賓語變成被動句的主語。

(56)a.那一本書被他賣給朋友了。

b.＊我被他賣(給)那一本書了。

2.第二類動詞：與第一類動詞一樣，直接賓語成爲被動句的主語。

(57)a.那一本書被他送給朋友了。

b.＊我被他送(給)那一本書了。

3.第三類動詞：「被動變形」的結果，間接賓語變成被動句的主語。

⑤⑧a.＊那十塊錢被我朋友要了。〔註22〕

　　b.我被朋友要了十塊錢。

4.第四類動詞：只有少數動詞（如「問」）的間接賓語可以成爲被動句的主語；其他大多數動詞都不能改爲被動句。

⑤⑨a.？那一個秘訣被他教了朋友了。〔註23〕

　　b.＊我被他教了那一個秘訣。

⑥⓪a.＊那一個問題被老師問過我了。

　　b.我被老師問過那一個問題。

5.雙向動詞：向外用法，直接賓語成爲被動句主語（與第一類動詞同）；向內用法，間接賓語成爲被動句主語。（與第三類動詞同）。

⑥①a.那十塊錢被他借給朋友了。

　　b.＊我被他借給十塊錢了。

⑥②a.＊那十塊錢被朋友借了我。

　　b.我被朋友借了十塊錢。

6.動詞「給」：直接賓語成爲被動句主語（與第二類動詞同）。

⑥③a.那些錢被他給了朋友了。

　　b.＊我被他給了那些錢。

㈣主題變形

「主題變形」，如例句⑥④，把句中的某一個名詞移到句首，做爲談話的主題。

⑥④a.我不喜歡老張這個人。⇨

　　b.老張這個人，我不喜歡。

1.第一類動詞：直接賓語可以成爲主題；間接賓語除非在句中留下代名詞做副本，否則不能成爲主題。

⑥a.那一份禮物，我寄給老師了。

　　b.＊老師，我寄（給）了那一份禮物了。

　　c.（比較：老師，我寄了那一份禮物給他了。）

2.第二類動詞：有關「主題變形」的限制，大致與第一類動詞同。但是間接賓語如果前面沒有「給」，似乎也可以成爲主題。

⑥a.那一份禮物，我送給老師了。

　　b.＊老師，我送給那一份禮物了。

　　c.？老師，我送了那一份禮物了。〔註24〕

　　　　（比較：老師，我送了那一份禮物給他了。）

3.第三類動詞：　間接賓語成爲主題，　似乎比直接賓語成爲主題，順口得多。

⑥a.？那一件禮物，我要過他。

　　　　（比較：那一件禮物，我跟他要過。）

　　b.他，我要過那一件禮物。

4.第四類動詞：　無論直接或間接賓語似乎都可以成爲主題。

⑥a.那一個秘訣，我教過他。

　　b.他，我教過那一個秘訣。

⑥a.那一個問題，我問過老師。

　　b.老師，我問過那一個問題。

5.雙向動詞：　向外用法，　直接賓語成爲主題（與第一類動詞同）；向內用法，間接賓語成爲主題（與第三類動詞同）。

⑦a.那十塊錢，我借給他了。

　　b.＊他，我借（給）了十塊錢。

⑦a.？那十塊錢，我借了他。

(比較：那十塊錢，我跟他借了。)

　　b.他，我借了十塊錢。

6.動詞「給」：　直接與間接賓語都可以成爲主題 (與第二類動詞同)。

　　⑫a.錢，我給了他了。

　　b.他，我給了錢了。

㈤關係句變形

　　「關係句變形」把一個分句變成關係句以後，做爲另外一個分句裏面某一個名詞的修飾語。例如⑬的第一個分句「我要買書」經過「關係句變形」而刪去指稱相同的名詞「書」以後，成爲關係句「我要買的」，然後把這個關係句放在第二個分句「這就是書」裏「書」的前面，就變成「這就是我要買的書」。

　　⑬我要買書。
　　　這就是書。　⇨　這就是我要買的書。

1.第一類動詞：只有直接賓語因「關係句變形」而刪去，也就是說，只有直接賓語可以用關係句來修飾；間接賓語則必須在關係句中留下代名詞的副本。

　　⑭a.這就是我要寄給朋友的禮物。

　　b.﹡他就是我要寄 (給) 禮物的朋友。

　　　(比較：他就是我要寄給他禮物的朋友。)

2.第二類動詞：直接賓語可以因「關係句變形」而刪去；間接賓語如果前面沒有介詞「給」，似乎也可以因「關係句變形」而刪去。

⑦⑤a.這就是我要送 (給) 朋友的禮物。

　b.他就是我要送禮物的朋友。

　c.＊他就是我要送給禮物的朋友。

　(比較：他就是我要送給他禮物的朋友。)

3.第三類動詞：間接賓語因「關係句變形」而刪略，似乎比直接賓語因「關係句變形」而刪略來得自然。

⑦⑥a.？ 這就是我要過朋友的禮物。

　(比較：這就是我跟朋友要過的禮物。)

　b.他就是我要過禮物的朋友。

　(比較：他就是我跟他要過禮物的朋友。)

4.第四類動詞：直接與間接賓語似乎都可以因「關係句變形」而刪去。

⑦⑦a.這就是我教了朋友的秘訣。

　b.他就是我教了秘訣的朋友。

⑦⑧a.這就是我問過朋友的問題。

　b.他就是我問過問題的朋友。

5.雙向動詞：向外用法，直接賓語可以刪去 (與第一類動詞同)；向內用法，間接賓語可以刪去 (與第三類動詞同)。

⑦⑨a.這就是我借給朋友的十塊錢。

　b.＊他就是我借給十塊錢的朋友。

　　(比較：他就是我借給他十塊錢的朋友。)

⑧⓪a.？ 這就是我借了朋友的十塊錢。

　　(比較：這就是我跟朋友借的十塊錢。)

　b.他就是我借了十塊錢的朋友。

（比較：他就是我跟他借了十塊錢的朋友。）

6.動詞「給」：直接與間接賓語都可以因「關係句變形」而刪去（與第二類動詞同）。

　⑧a.這就是我給了朋友的十塊錢。

　　b.他就是我給了十塊錢的朋友。〔註25〕

㈥準分裂句變形

　「準分裂句變形」，簡單地說，把一個含有及物動詞與賓語名詞的句子，用「的是」從中間分爲兩半。例如（⑧a）的句子，在及物動詞「需要」與賓語名詞「大家的諒解」之間插進「的是」，就產生準分裂句（⑧b）。

　⑧a.他需要大家的諒解。⇨

　　b.他需要的是大家的諒解。

1.第一類動詞：直接賓語可以準分裂；間接賓語必須在句中留下代名詞的副本，否則不能準分裂。

　⑧a.我寄給朋友的是這一份禮物。

　　b.＊我寄給一份禮物的是這一位朋友。

　　（比較：我寄給他一份禮物的是這一位朋友。）

2.第二類動詞：直接賓語可以準分裂；間接賓語如果前面沒有介詞「給」，似乎也可以準分裂。

　⑧a.我送了（給）朋友的是這一份禮物。

　　b.我送了一份禮物的是這一位朋友。

　　c.＊我送了給一份禮物的是這一位朋友。

　　（比較：我送給他一份禮物的是這一位朋友。）

3.第三類動詞：間接賓語的準分裂似乎比直接賓語的準分裂來

得自然。

⑧⑤a. ？我要了朋友的是這一份禮物。

（比較：我跟朋友要的是這一份禮物。）

b. 我要了一份禮物的是這一位朋友。

（比較：我要他一份禮物的是這一位朋友。）

4.第四類動詞：直接與間接賓語似乎都可以準分裂。

⑧⑥a. 我教過朋友的是這一個秘訣。

b. 我教過秘訣的是這一位朋友。

⑧⑦a. 我問過朋友的是這一個問題。

b. 我問過問題的是這一位朋友。

5.雙向動詞： 向外用法， 直接賓語可以準分裂 （與第一類動詞同）； 向內用法，間接賓語可以準分裂（與第三類動詞同）。

⑧⑧a. 我借給朋友的是這一本書。

b. ＊我借給一本書的是這一位朋友。

（比較：我借給他一本書的是這一位朋友。）

⑧⑨a. ？我借了朋友的是這一本書。

（比較：我跟朋友借的是這一本書。）

b. 我借了一本書的是這一位朋友。

（比較：我借他一本書的是這一位朋友。）

6.動詞「給」： 直接與間接賓語都可以準分裂（與第二類動詞同）。

⑨⓪a. 我給朋友的是這一份禮物。

b. 我給一份禮物的是這一位朋友。

根據以上的討論，我們可以把各類動詞的雙賓結構與有關變形的關係列表如下：

動詞＼變形	把提前	連提前	被動	主題	關係句	準分裂句
一類	直接	直接	直接	直接	直接	直接
二類	直接	直接／間接	直接	直接／間接	直接／間接	直接／間接
三類	——	間接	間接	間接（？直接）	間接（？直接）	間接（？直接）
四類「教」	直接	直接／間接	（？直接）	直接／間接	直接／間接	直接／間接
四類「問」	——	直接／間接	間接	直接／間接	直接／間接	直接／間接
雙向 外向	直接	直接	直接	直接	直接	直接
雙向 內向	——	間接	間接	間接（？直接）	間接（？直接）	間接（？直接）
「給」	直接	直接／間接	直接	直接／間接	直接／間接	直接／間接

　　各類雙賓動詞在語法表現上的這些差異，又一次地顯示了國語的雙賓結構不能僅根據賓語名詞的有生（間接）或無生（直接），或賓語名詞在句中出現次序的前（間接）或後（直接）而分為間接與直接賓語，因而非更進一步對於這兩種賓語名詞的語意內涵與語法功能做一番調查與分析的工作不可。

四、兩種賓語的語意內涵與雙賓結構的基底結構

　　國語的雙賓動詞必須與三個名詞一起出現：一個名詞表示交接事物的人，另外一個名詞表示接受事物的人，最後一個名詞表示所交接的事物。根據這些語意內涵，這三個名詞可以分別稱為「起點」、「終點」與「事物」〔註26〕；也就是說，由於雙賓動詞所表達的動作「事物」從「起點」移到「終點」來。在含有第一類雙賓動詞（包括雙向動詞的向外用法）、第二類雙賓動詞（包括「給」）與第四類雙賓動詞「教」、「告訴」等的句子裡，代表「起點」的名詞當主語、代表「事物」的名詞當直接賓語、代表「終點」的名詞當間接賓語，而且「終點」名詞可以移到「事物」名詞的前面。

　　⑨a. 〔我〕起點　寄〔一份禮物〕事物〔給他〕終點

　　　b. 〔我〕起點　寄〔給他〕終點〔一份禮物〕事物

　　⑨a. 〔他〕起點　借〔十塊錢〕事物〔給我〕終點

　　　b. 〔他〕起點　借〔給我〕終點〔十塊錢〕事物

　　⑨a. 〔她〕起點　送〔一束鮮花〕事物〔給你〕終點

　　　b. 〔她〕起點　送〔（給）你〕終點〔一束鮮花〕事物

　　⑨a. 〔他〕起點　給〔許多錢〕事物〔給我們〕終點

　　b. 〔他〕 起點　給〔我們〕 終點〔許多錢〕事物

　　表示「終點」的名詞可能指接受事物的人，也可能指目的地。指人的時候，表示「終點」的標記用「給」；指目的地的時候，「終點」標記則用「到」。試比較：

　　⑨a.他寄了一本書給我。

　　　b.他寄了一本書到我這裡。

注意，「接受者」與「目的地」不能在同一個句子裡連用，而且只有「接受者」可以移到「事物」的前面。

　　⑯a.＊他寄了一本書給我到我這裡。

　　　b.＊他寄了一本書到我這裡給我。

　　⑰a.他寄給我一本書。

　　　b.＊他寄到我這裡一本書。

　　又表示「接受者」的「給」與表示「受惠者」的「給」，雖然同形同音，卻不同義。首先注意：「接受者」出現於動詞的後面，而「受惠者」則出現於動詞的前面。

　　⑱a.我買給他一件大衣。

　　　b.我給他買一件大衣。

其次注意：「接受者」與「受惠者」可以在句中同時出現，這時候「接受者」似乎常出現於「事物」的後面。

　　⑲a.我給他買一件大衣給他太太。

　　　b.？我給他買給他太太一件大衣。

　　最後注意：「受惠者」標記「給」可以用「替」或「爲」來代替。

　　⑩我來給／替／爲你說明這個問題。

　　表示「事物」的名詞通常都指具體的東西，但是有時候也可能指人。例如：

　　⑩我要介紹一個女朋友給他。

　　不過⑩句的「終點」名詞似乎不能移到「事物」名詞的前面，而只能移到動詞的前面。〔註27〕

　　⑩a.??我要介紹給他一個女朋友。

　　　b.我要給他介紹一個女朋友。、

　　同樣地，⑩與⑩的動詞「寫（信）」、「打（電話）」後面的「終點」名詞也只能出現於「事物」名詞的後面或動詞的前面。

　　⑩a.我會寫一封信給你。

　　　b.??我會寫給你一封信。

　　　c.我會給你寫一封信。

　　⑩a.我等會兒打電話給他。

　　　b.??我等會兒打給她電話。

　　　c.我等會兒給她打電話。

　　另一方面，在含有第三類雙賓動詞（包括雙向動詞的向內用法）與第四類雙賓動詞的「問」等的句子裡，「終點」名詞當主語、「起點」名詞出現於動詞的後面當間接賓語、「事物」名詞則出現於「起點」名詞後面當直接賓語。這兩種賓語出現的次序不能改變。例如：

　　⑩〔我〕終點　要了〔他〕起點〔一份禮物〕事物

　　⑩〔他〕終點　借了〔我〕起點〔十塊錢〕事物

　　⑩〔老師〕終點　問〔我們〕起點〔一些問題〕事物

　　「起點」名詞如果出現於動詞之後不用任何標記，但是如果

出現於動詞之前就必須加上「跟」（指人）、「從」（指處所）或「向」（人或處所均可用）。例如：

⑩我跟他要了一份禮物。

⑩他$\begin{Bmatrix} 跟／向我 \\ 從／向我這裡 \end{Bmatrix}$借了十塊錢。

　　根據以上的分析，我們可以爲國語各類雙賓動詞擬設基底結構如下：

　1.第一類與第二類雙賓動詞

　　起點名詞＋動詞＋事物名詞＋（終點名詞）

「起點」與「事物」名詞是這類雙賓結構的必用成分，因而不能省略；「終點」名詞是可用成分，可以省去。「終點」名詞與介詞「給」（表示接受者）或「到」（表示目的地）一起出現。表示接受者的「終點」名詞可以移到「事物」名詞前面來，出現於第二類雙賓動詞後面的「接受者終點」還可以省去介詞「給」。

　2.第三類動詞

　　終點名詞＋動詞＋（起點名詞）＋事物名詞

「終點」與「事物」名詞是這一類雙賓結構的必用成分，不能省略；「起點」名詞是可用成分，可以省去。表示人的「起點」名詞可以出現於動詞之前或後，而表示處所的「起點」則必須出現於動詞之前。出現於動詞後面的「起點」名詞不用介詞做標記；出現於動詞前面的「起點」名詞必須用介詞「跟」（指人）、「從」（指處所）或「向」（指人或處所）做標記。

　3.第四類動詞

$$\left.{起點\atop 終點}\right\} \quad 名詞+動詞+\left({終點\atop 起點}\right. \ 名詞\right) \ \left(事物名詞\right)$$

這一類雙賓結構的主語可能是「起點」名詞、也可能是「終點」名詞。如果主語是「起點」名詞，賓語必定是「終點」與「事物」名詞；反之，如果主語是「終點」名詞，賓語必定是「起點」與「事物」名詞。「起點」與「終點」名詞都不用任何介詞做標記。兩個賓語沒有直接與間接之分；可以省去任何一個，但是不能同時把兩個都省去。

五、結論：雙賓結構與移位變形的關係

根據以上所擬設的基底結構，我們再研討國語雙賓結構與各種移位變形〔註28〕的關係，特別是有關這些變形的條件與限制。結果我們發現我們的分析能相當合理地解釋這些條件與限制。

(1)終點提前變形

表示接受者的終點名詞可以移到事物名詞的前面、動詞的後面。

(2)起點提前變形

起點名詞移到動詞的前面：表示人的起點名詞可移可不移；表示處所的起點名詞則非提前不可。

(3)把提前變形

限於含有終點賓語名詞的句子結構才能提前。因此，含有第一類、第二類以及第四類中的「教」等動詞的雙賓結構都能經過這個變形，而把事物名詞提前。

(4)連提前變形

　　限於緊跟著在動詞後面出現的賓語名詞，而且不受介詞支配的時候，才能提前。因此，除了第一類雙賓動詞的終點名詞（因為非受介詞「給」的支配不可）與第三類雙賓動詞的事物名詞（因為必須出現於起點名詞的後面）以外的賓語名詞（包括第四類雙賓動詞後面的兩個賓語名詞）都可以經過這個變形。

　　(5)被動變形

　　限於緊跟著在動詞後面出現的事物或起點名詞才能因被動變形而成為主語。因此，第一類與第二類雙賓動詞的事物賓語名詞，以及第三類雙賓動詞與第四類雙賓動詞「問」等的起點賓語名詞，都能經過這個變形。第四類雙賓動詞「敎」由於事物名詞出現於終點名詞的後面，所以不能經過這個變形。

　　(6)主題變形、關係句變形、準分裂句變形

　　這些變形的條件與所受的限制，與「連提前變形」的條件與限制大致相同。所不同的是，有些人認為：第三類雙賓動詞的事物賓語名詞也可以經過這些變形。又值得注意的是，關係句變形在性質上是刪略變形（卸刪去子句中或母句中某一個名詞指稱相同的名詞），但是其所受的限制則與移位變形相同。可見移位與刪略是相伴而生的。

　　從以上的討論，我們又可以導出下列兩個一般性的原則來。

一、國語的介詞賓語，一般說來，都不能移位或刪略。這個原則可以說明：第一類雙賓動詞的終點賓語名詞，因為經常受介詞「給」的支配，所以不能移位或刪略。〔註29〕

二、在國語雙賓結構有關賓語名詞的移位或刪略變形中，如果起點名詞當主語的話，移位或刪略的賓語通常是事物名詞；反

之，如果終點名詞當主語的話，移位或刪略的賓語通常是起點名詞。換言之，賓語名詞的移位或刪略的優先次序是：(1)起點、(2)事物、(3)終點。這個原則可以說明：第二類雙賓動詞的事物賓語名詞的移位或刪略總比終點賓語名詞的移位或刪略來得自然；第三類雙賓動詞的起點賓語名詞的移位或刪略總比事物名詞的移位或刪略來得通順。〔註30〕

附　註

〔註1〕這個雙賓動詞的定義，以及下面「直接賓語」與「間接賓語」的含義，採自黎（1968:34）。

〔註2〕如黎（1968）、趙（1968）、王（1971）。

〔註3〕許多在臺灣學習國語的人認爲⑧句與④句同義，但是許多來自大陸的人，特別是北方人，卻認爲不同義。

〔註4〕（⑫b）的句子做爲「你寄了那一份禮物給誰？」的答句，是可以成立的，但是做爲交談的開始卻顯得很不自然。

〔註5〕這是根據趙（1968:317）的分類，但是依據著者與許多學生的說話習慣，「輸」在語法表現上屬於第二類雙賓動詞。

〔註6〕這主要是根據趙（1968:317）的舉例。趙另外舉了「教」與「告送」，但是根據著者與學生的用法，這兩個動詞應屬於第四類雙賓動詞。

〔註7〕（⑰d）的句子雖然本身合語法，但是與（⑰a）的句子（＝「我向他要了一份禮物」）不同義，所以在句前打星號。

〔註8〕參註7。

〔註9〕（⑳b）的句子做爲「他在比賽中贏了我」解時當然是合法的，但是做爲（⑱a）的省略句看的時候卻顯得不自然。

〔註10〕參趙（1968:318）。趙另外還舉了「罵（他壞蛋）」、「當（他好人）」、「叫」、「封」等例字。但是這裏「他」與「壞蛋」或「好人」的指稱相同，因此「壞蛋」與「好人」應該解為賓語「他」的補語，並非真正的雙賓結構。

〔註11〕（㉓b）與（㉓c）句前的符號「（＊）」表示：這些句子，有些人（例如來自大陸北方的年長一輩）接受，有些人（例如在臺灣生長的年輕一輩）不接受。

〔註12〕參趙（1968:318）。

〔註13〕雖然如此，（㉚a）在口語或文章中所出現的頻度遠比㉛為多。

〔註14〕這種「疊音脫落」（haplology）的現象，還可以在國語句法中找到類似的情形。例如，表示「完成式」的「了」出現於賓語名詞之前，表示「情態變化」的「了」出現於句尾，如（i）；但是省略賓語名詞之後，這兩個「了」就合成一個「了」，如（ii）：

(i) 我已經看完了書了。

(ii) 我已經看完了了。 ➡ 我已經看完了。

〔註15〕參見黎（1968:125）。

〔註16〕有些人還在動詞之前加「給」，例如：

我把這一本書給看完了。

〔註17〕有些人認為（㊶b）的句子可以通，至少比（㊶a）的句子好。這些人認為（ii）句也可以通，或者至少比（i）句好。

(i) 我把十塊錢罰了他。

(ii) 我把他罰了十塊錢。

但是大多數的人都認為這種合法度判斷都受了臺語句法的影響。

〔註18〕有些人認為（㊷b）的句子比（㊷a）的句子好。參註17。

〔註19〕 如果把間接賓語連同「給」一起提前，那麼大多數人認為不合語法，但也有少數人認為合語法。

（＊）*我連給老師都寄了一份禮物。*

〔註20〕 但是從「我跟他要了那一份禮物」經過「連提前變形」所得來的句子是合語法的：

我連那一份禮物都跟他要了。

〔註21〕 比較：「我連那十塊錢都是向老師借的。」

〔註22〕 注意，「那十塊錢被我朋友要走了」是可以通的。

〔註23〕 有些人認為下面的句子可以成立。

那一個祕訣被他教給朋友了。

〔註24〕 句前的符號「（？）」表示：有些人認為合語法，而另外有些人則認為有問題。

〔註25〕 動詞「給」如果在關係句中留下代名詞做副本，就成為：「他就是我給了他十塊錢的朋友」。這個句子雖然有些人認為可以通，但是大多數人都認為不合法或不自然。

〔註26〕 這些名稱是根據 Fillmore (1971) 的分類；Source, Goal, Object。Gruber (1965) 也做了類似的分類，不過以「主體」（Theme）來代替「事物」（Object）。

〔註27〕 ⑩句與⑩、⑭句的合法度判斷是根據我的學生的意見而定的。但是有些學生不敢確定打雙問號「??」的句子究竟是合語法還是不合語法。他們也不敢決定⑩、（⑩a）、（⑭a）的句子是否分別與（⑩b）、（⑩c）、（⑭c）的句子同義，因為很可能其中一個句子表示「終點」，而另外一個句子則表示「受惠者」。

〔註28〕 凡是牽涉到語詞移動的變形，如「把提前變形」、「連提前變形」、

「被動變形」、「主題變形」、「準分裂句變形」等統稱爲「移位變形」。詳見湯（1976）。

〔註29〕 趙（1968:331）舉出「信寫完了，請你把抄了寄走吧」、「你眼睛怎麼了？給打了一拳頭」等例外，但是臺灣年輕的一代都不接受這種句法。

〔註30〕 例外是第四類雙賓動詞（如「問」與「教」），起點、終點與事物名詞都可以移位或刪略。但是這一類動詞的內容比較複雜，例如「請問」、「請教」、「麻煩」等與「問」、「教」的移位的條件與限制並不盡相同。

引 用 書 目

黎錦熙（1969）國語文法，臺北：臺灣商務印書館。

趙元任（1968）中國話的文法，臺北：敦煌書局。

王 力（1971）中國語法理論，臺北：泰順書局。

湯廷池（1976）國語變形語法研究第一集：移位變形，臺北：學生書局。

Fillmore, C. J. (1971) "Some Problems for Case Grammar," Georgetown University Monograph Series on Languages and Linguistics 22.35-56.

Gruber, J. S. (1965) Studies in Lexical Relations, Unpublished Ph. D. dissertation. M. I. T.

＊本論文的英文摘要曾於一九七六年十二月間在香港大學舉行的漢語語言學圓桌會議上用口頭發表；中文論文曾刊載於中國語文（1977）第四十卷第五期（44—51頁）、第六期（67—71頁）、第四十一卷第一期（14—19頁）、第二期（30—36頁）及國立台灣師範大學學報（1977）第二十二期（147—167頁）。

國語、英語、日語句法的對比研究：
存在句、準分裂句與關係子句

一、前　　言

　　人類的自然語言彼此間的關係，可以從起源、文化、類型等三方面來加以觀察。例如：英語、荷蘭語、德語、意第緒語(Yiddish)這幾種語言都是淵源於印歐語系的西日耳曼語族，這是語言在起源上的關係。又如，日語的詞彙與文字深受漢語的影響，這是語言在文化上的關係。至於語言在類型上的關係，則可以從世界各國的語言在語音、構詞或句法各方面所顯示的特徵來加以研究。

　　語音上的類型研究，可以告訴我們，在人類的自然語言裏最

常用的元音、輔音、音節結構、音調輪廓、以及音韻變化是什麼。構詞上的類型研究，可以幫助我們了解，不同的語言如何用不同的構詞形態來表達同一個語意概念。而句法類型的研究，則能闡明句子結構的基本布局，以及這種布局與各種句法現象之間可能存在的連帶關係。例如，根據構成句子的三大要素 —— 主語、動詞、與賓語 —— 在單純直述句的基底結構中所呈現的詞序，我們可以把人類的自然語言分爲三種：㈠以主語（Ｓ）開首、動詞（Ｖ）位中、賓語（Ｏ）收尾的「主動賓語言」（ＳＶＯ language）；㈡以動詞領先、主語次之、賓語殿後的「動主賓語言」（ＶＳＯ language）；㈢以主語居首、賓語介中、動語附尾的「主賓動語言」（ＳＯＶ language）。語言學的研究發現〔註一〕：「動主賓語言」通常都用前置詞，「主賓動語言」通常都用後置詞，而「主動賓語言」則可能用前置詞，也可能用後置詞。語言學家的研究也發現〔註二〕：名詞的修飾語（如形容詞、關係子句，及領位標記等），在「動賓語言」（ＶＯ language）中大都出現於名詞的後面，而在「賓動語言」（ＯＶ language）中則大都出現於名詞的前面；但是動詞的限制語（如否定詞、使動標記、情態助動詞等），則在「動賓語言」裏常出現於動詞的前面，而在「賓動語言」裏卻常出現於動詞的後面。

　　現代語言學家，對於世界各國的語言在類型上的相似性，感到很大的興趣。因爲人類自然語言在類型上的相似性，反映著人類在生理與心理的機能上所具有的共通性，適可引導我們更進一步探討人性的奧秘。另一方面，現代的語言教師，則對於各國語言之間的差異特別注意，因爲這些差異就是學習外國語時勢將遭

遇到的問題與困難，正可以為我們指出教學上的迷津。

以下試以國語、英語、日語這三種在起源上毫無關係的語言為例，就存在句、準分裂句、關係子句三種句法結構，討論其異同，並進而探求這些異同的由來。

二、存 在 句

存在句（existential sentence），除了存在動詞以外，必須含有表事物的名詞與表處所的副詞。例如，事物名詞是 book，而處所副詞是 on the desk 的時候，英語的存在句就根據事物名詞 book 的「有定」或「無定」，而有兩種不同的表達方法。如果所談的書是「有定」的（也就是說，交談的雙方都了解所指的是那一本書），那麼英語就要用①的句子，不能用③的句子。反之，如果所談的書是「無定」的（也就是說，交談的雙方並不知道所指的是那一本書），就不用②的句子，而用④的句子。

①　The book is on the desk.

②＊A　book is on the desk.

③＊There is the book on the desk.

④　There is a book on the desk.

觀察與比較①到④的句子，可以為英語的存在句歸納出下列結論：如果事物名詞是有定的話，這個事物名詞出現於句首當主語，Be 動詞與處所副詞就出現於後面當謂語；如果事物名詞是無定的話，這個事物名詞就移到 Be 動詞的後面，並用虛詞 there 來填補空下來的主語的位置。這個結論，可以用⑤的句式來表示：

⑤ a. 事物名詞＋Be＋處所副詞　　（有定）

　　b. There＋Be＋事物名詞＋處所副詞　　（無定）

我們認爲在⑤裏所推出的結論是正確的，因爲下面對⑥a.到⑥h.的句子所下的合法度判斷似乎都支持這個結論。在⑥的例句裏，除了 no 以外，your、all、the、every 等都是表「有定」的限定詞。

⑥ a. Your books are on the desk.

　　b. All the books are on the desk.

　　c. Every book is on the desk.

　　d.?? No books are on the desk.

　　e.＊Theɪe are your books on the desk.

　　f.＊There are all the books on the desk.

　　g.＊There is every book on the desk.

　　h. There are no books on the desk.

國語的存在句，也有與英語的存在句相似（但並不完全相同）的用法。試比較國語的存在句⑦、⑧、⑨、⑩；這些句子分別與英語的存在句①、②、③、④相對。

⑦（那一本）書在桌子上。

⑧＊（一本）書在桌子上。

⑨＊桌子上有（那一本）書。

⑩桌子上有（一本）書。

觀察⑦到⑩的句子，可以爲國語的存在句推出下列結論：有定的事物名詞出現於句首，動詞用‘在’，處所副詞出現於句尾；無定的事物名詞出現於句尾，動詞用‘有’，處所副詞提前移到句

首。我們可以用⑪的句式來表示這個結論：

⑪ a. 事物名詞＋在＋處所副詞 （有定）

b. 處所副詞＋有＋事物名詞 （無定）

下面⑫a.到⑫h.的句子（分別與⑥a.到⑥h.的英語句子相對）的合法度判斷，證實我們這個結論是正確的。〔註三〕

⑫ a.你的書在桌子上。

b.所有的書都在桌子上。

c.每一本書都在桌子上。

d.??沒有書在桌子上。

e.*桌子上有你的書。

f.*桌子上有所有的書。

g.*桌子上有每一本書。

h.桌子上沒有書。

現在看日語的存在句⑬與⑭。這兩個句子，分別與英語的存在句①、④及國語的存在句⑦、⑩相當。

⑬（あの（一册の）） 本は机の上にある。

⑭ 机の上に本が（一册）ある。

再看⑮的日語存在句，並與⑥的英語存在句及⑫的國語存在句比較：

⑮ a.君の本は机の上にある。

b.すべての本は机の上にある。

c.どの本も机の上にある。

d.本 $\left\{ \begin{matrix} は \\ {}_?が \end{matrix} \right\}$ 一册机の上にある。

e. 本 $\left\{\begin{matrix} は \\ *が \end{matrix}\right\}$ 机の上にない。

f. 机の上に君の本 $\left\{\begin{matrix} *は \\ が \end{matrix}\right\}$ ある。

g. 机の上にすべての本 $\left\{\begin{matrix} *は \\ ?が \end{matrix}\right\}$ ある。

h. ?机の上にどの本もある。

i. 机の上に本 $\left\{\begin{matrix} ?は \\ が \end{matrix}\right\}$ 一册ある。

j. 机の上に本 $\left\{\begin{matrix} は \\ ?が \end{matrix}\right\}$ ない。

觀察以上的日語存在句，可以獲得下列的結論：㈠有定的事物名詞，如果與「主題標記」(topic marker) 'は' 連用，通常出現於處所副詞之前；如果與「主位標記」(nominative marker) 'が' 連用，通常出現於處所副詞之後〔註四〕。㈡無定的事物名詞，只能與主位標記 'が' 連用，並且常出現於處所副詞的後面。㈢「數量詞」(number-classifier)，出現於有定事物名詞的前面，卻出現於無定事物名詞或「泛指」(generic) 事物名詞（如⑮d.句）的後面。這些結論可以用⑯的句式表示：

⑯　a.　事物名詞は＋處所副詞に＋ある（有定）

　　b.　處所副詞に＋事物名詞が＋(數量詞)＋ある（無定）

事物名詞的「有定」與「無定」的差別，有時候相當微妙。〔註五〕例如，國語的句子⑰不合語法，因爲在這個句子裏 '兩本書' 是無定名詞，所以應該依照⑪的句式改爲⑱句纔對。但是，如果在 '兩本書' 後面加上 '都'，那麼⑲句就變成合語法的句子。可見國語的範圍副詞 '都'，不僅表示名詞的複數性，而且

還表示名詞的有定性。

⑰ ＊兩本書在桌子上。

⑱桌子上有兩本書。

⑲兩本書都在桌子上。

同樣地，英語的存在句⑳與㉓合語法，而㉑與㉒兩句卻不合語法；足見英語的 both 不僅表示名詞的雙數性，而且與名詞的有定性有關。

⑳　Both books are on the desk.

㉑ ＊There are both books on the desk.

㉒ ＊Two books are on the desk.

㉓　There are two books on the desk.

至於日語的存在句，㉔到㉖的例句表示，日語的範圍副詞 'とも' 在句法功能上與國語的 '都' 及英語的 both 相似。

㉔ ＊二冊の本は机の上にある。

㉕机の上に本が二冊ある。

㉖本は二冊とも机の上にある。

從以上的討論可以看出，無論國語、英語、日語都在含有「有定」事物名詞的存在句與含有「無定」事物名詞的存在句之間，做很有系統的區別：有定事物名詞通常都出現於句首，而無定事物名詞則通常都移到句中或句尾。這一個區別的由來，可以從「句子功用背景」（functional sentence perspectives）或「交談功用結構」（the structure of communicative function）的觀點合理地解釋。根據這個觀點，句子的結構可以根據交談的功用，分爲兩部份：一部份是「主題」（topic, theme），是交談

裏談論的對象，也就是句子中表達「已知訊息」（old informa-
tion）的部份；另一部份是「評論」（comment，rheme），是
交談裏針對主題而發表的談話，也就是句子中所要傳達的「新訊
息」（new information）。代表「已知訊息」的「主題」，很
容易從談話的背景或上下文中推出來，因此經常出現於句首的位
置而且不重讀（unstressed）。代表「新訊息」的「評論」，有
補充說明主題的功用，因此通常出現於「主題」的後面。在「評
論」中，代表最重要的訊息的部份，叫做「焦點」（focus），
常出現於句尾而且要重讀（stressed）。換句話說，在國語、英
語、日語的存在句裏，「有定」的事物名詞代表「已知訊息」，
所以通常出現於句首擔任「主題」的功用，而代表「新訊息」的
存在動詞與處所副詞則出現於「主題」後面做「評論」之用。另
一方面，「無定」的事物名詞代表「新訊息」，所以常移到句中
做爲「評論」的一部份，或移到句尾充當「焦點」。這個時候，
代表「已知訊息」的處所副詞，就移到句首來。〔註六〕

三、準分裂句

根據變形語法的分析〔註七〕，英語有一種句法結構，叫做
「準分裂句」（pseudo-cleft sentence）。根據這種分析，㉗b.與
㉗c.的句子是從㉗a.的基底結構經過變形而得來的。變形的過程
是：在㉗a.的及物動詞 need 與賓語名詞 your help 之間加上連
繫動詞 is，並在句首冠上複合關係代名詞 what，而得到㉗b.；
再把賓語名詞 your help 提前移到句首而得到㉗c.。經過這樣
的變形，原來的句子就被 what 與 is「分裂」爲二，並且把談

論的「焦點」集中於在 is 後面出現的詞組（如⑳b.的 your help）。

⑳　a.　I need your help.

　　b.　What I need is your help.

　　c.　Your help is what I need.

　　國語裏也有與英語的「準分裂句」類似的結構。例如，下面
⑳a. b. c.的國語句子分別與⑳a. b. c.的英語句子相當。

⑳　a.我需要你的幫助。

　　b.我所需要的是你的幫助。

　　c.你的幫助是我(所)需要的。

注意，國語的「準分裂句」也跟英語的「準分裂句」一樣，在及
物動詞‘需要’與賓語名詞‘你的幫助’之間加上連繫動詞（或
判斷動詞）‘是’；所不同的是，國語的關係詞（或子句標記）‘的’不
冠在句首，而放在句中‘是’的前面。

　　在日語裏面，也同樣可以找到類似「準分裂句」的結構。例
如，下面⑳a. b. c.的日語句子，分別與國語⑳a. b. c.及英語
⑳a. b. c.的句子相當。變形的過程是：把及物動詞‘必要’從
「休止形」改爲「連體形」‘必要な’，並在後面插進子句標
記‘の’與主題標記‘は’，然後在句尾加上連繫動詞‘だ’。

〔註八〕

⑳　a.私は君の協力が必要だ。

　　b.私が必要なのは君の協力だ。

　　c.君の協力が私には必要なのだ。

　　國語、英語、與日語的「準分裂句」，雖有相似的地方，但
也有相異的地方　例如，在英語的「準分裂句」裏，賓語必須是

有生名詞（animate noun），而在國語與日語裏卻沒有這種限制。試比較：

㉚ a． I want to marry your daughter.

　　b． *What I want to marry is your daughter.

㉛ a． 我要娶你的女兒。

　　b． 我要娶的是你的女兒。

㉜ a． 私は貴方のお孃さんと結婚したい。

　　b． 我が結婚したいのは貴方のお孃さん（と）だ。

又國語與日語的「準分裂句」，可以把「有生」主語名詞分出來做為談話的「焦點」，但是英語則非得用另外一種「分裂句」（cleft sentence）不可。試比較：

㉝ a． It is I that need your help.

　　　（比較：*What need your help is I.）

　　b． 需要你的幫助的是我。

　　c． 君の協力が必要なのは私だ。

另外，如果動詞是「動態」（actional）或「非靜態」（non-stative）的話，英語還可以用「代動詞」（pro-verb）do 來做「準分裂句」；而國語與日語雖有與動詞 do 相當的動詞 '做' 與 'する'，卻沒有與英語㉞c.相當的句子結構。試比較：

㉞ a． He ruined his suit.

　　b． What he ruined was his suit.

　　c． What he did to his suit was (to) ruin it.

㉟ a． 他糟蹋了他的衣服了。

　　b． 他糟蹋（了）的是他的衣服。

　　c.＊他對他的衣服（所）做的是糟蹋它。

㊱　a.　彼は洋服を駄目にしてしまつた。

　　b.　彼が駄目にしてしまつたのは洋服だ。

　　c.＊彼が洋服にしてしまつたのは駄目にだ。

同樣地，含有表目的或理由的不定式動詞狀語（infinitival adverbial of purpose or reason）的英語句子可以有三種不同的「準分裂句」，而國語與日語則只有一種或兩種。試比較：

㊲　a.　He went out to buy some cigarettes.

　　b.　What he went out to buy was some cigarettes.

　　c.　What he went out to do was buy some cigarettes.

　　d.　What he went out for was to buy some cigarettes.

㊳　a.　他出去買香煙。

　　b.　他出去買的是香煙。

　　c.＊他出去做的是買香煙。

　　d.??他出去（的）是為了買香煙。

㊴　a.　彼は外へ煙草を買いに行つた。

　　b.　彼が外へ買いに行つたのは煙草だ。

　　c.＊彼が外へ行つてしたのは煙草を買いにだ。

　　d.　彼が外へ行つたのは煙草を買うためにだ。

綜合以上的觀察，可以歸納出下列結論：

㈠國語動詞‘是’與英語動詞 is 都加在動詞與賓語之中間，而日語動詞‘だ’卻加在句尾。這是由於國語與英語都允許

「動賓（或動補）語言」的結構布局，而日語却只允許「賓動語言」的結構布局的緣故。

㈡國語與日語的子句標記 '的' 與 'の' 都加在動詞的後面，而且都可以兼任「名化標記」（ nominalizer ）（註九）與「 領位標記 」（genitive marker）〔註十〕的功能。英語的關係詞 what 則可以用做疑問詞〔註十一〕，而且無論是用做關係詞或疑問詞都要出現於句首的位置。這個現象，似乎與英語一般連詞都出現於句首這個事實有關。

㈢英語的關係詞 what 不能代表人，而只能代表事物，因此與 what 相對的賓語必須限於「無生」（inanimate）名詞；國語與日語則沒有這種限制。

㈣國語動詞 '做' 與日語動詞 'する'， 不具有英語動詞 do 的「代動詞」用法〔註十二〕， 因此不能比照英語的 do 構成「準分裂句」。

㈤唯有日語的「準分裂句」需要附加「主題標記」 'は'，也唯有日語的動詞可能需要由「休止形」改成「連體形」。

四、關係子句

英語的關係子句（relative clause），可以看做是一對含有「指稱相同的名詞」（coreferential noun ）的主句與從句經過包接而得來的。變形的過程是： ⑴先把從句裏指稱相同的名詞（如⑩b. 的 he 與⑩a. 的 the boy 兩個名詞的指稱相同）， 用適當的關係詞（如who, which, that 等）去代替，並且把這個關係詞提前移到從句的句首（因此⑩b.就變成 who is standing at the gate）；⑵然後把整

個從句放在主句裏指稱相同的名詞後面。

⑩　a.　The boy is my brother.　⎫
　　b.　He is standing at the gate.⎰ ⟶

　　c.　The boy who is standing at the gate is my
　　　　brother.

　　國語的關係子句，其變形的過程與英語的關係子句相似，但並不相同：(1)先把從句裏指稱相同的名詞刪掉，並且在從句的句尾加上關係詞（或子句標記）‘的’；(2)再把整個從句放在主句裏指稱相同的名詞前面。〔註十三〕

⑪　a.　那一個男孩子是我的弟弟。⎫
　　b.　他站在門口。　　　　　　⎰ ⟶

　　c.　站在門口的那一個男孩子是我的弟弟。

　　日語的關係子句，其變形的過程與國語的關係子句極為相似。所不同的是，日語的關係子句不需要用關係詞，而且有些動詞或形容詞要從「休止形」改為「連體形」。〔註十四〕

⑫　a.　あの男の子は僕の弟だ。　　⎫
　　b.　あの男の子は門口に立っている。⎰ ⟶

　　c.　門口に立っているあの男の子は僕の弟だ。

　　國語、英語、日語的關係子句，在語意上所受的限制幾乎完全一致（例如，只有直述句可以成為關係子句，而疑問句、祈使句、感歎句則不能變成關係子句）。至於在句法上所受的限制則稍有差別：

　　㈠英語的關係詞（如 who）加在從句的句首，國語的關係詞（或子句標記）‘的’加在從句的句尾，日語則不用關係詞。

　　㈡英語的關係子句置於名詞的後面，國語與日語的關係子句

則置於名詞的前面〔註十五〕。

㈢在國語與日語裏，關係子句中指稱相同的主語或動詞賓語必須刪掉；在英語裏，主語決不能刪掉，而動詞賓語則可刪可不刪。試比較上面⑩到⑫的句子，以及下面⑬到⑮的句子。

⑬ a. The girl came to see you.⎫
  b. You like her.   ⎬ ⟶
  c. The girl (that) you like came to see you.

⑭ a. 那一個女孩子找你來了。⎫
  b. 你喜歡她。   ⎬ ⟶
  c. 你喜歡的那一個女孩子找你來了。

⑮ a. あの女の子が君を訪ねて来た。⎫
  b. 君はあの女の子が好きだ。 ⎬ ⟶
  c. 君が好きなあの女の子が君を訪ねて來た。

㈣國語與日語的領位名詞，只有「物主名詞」(the possessor noun)與「屬物名詞」(the possessed noun)之間存有「不可轉讓的屬有」(inalienable possession)的關係——如人與家屬親族間之關係、或人與身體各部位之關係——時，纔可以在關係子句內刪掉。英語的關係子句，因爲不牽涉到刪略，所以沒有這種限制。試比較下列「不可轉讓的屬有」(⑯至⑱)與「可以轉讓的屬有」(⑲至㉑)的例句。〔註十六〕

⑯ a. He married the girl. ⎫
  b. Her father is a millionaire.⎬ ⟶

    c. He married the girl whose father is a million-
        aire.

⑰ a. 他跟那一個女孩子結婚了。

    b. 她的父親是個百萬富翁。   ⟶

    c. 他跟（她）父親是個百萬富翁的那一個女孩子結婚

        了。

⑱ a. 彼はあの女の子と結婚した。

    b. あの女の子の父親は百萬長者だ。   ⟶

    c. 彼は父親が百萬長者のあの女の子と結婚した。

⑲ a. I know the girl.

    b. Her dog bit you last week.   ⟶

    c. I know the girl whose dog bit you last week.

⑳ a. 我認識那一個女孩子。

    b. 她的狗上星期咬了你。   ⟶

    c.＊我認識狗上星期咬了你的那一個女孩子。

㉑ a. 僕はあの女の子を知っている。

    b. あの女の子の犬が先週君に咬みついた。   ⟶

    c.＊僕は犬が先週君に咬みついたあの女の子を知って

        いる。

㈤在國語裏，前置詞的賓語，除非留下代名詞做複本（pro-
nominal copy），否則一般都不能刪掉。在日語裏，有
的後置詞（如主題標記‘は’、主位標記‘が’、賓位標記‘を’）等
要隨同指稱相同的名詞一起刪掉；有的後置詞（如「共事者
標記」（comitative marker）‘と’等）卻不能刪掉（但是如果與副

詞'一緒に' 連用，那麼't' 就可以刪略；參⑭c.d.)。

英語則不受此種限制。

⑤ a. I met Mr. Lee.

　 b. You went to school (together) with him.⎫→

　 c. I met Mr. Lee, whom you went to school

　　　 (together) with.

　 d. I met Mr. Lee, with whom you went to

　　　 school (together).

⑤ a. 我遇到了李先生。

　 b. 你跟他 (一起) 上過學。⎫→

　 c. *我遇到了你跟 (一起) 上過學的李先生。

　 d. 我遇到了你跟他 (一起) 上過學的李先生。

⑭ a. 僕はリーさんにあった。

　 b. 君は彼と (一緒に) 學校へ行ったことがある。⎫→

　 c. *僕は君が學校へ行ったことがあるリーさんにあっ

　　　 た。

　 d. 僕は君が一緒に學校へ行つたことがあるリーさん

　　　 にあった。

㈥在所有三種語言裏，表處所 (如例句⑤)、時間 (如例句⑯)、
理由 (如例句⑰) 的副詞都可以在關係子句內因指稱相同而
刪掉。又表工具的介詞，在英語的關係子句裏不能刪掉，
在日語的關係子句裏必須刪掉，而在國語的關係子句裏則
與趨向動詞 '來' 連用時方可保留。試比較：

⑤ a. This is the place (that/where) Mr. Lee died.

    b.　這是李先生去世的地方。

    c.　此處はリーさんが亡くなられた所です。

⑤⑥　a.　That was the year (that/when) I went to
　　　　　Europe.

    b.　那是我到歐洲去的那一年。

    c.　それは私が歐洲へ行つた (あの) 年です。

⑤⑦　a.　That was the reason (that/why) I was absent.

    b.　那就是我缺席的理由。

    c.　それは私が缺席した理由です。

⑤⑧　a.＊That was the knife (that) I chopped the meat.

    b.　That was the knife (that) I chopped the meat
　　　　　with.

    c.＊那是我用切肉的刀子。

    d.　那是我用來切肉的刀子。〔註十七〕

    e.＊それは私が肉をきざんだ庖丁でです。

    f.　それは私が肉をきざんだ庖丁です。

(七)在國語與日語裏，名詞如‘聲音、氣味’等，雖然無法在
　關係子句裏找到指稱相同的名詞，仍然可以用關係子句來
　修飾這些名詞；但在英語裏卻沒有這種用法。試比較：

⑤⑨　a.＊I smell the odor that something is burning.

    b.　我聞到有東西燒焦的味道。

    c.　何か焦げているにおいがする。

⑥⑩　a.＊I hear the sound (that someone is) playing
　　　　　the piano.

    b.　我聽到（有人）彈鋼琴的聲音。

    c.　誰かピアノを彈いている音が聞こえる。

(八)關係子句可以重疊使用；也就是說，用一個關係子句來修
飾名詞以後，可以再用另外一個關係子句來修飾關係子句
內的某一個名詞。這樣重疊使用關係子句的結果，在三種
語言裏所呈現的結構布局，其變化相當大。試比較：

⑥① a.　the gentleman who is wearing a suit that is
       dirty.

    b.　the gentleman who is wearing a dirty suit

    c.　穿著的衣服很骯髒的那一位先生

    d.　穿著很骯髒的衣服的那一位先生

    e.　着ている洋服が汚れているあの紳士

    f.　汚れている洋服を着ているあの紳士

⑥② a.　the policeman who caught the thief who stole
       the watch that I bought last week

    b.　抓到（了）偷（了）我上星期買（了）的手錶的小偷的
       警察

    c.　私が先週買った腕時計をぬすんだ泥棒をつかまえ
       たおまわりさん

注意：在英語裏如果要把關係子句內的形容詞、現在分詞或過去
分詞等移前 放在所修飾 的名詞之前，那麼就必須 刪去關係詞與
Be 動詞（參⑥① b.）；而國語與日語則沒有這種變化。〔註十八〕又注
意：在例句⑥②的關係子句所呈現的結構布局裏，英語是「向右分
叉」（right-branching），日語是「向左分叉」（left-branch-

ing），而國語則是「自我包孕」（self-embedding）。[註十九]

五、結　　語

國語、英語、日語這三種在起源上毫無關係，在文化上又彼此不受影響[註二十]的語言，為什麼在存在句、準分裂句、關係子句的句法結構上顯示這麼多相似之處？同時，它們之間也有許多不同之點，其理由又是什麼？我們雖然在前文裏嘗試囘答一部份問題，但是仍有許多重要的問題未能獲得解答。例如：國語、英語、日語究竟是屬於那一種類型的語言？是 SVO 語言， VSO 語言，還是 SOV 語言？又為什麼國語與英語用前置詞，而日語則用後置詞？為什麼英語的關係子句要放在所修飾的名詞之後，而國語與日語的關係子句則要放在所修飾的名詞之前？為什麼英語的關係詞與疑問詞要放在句首，而國語與日語的子句標記則要放在句尾？又以上這些句法現象之間，是否存有一定的連帶關係？

對於上面的問題，我們目前只能提出一些推測性的答案。例如，日語之用後置詞，是由於日語是以動詞收尾的「OV 語言」，因此在名詞的後面用後置詞做為標記，以交代前面的名詞與後面的動詞之間的語意與語法關係。另一方面，英語似乎是動詞居前的「VO 語言」，因此在名詞的前面用前置詞，以交代前面的動詞與後面的名詞之間的語意與語法關係。在「OV 語言」裏，修飾語大都出現於被修飾語之前，因此日語的關係子句放在所修飾的名詞的前面。而在「VO 語言」裏，修飾語大都出現於被修飾語之後，所以英語的關係子句放在所修飾的名詞的後面。至於國語，似乎介乎「OV 語言」與「VO 語言」之間，兼具二者之性

質。因此，國語一方面像英語用前置詞，另一方面像日語把關係子句放在名詞的前面。

我們承認，以目前對於人類自然語言簡陋的了解，還不能圓滿回答所有的問題。唯有今後更加努力地去探求自然語言實質的普遍性（substantive universals），發掘更多有意義的經驗事實（empirical facts），我們纔能一步一步地接近最後的目標。

附　註

〔註　一〕參 Greenberg (1963)。

〔註　二〕參 Lehmann (1973)。

〔註　三〕有關國語存在句更進一步的討論，請參湯 (1977a)。

〔註　四〕(15)d 的「本が一册机の上にある」似乎只能做爲「何が机の上にありますか」的答句使用，却很少以此開始交談。

〔註　五〕關於名詞定性更詳細的討論，參湯 (1977a)。

〔註　六〕英語的存在句必須有主語，因此無定事物名詞移到動詞後面成爲「邏輯上的主語」（logical subject）以後，還要借用「塡補語」（expletive）'there' 來承擔「語法上的主語」（grammatical subject）。

〔註　七〕關於「準分裂句」的衍生過程究竟如何，學者間尚無定論。這裏姑從語言教學觀點，選出其中最簡單的分析方法來討論。

〔註　八〕注意日語「準分裂句」變形還引起「主題標記は」、「主位標記が」、與「與位標記（dative marker）に」等的變化，因此（(29) a.b.c）三句裏 '私' 後面的標記都不同。

〔註　九〕例如：「我要紅的」、「私はあかいのが欲しい」。

〔註　十〕例如：「這是我的書」、「これは私の本だ」。

〔註十一〕例如："<u>What</u> is this?"，"<u>What</u> do you want?"。

〔註十二〕國語的'做'與日語的'する'，在疑問句中似乎有「代動詞」的功用，但
　　　　　是在直述句中卻沒有這種功用。試比較：

　　　　　「你在做什麼？」「我在讀書。」

　　　　　「你讀完了書沒有？」「＊我做完了。」

　　　　　「あなたは何を<u>し</u>ていますか。」「本を讀んでいます。」

　　　　　「もう本を讀みましたか。」「＊もう<u>し</u>ました。」

〔註十三〕關於國語與英語關係子句的對比分析，參湯（1977b）。

〔註十四〕例如：先生はお邸りに住んでいる。

　　　　　　　先生はゴルフが好きだ。
　　　　　　　ゴルフが好き<u>な</u>先生はお邸りにすんでいる。　　　　}——→

〔註十五〕㈠、㈡這兩個事實似乎有關連：英語的關係子句出現於被修飾語的後面，
　　　　　因此關係詞出現於句首，以劃清關係子句與被修飾語之間的句子界限；國
　　　　　語的關係子句出現於被修飾語的前面，因此子句標記出現於句尾，以劃清
　　　　　關係子句與被修飾語之間的界限。換句話說，這裏所涉及的是爲了避免讀
　　　　　者或聽者誤解的「理解策略」（perceptual strategy）的問題。

〔註十六〕關於「不可轉讓的屬有」與「可以轉讓的屬有」的區別，參湯（1977c）
　　　　　213頁以下。

〔註十七〕我們也可以說：「那是我切肉的刀子」，也有人說：「那是我切肉用的刀
　　　　　子」。

〔註十八〕但是國語關係子句內的動詞完成式標記'了'可以省去（參 ⑫ b.的例句）
　　　　　，而日語關係子句內的動詞或形容詞有時候要由「休止形」改爲「連體
　　　　　形」（參註十四）。

〔註十九〕因爲是「自我包孕句」，所以⑫b.比⑫a.及⑫c.難以了解。參 Chomsky

(1965:13) 。

〔註二十〕日語雖然在詞彙與文字上受了漢語的影響，但是在句法上則完全保持其本
來面目。

引 用 書 目

Chomsky, N. 1935. Aspects of the Theory of Syntax, Cambridge, Mass:
M. I. T. Press.

Greenberg, J. H. 1963. "Some Universals of Grammar with Particular Re-
ference to the Order of Meaning Elements," In Joseph H.
Greenberg (ed.), Universals of Language, second edition.
Mass.: M. I. T. Press.

Lehmann, W. P. 1973. "A Structural Principle of Language and its Im-
plications, " Language, 49. 47-66.

湯 廷 池 (1977a)「國語的有無句與存在句」，中國語文40卷第 2 期24-36頁。

(1977b) 英語教學論集，台北：學生書局。

(1977c) 國語變形語法研究第一集：移位變形，台北：學生書局。

＊本文曾刊於國立台灣師範大學學報 (1978) 第二十三期 (202-216頁)。

中文的關係子句

一、前　　言

　　國人已往研究中文語法的論著中，很少談到關係子句。例如許世瑛先生的「中國文法講話」〔註一〕與王力先生的「中國語法理論」都沒有提及關係子句的存在。黎錦熙先生的「國語文法」，雖然在八十五頁與九十頁前後提到，在「打虎的武松」與「大街上有一個賣花的」裏面所出現的「的」，相當於英文的關係代名詞 who 或 which。但是他接著又說：「這說可以作爲中西文法比較的研究，讀者『心知其意』好了；用來說明國語文法，卻嫌曲折而不乾脆」〔註二〕。趙元任先生的「國語入門」也僅在中英

文語法範疇比較的討論中提到：

英文的非限制性的關係子句翻成中文，要用兼語式來表達；如果是指人的話，還可以用稱代詞「他」來接應，如「我有一個朋友（他）最愛說話」（比較英文：I have a friend who is most fond of talking）。如果關係子句所修飾的名詞在關係子句中居於賓位，就可以用強調副詞「所」來解釋，如「傑克（所）造的房子」（比較英文：the house (that) Jack built）。如果關係子句所修飾的名詞在關係子句中居於領位或介詞賓位，那麼領位標記「的」與介詞可以在關係子句中省略，如「字太小的書」（比較英文：(a book whose〔of which the〕print is too small）與「我來的地方」（比較英文：the place come from）。為了更清楚地表達起見，最後一句還可以改為「我從那兒來的地方」〔註三〕。

就是趙元任先生厚達八百頁的巨著「中國話的文法」中涉及關係子句的討論，也僅止於名詞修飾語的描寫用法與限制用法的區別而已〔註四〕。本文有鑒於此，擬就中文的關係子句做一番詳盡的分析與討論。

二、中文的關係子句

所謂關係子句，是指一個句子經過「包接」，而變成另一個句子裏面的名詞的修飾語，因此關係子句在句法功能上屬於形容詞子句。這個時候，關係子句裏面必須有一個名詞或代詞，與主要子句裏面被修飾的名詞指稱相同。例如，②句的「他」與①句的「那一位先生」指稱相同。如果把②句指稱相同的稱代詞「他」加以刪略，並在句尾附加從屬子句標記「的」之後，放在①句

的指稱相同的名詞「先生」或「那一位先生」的前面，那麼就分別形成含有關係子句「戴著眼鏡的」的句子③與④。

　　①那一位先生最近結婚了。

　　②他戴著眼鏡。

　　③那一位戴著眼鏡的先生最近結婚了。

　　④戴著眼鏡的那一位先生最近結婚了。

同樣地，從含有指稱相同的名詞「那一位小姐」與稱代詞「她」的句子⑤與⑥，可以產生含有關係子句「你喜歡的」的句子⑦與⑧。

　　⑤那一位小姐跟人訂婚了。

　　⑥你喜歡她。

　　⑦那一位你喜歡的小姐跟人訂婚了。

　　⑧你喜歡的那一位小姐跟人訂婚了。

依照趙元任先生的看法，③句與④句的含義不盡相同。在③句裏，關係子句出現於限定、（「那」）、數量（「一位」）修飾語與被修飾語名詞（「先生」）的中間；而在④句裏，關係子句則出現於整個名詞組（「那一位先生」）的前面。趙先生認為，③句的關係子句是「描寫性」的，談話的兩造已經知道「那一位先生」所指的是哪一個人，「戴著眼鏡的」只不過是附帶描寫而已。另一方面，④句的關係子句卻是「限制性」的，如果沒有指出「戴眼鏡的」這個特徵，就無法知道「那一位先生」究竟是誰。趙先生還說，如果把③句的「戴著眼鏡」念重，就變成「限制性」的關係子句，在意義上與④句相同〔註五〕。橋本余靄芹女士的「國語句法結構」也贊同趙先生這種分類，並且主張：只有描寫性關係子句可以修飾無定名詞（卽只有數量詞修飾的名詞）；限制性的關係子句則只能修

飾有定名詞（卽兼有限定詞與數量詞修飾的名詞）〔註六〕。

　　但是如果從一般人談話或寫文章的實際語料中去觀察中文的關係子句，就不難發現大家並沒有像趙先生與橋本女士所說那樣，在描寫用法與限制用法之間做嚴格的區別。實際上，大多數的人都認爲下面a.與b.兩個句子都可以通。

⑨a.那個愛說話的人又來了。

　b.愛說話的那個人又來了。

⑩a.那個穿黑大衣的女人是我們的老闆娘。

　b.穿黑大衣的那個女人是我們的老闆娘。

⑪a.三個昨天來的客人都已經走了。

　b.昨天來的三個客人都已經走了。

一般說來，如果在關係子句裏被刪略的是主語名詞，那麼關係子句多半出現於限定詞或數量詞的後面。試比較下列每一對句子：

⑫a.任何戴眼鏡的學生都很用功。

　b.? 戴眼鏡的任何學生都很用功。

⑬a.有些戴眼鏡的學生很用功。

　b.? 戴眼鏡的有些學生很用功。

⑭a.只有戴眼鏡的學生很用功。

　b.＊戴眼鏡的只有學生很用功。〔註七〕

⑮a.每個戴眼鏡的學生都很用功。

　b.? 戴眼鏡的每個學生都很用功。

⑯a.所有戴眼鏡的學生都很用功。

　b.?? 戴眼鏡的所有學生都很用功。

⑰a.很多戴眼鏡的學生都很用功。

b. ??戴眼鏡的很多學生都很用功。

⑱a. 有三個戴眼鏡的學生很用功。

b. *戴眼鏡的有三個學生很用功。〔註八〕

⑲a. 他那一本得了獎的書在甚麼地方可以買到？

b. ??得了獎的他那一本書在甚麼地方可以買到？

但是如果在關係子句內被刪略的是賓語名詞，那麼關係子句常出現於限定詞或數量詞的前面，試比較：

⑳a. 那三個我認識的學生很用功。

b. 我認識的那三個學生很用功。

㉑a. 每個我認識的學生都很用功。

b. 我認識的每個學生都很用功。

㉒a. 很多我認識的學生都很用功。

b. 我認識的很多學生都很用功。

㉓a. 有三個我認識的學生很用功。

b. 我認識的有三個學生很用功。

㉔a. 我那一本你借的書放在甚麼地方？

b. 你借的我那一本書放在甚麼地方？

又如果關係子句所修飾的是主要子句的賓語，那麼關係子句常出現於數量詞的後面，特別是這個賓語是無定名詞的時候，試比較：

㉕a. 我認識那三個穿大衣的人。

b. 我認識穿大衣的那三個人。

㉖a. 我讀了三本討論關係子句的書。

b. ??我讀了討論關係子句的三本書。

從以上的觀察可以知道，「（限定詞）＋數量詞＋關係子句

＋名詞」與「關係子句＋（限定詞）＋數量詞＋名詞」這兩種詞序都有人用，而且選用哪一種詞序似乎與關係子句裏面所刪略的是主語或是賓語，以及關係子句所修飾的是主語或是賓語有關。如果關係子句裏面所刪略的是主語，而且關係子句所修飾的也是主語，那麼似乎以使用前一種詞序的人佔多數。如果關係子句裏面所刪略的是賓語，雖然兩種詞序都有人用，但是似乎以用後一種詞序的人較多。如果關係子句所修飾的是賓語，那麼似乎以用前一種詞序的人較佔多數。 這種詞序上的選擇， 顯然與句義的「理解策略」有關，即說話的人盡量選擇適當的詞序，以幫助聽話的人辨認句子的主語與賓語，而不致於有所誤解。例如，在原則上可以由㉗與㉘兩個句子產生㉙與㉚兩句；但是在實際上大家都會用㉙句而不用㉚句，因爲㉚句很容易使人誤解爲「三個男孩子」喜歡「一個女孩子」。

　　㉗男孩子喜歡那三個女孩子。

　　㉘她們來了。

　　㉙男孩子喜歡的那三個女孩子來了。

　　㉚那三個男孩子喜歡的女孩子來了。

同理，㉛與㉜兩句在原則上可以產生㉝句與㉞句，但是實際上幾乎沒有人用㉞句，因爲㉝句比㉞句容易了解得多。

　　㉛那三個男孩子喜歡那一個女孩子。

　　㉜她來了。

　　㉝那三個男孩子喜歡的那一個女孩子來了。

　　㉞那一個那三個男孩子喜歡的女孩子來了。

　　有時候，不同的詞序可能表達不同的意思。例如，㉟句暗示

他寫的書不只三本（但是我只讀了其中三本），而㊱句卻表示他總共只寫了三本書。

　　㉟我讀完了三本他寫的書。

　　㊱我讀完了他寫的三本書。

關係子句通常出現於被修飾語名詞之前，但也有出現於被修飾語名詞之後，以做補充說明之用的，例如：

　　㊲那一位先生，戴眼鏡的，最近離了婚。

　　㊳我要那一頂帽子，放在最右邊的架子上的。

又有一些關係子句的作用，並不在描寫或限制，而在表示條件。例如，在㊴到㊶的句子裏，a.b.兩句所表達的語意幾乎相同。

　　㊴a.耳朵大的人有福氣。

　　　b.人如果耳朵大，就有福氣。

　　㊵a.做完功課的學生可以先回家。

　　　b.學生如果做完功課，就可以先回家。

　　㊶a.學習英語的人必須天天練習。

　　　b.如果有人學習英語，（他）就必須天天練習。

另外，根據橋本女士，㊷與㊸的句子也含有關係子句〔註九〕。

　　㊷「老張破產（了）的」消息很快地傳到他的故鄉。

　　㊸他們還沒有解決「小孩子上學」的問題。

但是這裏用引號勾出的部分，不可能是關係子句，因爲在這些句子裏限定詞與數量詞通常出現於引號部分的後面，而不出現於引號部分的前面；而且出現於引號部分的後面的時候，從屬子句標記「的」通常都要刪略。試比較：

　　㊹??這個「老張破產的」消息很快地傳到他的故鄉。

㊺「老張破產」這個消息很快地傳到他的故鄉。

㊻??他們還沒有解決那個「小孩子上學」的問題。

㊼他們還沒有解決「小孩子上學」那個問題。

同時，㊷與㊸兩句也無法像其他含有關係子句的句子那樣，分析爲含有兩個指稱相同的名詞的單句：因爲其中有一個句子，也就是要變成關係子句的句子，顯得很不通順。

㊽消息傳到他的故鄉。

　　??消息是老張破產了。

㊾他們還沒有解決問題。

　　??問題是小孩子上學。

因此，「老張破產(的)」與「小孩子上學(的)」似乎應該分別解釋爲「(這個)消息」與「(那個)問題」的同位名詞子句。中文的同位子句常與名詞「事實、消息、問題、現象、建議、意見」等一起出現。

三、關係子句的「限制」與「非限制」用法

　　如上所述，中文的關係子句結構是由兩個句子結合而成的。這兩個句子必須含有指稱相同的名詞或稱代詞，其中關係子句裏面指稱相同的名詞或稱代詞常被刪略。又關係子句通常出現於被修飾語之前（如㊿句），但是也可能出現於被修飾語之後（如51句）。以下例句中的關係子句都用括號夾註。

㊿那一個（戴眼鏡的）學生功課很好。

51那一個學生，（戴眼鏡的），功課很好。

如果被修飾語是不含有指示詞「這」或「那」的無定名詞，那麼

關係子句就必須出現於被修飾語之前，試比較：

⑤(戴眼鏡的)學生成績很好。

⑤* 學生，(戴眼鏡的)，成績很好。

⑤四三個(戴眼鏡的)學生成績都很好。〔註十〕

⑤* 三個學生，(戴眼鏡的)，成績很好。

如果被修飾語裏含有全稱數量詞「所有」或「每」，那麼關係子句也必須出現於被修飾語之前。試比較：

⑥所有(戴眼鏡的)學生成績都很好。

⑤* 所有的學生，(戴眼鏡的)，成績都很好。

⑧每一個(戴眼鏡的)學生成績都很好。

⑤* 每一個學生，(戴眼鏡的)，成績都很好。

從以上的例句可以看出，中文的關係子句，似乎與英文的關係子句一樣，也有「限制性」與「非限制性」兩種用法。如果說話者與聽話者之間，不用關係子句也可以知道所指的人是誰或指的事物是甚麼(例如說話者指著一個留鬍子的人說⑥句，或指著桌子上的一本字典說⑥句)，那麼關係子句就出現於被修飾語的後面，這是「非限制性」的用法。非限制性的關係子句有補充說明的功用。

⑥那一個人，(留鬍子的)，是我外公。

⑥這一本字典，(我昨天在台北買的)，非常實用。

如果說話者與聽話者之間，非用關係子句就無法判斷所指的人是誰或所指的事物是甚麼(例如說話者面對著許多人說⑥句，或望著許多書說⑥句)，那麼關係子句就要出現於被修飾語之前，這是「限制性」的用法。限制性的關係子句有描寫或辨認的功用。

⑥那一個(留鬍子、穿長袍的)人是我外公。

⑥這一本（綠色封面的）字典非常實用。

因此，⑥句暗示說話者只有一個弟弟，而⑥句卻沒有這種暗示。
試比較：

⑥我弟弟，（年齡小我三歲），今年上了大學。〔註十一〕

⑥我那一個（小我三歲的）弟弟今年上了大學。

但是這並不是說，非限制性的關係子句必須出現於被修飾語的後面。例如⑥與⑥裏面的關係子句，雖然出現於被修飾語的前面，但是在語意上顯然屬於非限制性用法。

⑥（盡忠報國的）岳飛。

⑥（具有五千年悠久歷史的）中國。

因此，有些句子既可以解釋為限制性的，又可以解釋為非限制性的。例如⑥句，可以解釋為所有中國人都是愛好和平的（非限制用法），也可以解釋為只有部分中國人是愛好和平的（限制用法）。

⑥（愛好和平的）中國人。

又如⑥裏面的關係子句，究竟是限制性的還是非限制性的，全看說話者實際上有幾個弟弟而定。

⑥我那一個（小我三歲的）弟弟。

出現於被修飾語之前的關係子句，可能出現於限定詞與數量詞的前面（如⑦與⑦兩句），也可能出現於限定詞與數量詞的後面（如⑦與⑦兩句），例如：

⑦（戴眼鏡的）那一位先生最近結婚了。

⑦那一位（戴眼鏡的）先生最近結婚了。

⑦我認識（穿旗袍的）那三個小姐。

⑦我認識那三個（穿旗袍的）小姐。

雖然有人認為出現於限定詞與數量詞前面的關係子句屬於限制性的用法，而出現於限定詞與數量詞後面的關係子句則屬於描述性的或非限制性的用法〔註十二〕，但是調查實際語料的結果顯示：這種區別並不存在，至少大家並沒有嚴格依照這個區別來使用中文的關係子句〔註十三〕。調查的結果反而顯示：如果關係子句裏面所刪略的是主語（如⑭與⑮句）或關係子句裏面所刪略的是賓語而關係子句所修飾的也是賓語（如⑯句），那麼指示詞與數量詞多半用於關係子句之前；如果關係子句所刪略的是賓語，但是關係子句所修飾的是主語（如⑰句），那麼指示詞與數量詞常用於關係子句之後，但是用於關係子句之前的情形也不少。〔註十四〕

⑭那一個（留鬍子、穿長袍的）朋友找你來了。

　比較：（留鬍子、穿旗袍的）那一個朋友找你來了。

⑮我不認識那一個（戴白帽子、穿紅大衣的）小姐。

　比較：我不認識（戴白帽子、穿紅大衣的）那一個小姐。

⑯她很喜歡那一件你從香港買回來的大衣。

　比較：她很喜歡（你從香港買回來的）那一件大衣。

⑰我昨天借給你的那一本書放在甚麼地方？

　比較：那一本（我昨天借給你的）書放在甚麼地方？〔註十五〕

四、關係子句的連接與重疊

兩個以上的關係子句可以經過連接以後，修飾同一個名詞。例如，從⑱的基底結構可以產生⑲與⑳的兩個句子。

⑱小姐來了。小姐（很）漂亮。小姐（很）聰明。

⑲（很）漂亮（很）聰明的小姐來了。

⑧又漂亮又聰明的小姐來了。

注意：⑦與⑧兩句的含義跟⑧與⑧兩句的含義不同。在前兩句裏，兩個關係子句共同修飾同一個主語名詞「小姐」；在後兩句裏，兩個關係子句分別修飾兩個不同的主語名詞「小姐」。換句話說，⑧與⑧兩句是由⑧的基底結構經過⑧的連接與⑧的刪略而產生的。

⑧小姐來了（小姐很漂亮）；小姐來了（小姐很聰明）。

⑧很漂亮的小姐來了，很聰明的小姐（也）來了。

⑧很漂亮的小姐（跟）很聰明的小姐都來了。

⑧很漂亮的（跟）很聰明的小姐都來了。

關係子句除了可以連接使用以外，還可以重疊使用。重疊使用的情形有兩種。一種是用一個關係子句來修飾名詞以後，再用另外一個關係子句來修飾關係子句內的某一個名詞。例如下列⑧句括號內的關係子句修飾主要子句的主語名詞「那一位先生」而產生⑧句；再由⑧句括號內的關係子句來修飾主語名詞的修飾語「一件長袍」而產生⑧句。

⑧那一位先生是誰？（那一位先生穿著一件長袍。）

⑧那一位穿著一件長袍的先生是誰？（長袍是藍色的。）

⑧那一位穿著一件藍色的長袍的先生是誰？

又如下列⑧句括號內的關係子句修飾主要子句的主語補語「警員」而產生⑧句；再由⑧句括號內的關係子句來修飾「警員」的修飾語「小偷」而產生⑨句；更由⑨句括號內的關係子句來修飾「小偷」的修飾語「手錶」而產生⑨句。

⑧他就是那一個警員。（警員抓到了小偷。）

⑧⑨他就是那一個抓到了小偷的警員。（小偷偷了手錶。）

⑨⑩他就是那一個抓到了偷了手錶的小偷的警員。（我上星期買了手錶。）

⑨⑪他就是那一個抓到（了）偷（了）我上星期買（了）的手錶的小偷的警員。〔註十六〕

⑧⑦句與⑨⑪句在結構上是一個「自我包孕句」〔註十七〕，分別具有下列⑨⑫與⑨⑬的結構分析：

⑨⑫（那一位（穿著一件（藍色的）長袍的）先生）是誰？

⑨⑬他就是（那一個（抓到了（偷了（我上星期買的）手錶的）小偷的）警員）。

而且自我包孕句所包含的關係子句越多，句子的含義越不容易了解。例如上列⑨⑩句比⑧⑨句難了解，而⑨⑪句又比⑨⑩句難了解。但這只是「了解度」上有難易的差別而已，在「合法度」上則並無二致，都是合乎中文文法的句子。

另外一種情形是，用一個關係子句來修飾名詞之後，再用另外一個關係子句來修飾這個已經由關係子句所修飾的名詞。例如下列⑨⑭句括號內的關係子句修飾主要子句的主語補語「食物」而產生⑨⑮句；再以⑨⑮句括號內的關係子句修飾「用麵粉做的食物」而產生⑨⑯句。

⑨⑭春捲是食物的一種。（食物是用麵粉做的。）

⑨⑮春捲是用麵粉做的食物的一種。（大家喜歡吃用麵粉做的食物。）

⑨⑯春捲是大家喜歡吃的用麵粉做的食物的一種。

又如下列⑨⑦括號內的關係子句修飾主要子句的主語名詞「那一棟房子」而產生⑨⑧句；再以⑨⑧句括號內的關係子句修飾「那一棟有

紅色的大門的房子」而產生⑨句。

⑰那一棟房子就是我的家。（我的家有紅色的大門。）

⑱那一棟有紅色的大門的房子就是我的家。（那一棟有紅色的大
門的房子在教會的右邊。）

⑲那一棟在教會的右邊的有紅色的大門的房子就是我的家。

上列⑯與⑲兩句在結構上屬於「向左分叉句」〔註十八〕，分別具
有下列⑩與⑩的結構分析：

⑩春捲是（大家喜歡吃的（用麵粉做的食物））的一種。

⑩那一棟（在教會的右邊的（有紅色的大門的房子））就是
我的家。

「向左分叉句」與「自我包孕句」不同，所包含的關係子句的多
寡對於整個句子的了解度並無多大影響。試比較：

⑩那一棟（在教會的右邊的（有紅色的大門的（院子裏長著
一棵很高的椰子樹的房子）））就是我的家。〔註十九〕

五、關係子句的深層結構

以上所談的是中文關係子句的表面形態，也就是句子的表面
結構。但是表面結構的構造或詞序，並不一定與表示語意的深層
結構的構造或詞序相同。例如，中文的關係子句在深層的結構裏
係由兩個子句組成（如⑩的a.、b.兩句），但是在表面結構上卻變成了
一個單句（如⑩句）。又如，在深層結構裏關係子句與主要子句必須
含有一個指稱相同的名詞（如⑩a.與b.兩句的「那一個人」），但是在表面
結構上關係子句內的這一個名詞卻刪略了。可見中文句子的表面
結構與深層結構之間的差異相當大。

⑩a.那一個人很神氣。

　b.那一個人留鬍子。

⑩a.那一個（留鬍子的）人很神氣。

　b·（留鬍子的）那一個人很神氣。

中文關係子句的深層結構究竟如何？過去的漢語語言學家很少人談到這個問題。筆者曾把中文的關係子句分析爲由母句與子句經過包接而成的包孕結構〔註二十〕。依照這個分析，⑩句的表面結構是由⑩句的深層結構經過變形而衍生的。

⑩那一個人（那一個人留鬍子）很神氣。

變形的過程是：先把關係子句裏面指稱相同的名詞「那一個人」加以刪略，並在句尾加上子句的標記「的」，然後把整個關係子句「留鬍子的」移到母句裏面指稱相同的名詞「（那一個）人」的前面去。

同樣地，⑩句的表面結構是由⑩句的深層結構衍生的。衍生的過程是：先把關係子句內指稱相同的名詞「那一個朋友」加以代名化而改爲「他」〔註二十一〕，並在句尾加上子句標記「的」，然後把整個關係子句「你昨天跟他吵架的」移到母句「那一個朋友」的前面去。

⑩你昨天跟他吵架的那一個朋友來向你道歉了。

⑩那一個朋友（你昨天跟那一個朋友吵架）來向你道歉了。

從⑩與⑩的結構分析可以看出：關係子句雖然在表面結構上出現於被修飾語的前面，但在深層結構裏卻居於被修飾語的後面。我提出下列幾點理由，用以說明爲甚麼要把關係子句在深層結構裏放在被修飾語的後面〔註二十二〕：

㈠中文的「指稱相同名詞刪略變形」，通常都是居於前面的名詞在指稱相同的條件下把居於後面的名詞加以刪略〔註二十三〕。也就是說，刪略的方向是由前到後的「順向刪略」，而不是由後到前的「逆向刪略」例如：

⑩a.他想（他）不去了。→

　b.他想不去了。

⑩a.我叫他（他）不要來了。→

　b.我叫他不要來了。

因此，如果把關係子句置於被修飾語的後面，就可以直接採用這個變形把關係子句內指稱相同的名詞加以刪略，例如：

⑩a.那一個孩子（那一個孩子戴眼鏡）是我弟弟。→

　b.那一個孩子（戴眼鏡的）是我弟弟。→

　c.那一個戴眼鏡的孩子是我弟弟。

⑪a.那一位小姐（你以前喜歡過那一位小姐）最近跟人訂婚了。→

　b.那一位小姐（你以前喜歡過的）最近跟人訂婚了。→

　c.你以前喜歡過的那一位小姐最近跟人訂婚了。

反之，如果把關係子句置於被修飾語的前面，就非得修改這個變形，或另加複雜的限制，以決定刪略的方向不可。

㈡中文的「代名化變形」，經常都是居於前面的名詞在指稱相同的條件下把居於後面的名詞改爲代名詞。試比較（句中加底線的名詞或代名詞表示指稱相同）：

⑫a.如果<u>大華</u>沒有事前請假，<u>大華</u>就不能參加補考。

　b.如果<u>大華</u>沒有事前請假，<u>他</u>就不能參加補考。

　c.＊如果<u>他</u>沒有事前請假，<u>大華</u>就不能參加補考。

〔註二十四〕

d.大華不能參加補考，如果他沒有事前請假的話。

e.＊他不能參加補考，如果大華沒有事前請假的話。

〔註二十四〕

⑬a.老張經商失敗的消息使老張的父母感到很傷心。

b.老張經商失敗的消息使他的父母感到很傷心。

c.＊他經商失敗的消息，使老張的父母感到很傷心。

〔註二十五〕

d.老張的父母對於他經商失敗的消息感到很傷心。

e.＊他的父母對於老張經商失敗的消息感到很傷心。

〔註二十五〕

⑭a.我太太在香港住過一段時間，但是我還沒有到過香港。

b.我太太在香港住過一段時間，但是我還沒有到過那裏。

c.＊我太太在那裏住過一段時間，但是我還沒有到過香港。

因此，如果把關係子句置於被修飾語的後面，就可以直接採用這個變形把關係子句內指稱相同的名詞加以代名化，例如：

⑮a.那一個孩子（你叫那一個孩子不要再來）又來了。→

b.那一個孩子（你叫他不要再來的）又來了。→

c.你叫他不要再來的那一個孩子又來了。

⑯a.李先生（你跟李先生同過事）現在在哪裏工作？→

b.李先生（你跟他同過事的）現在在哪裏工作？→

c.他跟他同過事的李先生現在在哪裏工作？

反之，如果把關係子句置於被修飾語的前面，那麼關係子句

內指稱相同名詞的代名化就變成一般指稱相同名詞代名化的特殊例外，中文的「代名化變形」也就失去了其適用上的普遍性。

㈢中文的「反身代名化變形」，經常都是居於前面的名詞在指稱詞相同的條件下把居於後面的名詞改爲反身代名詞「自己」。試比較：

⑪⑰a.*老李*害了*老李*的兒子。

　　b.*老李*害了 (他)*自己*的兒子。

　　c. *(他)*自己*害了*老李*的兒子。

　　d.*他*害了 (他)*自己*的兒子。

　　e. *(他)*自己*害了*他*的兒子。〔註二十六〕

因此，如果把關係子句置於被修飾語的後面，就可以直接採用這個變形把關係子句內指稱相同的名詞改爲反身代名詞，例如：

⑱a.一個人 (一個人照顧不了一個人) 怎麼照顧得了別人？→

　　b.一個人 (他照顧不了 (他) 自己) 怎麼照顧得了別人？→

　　c.一個人 (照顧不了自己的) 怎麼照顧得了別人？→

　　d.一個照顧不了自己的人怎麼照顧得了別人？

反之，如果把關係子句置於被修飾語的前面，就非得修改這個變形或另加較爲複雜的限制不可。

　　除了上面三點理由以外，我們又發現中文「非限制性」的關係子句常出現於被修飾語的後面〔註二十七〕。因此，我們可以假設中文的關係子句在深層結構裏是一個包接的子句，而且出現於被修飾語的後面，經過「指稱相同名詞刪略」、「代名化」、「反身代名化」等變形並在句尾附加子句標記「的」以後，或留在原位成爲「非限定性」的關係子句，或移到被修飾語的前面成

爲「限定性」的或「非限定性」的關係子句。

筆者還介紹了 Thompson（一九六八、一九六九、一九七一）〔註二十八〕有關關係子句深層結構的分析〔註二十九〕。依照 Thompson 的分析，含有關係子句的英文句子，雖然在表面結構是由母句包接子句而成的複句，但是在深層結構裏卻是由兩個並列的句子連接而成的合句，如果把她這種觀點應用於中文關係子句的分析，那麼⑲句的深層結構並不是⑳，而是㉑。

⑲a.李先生蓋了陳先生買的房子（陳先生買的房子是李先生蓋的）。

　　b.陳先生買了李先生蓋的房子（李先生蓋的房子由陳先生買下了。）

⑳a.李先生蓋了房子。（陳先生買（了）房子）。

　　b.陳先生買了房子。（李先生蓋（了）房子）。

㉑　李先生蓋了房子；陳先生買了房子。

在㉑的深層結構裏，不但在「李先生蓋了房子」與「陳先生買了房子」這兩個句子之間沒有「母子」或「主從」之分，而且指稱相同的名詞「房子」也沒有加上限定詞。如果㉑裏的兩個名詞「房子」的指稱不相同，而且如果說話者認爲聽話者既不知道「李先生蓋房子」這個事實，也不知道「陳先生買房子」這個事實，那麼就從㉑的深層結構產生㉒的表面結構。

㉒李先生蓋了一棟房子，（而）陳先生買了一棟房子。

如果㉑裏的兩個名詞「房子」的指稱相同，而且如果說話者認爲聽話者既不知道李先生蓋了一棟房子，也不知道陳先生買了這一棟房子，那麼㉑的深層結構就會衍生㉓、㉔、㉕三個表面結構。

㉓李先生蓋了一棟房子，（而）陳先生買了那一棟房子。

⑭陳先生買了一棟房子，李先生蓋的。

⑮陳先生買了一棟李先生蓋的房子。

如果⑫裏的兩個名詞「房子」的指稱相同，而說話者認爲聽話者雖然知道李先生蓋了房子，卻不知道這個房子由陳先生買下了，就會產生⑯的表面結構。反之，如果說話者認爲聽話者雖然知道陳先生買了房子，卻不知道這個房子是由李先生蓋的，那麼就會產生⑰的表面結構。

⑯陳先生買了李先生蓋的那一棟房子。

⑰李先生蓋了陳先生買的那一棟房子。

Thompson 這種分析，不但對於句子的連接與包接在句法上與語意上的聯繫，提出了一個自然面合理的解釋，而且還指出了「限定詞的選用」與「說話者對於有關談話內容的事實的認定」(即所謂的「預設」或「前提」)之間有密切的關係。

六、關係子句的限制

中文的句子，並非每一個句子都可以變成關係子句。例如，祈使句 (如⑱句)、疑問句 (如⑲句) 與感嘆句 (如⑳句) 都無法改爲關係子句。

⑱a.我要見那一個人 (請那一個人進來)。

　b.＊我要見請 (他) 進來的那一個人。

⑲a.那一個小孩子 (你認識不認識那一個小孩子) 是我的堂弟。

　b.＊那一個你認識不認識的小孩子是我的堂弟。

⑳a.我要買那一匹馬 (那一匹馬跑得多快啊)。

　b.＊我要買那一匹跑得多快啊的馬。

換句話說，只有直述句纔可以改爲關係子句。而且直述句，如果含有「了、的、哩、吧、嘍」等句尾語氣助詞，也不能改爲關係子句。試比較：

⑬a.學生（學生做完了功課了）可以回家去了。

　　b.＊做完了功課了〔註三十〕的學生可以回家去了。

　　c.做完（了）功課的學生可以回家去了。〔註三十一〕

⑬a.那個人（那個人正在大笑哩）是我們的老闆。

　　b.＊那個正在大笑哩的人是我們的老闆。

　　c.那個正在大笑的人是我們的老闆。

其實，含有句尾語氣助詞的句子，不但不能改爲關係子句，也不能改爲任何從屬子句，包括副詞子句（如⑬句）、名詞子句（如⑭句）、同位名詞子句（如⑬句）。試比較：

⑬a.如果你做完了功課，就可以回家去了。

　　b.＊如果你做完了功課了，就可以回家去了。

⑭a.我還不知道（他在笑）哩！

　　b.＊我還不知道（他在笑哩）！

⑬a.（張先生已經學成歸國）的消息登在今天的報上。

　　b.＊（張先生已經學成歸國呢）的消息登在今天的報上。

橋本（一九六六、一九七一）認爲含有疑問詞「誰、甚麼、哪、多」等的特指問句可以改爲關係子句，並舉下面的例句爲證：

⑬誰喜歡的那一個孩子沒有來？

⑬帶甚麼的孩子來了？

⑬他在哪兒買的糖果很好吃？

但是這些例句只能做爲「回聲問句」〔註三十二〕　使用；　也就是

說，聽話的人沒有完全聽清楚對方所說的話，因此再重述一遍聽清楚的部分而囘問未聽清楚的部分的時候纔用。下列例句裏的虛線部分，表示聽話的人沒有聽清楚。

⒀……喜歡的那一個孩子没有來。

⒁帶……的孩子來了。

⒀他在……買的糖果很好吃。

這也就是說，疑問詞「誰、甚麼、哪兒」等原本不在關係子句裏出現，而是先有了 (⒀) 到 (⒁) 的直述句以後，才用這些疑問詞來代替沒有聽清楚的主語、賓語、處所副詞等而產生囘聲問句。換句話說， (⒀) 到 (⒀) 的疑問句是分別由 (⒁) 到 (⒁) 的基底結構衍生的。

⒁某人喜歡的那一個孩子没有來。

⒁帶某樣東西的孩子來了。

⒁他在某個地方買的糖果很好吃。

　除了改爲關係子句的句子在類型上受有限制以外，關係子句所修飾的名詞在指稱上也受到限制。普通名詞，無論具體或抽象名詞都可以用關係子句來修飾，例如：

⒁我不能辜負 (一直信賴我的) 朋友。

⒁我不能違背 (我對朋友許下的) 諾言。

人稱代詞與專有名詞通常都不用關係子句來修飾。不過近幾十年來中文句法受歐美小說與戲劇等翻譯作品的影響，報章雜誌的文章或流行歌曲的歌詞也漸漸出現以關係子句修飾人稱代詞或專有名詞的用例。

⒁ (少年的) 我是多麼的快樂！

⑭ (身爲秘書的) 我不得不特別留意周遭的同仁和事物。

〔註三十三〕

⑭ 真正受到原諒的却常常是 (天眞而執拗的) 他。〔註三十三〕

⑮ 我們要效法 (盡忠報國的) 岳飛。

例句⑮裏面的關係子句是「非限制性用法」，而例句⑮裏面的關係子句却是「限制性用法」：說這一句話的時候可能有幾位張先生在場，但是其中只有一位張先生戴眼鏡。

⑮ (戴眼鏡的) 張先生是銀行的經理。

下一個例句裏的關係子句也是屬於「限制性用法」。

⑮ (沒有留鬍子時的) 愛倫坡、(戚戚然出神時的) 川端康成 …… 都曾讓我興起相仿的傷感。〔註三十三〕

疑問詞 (如「誰、甚麼、哪兒」等) 也不能用關係子句來修飾，因此下面⑮到⑮的b.句都應該解釋爲回聲問句。

⑮ a.我昨天遺失的錢包已經找回來了。

　　b.你昨天遺失的甚麼已經找回來了？

⑮ a.住在臺北的舅舅看我們來了。

　　b.住在臺北的誰看你們來了？

⑮ a.我住的旅館離車站很近。

　　b.你住的哪兒離車站很近？

如前所述，關係子句內指稱相同的名詞，或經過「指稱相同名詞刪略變形」而刪去，或經過「代名化變形」而改爲人稱代詞。這種情形可以詳細分述如下：

㈠指稱相同的名詞，如果在關係子句內充當主語，通常都要刪掉，例如：

⑱a. 那一個小孩子（那一個小孩子最喜歡你）來了。

b. 那一個最喜歡你的小孩子來了。

c. ＊那一個他最喜歡你的小孩子來了。

又如果主語裏面含有由領位名詞所修飾的名詞，而且在前後兩個名詞之間存在著「不可轉讓的屬有關係」，如人與身體各部分之間、人與家屬親戚之間、或物體與空間的相對方位之間的關係〔註三十四〕，那麼領位名詞也常可以在關係子句內因指稱相同而刪略。試比較：

⑮a. 你認識那一位李小姐（李小姐（的）眼睛很漂亮）嗎？

b. 你認識那一位眼睛很漂亮的李小姐嗎？

⑱a. 他跟那一個女孩子（她（的）父親是個百萬富翁）結婚了。

b. 他跟那一個（她）父親是個百萬富翁的女孩子結婚了。

⑲a. 那一棟洋房（洋房的屋頂上擺著許多花盆）就是我們住的公寓。

b. 那一棟屋頂上擺著許多花盆的洋房就是我們住的公寓。

⑯a. 那一張桌子（桌子（的）上面堆著許多公文）就是吳先生的桌子。

b. 那一張上面堆著許多公文的桌子就是吳先生的桌子。

但是如果賓語或賓語補語裏面含有這種「不可轉讓的屬有關係」的領位名詞，那麼所衍生的關係子句就顯得較爲不自然，例如：

⑯a. 李小姐（你覺得李小姐（的）眼睛很漂亮）是浙江人。

b. ？你覺得眼睛很漂亮的李小姐是浙江人。

⑯a. 那一張桌子（你把公文放在桌子（的）上面）就是吳先生的桌子。

b.？你把公文放在上面的那一張桌子就是吳先生的桌子。

㈡指稱相同的名詞， 如果在關係子句內充當賓語， 通常都要刪略。試比較：

⑯a. 那一個小孩子（你最喜歡那一個小孩子）找你來了。

b. 那一個你最喜歡的小孩子找你來了。

c. ＊那一個你最喜歡他的小孩子找你來了。

⑯a. 誰把牛肉乾（我昨天買了牛肉乾）吃了。

b. 誰把我昨天買的牛肉乾吃了。

c. ＊誰把我昨天買它的牛肉乾吃了。

但是如果賓語後面帶著賓語補語（如⑯句）、 （如⑯句）、 情狀補語（如⑯句）、 或子句賓語（如⑯句），那麼關係子句內的指稱相同名詞就要改爲人稱代詞，不能刪掉。例如：

⑯a. 李先生（你們推李先生當主席）已經辭職了。

b. 你們推他當主席的李先生已經辭職了。

c. ＊你們推當主席的李先生已經辭職了。

⑯a. 那一個小孩子（你叫小孩子不要再來）又來了。

b. 那一個你叫他不要再來的小孩子又來了。

c. ＊那一個你叫不要再來的小孩子又來了。

⑯a. 那一位客戶（你待客戶很親切）很欣賞你。

b. 那一位你待他很親切的客戶很欣賞你。

c. ＊那一位你待很親切的客戶很欣賞你。

⑯a. 那一個小孩子（你告訴過小孩子你要幫助他）找你來了。

b. 那一個你告訴過他你要幫助他的小孩子找你來了。

c. ＊那一個你告訴過你要幫助他的小孩子找你來了。

⑯到⑱的c.句之所以不合語法，是這些句子在刪略指稱相同名詞的結果呈現殘缺不全的關係子句，以致於有礙聽話的人了解句義的緣故。

㈢關係子句內兼有直接與間接雙種賓語的時候，究竟哪一種賓語可以因指稱相同而刪略？這全要看動詞的種類而定。〔註三十五〕有些動詞，如「寄、交、傳、許」等，只有直接賓語可以刪略（參⑯句）；有些動詞，如「送、賞、託、還、付、輸」等，直接賓語的刪略似乎比間接賓語的刪略來得通順（參⑰句）；有些動詞，如「要、贏、賺、吃、喝、花、抽、收、用、搶、偷、佔、罰、騙、討、欠」等，間接賓語的刪略似乎比直接賓語的刪略來得自然（參⑰句）；更有些動詞，如「問、教」等，直接與間接賓語都可以刪略（參⑰句）。試比較：

　⑯a.這就是我要寄給朋友的禮物。

　　b.這就是我要寄給他禮物的朋友。

　　c.＊這就是我要寄（給）禮物的朋友。

　⑰a.這就是我要送（給）朋友的禮物。

　　b.這就是我要送（給）他禮物的朋友。

　　c.（？）這就是我要送禮物的朋友。

　⑰a.？這就是我曾經要過朋友的禮物。

　　　（比較：這就是我曾經向朋友要過的禮物。）

　　b.這就是我曾經要過禮物的朋友。

　　　（比較：這就是我曾經向他要過禮物的朋友。）

　⑰a.這就是我問過朋友的問題。

　　b.這就是我問過問題的朋友。

㈣指稱相同的名詞，如果在關係子句內充當「是、叫、像」等動詞的補語，那麼既不能刪略，也不能改爲人稱代詞。

⑰a.你們校長（李先生是你們校長）是學敎育的。〔註三十六〕

b.＊你們校長李先生是（他）的是學敎育的。

c.＊李先生是（他）的你們校長是學敎育的。

⑭a.那一個小孩子（你很像那一個小孩子）找你來了。

b.＊你很像的那一個小孩子找你來了。

c.??你很像他的那一個小孩子找你來了。

㈤指稱相同的名詞，如果在關係子句內充當介詞的賓語，那麼只能改爲人稱代詞，不能刪略〔註三十七〕。試比較：

⑮a.小孩子（你常跟小孩子一起玩耍）找你來了。

b.你常跟他一起玩耍的小孩子找你來了。

c.＊你常跟一起玩耍的小孩子找你來了。

⑯a.女孩子（你對女孩子發脾氣）哭了。

b.你對她發脾氣的女孩子哭了。

c.＊你對發脾氣的女孩子哭了。

注意，在⑰與⑱例句中關係子句內的主語「李先生」可以因爲指稱相同而刪略；但是介詞「跟」的賓語「林小姐」卻不能如此刪略，而只能改爲人稱代詞。

⑰a.李先生（李先生跟林小姐結婚）是我們公司的課長。

b.跟林小姐結婚的李先生是我們公司的課長。

⑱a.林小姐（李先生跟林小姐結婚）是我們公司的打字員。

b.＊李先生跟結婚的林小姐是我們公司的打字員。

c.李先生跟她結婚的林小姐是我們公司的打字員。

（比較：跟李先生結婚的林小姐是我們公司的打字員）。

㈥指稱相同的名詞，如果在關係子句內以連詞與另外一個名詞相連接，那麼就只能改爲人稱代詞，決不能刪略。試比較：

⑰a.小孩子 (你經常幫助小孩子跟他姊姊) 找你來了。

　b.你經常幫助他跟他姊姊的小孩子找你來了。

　c.＊你經常幫助跟他姊姊的小孩子找你來了。

㈦在以上㈠到㈥所討論的例句裏，指稱相同的名詞都出現於單句中。至於指稱相同的名詞出現於複句中的情形，則較爲複雜。一般說來，如果指稱相同的名詞出現於副詞子句，那麼無論在副詞子句中充當主語或賓語，只要不違背前面所討論的限制，都可以在關係子句內刪略。試比較〔註三十八〕：

⑱a.那一位小姐 (要是那一位小姐見了你，那一位小姐就一定會喜歡你)
　　是臺大畢業的高材生。

　b.要是 (她) 見了你(她) 就一定會喜歡你的那一位小姐是
　　臺大畢業的高材生。

⑱a.那一個人 (因爲你罵了那一個人，所以那一個人才恨你) 很不好惹。

　b.因爲你罵了 (他) 所以 (他) 才恨你的那一個人很不好惹。

　　如果指稱相同的名詞出現於名詞子句，而這個名詞子句是母句的主語，那麼子句主語在關係子句內必須刪略 (如⑱句)，而子句賓語卻似乎不能如此刪略 (如⑱句)。試比較：

⑱a.小明 (小明學美術最適合) 準備念藝專。

　b.學美術最適合的小明準備念藝專。

⑱a.酸梅湯 (夏天喝酸梅湯最能消暑) 是價廉物美的飲料。

　b.??夏天喝最能消暑的酸梅湯是價廉物美的飲料。

　　　〔註三十九〕

但是如果名詞子句是母句動詞的賓語，那麼子句賓語可以因為指稱相同而刪略（如⑱句），而子句主語卻似乎不能如此刪略（如⑱句）試比較：

⑱a. 那一個小孩子（你說你很喜歡那一個小孩子）找你來了。

　b. 你說你很喜歡（他）的那一個小孩子找你來了。

⑱a. 那一個小孩子（你說那一個小孩很喜歡你）找你來了。

　b. 你說他很喜歡你的那一個小孩子找你來了。

　c. ?? 你說很喜歡你的那一個小孩子找你來了。

又修飾名詞的形容詞子句（也就是本文所謂的關係子句）或與名詞同位的名詞子句〔註四十〕裏面的任何名詞都不能因為指稱相同而刪略。例如：

⑱a. 小孩子（你認識那一個罵小孩子的人）找你來了 。

　b. *你認識那一個罵的人的小孩子找你來了。

　c. ?你認識那一個罵他的人的小孩子找你來了。

⑱a. 李小姐（我們聽到了李小姐終於結婚的消息）是一家公司的女老闆。

　b. *我們聽到了終於結婚的消息的李小姐是一家公司的女老闆。

　c. ?我們聽到了她終於結婚的消息的李小姐是一家公司的女老闆。

筆者曾經指出：「關係子句變形」中有關指稱相同名詞刪略的限制，有許多與「主題變形」中把名詞移到句首做談話主題的限制完全一樣。〔註四十一〕例如在前面㈢裏所討論的有關直接與間接賓語的限制，可以同時適用於「關係子句變形」與「主題變形」。

試比較⑱句與⑯句、⑲句與⑰句、⑲句與⑰句、⑲句與⑫句：

⑱a. 那一份禮物我要寄給朋友。

b. 那一位朋友我要寄給他一份禮物。

c. ＊那一位朋友我要寄（給）一份禮物。

⑲a. 那一份禮物我要送（給）朋友。

b. 那一位朋友我要送（給）他一份禮物。

c.（？）那一位朋友我要送一份禮物。

⑲a. ？那一份禮物我曾經要過朋友。

b. 那一位朋友我曾經要過禮物。

⑲a. 那一個問題我問過朋友。

b. 那一位朋友我問過問題。

又如前面㈡與㈣裏面所討論的有關賓語與主語補語的限制，也可以同時適用於這兩種變形。試比較⑲句與⑯句、⑲句與⑯句、⑲句與⑰句、⑲句與⑰句：

⑲a. 你們推李先生當主席。

b. 李先生你們推他當主席。

c. ＊李先生你們推當主席。

⑲a. 你叫那一個小孩子不要再來。

b. 那一個小孩子你叫他不要再來。

c. ＊那一個小孩子你叫不要再來。

⑲a. 李先生是你們校長。

b. ＊你們校長李先生是他。

c. ＊你們校長李先生是。

⑲a. 你很像那一個小孩。

　　b.??那一個小孩子你很像他。

　　c.＊那一個小孩子你很像。

再如㈤、㈥、㈦三項裏所討論的有關介詞賓語，以連詞相連接的名詞，以及形容詞子句與同位名詞子句的限制，也可以同樣適用於兩種變形。試比較⑲句與⑩句、⑲句與⑩句、⑱句與⑱句、⑲句與⑱句:

⑲a.你常跟那一個小孩子一起玩耍。

　　b.那一個小孩子你常跟他一起玩耍。

　　c.＊那一個小孩子你常跟一起玩耍。

⑲a.你經常幫助那一個小孩子跟他姊姊。

　　b.那一個小孩子你經常幫助他跟他姊姊。

　　c.＊那一個小孩子你經常幫助跟他姊姊。

⑱a.你認識罵那一個小孩的人。

　　b.(？)那一個小孩你認識罵他的人。

　　c.＊那一個小孩你認識罵的人。

⑲a.我們聽到了李小姐終於結婚的消息。

　　b.(？)李小姐我們聽到了她終於結婚的消息。

　　c.＊李小姐我們聽到了終於結婚的消息。

因此，這兩種限制最好能合併成爲一種，因爲如果同一種限制可以適用於兩種不同的句法現象，就無異表示句法規律的一般化與簡化。把這兩種限制合而爲一的辦法是: 假設在關係子句的基底結構中先要經過「主題變形」把指稱相同的名詞移到關係子句的句首，然後纔援用「指稱相同名詞刪略變形」把這個指稱相同的名詞加以刪略。如此，唯有經過「主題變形」移首的指稱相同名

詞纔在關係子句內被刪略，關係子句內「指稱相同名詞刪略變形」的限制也就變成了「主題變形」的限制。我們有理由相信這個假設是相當合理的〔註四十二〕。因爲這個假設，不但合理解釋了「不可轉讓的屬有關係」的領位名詞成爲主題之後可以在關係子句裏被刪略的現象（如⑳句），而且也順理成章說明了⑳到⑳的例句何以是合乎語法的句子。在這些例句裏，關係子句內的「中國」、「糖」、「娃娃臉」等都是句子的主題，而不是主語。〔註四十三〕

　　⑳a.你認識那一位李小姐 (李小姐的眼睛很漂亮) 嗎？

　　　b.你認識那一位李小姐 (李小姐眼睛很漂亮) 嗎？

　　　c.你認識那一位眼睛很漂亮的李小姐嗎？

　　⑳a.中國 (中國地大物博) 一定會強盛。

　　　b.地大物博的中國一定會強盛。

　　⑳a.你給我買一些糖 (糖一斤十塊錢)。

　　　b.你給我買一些一斤十塊錢的糖。

　　⑳a.一個大男人怎麼會有那樣一張娃娃臉 (娃娃臉讓人看了就想哭)？

　　　b.一個大男人怎麼會有那樣一張讓人看了就想哭的娃娃臉？〔註四十四〕

七、有關中文關係子句的其他問題

　　除了上面所討論的問題以外，還有一些句法現象牽涉到關係子句。

　　㈠中文的「代名化變形」本來多限於屬人名詞與處所名詞，例如：

⑳a.那一位先生，我跟他一起做過事。

　b.那一位我同他一起做過事的先生現在是一家公司的總經理。

⑳a.那一家飯館，我常在那兒吃午飯。

　b.那一家他常在那兒吃午飯的飯館是他舅舅開的。

雖然如此，處所名詞在關係子句內的代名化還是比較少見。特別是表示起點（「從那兒」）與終點（「到那兒」或「去那兒」）的處所名詞在關係子句內通常都加以刪略：

⑳我（從那兒）來的地方有山，有水。〔註四十五〕

⑳我要（到那兒）去的地方沒有幾個中國人。

就是表示地點的「在那兒」，在修飾處所名詞「地方」〔註四十六〕的關係子句內也常加以刪略，例如：

⑳這是我（在那兒）吃飯的地方；那是我（在那兒）睡覺的地方。出現於「存在動詞」（如「站、坐、住、放、擺、掛」）後面做補語的處所名詞，在關係子句內也不用「在那兒」。

⑳我住（在那兒）的地方離這裏很近。

⑳這是我裝書（裝在那兒）的箱子。

又近幾十年來，在西方語文句法與用詞的影響下，事物名詞的代名詞「它」（或「牠」）在報章雜誌的文章裏，甚至於一般人的口語裏逐漸出現。不過含有代名詞「它」的關係子句還是顯得生硬不自然。

⑳那一本書，我已經把它收起來了。

　（比較：那一本書，我已經收起來了。）

⑳??我把它放在桌子的那一本書，誰拿走了？

（比較：我放在桌子上的那一本書，誰拿走了？）

㈡如果關係子句內所刪去的指稱相同的名詞是賓語；換句話說，如果關係子句內的動詞是及物動詞，那麼可以在動詞之間加虛詞「所」。〔註四十七〕

㉑③他（所）說的話十分中肯。

㉑④現在一般人（所）追求的目標是物質上的享受。

㉑⑤我們（所）關心的問題是你的健康。

黎（一九六九·二五三頁）也列了下面的例句：

㉑⑥我現在所住的房子還不壞。

㉑⑦剛纔我所買的是月季花。

不過這種「所」是古語的遺跡，除了在習慣用語（如「據我所知」、「一無所知」、「毫無所悉」）或「新聞體」的文章中可以發現以外，一般人在口語中已很少使用。

㈢領位標記「的」，有人分析為由詞組律產生（如「名詞組」→「名詞」＋「的」＋「名詞組」）；也有人分析為由含有動詞「有」的關係子句，經過指稱相同名詞與動詞「有」的刪略而來，例如：

㉑⑧a.書（張三有書）放在桌子上。

　　b.張三的書放在桌子上。

不過，並不是所有的領位標記「的」都是從含有動詞「有」的關係子句衍生出來的。例如：「畢加索的作品」不一定表示「畢加索有作品」，「女朋友的照片」更不表示「女朋友有照片」。而且動詞「有」也不一定要刪略；例如㉑⑨句的「有」就不能刪略。

㉑⑨張三有的書我都有。

因此，領位標記「的」究竟如何衍生，有待今後更進一步的研

究。〔註四十八〕

㈣中文的「存在句」，表有定事物的存在用動詞「在」，表無定事物的存在用動詞「有」〔註四十九〕。試比較：

⑳a.那一本書在桌子上。

　b.＊一本書在桌子上。

㉑a.桌子上有一本書。

　b.＊桌子上有那一本書。

這兩種存在句中，似乎只有「在」字句可以成爲關係子句，換句話說，㉒的a.句似乎是由b.的基底結構，而非由c.的基底結構產生的。

㉒a.桌子上的書是我的。

　b.書（書在桌子上）是我的。

　c.書（桌子上有書）是我的。

我們這樣主張的理由是：b.的關係子句內的「在」字，可以在表面結構上出現（如㉓句）〔註五十〕；只有「在」字句的事物名詞可以改爲代名詞（如㉔句）。

㉓在桌子上的書是我的。

㉔a.它在桌子上。（比較：他在屋子裏。）

　b.＊桌子上有它。（比較：＊屋子裏有他。）〔註五十一〕

含有「放、擺、掛、貼、躺、坐」等動詞的存在句，也因事物名詞的有定或無定，而有a.與b.兩種不同的表達方式：

㉕a.那一本書擺在書架上。

　b.書架上擺著一本書。

㉖a.你那一幅國畫掛在客廳裏。

　　　b.客廳裏掛著一幅國畫。

⑳a.那一個人躺在牀上。

　　　b.牀上躺著一個人。

在a.、b.兩句中，只有a.句的事物名詞可以改爲代名詞，也似乎只有a.句可以成爲關係子句。試比較：

㉘a.它擺在書架上。

　　　b.擺在書架上的書是我的。

　　　c.＊書架上擺著它。

　　　d.？書架上擺著的書是我的。

㉙a.它掛在客廳裏。

　　　b.掛在客廳裏的國畫是齊白石畫的。

　　　c.＊客廳裏掛著它。

　　　d.？客廳裏掛著的國畫是齊白石畫的。

㉚a.他躺在牀上。

　　　b.躺在牀上的人是誰？

　　　c.＊牀上躺著他。

　　　d.？牀上躺著的人是誰？

這似乎表示：關係子句內因指稱相同而刪略的名詞必須是有定（或「有指」）名詞；而中文名詞的有定或無定，可以從名詞的能否移到句首成爲主題或能否改爲代名詞看出〔註五十二〕。有關下列㉛到㉟的例句的合法度判斷，似乎也支持我們這個結論。

㉛a.他們把那一個人關在監獄裏。

　　　b.那一個犯人，他們(把他)關在監獄裏。

　　　c.他們關在監獄裏的犯人逃走了。

㉜a.他們在監獄裏關著一個犯人。

b.＊一個犯人，他們（把他）在監獄裏關著。

c.？他們在監獄裏關著的犯人逃走了。

㉝a.那三個人從前面來了。

b.他們從前面來了。

c.那三個從前面來的人是便衣刑警。

㉞a.前面來了三個人。

b.＊前面來了他們。

c.？那三個前面來的人是便衣刑警。

㈤含有「情狀補語」（如㉟句）、「程度補語」（如㊱句）、「期間補語」（如㊲句）、「回數補語」（如㊳句）的中文句子，常把及物動詞在賓語的後面重複一次，而且還可以把賓語前面原來的及物動詞加以刪略。試比較：

㉟a.他們唱得很好。

b.他們唱歌唱得很好。

c.他們歌唱得很好。

㊱a.他們唱得很好聽。

b.他們唱歌唱得很好聽。〔註五十三〕

c.他們歌唱得很好聽。〔註五十四〕

㊲a.他讀了三小時。

b.他讀書讀了三小時。〔註五十五〕

c.他書讀了三小時。

㊳a.她看了兩次。

b.她看電影看了兩次。〔註五十六〕

c.她電影看了兩次。

以上這些句子裏，a.、b.、c.三句的主語名詞都可以在關係子句
內因指稱相同而刪略（不過一般人都認為b句最通順達意），例如：

㉙a.唱得很好的小孩子可以加入合唱團。

b.唱歌唱得很好的小孩子可以加入合唱團。

c.歌唱得很好的小孩子可以加入合唱團。

㉚a.那一位唱得很好聽的人是誰？

b.那一位唱歌唱得很好聽的人是誰？

c.那一位歌唱得很好聽的人是誰？

㉛a.那一個讀了三個小時的學生覺得累了。

b.那一個讀書讀了三個小時的學生覺得累了。

c.那一個書讀了三小時的學生覺得累了。

㉜a.看了兩次的女孩子一共有十個人。

b.看電影看了兩次的女孩子一共有十個人。

c.電影看了兩次的女孩子一共有十個人。

但是這些句子的賓語名詞，却只有c.句可以在關係子句內因指稱
相同而刪略。

㉝a.（句子中無指稱相同的賓語）

b.*他們唱唱得很好的歌是哪些歌？

c.他們唱得很好的歌是哪些歌？

㉞a.（句子中無指稱相同的賓語）

b.*他們唱唱得很好聽的歌，歌名叫茉莉花。

c.他們唱得很好聽的歌，歌名叫茉莉花。

㉟a.（句子中無指稱相同的賓語）

b.＊他讀讀了三個小時的書是從圖書館借來的。

c.他讀了三個小時的書是從圖書館借來的。

⑳a.（句子中無指稱相同的賓語）

b.＊她看看了兩次的電影一點都不好看。

c.她看了兩次的電影一點都不好看。

這似乎表示，把及物動詞重複一次的變形規律，在適用次序上必須安排在「主題變形」的後面。因為賓語名詞在關係子句內因「主題變形」而移到句首以後，及物動詞後面的賓語已經不存在，也就不能或不需要重複動詞了。

㈥前面說過，關係子句內充當介詞賓語的名詞不能因指稱相同而刪略。但是如果介詞是表工具的「用」，而且賓語後面有趨向助動詞「來」（但不是「去」）與主要動詞連繫，那麼介詞「用」的賓語名詞就可以刪略。試比較：

㉔a.這一枝毛筆 （他用這一枝毛筆寫字）是在日本買的。

b.＊他用寫字的這一枝毛筆是在日本買的。

㉘a.這一枝毛筆 （他用這一枝毛筆來寫字）是在日本買的。

b.他用來寫字的這一枝毛筆是在日本買的。

㉙a.這一枝毛筆 （他用這一枝毛筆去寫字）是在日本買的。

d.＊他用去寫字的這一枝毛筆是在日本買的。

前面還說過，帶有補語的賓語也不能在關係子句內因指稱相同而刪略。但是有些賓語補語，如果在補語裏含有趨向助動詞「來」（或「去」），那麼就可以把賓語刪略。試比較：

㉚a.＊你叫修理水龍頭的工人是誰？

b.你叫來修理水龍頭的工人是誰？

　　c.？你叫去修理水龍頭的工人是誰？

　㉑a.＊哪一位是你請替你代課的老師？

　　b.哪一位是你請來替你代課的老師？

　　c.？哪一位是你請去替你代課的老師？

㈦有些名詞似乎不容易在關係子句內找到指稱相同的名詞。

例如：

　㉒a.（他們出發的）時間還沒有到。

　　b.（我們下週開會的）地點在新竹。

　　c.這就是（他失敗的）原因。

　　d.這就是（我辭職的）理由。

　　e.這就是（他到這裏來找你的）目的。

　　f.這是（我修理收音機）的工具。

　　g.（她走路的）姿態真好看。

　　h.（他辦事的）效率非常高。

　　i.（她打字的）速度很快。

其實，我們仍然可以爲這些關係子句在深層結構中擬設與「時間、地點、原因、理由、目的、工具、姿態、效率、速度」等名詞相當的副詞性「替代語」〔註五十七〕做爲指稱相同的名詞。例如，㉒各句裏關係子句的基底結構分別如下：

　㉓a.他們（在…時間）出發。

　　b.我們下週（在…地點）開會。

　　c.他（因爲…原因）失敗。

　　d.我（由於…理由）辭職。

　　e.他（爲了…目的）到這裏來找你。

f. 我 (用…工具) 修理收音機。

g. 她 (以…姿態) 走路。

h. 他 (以…效率) 辦事。

i. 她 (以…速度) 打字。

我們有理由相信這樣的分析是頗有道理的。因為在這些關係子句中不能另外含有與被修飾語相當的時間、地點、原因、理由、目的、工具、情狀等副詞。加了這些副詞以後，原來通的句子都不通了，例如：

㉔a. *他們 (今天下午三點鐘) 出發的時間還沒有到。

b. *他們下週 (在會議室) 開會的地點在新竹。

c. *這就是他 (因為粗心大意而) 失敗的原因。

d. *這就是我 (由於待遇太低而) 辭職的理由。

e. *這就是他 (為了幫助你) 到這裏來的目的。

f. *這是我 (用電銲) 修理收音機的工具。

g. *她 (優美地) 走路的姿態很好看。

h. *他 (迅速地) 辦事的效率很高。

i. *她 (以每分鐘一百字的速度) 打字的速度很快。〔註五十八〕

但是中文裏仍然有些句子無法在關係子句內找到指稱相同的名詞。例如：下面例句中的「聲音、氣味、滋味」等都無法安插到以括號畫出來的句子裏面去。

㉕從遠處傳來了 (她彈鋼琴的) 聲音。

㉖我忽然聞到了 (瓦斯漏氣的) 氣味。

㉗他終於嘗到了 (自已當老板的) 滋味。〔註五十九〕

㈧下列㉘到㉚的例句都含有「的」字。有些文法學家把這個

「的」分析爲表肯定語氣的句尾助詞。

㉘我是研究語言學的。

㉙他是替我們管賬的。

㉖這一本書是他送給我的。

但是我們也可以把這些句子分析爲在基底結構中含 有（具有代名詞功能的名詞）「人」與「東西」。換句話說，這些句子在㉖到㉓的基底結構中仍然含有關係子句，只是關係子句所修飾的名詞「人」與「東西」在表面結構被刪略罷了。

㉑我是研究語言學的 (人)。

㉒他是替我們管賬的 (人)。

㉓這一本書是他送給我的 (東西)。

另外一種可能 的分析是把這些句子 解釋爲強調句子「焦點」的「分裂句」〔註六十〕。 更具體地說，㉘到㉖的句子分別是由㉔到㉖的基底結構，經過「分裂變形」而產生的。變形的過程是：在主語與謂語（或主題與評論）之間插入動詞「是」，並且在句尾加上語氣助詞「的」。這個變形把句子所傳遞的消息的焦點包在「是」與「的」兩字的中間，特別加以強調。

㉔我學語言學。

㉕他替我們管賬。

㉖他送給我這一本書。 → 這一本書他送給我。

這個分析的優點是可以把類似下列的句子都利用同樣的變形來衍生，因爲在這些例句裏我們不能在句尾的「的」後面補上「人」或「東西」。

㉗我迫不得已。 → 我是迫不得已的。

㉒門開著。 → 門是開著的。

又含有及物動詞與賓語的句子可能有兩種不同形式的 「分裂句」：「的」字可以加在句尾，也可以加在動詞與賓語之間。

㉖a.他們去年十月結婚。

　　b.他們是去年十月結婚的。

　　c.他們是去年十月結的婚。

與「分裂句」相似的是「準分裂句」〔註六十一〕。「準分裂句」也與「分裂句」一樣，用「是」與「的」把句子分裂為兩半，並把傳遞消息的焦點放在「是」後面的句子成分。不過「準分裂變形」與「分裂變形」不同，只能適用於含有及物動詞與賓語 （賓語名詞必須是自由語式） 的句子，而且把「的是」插入動詞與賓語之間。〔註六十二〕下列例句中的 b.句就是這樣由 a.的基底結構產生的。

㉗a.他迫切需要同情與鼓勵。

　　b.他迫切需要的是同情與鼓勵。

㉘a.我昨天買了一件皮大衣。

　　b.我昨天買的是一件皮大衣。

㉙a.他最崇拜　國父孫中山先生。

　　b.他最崇拜的是　國父孫中山先生。

「準分裂句」與關係子句之間有許多相似之點：例如完成式標記「了」可以刪略 （如㉗a句），可以加虛詞「所」（如㉚句），甚至可以在「的」後面補上「人」或「東西」而改成關係子句 （如㉛與㉜句）。

㉚他所迫切需要的是同情與鼓勵。

㉔我昨天買的東西是一件皮大衣。

㉕他最崇拜的人是　國父孫中山先生。

附　註

〔註　一〕許世瑛先生在「中國文法講話」二八八頁至三〇〇頁曾討論「敍述句轉
換成的詞組」。裏頭所舉的例句（如「讀書的人」、「張先生敎的國文」、
「用來寫字的筆」、「我向他問路的老人家」等）顯然具有關係子句的
結構。但是許先生用「單句直接變形」的方式（如「張先生敎國文」→
「張先生敎的國文」）來處理，而沒有從「雙句包接變形」的觀點（如
「我上國文；張先生敎國文」→「我上張先生敎的國文」）來分析。

〔註　二〕黎錦熙（1969）「國語文法」八五頁。

〔註　三〕參趙元任（1948）「國語入門」五七頁。

〔註　四〕趙元任（1968）「中國話的文法」二八六頁。

〔註　五〕參趙（1968）二八六～七頁。趙先生還認爲：表達「永久性的特徵」要
用描寫性關係子句（如「那個愛說話的人」），但是表達「短暫性的特
徵」就要用限制性的關係子句（如「穿黑大衣的那個人」）。因此限制
性的關係子句常能達成「生動活潑」的效果（如「見了書就買了的那個
人」）。

〔註　六〕橋本余靄芹（1971）「國語句法結構」（Mandarin Syntactic Struc-
tures）二五頁。

〔註　七〕此句可以解釋爲「在戴眼鏡的人裏面只有學生很用功」，但是這個解釋
顯然與⑭a的句義不符。

〔註　八〕此句雖可解爲「戴眼鏡的人裏面有三個學生很用功」，但是與⑮a並不同
義。

〔註 九〕參橋本余靄芹（1966）「國語包孕結構」(Embedding Structures in Mandarin) 一四頁以下。

〔註 十〕中文的範圍副詞「都」經常與有定名詞連用。試比較：1. 那三本書在桌子上。2. * 三本書在桌子上。3. 三本書都在桌子上。因此，㊿句的「三個學生」雖然不含有限定詞，但是因為與「都」連用，所以在指稱上仍然是有定的。

〔註十一〕㊿句的關係子句不能加上從屬子句標記「的」，因此亦可分析爲插入句。但是這種插入句仍然由「我弟弟（他年齡小我三歲）今年上了大學」的基底結構經過指稱相同稱代詞「他」的刪略而產生，因此在基底結構及變形過程上都與關係子句很相似。又此句如果在被修飾語前面加上限定數量詞「那一個」就可以加上從屬子句標記「的」而成爲：「我那一個弟弟，年齡小我三歲的，今年上了大學」。但是這時候並不暗示說話者只有一個弟弟。

〔註十二〕例如趙元任（1968）「中國話的文法」及橋本余靄芹（1966）「國語包孕結構」與（1971）「國語句法結構」。

〔註十三〕參本文第二節「中文的關係子句」的討論。

〔註十四〕這一種詞序的選擇顯然與「理解策略」(perceptual strategy) 有關，請參本文第二節的討論。

〔註十五〕雖然關係子句內所刪略的是賓語而所修飾的是主語，但是如果關係子句內含有「對比」的敘述，或整個主語做爲「主題」出現，那麼指示詞與數量詞也常出現於關係子句之前。試比較：

1.那一個（老張最喜歡而老李最討厭的）人來了。

2.（老張最喜歡而老李最討厭的）那一個人來了。

〔註十六〕關係子句內的完成式標記「了」可省可不省。

〔註十七〕有關「自我包孕結構」(self-embedded construction) 的討論，請
參 Noam Chomsky (1965)「句法理論」(Aspects of the Theory
of Syntax) 十二～五頁。

〔註十八〕有關「向左分叉結構」(left-branching construction) 的討論，請
參 Chomsky (1965) 十二～五頁。

〔註十九〕⑩句似亦可解釋爲關係子句的連接（卽房子在敎會的右邊、有紅色的大
門、而院子裏長著一棵很高的椰子樹），而且可能有人認爲這種解釋比
較妥當。但是關係子句的連接應該只用一個從屬子句標記「的」（參例
句⑲與⑳），因此「在敎會右邊、有紅色的大門、院子裏長著一棵很高
的椰子樹的房子」纔是關係子句的連接。⑩ 句應該解釋爲關係子句的重
疊，卽在敎會兩邊都有紅色大門的房子，而紅色大門的房子中都有一棟
房子在院子裏長著椰子樹的情況下，說話者以⑩句來指出那一棟房子是
他的家。

〔註二 十〕湯廷池 (1972)「國語格變語法試論」(A Case Grammar of Spoken
Chinese) 一八六～二〇一頁。

〔註二十一〕這裏的「他」爲甚麼不能刪略，容後詳論。

〔註二十二〕同註二十，一九一～一九四頁。

〔註二十三〕這個原則有些例外。例如在下面①的句子裏，(a) 句是「順向刪略」
(progressive deletion)，(b) 句是「逆向刪略」(regressive dele-
tion)，但是兩個句子都可以通，而且都表達相同的意思。

(a)a. 他做完了功課，（他）就到外面打球去了。

　　b. （他）做完了功課，他就到外面打球去了。

又在「逆向刪略」中，被刪略的名詞必須出現於從屬子句裏，而「順向
刪略」則沒有這種限制。試比較：

(b)a. 如果他有錢的話，他一定會借給你的。

　　b. 如果他有錢的話，一定會借給你的。

　　c. 如果有錢的話，他一定會借給你的。

　　d. 他一定會借給你的，如果他有錢的話。

　　e. 他一定會借給你的，如果有錢的話。

　　f.? 一定會借給你的，如果他有錢的話。

〔註二十四〕如果 (c) 句與 (e) 句裏的「大華」與「他」是指不同的兩個人，那麼
　　　　　　這兩句話是可以通的。

〔註二十五〕如果 (c) 句與 (e) 句裏的「老張」與「他」是指不同的兩個人，那麼
　　　　　　這兩句話也是可以通的。

〔註二十六〕(e) 句如果把「他自己」解釋爲「加強用法」，是可以通的。例如在下
　　　　　　句裏主語的「他自己」是「加強用法」(intensive use)，而賓語的
　　　　　　「(他)自己」纔是「反身用法」(reflexive use)：
　　　　　　他自己害了(他)自己的兒子。

〔註二十七〕詳見本文第三節關係子句的「非限制性」用法。

〔註二十八〕湯廷池「國語與英語關係子句的對比分析」(A Contrastive Study
　　　　　　of Chinese and English Relativization) 原於一九七三年六月
　　　　　　發表，後來登載於一九七五年三月出版的 The Concentric 三八～
　　　　　　六六頁，並收錄於一九七七年由台北學生書局出版的「英語敎學論集」
　　　　　　(Papers on Teaching English to Chinese Students) 二七九～
　　　　　　三三二頁。

〔註二十九〕Thompson Sandra Annear (1968)「關係子句與連接」(Relative
　　　　　　Clauses and Conjunctions)、(1969)「關係子句與句子結構複雜
　　　　　　度的關係」(On Relative Clause Structures in Relation to

the Nature of Sentence Complexity)、(1971)「關係子句的深層結構」(The Deep Structure of Relative Clauses)。

〔註三　十〕這裏第一個「了」是表示完成式的時態標記，與「了」（如讀 ㄌㄧㄠˇ）同義；第二個「了」是表示新事態的句尾語氣助詞，與「啦」同義。有關這兩種「了」的詳細討論，請參湯廷池（1977）「國語助詞『了』的兩種用法」（國語日報語文週刊第一四四九期）。

〔註三十一〕表示完成時態的「了」在關係子句內常加以刪略。

〔註三十二〕「同聲問句」(echo question)，又叫做「覆問問句」(repeat question)。

〔註三十三〕這些例句採自朱炎「秘密」（六十七年八月二十七日聯合報副刊）。

〔註三十四〕有關「不可轉讓的屬有關係」(inalienable possession)的討論，請參湯廷池（1977）「國語變形語法研究第一集：移位變形」一三五頁以下及二一三頁以下。

〔註三十五〕有關直接與間接賓語在各種變形中不同的句法表現，請參湯廷池（1977）「國語的雙賓結構」（中國語文第四十卷第五、六期，第四十一卷第一、二期；師大學報第二十二期）。

〔註三十六〕母句裏的「你們校長」是指人，而關係子句裏的「你們校長」是指職務或地位，因此嚴格說來這兩個名詞的指稱並不相同。

〔註三十七〕趙元任（1968）「中國話的文法」三三一頁卻認爲在下列例句裏，「把」（可以用「給」來代替）後面的賓語可以省去。

(i)信寫完了，請你把抄了寄走吧。

(ii)這裂縫兒不要累，我把補起來就好了。

但是許多在臺灣的人都對於這些例句的合法度表示懷疑。

〔註三十八〕例句中重複出現稱代詞「他」的結果，句子變得稍嫌累贅，但是無礙於

句子的成立。又關係子句的字數越長，結構越複雜，句子就越顯得不自然（在實際談話裏也很少人使用長而複雜的關係子句），但是我們仍能對於這些句子下相當明確的合法度判斷。

〔註三十九〕我們似乎可以說：「夏天喝了最能消暑的酸梅湯是價廉物美的飲料」。但是在這個例句裏「夏天喝了」不是名詞子句，而是表條件的副詞子句。

〔註四　十〕關於這兩種結構的區別，參本文第二節「中文的關係子句」中末尾部分的討論。

〔註四十一〕湯廷池（1972）「國語格變語法試論」二二二～二二六頁。

〔註四十二〕有些自然語言，如菲律賓的 Tagalog 語，只有主題名詞纔能經過關係子句變形。參 Paul Schachter (1976) "Transformational Grammar and Contrastive Analysis"。

〔註四十三〕有關中文句子主語與主題的區別，請參湯廷池（1978）「主語與主題的畫分」（國語日報語文週刊第一五二三期）。

〔註四十四〕這個例句採自朱炎「秘密」（六十七年八月二十七日聯合報副刊）。

〔註四十五〕參趙元任（1968）一一一頁，並比較文言「余所自來」的說法。

〔註四十六〕「地方」，與「人」、「東西」一樣，具有一點代名詞的功能；英文文法把這些名詞（place, person, thing）稱爲「代名性的名詞」（pronominal noun）。

〔註四十七〕有關「所」的詞性與句法功能的討論，可參考黎錦熙（1969）二五三～二六三頁。

〔註四十八〕有些「的」的來源似乎與動詞「有」有相當密切的關係，例如表「部分」的「的」：「三個人裏面有兩個人」→「三個人裏面的兩個人」。有些「的」的來源可能與動詞「有」有關連，例如表「度量衡」的「的」：「糖有一公斤」→「一公斤的糖」（但是「一公尺高的牆、一公尺深的

水」）。有些「的」的來源似乎與動詞「有」無關，例如：「他跳的舞」→「他的舞」、「他唱的歌」→「他的歌」、「他寫的書」→「他的書」。

〔註四十九〕 有關這兩種「存在句」的討論，參湯廷池（1977）「國語的有無句與存在句」（中國語文第四十卷第二期二四～三六頁）。

〔註五　十〕 對於那些可以把「桌子上有一本書」說成「在桌子上有一本書」的人而言，這個理由似乎不能成立。

〔註五十一〕 但是習慣用法中可以說：「這裏有我，你放心好了。」

〔註五十二〕 我們也可以說：關係子句內指稱相同的名詞先經過「代名化變形」變為代名詞，然後纔經過指稱相同名詞刪略變形。

〔註五十三〕 「（唱得）很好」是指唱歌的「技巧」而言，因此「很好」是「唱歌」的情狀補語；「（唱得）很好聽」是指唱的「歌」而言，因此「很好聽」是「唱歌」的「程度」或「結果」補語。

〔註五十四〕 ㉖與的㉖ c 句還可以分別改為「他們的歌唱得很好」與「他們的歌唱得很好聽」。

〔註五十五〕 這句話還可以說成「他讀了三小時的書」。

〔註五十六〕 這個句子可以解釋為：同一部電影看了兩次。但是如果改為「她看了兩次電影」，就表示看兩部不同的電影。

〔註五十七〕 「替代語」，英文叫做 pro-form。

〔註五十八〕 由表時間的從屬連詞「的時候」所引導的句子，卻不能比照「的時間」分析為關係子句；因為出現於「的時候」前面的句子可以含有時間副詞，如「（當）我們今天下午三點鐘出發的時候，雨沒有下得這麼大。」

〔註五十九〕 這些句子或許可以比照出現於「事情、事實、消息、問題、現象」等名詞的句子分析為「同位子句」。這些句子有的在加上限定、數量詞之

後，可以把「的」字刪掉（如「自己當老板這個滋味並不好受」），因而與同位子句相似；有的卻似乎不能加上限定、數量詞，或只能加在句子的前面不能加在後面，因此與同位子句並不完全相同。

〔註六 十〕「焦點」與「分裂句」，英文分別叫做 focus 與 cleft-sentence。

〔註六十一〕「準分裂句」英文叫做 pseudo cleft-sentence。

〔註六十二〕「準分裂句」也可以藉倒序把主語與謂語加以分裂。例如：我需要你的幫助。 ⇨ 需要你的幫助的是我。參湯 (1978)「國語、英語、日語句法的對比研究：存在句、準分裂句與關係子句」（師大學報第二十三期）及湯（近刊）「國語的『分裂句』與『準分裂句』」。

參 考 文 獻

許世瑛 (1968)「中國文法講話」，臺北：臺灣開明書店。

黎錦熙 (1969)「國語文法」，臺北：臺灣商務印書館。

趙元任 (1948)「國語入門」，Mandarin Primer, Harvard University Press: Cambridge.

趙元任 (1968)「中國話的文法」，A Grammar of Spoken Chinese, University of California Press: Berkeley and Los Angeles.

橋本余靄芹 (1966) Embedding Structures in Mandarin, Project on Liuguistic Analysis no. 12. Ohio State University Research Foundation: Columbus, Ohio.

橋本余靄芹 (1971) Mandarin Syntactic Structures, Unicorn 8. 1-149. Chinese Lingustics Project and Seminar: Princeton University.

湯廷池 (1972) A Case Grammar of Spoken Chinese，臺北：海國書局。

湯廷池 (1973) A Contrastive Study of Chinese and English Relativization，「英語教學論集」（279-332頁），臺北：臺灣學生書局。

湯廷池（1977）「國語助詞『了』的兩種用法」，語文週刊第1449期。

湯廷池（1977）「國語變形語法研究第一集：移位變形」，臺北：臺灣學生書局。

湯廷池（1977）「國語的雙賓結構」，國立臺灣師範大學學報第22期（147—167頁）。

湯廷池（1977）「國語的有無句與存在句」，中國語文第40卷2期（24—36頁）。

湯廷池（1978）「主語與主題的畫分」，語文週刊第比1523期。

湯廷池（1978）「國語、英語、日語句法的對比研究：存在句、準分裂句與關係子句」，國立臺灣師範大學學報第23期（206—216頁）。

湯廷池（近刊）「國語的『分裂句』與『準分裂句』」，中國語文。第44卷6期。

Noam Chomsky(1965)Aspects of the Theory of Syntax, The M.I.T. Press: Cambridge, Mass.

Sandra Annear Thompson (1968)"Relative Clauses and Conjunctions," Working Papers in Linguistics 1, Ohio State University Research Foundation: Columbus, Ohio.

Sandra Annear Thompson (1969) On Relative Clause Structures in Relation to the Nature of Sentence Complexity, Unpublished Ohio State University Ph. D. dissertation.

Sandra Annear Thompson (1971) "The Deep Structure of Relative Clauses," in C. J. Fillmore & D. T. Langendoen (eds.), Studies in Linguistic Semantics, 1971, 79-96。

Schachter, Paul (1967) "Transformational Grammar and Contrastive Analysis," Workpapers in English as a Second Language, University of California: Los Angeles.

＊本文曾刊載於國立台灣師範大學學報（1979）第二十四期（181—218頁）。

「來」與「去」的意義與用法

一、引言

　　「來」與「去」是日常會話裏最常用的動詞之一。因為常用，所以大家就習以為常，很少注意到這兩個動詞在語意內涵與句法功能上的複雜性。本文擬就「來」與「去」的「趨向」意義，「及物」用法、「使動」用法、「助動」用法、「非趨向」用法、「補語」用法、「比喻」用法、「時間」用法等，作一番比較詳盡的探討。

二、「來」與「去」的「趨向」意義

「來」與「去」在語意上都是表示移動位置的動詞。位置的移動常牽涉到「起點」（常用介詞「從」表示）與「終點」（常用介詞「到」表示），例如：

① 他是從台南到台北來的。

② 他是從台南到台北去的。

①、②句的意思不同：①句表示說這一句話的人在說話的時候在臺北；　而②句却表示說話的人在說話的時候不在臺北。　換句話說，用動詞「來」的時候，移動的趨向是向著說話者所在的地點；而用動詞「去」的時候，移動的趨向是背著（或離開）說話者所在的地點。這就說明，為什麼③與④的句子可以成立，而⑤與⑥的句子却不能成立。

③ 他是昨天從你那裏到我這裏來的。

④ 他是昨天從我這裏到你那裏去的。

⑤ *他是昨天從你那裏到我這裏去的。

⑥ *他是昨天從我這裏到你那裏來的。

③到⑥的例句顯示，「來」與「去」的含義與用法，除了與「說話者所在的地點」與「說話的時間」有關以外，還可能牽涉到「聽話者所在的地點」與「句子中的時間副詞所指示的時間」。例如③句表示，主語名詞「他」於「昨天」（指示時間），離開「你」（聽話者）的所在地，朝著「我」（說話者）「現在」（發言時間）的所在地而「來」。又如④句表示，同一個人於同一個時間，離開說話者的所在地，往聽話者現在的所在地而「去」。根據「說話者的所在地」、「聽話者所在地」、「發言時間」與「指示時間」這四個因素，我們可以把「來」與「去」的趨向意

義與用法歸納成下面兩個原則。

㈠說話者與聽話者的一方或雙方，在發言時間或指示時間，居於終點名詞所指示的地方；這個時候，動詞要用「來」。例如⑦到⑨的例句表示：說話者「我」或聽話者「你」的一方（或雙方），在說話或昨天下午的時候，在新竹。〔註一〕

⑦　張先生昨天下午到新竹來了。

⑧　你昨天下午到新竹來了。

⑨　我昨天下午到新竹來了。

又如⑩到⑫的例句表示：說話者與聽話者的一方(或雙方)，在說話的時候在新竹，或明天上午的時候將在新竹。

⑩　張先生明天上午要到新竹來。

⑪　請你明天上午到新竹來。

⑫　我明天早上會到新竹來。

㈡說話者在發言時間或指示時間，都不在終點名詞所指示的地方；這個時候動詞要用「去」。例如⑬與⑭兩句都表示：說話者在說話或昨天下午的時候，都不在新竹。而⑮句則表示：說話者在發言時間不在新竹，聽話者在指示時間也不在新竹。

⑬　張先生昨天下午到新竹去了。

⑭　你昨天下午到新竹去了。

⑮　我昨天到新竹去了。

有時候，可以用「來」與「去」表達同一個意思。例如，說話者答應聽話者，叫某人立刻到聽話者那一邊去的時候，可以依說話者的所在地為標準而用動詞「去」，也可以依聽話者的所在地為標準而用動詞「來」。

⑯　他馬上（到你那一邊）去。

⑰　他馬上（到你這一邊）來。

⑰的句子以說話者所在地為歸向，有尊重或順從對方的意思，因此說話的口氣也顯得比⑯句委婉而有禮〔註二〕。忽聽到有人叫開門或召喚，而邊跑邊說的⑱句，也是屬於這種「來」的用法。

⑱　來了，來了（不要再叫了）！

「起點」與「終點」不一定要在句中表明；特別是當動詞「來」的終點是說話者的所在地，或動詞「去」的起點是說話者的所在地的時候，例如：

⑲　他是昨天從台北來的。

⑳　他是昨天到台南去的。

有時候，起點與終點都可以不表明，但是仍然隱含著「來」與「去」的趨向意義；「來」表示「向著說話者的所在地」，而「去」則表示「離開說話者的所在地」，例如：

㉑　他是昨天來的。

㉒　他是昨天去的。

甚至於把「來」與「去」做為其他移動動詞（如「跑、走、跳、衝、飛」）或運動動詞（如「上、下、進、出、過、回」）的補語使用的時候，這種趨向意義也仍然存在，例如：〔註三〕

㉓　他是昨天跑回來的。

㉔　他是昨天跑回去的。

這也就是說，無論做謂語動詞或做補語使用，「來」字都有「以說話者的所在地為終點」的含義，「去」字則有「以說話者的所在地為起點」的含義。因此，「來」字的用法有時候與「到」（到

達）相似，而「去」字的用法則與「走」（離開）相似，例如：

⑤　客人來了。（＝客人到了。）

⑥　你還不趕快去！（＝你還不趕快走！）

又「來」與「去」在性質上屬於「完結動詞」，因此與「跑、走、跳、衝、飛」等「持續動詞」不同，不能與表進行的「在」或「著」連用。試比較：

㉗＊他們正在（街上）跑。

㉘＊他們正在（街上）來／去。

㉙　他們正跳著（舞）呢！

㉚＊他們正來／去著呢！

就是「來」與「去」跟表期間的補語連用的時候，也不表示動作所持續的時間，而表示動作發生或完成後所經過的時間。試比較：

㉛　他跑了三個小時了。（＝他繼續跑了三個小時之久。）

㉜　他來／去了三個小時了。（＝他到達或離開這裏以後已經過了三個小時了。）

三、「來」與「去」的「及物」與「使動」用法

國語的「來」與「去」本為不及物動詞，其起點與終點分別用介詞組「從（某處）」與「到（某處）」來表示。終點介詞組通常都出現於動詞的前面，但是也有一些人把終點介詞組移到動詞（特別是「來」）的後面而做為補語用，例如：〔註四〕

㉝a.　他第一次到這個地方來。

　b.　他第一次來到這個地方。

㉞a. 他第一次到那個地方去。

　b.＊他第一次去到那個地方。

更有許多人，特別是年輕的一代，把終點名詞不經過介詞「到」直接放在動詞「來」與「去」的後面，例如：〔註五〕

㉟　我第一次來這個地方。

㊱　他從來沒有去過那個地方。

在㉟與㊱的句子裏，「來」與「去」的用法很像及物動詞，而表終點的名詞「這個地方」與「那個地方」也很像及物動詞的賓語。例如，這些終點名詞可以移到句首：

㊲　這個地方我第一次來。

㊳　那個地方他從來沒有去過。

也可以帶上表回數的動量補語，如：

㊴　這個地方我來過一次。

㊵　那個地方他去過好多遍。

但是含有「來」與「去」的句子不能改爲「把」字句或「被」字句；而且雖然可以改爲關係子句，可是含有「來」的關係子句所表示的是起點，而不是終點。試比較：

㊶　我（從那裏）來的地方有山有水，風光明媚。〔註六〕

㊷　你要（到那裏）去的地方沒有一個熟人，我很不放心。

　「來」與「去」除了「及物」用法以外，還可以有「使動」用法；也就是說，動詞後面的名詞在句法上是動詞的賓語，但是在語意上卻是動詞的主語。例如，㊸句的「來一碗飯」表示「端一碗飯來」，而㊹句的「去了皮」是「把皮（削）去了」的意思。

㊸　再來一碗飯！

㊹　這些水果要去了皮才可以吃。

相似的用法有：

㊺　來人哪！

㊻　我們已經去了電報了。

在這些用法裏，「來」與「去」的趨向意義仍然相當明顯：「來」有吩咐把東西或人送到或叫到說話者的面前來的意思，而「去」則含有使東西從說話者的面前遠離或消失的意思。這種「來」與「去」的使動用法，在現代國語中除了上面所提的說法以及「去信、去火、去濕、去病、去邪、去勢、去汚（粉）」等詞語以外已不多見。又動詞「去」另外含有離開的意思，這個意思在「去世、去國、去官、去職、去任」等文言詞語裏仍能看得出來。

四、「來」與「去」的「助動」用法

「來」與「去」除了單獨做爲主要動詞使用以外，還可以與其他動詞連用，其作用有如助動詞。「來」與「去」的助動用法又可以分爲兩種：一種是出現於主要動詞的前面，做爲前附助動詞用（如㊼句）；一種是出現於主要動詞的後面，做爲後附助動詞用（如㊽句）。這種「來」與「去」的用法，除了原有的趨向意義以外，還表示主要動詞的目的。

㊼a．　他們來看你了。

　　b．　我們去找他吧。

㊽a．　他們看你來了。

　　b．　我們找他去吧。

有些人甚至把前附助動詞與後附助動詞一併使用，例如：

㊾a. 他們來看你來了。

b. 我們去找他去吧。

根據趙元任與楊聯陞兩位先生合編的「國語字典」（十三頁與三十一頁），前附助動詞的「來」與「去」可讀輕聲，也可不讀輕聲；但是後附助動詞的「來」與「去」則必須讀輕聲。他們並認爲㊿與(51)裏的三個句子都表示同樣的意思。〔註七〕

㊿a. 他們送信來請我。

b. 他們送信請我來。

c. 他們送信來請我來。

(51)a. 你拿籃子去買菜。

b. 你拿籃子買菜去。

c. 你拿籃子去買菜去。

出現於動詞後面的「來」與「去」不一定是後附助動詞，也可能是趨向補語。例如(52)句的動詞「買」不表示運動，因此「買菜」後面的「來」只能解釋爲後附助動詞，與「他們來買菜了」同義。但是(52)句的「上」是表示運動的動詞，因此「上車」後面的「來」可以解釋爲後附助動詞（與「他們來上車了」同義），也可以解釋爲趨向補語（與「他們上來了車了」同義）。

(52) 他們買菜來了。

(53) 他們上車來了。

同樣地，(54)句可以解釋爲「快去拿」（「去」是後附助動詞），也可以解釋爲「快拿走」（「去」是趨向補語）。

(54) 快拿去！

此外，「來著」用在句尾，表示事情過去不久。

⑤⑤　你說什麼來著？

⑤⑥　你跟誰吵嘴來著？

但是即使比較久遠的事情，只要說話者在心理上覺得很近，也可以在句尾用「來著」，例如：

⑤⑦　我不能忘記，父親怎樣待我們來著！

五、「來」與「去」的「非趨向」用法

以上所討論的「來」與「去」的用法，都含有「向著說話者（或聽話者）」或「背著說話者」的趨向意義。但是「來」與「去」的有些用法，這種趨向意義並不十分明顯。例如，「來」常用來代替動態動詞，在語意上很接近「做」〔註八〕：

⑤⑧　讓我來。

⑤⑨　照樣再來一次。

⑥⑩到⑥⑬的句子裏面的「來」也不表示實際的動作：

⑥⑩　慢來。

⑥⑪　別亂來。

⑥⑫　請你少來這一套。

⑥⑬　不來了，不來了，你總是喜歡拿人開玩笑。

動詞「去」也有這種趨向意義不十分明顯的用法，例如：

⑥⑭　不要管他，由他去吧。

⑥⑮　去你的。　去他的。

其實，⑤⑧到⑥⑮有關「來、去」兩字的用法，仍然可以解釋為趨向用法的引申；跨進說話者知覺情感的領域，或引起說話者的注意或關心的事態用「來」；跨出說話者知覺情感的領域，或失去說

話者關注的事態用「去」。〔註九〕

　　「來」與「去」的助動用法，也出現這樣的非趨向用法，例
如：

　　　　⑯　孩子！我來問你一句話。

　　　　⑰　你怎麼做這樣的事，去同這路的人訂婚！〔註十〕

助動用法的「來」，常用來表示提議或勸誘，例如：

　　　　⑱　你來唱歌，我來伴奏。

　　　　⑲　來，來，來！大家來乾一杯！

這種用法的「來」，不能加時態標記，只能用單純式。而且在主
語之前常可加介詞「由」，動詞後面的語氣助詞常用「吧」。

〔註十一〕

　　　　⑳　今天由我來做東吧。

　　　　㉑　這件事就由你來做主吧。

另外，「來」與「去」還可以用來引介順遞的動詞補語，形成
「連動式」。這時候的「來」與「去」，也不表示實在的動作，例
如：

　　　　㉒　我買書看，你却借書來看。

　　　　㉓　錢都花光了，你準備拿什麼來抵債？

　　　　㉔　他連房子都賣了，來償還太太的賭債。

一般說來，以「來」所連接的前後兩個動作必須是順遞的關係。
例如㉕句裏的「開口」與「說話」，或「提筆」與「寫字」，前
後兩個動作的趨勢相同，所以用「來」字連接：

　　　　㉕　張口來說話，提筆來寫字。

但是，如果前後兩個動作之間沒有這種「順遞」的關係，就常用

「去」字連接。〔註十二〕試比較:

⑦⑥a. 放下書來休息。

b. 放下書去玩耍。

⑦⑦a. 掀開棉被來躺下。

b. 收起書包去睡覺。

這種「來」與「去」,在關係子句中有時候非用不可〔註十三〕,例如:

⑦⑧a. 這是毛筆;我用這毛筆(來)簽名。

b. 這是我用來簽名的毛筆。

c.*這是我用簽名的毛筆。

⑦⑨a. 她是秘書;我請她(來)整理信件。

b. 她是我請來整理信件的秘書。

c.*她是我請整理信件的秘書。

有時候,「來」還可以用在疑問句的句尾,在語義與語氣上與疑問助詞「呢」相彷〔註十四〕,例如:

⑧⓪ 這是何苦來?

⑧① 誰同你吵嘴來?

⑧② 誰作弄你來啦?

但是這種「來」的後面仍然可以用語氣助詞「啦」(如⑧②句),因此可能與表時態的「來著」一樣,是個表「已完成的持續」的時態標記。〔註十五〕

六、「來」與「去」的補語用法

國語動詞「來」與「去」,連同一些表移動的動詞如「上、

下、進、出、過、回、起、開」等，除了可以單獨做謂語動詞以外，還可以用在其他動詞的後面做表趨向與方位的補語。在這些補語中，「來、去」兩字的用法最為重要，不但可以做一般動詞的趨向補語（如⑧與⑭句），也可以做方位動詞「上、下、進、出、過、回、起、開」等的趨向補語（如⑧句到⑨句），更可以與這些表方位的動詞連用做為其他動詞的趨向與方位補語（如⑨句到⑨句）。

⑧　那些零件送來／送去了沒有？

⑭　那些資料早就寄來／寄去了。

⑧　他馬上下來／下去。

⑧　請大家趕快進來／進去。

⑧　大家都出來／出去了。

⑧　我馬上過來／過去。

⑧　他已經回來／回去了。

⑨　你什麼時候起來的？〔註十六〕

⑨　請你們大家一個個跳上（下）來（去）。

⑨　大家爭先恐後地衝進（出）來（去）。

⑨　他們會把證件寄過（回）來（去）。

⑨　她把孩子從牀上抱起來。

在這些例句裏，「來」與「去」分別表示「向著或背著說話者」的趨向意義，而「上、下、進、出、過、回…」等則分別表示「往上、往下、朝裏、朝外、移動、轉回…」等方位意義。

　　如果帶有趨向、方位補語的動詞是及物動詞，還可以帶上賓語。如果動詞只帶有趨向補語，那麼賓語可以出現於補語之前

（如⑨與⑨的 a 句），也可以出現於補語之後（如⑨與⑨句 b 句）：

⑨a.　他又寄了一封信來。

　b.　他又寄來了一封信。

⑨a.　請你替我帶一件行李去。

　b.　請你替我帶去一件行李。〔註十七〕

如果動詞彙帶趨向與方位補語，那麼賓語可能出現的位置有三：趨向補語的後面 （如⑨與⑨的 a 句），趨向與方位補語的中間（如⑨與⑨的 b 句），或方位補語的前面（如⑨與⑨的 c 句）：

⑨a.　看完了信，他就摘下來眼鏡。

　b.　看完了信，他就摘下眼鏡來。

　c.　看完了信，他就摘眼鏡下來。

⑨a.　他最近又買進來一批雜貨。

　b.　他最近又買進一批雜貨來。

　c.　他最近又買一批雜貨進來。

一般說來，在 a、b、c 這三種句式裏，以 b 式最為常用，c 式次之。但是還要看個別的動詞與方位補語而定，而且有時候個人與個人之間對於句子合法度的判斷有相當大的差異。試比較：

⑨a.？大家都拿出來錢 （給孩子） 。

　b.　大家都拿出錢來 （給孩子） 。

　c.　大家都拿錢出來 （給孩子） 。

⑩a.？我昨天寫回去一封信。

　b.（？）我昨天寫回一封信去。

　c.　我昨天寫一封信回去。

⑪a.？他翻開來書 （給我看） 。

    b. 他翻開書來（給我看）。

    c.（？）他翻書開來（給我看）。

⑩a.？？他支起來身（看我）。

    b. 他支起身來（看我）。

    c.？他支身起來（看我）。

又如果賓語是表處所的名詞，就非用 b 式不可。這大概是由於處所詞與方位補語之間的關係特別密切的緣故。試比較：

⑩a.＊老師走進來門。

    b. 老師走進門來。

    c.＊老師走門進來。

⑩a.＊他們擠上去屋頂。

    b. 他們擠上屋頂去。

    c.？？他們擠屋頂上去。

除了賓語以外，「存現句」的無定主語也可以出現於方位補語與趨向補語之間，例如：

⑩a.？外面走進來一個人。

    b. 外面走進一個人來。

    c.＊外面走一個人進來。

⑩a.？昨天搬出去兩個人。

    b. 昨天搬出兩個人去。

    c.＊昨天搬兩個人出去。

    含有方位、趨向補語的句子有兩種否定式。一種是否定詞「不」出現於動詞之前（如⑩到⑩的 a 句）；另一種是否定詞「不」出現於動詞與補語之間（如⑩到⑩的 b 句）。前者是一般

的否定式；後者是表示「不(可)能」的否定式。試比較：

⑩a．　雨下得很大，他不回來了。

　　b．　雨下得很大，他回不來了。

⑱a．　保險櫃裏的錢，為什麼不拿出來？

　　b．　保險櫃裏的錢，為什麼拿不出來？

⑲a．　人太多，不擠進去就沒辦法進去。

　　b．　人太多，怎麼也擠不進去。

與上面的a、b兩句相對的肯定式，分別是下面的a、b兩句：

⑩a．　…，他回來了。

　　b．　…，他回得來了。

⑪a．　…，為什麼拿出來？

　　b．　…，為什麼拿得出來？

⑫a．　…，擠進去。

　　b．　…，擠得進去。

方位與趨向補語通常都讀輕聲，但是如果與表示「可能」的「得」與「不可能」的「不」連用，就要讀本調。〔註十八〕又完成時態標記「了」，可以加在動詞與補語的中間，也可以略而不加〔註十九〕，例如：

⑬a．　小孩兒很快地跑了過去。

　　b．　小孩兒很快地跑過去。

⑭a．　新來的房客已經搬了進來。

　　b．　新來的房客已經搬進來。

七、「來」與「去」的「比喻」用法

如上所述，無論是當動詞或補語使用，「來」與「去」都含有以說話者的所在地為標準的趨向意義。有時候，這種空間上的趨向意義，可以引申為距離上、時間上、心理知覺上的比喻趨向意義。例如，以說話者的所在地與事物之間距離的遠近為標準；「來」表示由遠向近的趨勢，「去」表示由近向遠的趨勢，例如：

⑪a. 這一座山從遠處看來像一尊倒臥的觀音像。

  b. 那一座山從這裏望去像一尊倒臥的觀音像。

⑯a. 這個玩藝兒看起來不錯。

  b. 那個玩藝兒看上去不錯。

又如，以說話者發言的時間（即現在）為標準，「來」表示從以往到現在，「去」表示從現在到將來，例如：

⑰ 這一個偉大的傳統已經由他們繼承了下來，並且將一代一代地永遠傳下去。

⑱a. 他終於明白過來。

  b. 他還是糊塗下去。

再如，以說話者的知覺情感為標準，「來」表示某一種事態的顯現（如產生、出現、起始、增添、聚攏等，但有時候也表示相對的概念，如收斂、隱藏等），「去」表示某一種事態的消退，例如：

⑲ 認出來，看出來，哭出來，笑出來，顯出來，生產出來，製造出來，體會出來，想出辦法來，拿出魄力來⋯

⑳ 寫下來，記下來，留下來，剩下來，收下來，割下來，租下來，買下來，停下來，閒下來，輕鬆下來，安頓下

⑫　說不上來，畫不上來，寫不上來，背不上來，趕不上來…

⑫　做起來，笑起來，忙起來，想起來；加起來，合起來，捲起來，連結起來；壯大起來，緊張起來，掀起高潮來，鼓起勇氣來；藏起來，躲起來，收起笑臉來…

⑬a．　大起來，多起來，強起來，胖起來，好起來…

　　b．　小下去，少下去，弱下去，瘦下去，壞下去…

⑭a．　死去，昏(睡)過去，退下去…

　　b．　活來，(覺)醒過來，獻上來…

　　另外，「來」與「去」接上同一動詞而重疊使用的時候，表示動作的反覆，例如：

⑮　說來說去還是你有道理。

⑯　想來想去還是想不通。

八、「來」與「去」的「時間」用法

　　「來」與「去」既能表示空間上的趨向，又能表示時間上的趨向。因此，「來」與「去」就自然而然地被利用來表示時間的先後關係；「來」表示未來的時間，「去」表示過去的時間。試比較：

⑰　未來，將來，來月，來年，來日，來歲，來世

⑱　過去，去年，去日，去歲

與「去」同義的「往」也有如下有關過去時間的說法：

⑲　往昔，往日，往年，已往，往常，往往

又用在數詞或是量詞後面的「來」本做「不到」解〔註二十〕，但是目前在臺灣很多人都當「多」解，例如：

⑬　九點來鐘，十來個，二十來歲，尺來長

這種表示不確定數目的「來」，還可以與「往」連用，例如：

⑬a.　五十來〔往〕歲

　b.　徑圓也不過一尺來往。（「兒女英雄傳」）

國語中其他以空間概念來表示時間概念的說法尚有「前後」、「上下」、「左右」、「內外」等，例如：

⑬　以前，前天，大前天，前人，前一輩，前總統，前任總統，年前…

⑬　以後，後天，大後天，後人，後代，後世，後一輩…

⑬　上星期，上個月，上一週，上一期，上一年，上一代，上一任總統，十年以上…

⑬　下星期，下個月，下一週，下一期，下一年，下一代，下一任總統，十年以下…

⑬　空前絕後，清明前後，五十上下，三十左右，六十開外…

九、結　　語

從以上的討論可以發現，「來」與「去」這兩個常用字的語意內涵與句法功能都相當地複雜。大多數受過教育的國人都能把這些複雜的規律加以「內化」（internalize），所以在應用上不致於感到太大的困難。可是，在華僑子弟與外國人的華語教學中，這種複雜的意義與用法，必須說明清楚，並輔以適當的練習，始能獲得事半功倍的效果。對於研究國語詞彙與編纂辭典的專家學者而言，這種意義與用法的分析研討更是當前的急務，謹

以此文就教於方家之前，冀能收到拋磚引玉之效。

附　　註

〔註　一〕⑦至⑨的例句也可能表示說話者或聽話者者的一方（或雙方）一向居住在
新竹，但是我們可以把這種情形包括在廣義的「在新竹」這個語意範圍之
內。

〔註　二〕這一點首先由黃宣範（1977）「空間、時間與『來、去』二字之意義」
(Space, Time and the Semantics of Lai and Qu) 指出。

〔註　三〕有關「來」與「去」的補語用法，詳第六節。

〔註　四〕依照閩南語的句法，㉝b.與㉞b.兩句都是合語法的句子。

〔註　五〕這可能是受了南方方言句法的影響，但是這種「及物」用法在年輕一代的
國語中顯然已經佔了優勢。

〔註　六〕參趙元任（1948）「國語入門」五七頁。

〔註　七〕但是黃宣範（1977）認為，前附助動詞的「來」與「去」表示獨立的動作，
而與後面的動詞構成一個「連動式」；後附助動詞的「來」與「去」通常
不表示獨立的動作，而只表示與說話者（或聽話者）的趨向關係。黃先生
並且認為，這樣可以說明為什麼①、③與④的句子都通，而②與⑤的句子
卻不通：

① 他來／去上樓了。

②＊他來／去出國／回家了。

③他上樓來／去了。

④他出國／回家去了。

⑤＊他出國／回家來了。

〔註　八〕這種「來」的用法，很像英語的「代動詞」(pro-verb) do 的用法。又根

　　據「節本國語詞典」（278頁），這種「來」的用法甚至可以重疊（或者可以分析爲前附助動用法的「來」與代動用法的「來」之連用），例如：

　　　　「他做得不好，你來來。」

〔註　九〕有關趨向意義的引申用法，容在後文「來」與「去」的「比喻」用法中再爲詳述。

〔註　十〕例句採自黎錦熙 (1969) 新著「國語文法」139頁。

〔註十一〕黃宣範 (1977) 認爲這是「來」的 "illocutionary" 用法，並且其主語限於第一身與第二身。但是，如果有介詞「由」引介，那麼第三身主語似乎也可以出現；如：「這件事由誰來做主呢？」，「今天就由他來做東吧。」

〔註十二〕參黎錦熙 (1969) 140頁。

〔註十三〕參湯廷池 (1978)「中文的關係子句」（中國語文第四十二卷第六期至第四十三卷第五期）。

〔註十四〕參黎錦熙 (1969) 144頁

〔註十五〕參黎錦熙 (1969) 145頁。

〔註十六〕「起去、開來、開去」等很少單獨做謂語或補語；只有「打開來，散開來，拉開來，走開去，抓起去」等數例而已。另外，根據趙元任 (1968)「中國話的文法」463頁，南方官話（如南京話）裏有「起去」的用例。

〔註十七〕可是下列兩句却不同義：(a)「他送飯去了。」(b)「他送去飯了。」(a)句裏的「去」是後附助動詞，表示「他去送飯去了」；(b)句裏的「去」是趨向補語，表示「他把飯送去了」。

〔註十八〕參趙元任 (1968) 459頁。

〔註十九〕參趙元任 (1968) 440、459頁。

〔註二十〕「國語日報辭典」註爲：「副詞，用在量詞後面，表量的不够」；「節本國語詞典」註爲：「副詞，常用於量詞、數詞之後」；黎錦熙 (1969) 152頁註爲「全數不定」。

＊本文曾刊載於中國語文 (1979) 第四十四卷第一期（22—29頁）與第四十四卷第三期（25—34頁）。

CASE GRAMMAR IN MANDARIN CHINESE

Abstract

This paper presents a sketch of Mandarin Chinese syntax based on the case grammar model proposed by Charles Fillmore (1968). A set of base rules, including branching rules and feature rules, and a set of transformational rules are given. It is shown that the model permits an elegant account of a number of syntactic facts in Chinese, and allows for a contrastive approach at a more significant level than has heretofore been possible.

1. Introduction

The aim of this work is to examine whether the case theory as proposed by Fillmore (1968) is a descriptively adequate framework for a universal grammar by applying it to the syntax of Mandarin Chinese. In this work we assume that all languages are essentially the same in their deep structures, and that surface-structure differences are consequences of grammatical transformations. Thus for present purposes we adopt *in toto* Fillmore's base rules for English syntax as the case grammar model for Mandarin Chinese and investigate how varied

surface sentences in Chinese can be derived transfor-
mationally from this common base. In the process of this,
we hope, certain cross-linguistic generalizations as well
as significant observations about the contrastive analysis
of English and Mandarin Chinese may be obtained.

2. The Case Grammar Model for Mandarin Chinese

2. 1. Branching Rules

$$\text{BR 1} \quad S \longrightarrow M + P$$

$$\text{BR 2} \quad M \longrightarrow \begin{Bmatrix} \text{Aff}_1 \\ \text{Neg} \end{Bmatrix} \left(\begin{Bmatrix} \text{Imp} \\ \text{Int} \end{Bmatrix} \right) (\text{Sad})^2 \, (\text{Mod}) \, (\text{Tem}) \, \text{Tns}^3$$

$$\text{BR 3} \quad P \longrightarrow V \ (A) \ \left(\begin{Bmatrix} O \\ F \end{Bmatrix} \right) \ (D) \ (I) \ (L)^5$$

$$\text{BR 4} \quad \begin{Bmatrix} A \\ O \\ F \\ D \\ I \\ L \\ C \end{Bmatrix} \longrightarrow K + NP$$

$$\text{BR 5} \quad NP \longrightarrow \begin{Bmatrix} N \left(\begin{Bmatrix} S' \\ D \\ L \end{Bmatrix} \right) \\ NP + C \end{Bmatrix}$$

S(entence) is given and expanded as two obligatory
constituents: *M*(odality) and *P*(roposition). The Modality
constituent may contain markers for *Aff*(irmation),

Neg(ation), *Imp*(erative), *Int*(errogative), *S*(entential) *ad*(verb), *Tem*(poral expression), *Mod*(e), *T*(e)*ns*(e) and various other adverbial elements, which associate directly with the sentence as a whole. The Proposition consists of a *V*(erb) and one or more case categories: *A*(gentive), *O*(bjective), *F*(actitive), *D*(ative), *I*(nstrumental), *L*(ocative), and possibly a few others ₂(e.g., *B*(enefactive), *R*(esultative))[7]. No case category may appear more than once in a simple sentence[8], and each case category is to be realized as *K*(asus), the case marker, and a *N*(oun) *P*(hrase). The Noun Phrase in turn is to be expanded either as a *N*(oun)[9], optionally and disjunctively followed by an embedded sentence (*S′*), a Dative or a Locative complement, or as a noun phrase followed by *C*(omitative).

2. 2. Feature Rules

FR 1 $N \longrightarrow [+N, \pm def]$

FR 2 $[+N] \longrightarrow [\pm com]$

FR 3 $[+com] \longrightarrow [\pm anm]$

FR 4 $[+def] \longrightarrow [\pm top]$

FR 5 $V \longrightarrow [+V, \pm Asp]$

FR 6 $[+V] \longrightarrow [\pm des]$

FR 7 $\left(\begin{matrix} +N \\ + \left\{ \begin{matrix} A \\ D \end{matrix} \right\} \end{matrix} \right) \longrightarrow [+anm]$

$$\text{FR 8} \quad \begin{bmatrix} +N \\ +I \end{bmatrix} \longrightarrow [-\text{anm}]$$

$$\text{FR 9} \quad [+\text{ads}] \longrightarrow [-L]$$

The lexical categories coming out of the branching rules are by convention converted into matrices of features (called complex symbols), and enter the feature rules, which will add, develop, or transfer features within already established matrices. Thus, a noun will be analyzed into a set of features containing the feature [+N], and a verb into a set of features including the feature [+V]. A further convention will also associate with each noun a label identifying the case relation it holds with the rest of the sentence. Thus every noun under A, D, I, F, O, L will be given the feature [+A], [+D], [+I], [+F], [+O], [+L], respectively.

Feature rules are essentially of two types: subcategorization rules (FR 1 through 6) which subclassify categorial constituents into subcategories (e.g., nouns are subcategorized into common ([+com]) or proper ([-com]) nouns; verbs are subcategorized into descriptive ([+des]) or non-descriptive ([-des]) verbs); and redundancy rules (FR 7 through 9) which specify the features of nouns required by a particular case (e.g., FR 7 specifies that any noun in an Agentive or Dative phrase must contain the feature 'animate')[10]. The strict subcategorization rules, which subclassify verbs in terms of their categorial contexts, and 'selectional rules, which specify the cooccurrence restrictions between verbs and features of nouns, are relegated to the lexicon as case frames in the lexical entries for verbs.

2. 3. Lexicon

The lexicon is a set of lexical entries, each of which contains ideally three sets of features: the phonoslogical (here abbreviated in alphabetic 'Pinyin' transcription), the syntactic (represented in square brackets), and the semantic (translated into English equivalents)[11].

The syntactic features, which are our main concern here, include inherent properties such as [+N], [+V], [±common], [±animate]; frame features, which indicate the set of frames into which the given verbs may be inserted; and rule features, which specify which morphological or transformational rules must ($+T$-i) or cannot ($-$Asp, $-T$-i) apply.

The rules for case markers in Chinese (sometimes called coverbs or prepositions) are typically as follows: the Agentive marke_ is *bǐi* (or its stylistic variants *ràng, gěi, jiào*) if it appears with the Objective, and *yóu* if it appears with the Factitive; the Instrumental marker is

yòng (or its variant *ná*) if there is A, otherwise it is *bèi*;
the Objective and Factitive markers are *bǎ*; the Locative
marker is *zài*; and the Comitative marker is *gēn, hé*, or *hàn*.

Sample Lexicon:

bèi, ràng, gěi, jiào: [+K, +A, +[___NP+O]]

	'by'
yóu: [+K, +A, +[___NP+F]]	'by'
yòng, ná: [+K, +I, +[___NP+A]]	'with'
bèi: [+K, +I]	'by'
bǎ: [+K, +O]	'the O marker'
bǎ: [+K, +F]	'the F marker'
gěi: [+K, +D]	'to'
gēn, hé, hàn: [+K, +C]	'with, and'
zài: [+K, +L]	'at, in, on'
laǒshī: [+N, +com, +anm, ···]	'teacher'
tā: [+N, +pro, +anm, ···]	'he'
zhuōzi: [+N, +com, −anm, +L, ···]	'desk'
mén: [+N, +com, −anm, +L, ···]	'door'
fángzi: [+N, +com, +L, ···]	'house'
shū: [+N, +com, −anm, +L, ···]	'book'
shítou: [+N, +com, −anm, ···]	'stone'
lǐ-dà-mā: [+N, −com, +anm, ···]	'Auntie Lee'
zhāng-xiǎo-dì: [+N, −com, +anm, ···]	'Kid Brother Chang'

shàng-mian: [+N, +com, −anm, +L,

    +[___L], ···]   'top'

xìa-mian: [+N, +com, −anm, +L, +[___L], ···]

                                 'bottom, underneath,

lǐ-mian: [+N, +com, −anm, +L, +[___L], ···]

                                 'inside'

wài-mian: [+N, +com, −anm, +L, +[___L],···]

                                 'outside'

sòng: [+V, −des,+[___O(A(I))D], ···]   'send'

kāi: [+V, −des, +[___O(I)(A)], ···]   'open'

fàng: [+V, −des, +[___O(A(I))L], ···]   'put'

gài: [+V, −des, +[___F(I)(A)], ···]   'build'

kàn: [+V, −des, +[___O(I)A], ···]   'look'

kàn-jiàn: [+V, −des, +[___O+D$_s$], ···] 'see'

chī: [+V, −des, +[___O(I)A], ···]   'eat'

mài: [+V, −des, +[___O(D)A], ···]   'sell'

zhī-dào: [+V, −des, +[___D+S], ···]   'know'

wàng-jì: [+V, −des, +[___A+S], ···]   'forget'

dǎ-jià: [+V, −des, +[___A(I)(C)], ···]   'fight'

ràng: [+V, −des, +[___A(S)D], ···]   'let'

wèn: [+V, −des, +[___A$\left\{\begin{smallmatrix}(D)(O)\\D+S\end{smallmatrix}\right\}$], ···]   'ask'

lái: [+V, −des, +[___A(L)], ···]   'come'

qù: [+V, −des,+___A(L)], ···]   'go'

hǎo: [+V, +des, +[___S], …]	'good'
gān-jìng: [+V, +des, +[___O], …]	'clean'
rè: [+V, +des, +[___L], …]	'hot'
yǒu-qù: [+V, +des, +[___O], …]	'interesting'
xī-wàng: [+V, +des, +[___D+S], …]	'hope'
∅: [+V, −des, +[___O+L], …]	'be, exist'

3. Transformations

Throughout the foregoing analysis, our contention, though not explicitly expressed, has been that deep structures should be stated in terms of case relationships rather than syntactic relationships, which are proper only to surface structures, and that noun phrases are put into syntactic relationship by transformational rules. Each of these noun phrases performs the same case function whenever it appears in the surface sentence, although the syntactic relations may be considerably different (the subject of, the object of, the oblique object of, etc.) in the various sentences. In the sections to follow, we shall re-examine in the light of this a dozen sentence-types in Mandarin Chinese, including the passive sentence, the pretransitive sentence (the so-called 'bǎ-sentence'), the existential sentence, the 'double subject' sentence, and the 'inverted' sentence.

3. 1.   T-subj: Subject Selection[12]

(i)   M, X, A, Y

$\quad\quad$ [+def]

(ii)   M, X, I, Y

$\quad\quad$ [+def]

(iii) [13] M, X, $\begin{Bmatrix} O \\ F \end{Bmatrix}$, Y

$\quad\quad$ [+def]

$$1\ 2\ 3\ 4 \implies 3\ 1\ 2\ 4$$

This transformation, which includes three subrules to be applied disjunctively in the order given, creates subjects by moving an NP from the Proposition to the eft of the Modality, to be directly dominated by the sentence. It is perhaps no mere coincidence, and thus may have cross-linguistic significance, that the generalizations about the subject selection in Mandarin Chinese are exactly the same as those made by Fillmore about the subject choice in English[14]: if there is an A, it becomes the subject; otherwise, if there is an I, it becomes the subject' otherwise, the subject is the O [or the F]. [15,16]

[tā]A kě-ǐ yòng zhè-bǎ yào-shi kāi mén

"He may open the door with the key."

[zhè-bǎ yào-shi]I kě-ǐ kāi mén

"This key will open the door."

[mén]o kě-ĭ kāi   'The door will open.'

[zhè-kuài bù] kě-ĭ zuò lĭang-jiàn dà-ĭ

"This cloth can make two coats."

It must be noted that the subject of a sentence normally has a definite reference, which may exist covertly as a feature of the Agentive noun ([+def]) in the deep structure or be overtly realized as definite determiners such as *zhèi-ge* or *nèi-běn*. [17]

3. 2. T-inst: Instrumental Transportation

A, M, X, I, Y

1 2 3 4 5 $\Longrightarrow$ 1 2 4 3 5

The Instrumental, when it does not become the subject of the sentence by subject selection, is obligatorily shifted to the left of the verb, yielding sentences such as:

[tā]A [yòng dāo-zi]I [qiē]V [cài]O

she-with a knife -   cut - the food

"She cut the food with a knife."

[tā]A [yòng shǒu]I [bǎ shū]O [fàng] [zài zhuōzi-shang]

he-with the hand- O the book - put - on the desk

"He put the book on the desk with his hand."

3. 3. T-pret: pretransitivization[18]

$$A, M, V, X, \begin{Bmatrix} O \\ F \end{Bmatrix}, Y$$
$$[+Asp]$$
$$[+def]$$

where M contains *pret*

1 2 3 4 5 6 $\Longrightarrow$ 1 2 5 3 4 6

This transformation, triggered by the pretransitive formative (*pret*) in the Modality, creates transitive objects by shifting the definite Objective or Factitive to the left of the verb.

[tā]A [bǎ shū]O [fàng]V [zài zhuōzi shang]L

he-O the book - put - on the desk top

"He put the book on the desk."

[wǒ]A [bǎ fángzi]F [gài-hǎo le]V

I -   F the house - built

"I have finished building the house."

[wǒ]A [yào]M [bǎ fángzi]O [mài diào]V

I -   will - O the house - sell

"I want to sell the house."

Chao (1968 : 345) has noted that verbs occurring in this construction tend to be polysyllabic, a fact which is partially[19] captured here by specifying in the structural index that the verb must contain one of several aspect markers (e.g. 'completive' *hǎo*, 'perfective' *wán*, 'continuative' *xìa-qù*, 'durative' *zhe*, 'exhaustive' *guāng*, disposal' *diào*, 'experiential' *guò*).

Chao also mentioned that only 'disposal' verbs can enter into the pretransitive construction and made a partial list of these verbs (p. 705)[20]. Thus one might suggest that a syntactic feature 'disposal' be set up and assigned to these verbs. This is not necessary, however, because the presence of the Agentive[21] as well as the Objective and Factitive in the structural index will preclude not noly intransitive verbs[22] like *lái* 'come', *qù* 'go', *dào* 'arrive', but also non-activity verbs such as *kàn-jiàn* 'see', *tīng-jiàn* 'hear', *ài* 'love', *xǐ-huān* 'like', *jì-de* 'remember', which typically have the Dative as their surface subjects[23].

3. 4. T-pass: Passivization

$$A, M, X, V, \begin{Bmatrix} O \\ F \\ D \end{Bmatrix}$$
$$[+\text{def}]$$

where M contains *pass*

$$1\ 2\ 3\ 4\ 5 \implies 5\ 2\ 1\ 3\ 4$$

This transformation, triggered by the passive formative (*pass*) in the Modality, creates new subjects by replacing the Agentive subject with the Objective, Factitive, or Dative from the Proposition, and shifting the

Agentive to the right of the Modality, thus preceding any other elements that have been preposed to the verb.

[tā]o [bèi rén]A [yòng gùnzi]I [dǎ le]v

he - by someone - with a club - hit

"He was hit by someone with a club."

When the Factitive noun phrase becomes the subject of the sentence, the rule for the case marker choice will automatically supply *yóu* instead of *bèi* [24]:

[fángzi]F [ǐ-jīng]M [yóu tā]A [gài-hǎo le]v

the house - already - by him - built

"The house has already been built by him."

Note that the presence of the Agentive as well as the Objective and Factitive in the structural index will again preclude intransitive verbs and verbs of 'passive meaning' (*ai* 'suffer', *shòu* 'receive', *zāo* 'meet by chance') which typically share the frame feature $+[\_\_\_ O+D]$ from undergoing Passivization. One weakness with this generalization, however, is that it will also exclude certain nonactivity verbs (e.g., *kàn-jiàn* 'see', *tīng-jiàn* 'hear') which *do* occur in the passive. The inclusion of the Dative, in disjunction with the Agentive, as subject in the structural index will serve no purpose, since the Dative noun does not appear with the Agentive marker *bèi*, though the Dative marker happens to be homophonous

with *gěi*, a stylistic variant of *bèi*, and thus will yield
sentences like the following[25]:

[tā]O [gěi laǒshī]D [kàn-jiàn le]V

he - to/by the teacher - saw

"He was seen by the teacher."

Passivization does not occur as frequently as pretransi-
tivization in Mandarin Chinese, and was normally used
only for unfortunate events or unhappy incidents. How-
ever, under the impact of western languages, especially
English, this is no longer so.

3. 5. T-agtd: Agentive Noun Deletion (Optional)

$$\begin{Bmatrix} O \\ D \end{Bmatrix}, M, \begin{Bmatrix} bèi \\ gěi \end{Bmatrix}, NP, V, X$$

$$\begin{pmatrix} +pro \\ -def \end{pmatrix}$$

$$1\ 2\ 3\ 4\ 5\ 6 \Longrightarrow 1\ 2\ 3\ \varnothing\ 5\ 6$$

When the passive sentence has an unspecified Agen-
tive, that is, when the Agentive is characterized as
[+pro(nominal)] and [−def] in the deep structure, the
noun phrase following the Agentive marker is either to
be realized as *rén* 'someone' in the surface sentence or
to be deleted completely from it by this optional trans-
formation.

[tā]D [bèi (rén)]A [kāi-chú le]V

he - by (someone) - fired

"He was fired (by someone)."

Note that the deletion is possible only when the case marker is *bèi* or *gěi* (but not *yóu*, *ràng*, *jiào*) and further it must be immediately followed by the verb. The violation of the latter constraint will result in such ill-formed sentences as:

*tā bèi [yòng dāo]ɪ shā le

he-by - with a knife - killed

Note also that the case category for the noun phrase is left unspecified so that the Instrumental (which has a contextual variant *bèi* when it does not occur with ths Agentive), the Dative (that is, if we accept the analysie that the sentences with the case frame configuration +[___ D+O] will also undergo Passivization: cf. the discussion in 3.4) as well as the Agentive may undergo this transformation.

[fáng-wū]o [bèi (huǒ)]ɪ [shāo-diào le]

the house - by (fire) - burnt

"The house was destroyed by fire."

[wàn-ī]M [gěi (rén)]A [kàn-jiàn le]v [zěnme bàn]

in case - by (someone) - saw - how do

"What if we were seen by someone ? "

3. 6.   T-locp: Locative Marker Promotion

O,　M,　V,　K,　NP

[+def]　　　[+L] [+L]

where V=∅

1 2 3 4 5 ⟹ 1 2 4 ∅ 5

As indicated in the sample lexicon, the case frame +[___O+L] may be filled by an "empty" verb (∅). This situation of verbless sentences will call for the introduction of the locative marker *zài* into the Verb constituent, thus 'promoting', so to speak, a case marker to the status of a verb.

[wǒ-de shū]O [zài]V [zuōzi-shang]L

my book -　　is -　　(on) the desk

"My book is on the desk."

Note that with the newly acquired status, the verb *zài* may be transformed into an A-not-A question:

wǒ-de shū zài bú zài zhūozi shang

"Is my book on the desk?"

When the Objective noun is indefinite, the Locative is obligatorily shifted to the left of the Modality (cf. T-loct), in which case the existential verb *zài* is to be replaced by its suppletive variant *yǒu*.

[zhūozi-shang]L [yǒu]V [ì-běn shū]

on the desk - there is/have - a book

"There is a book on the desk."

3. 7. T-loct: Locative Transportation[26]

$$M, \quad V, \quad \begin{Bmatrix} A \\ O \end{Bmatrix}, \quad L$$

[+dur] [−def] [+def]

$$1 \ 2 \ 3 \ 4 \implies 4 \ 1 \ 2 \ 3$$

When locational verbs (e.g., *zùo* 'sit', *zhàn* 'stand', *dūn* 'squat', *tǎng* 'lie', *zhù* 'live', *fàng* 'put', *bǎi* 'set', *pǎi* 'arrange', *gùa* 'hang') which share the case frame configuration of +[___A+L] or +[___O(A)L], occur with an indefinite Agentive or Objective, the Locative is obligatorily shifted to the left of the Modality, yielding "inverted" sentences[27] such as:

[wū-li]L [zhù-zhe]V [liǎng-ge rén]A

in the house - are/were living - two people

"There live two people in the house."

[qiáng-shang]L [gùa-zhe]V [ì-zhāng tú]O

on the wall - is/was hanging - a picture

"There hangs a picture on the wall."

Note the structural index specification that the locational verbs must contain the durative aspect marker *zhe* and that the Agentive and objective noun must be, indefinite. Thus if the Agentive or Objective is definite, the sentence will become a subject-verb type sentence by the application of the general subject selection rule:

[nà-liǎng-ge rén]A [zhù]V [zài -ū-li]L

those two people - live(d) - in **the** house

(nǐ-nà-ì-zhāng tú]O [gùa]V [zài qiáng-shang)L

that picture of yours - hang - on the wall

On the other hand, proper nouns may occur in this construction, provided they are preceded by an indefinite determiner:

[duìmiàn-de diàn-li]L [quèshí]M [zùo-zhe]V

[í-ge lǐ-dà-gē]A

in the store across (the street) - certainly - is

sitting - a Big Brother Lee

3. 8. T-dat: Dative Marker Deletion

A, X, K,　　NP, O

　　[+D]　　[+D]

1 2 3 4 5 ⟹ 1 2 ϕ 4 5

As was discussed in the base rules, there is no fixed order of occurrence among the case categories in the deep structure. Thus the Dative may either precede or follow the Objective in the sentences containing the doubly transitive verbs such as *sòng* 'send', *jìe* 'lend', *jiāo* 'hand', *jì* 'mail', *mǎi* 'buy', *mài* 'sell':

[tā]A [sòng]V [ì-běn shū]O [gěi wǒ]D

he - send - a book - 　to me

[tā]A [sòng]V [gěi wǒ]D [ì-běn shū]O

he - send - to me - a book

Or the Objective may be pretransitivized, giving us:

[tā]A [bǎ shū]O [sòng]V [gěi wǒ]D

he - O the book - sent- to me

However, with certain verbs[28] (e.g., *wèn* 'ask', *gàosù* 'tell', *jiāo* 'teach', *gěi* 'give'[29]) the Dative must precede the Objective and further the Dative marker *gěi* must be deleted:

[tā]A [wèn]V [wǒ]D [ì-ge wèntí]O

he - asked - me - a question

[tā]A [gěi]V [wǒ]D [shí-kùai qián]O

he - gave - me - ten dollars

Certain doubly transitive verbs may also optionally undergo this transformation:

[tā]A [sòng]V [wǒ]D [ì-běn shū)O

he - sent - me - a book

3. 9. Transformations Concerning Adnominal Datives and Locatives

The distinction between 'alienable nouns' and 'inalienable nouns', though not overtly expressed in surface structures, is syntactically relevant in Mandarin Chinese. By inalienable and alienable nouns we mean that some nouns (e.g., body-part names, kinship terms, directional

indicators) are relational in nature and thus tend to be
obligatorily possessed, while others are not so and only
optionally possessed (cf. Fillmore, 1968:62). Consider, for
example, the following:

i.a [[tā-de]D [yǎnjīng]N]O [hěn dà]V
her - eyes - big

i.b [tā]D [yǎnjīng]O [hěn dà]V
she - eyes - big

ii.a [[tā-de]D [tàitai]N]O [hěn piàoliang]V
his - wife - beautiful

ii.b [tā]D [tàitai]O [hěn piàoliang]V
he - wife - beautiful

iii.a [tā-de màozi]O [hěn dà]V
her hat - big

*[tā màozi]O [hěn dà]V
she hat - big

iv.a [tā-de lǎoshī]O [hěn piàoliang]V
his teacher - beautiful

iv.b ? [tā lǎoshī]O [hěn piàoliang]V
he teacher - beautiful

Sentences (i) and (ii), which contain inalienable nouns
with obligatory Dative complements (+[___ D]), can
undergo the Secondary Topicalization Transformation and
become sentences (i.b) and (ii.b) (sometimes called the

'double-subject' sentence) respectively, while sentences (iii.a) and (iv.a), which contain alienable nouns with a genitive marker relative clause (N+S'), may not do so.

Consider also:

v.a   [tā]D [sǐ le]V [fùqīn]D (le)

     he - died - father

Cf.   [[tā(-de)] [fùqīn]N]D [sǐ le]V

     he(his) - father -   died

v.b   *[tā] [sǐ le]V [gǒu]D (le)

     he - died - dog

Of.   [tā de gǒu]D [sǐ le]V

     his dog -   died

where the adnominal Dative is 'promoted' from the Proposition and becomes the subject of the sentence in (v.a) by applying Dative Promotion Transformation[30], leaving behind the possessed Dative in the Proposition.[31]

Furthermore, if we characterize certain locational nouns (called 'localizers' by Chao (1968:620ff); e.g., *shàngmian* 'top', *xiàmian* 'bottom' *lǐmian* 'inside' *wàimian* 'outside', *qiánmian* 'front', *hòumian* 'back') as obligatorily taking the adnominal Locative complement (+[___ L]), we can eliminate from the base rules the so-called 'localizers', a language-specific constituent in Mandarin Chinese, and derive them through the Adnominal Locative

Transformation:

vi.a [[zhōzi-de]L [shàngmian]N]L [yǒu]v [ì-běn
shū]o
the desk of - top - has/there is - a book
"There is a book on the desk."

vi.b [zhōzi]L [shàngmian]L [yǒu]v [ì-běn
shū]o
the desk - top - has/there is - a book

vi.c [zhōzishang]L [yǒu]v [ì-běn shū]o
the dask top - has/there is - a book

Sentence (vi.b) is derived from (vi.a) by applying the
Secondary Topicalization Transformation, and (vi. c) from
(vi. b) by merging the two locatives into one.

Finally, we have the Inalienably Possessive verb *yǒu*
'have' from sentences like (vii. a.):

vii.a [[tā-de]D [tóufa]N]D [hěn měilì]v
her - hair - beautiful

vii.b [tā]D [yǒu]v [hěn měilì-de tóufa]o
she - has - beautiful hair

We may summarize the above discussion with the
following transformational rules:

T-addat: Adnominal Dative
X, N, K, NP, Y
where 2, 3 and 4 are dominated by the same

case category

$$1\ 2\ 3\ 4\ 5 \Longrightarrow 1\ 4 + de\ 2\ 5$$

T-adloc: Adnominal Locative

X, N, K, NP, Y

where 2, 3 and 4 are dominated by L

$$1\ 2\ 3\ 4\ 5 \Longrightarrow 1\ 4 + de\ 2\ 5$$

T-sectop: Secondary Topicalization

$\sharp, \begin{Bmatrix} D \\ L \end{Bmatrix}$ de, N, X

[+top]

$$1\ 2\ 3\ 4\ 5 \Longrightarrow 1\ 2\ \phi\ 4\ 5$$

T-datpro: Dative Promotion

M, X, N, D, Y

[+top]

where 3 and 4 are dominated by the same case

category

$$1\ 2\ 3\ 4\ 5 \Longrightarrow 4\ 1\ 2\ 3\ 5$$

T-inalposs: Inalienable Possession (Optional)

M, V, N, D

[+top]

where 3 and 4 are dominated by the same case

category

$$1\ 2\ 3\ 4 \Longrightarrow 4\ 1\ \textit{yŏu}\ 2 + de\ 3$$

3. 10. T-del: Case Marker Deletion

    (i) ♯, K, NP, X

       1 2 3 4 $\Longrightarrow$ 1 ϕ 3 4

   (ii) X, Y, K, NP, Z

     where 4+5 is dominated by O, F, L

     and Y and Z do not contain O

     1 2 3 4 5 6 $\Longrightarrow$ 1 2 3 ϕ 5 6

All case markers are deleted in subject position, and in the postverbal position if they are directly dominated by the Objective, Factitive, or Dative. The second constraint is necessary to preclude the Dative that occurs with the Objective, since we already had a special rule (T-dat) to handle this situation.

  3. 11. Primary Topicalization and Pro Replacement

   T-top: ♯, NP, M, X, K, NP, Y

                [+top]

     where 5+6 is dominated by O, F, L

     1 2 3 4 5 6 7 $\Longrightarrow$ 6 2 3 4 5 7

   T-pro: ♯, NP, M, X, K, NP, Y

                $\begin{cases} +\text{top} \\ -\text{pro} \end{cases}$

     where 5+6 is dominated by O, F, C, I, D, B

     1 2 3 4 5 6 7 $\Longrightarrow$ 6 2 3 4 5 6 + [+pro] 7

When the Objective, Factitive, or Locative Phrase contains the feature [+top(ic)], it is preposed to the left

of the subject noun phrase and becomes the left most
constituent directly dominated by the sentence. The case
marker is deleted in the process, thus resulting in an-
other superficially 'double-subject' sentence.

[shū]O [wǒ]A [ǐ-jīng]M [kàn-wán le]V

the book - I- already - read

[fángzi]F [tāmen]A [ǐ-jīng]M [gài-hǎo le]V

the house - they - already - built

[zhèli]L [tā]A [laí-gùo le]V

here - he - came (once)

(nǐ-de tàitai]O [wǒ]D [kàn-dào le]V

your wife - I - saw

Alternatively, however, the topicalized noun phrase
may leave in the Proposition a copy in the form of a
pronoun. In this case, the case marker is always preserved
in the Proposition, unless the predicate verb belongs to
those which do not undergo Pretransitivization, in which
case the Objective marker *bǎ* is to be deleted (cf. sente-
nce iv)[32].

i. [nèi-běn shū]O [wǒ]A [ǐ-jīng]M [bǎ-tā]O [kàn-wán le]V

that book -   I - already - O it - read

ii. [lǐ-dà-gē]C [wǒ]A [zuótiān méiyǒu]M [gēn tā]C

[shūohùa]V

Big Brother Lee - I - yesterday not - with him-speak

iii. [yáng-tàitai]D [wǒ]A [sòng le]V [shí-kuài qián]O

                                   [gěi tā]D

  Mrs. Yang - I - sent - ten dollars - to her

iv. [lǎo-zhāng]O [wǒ]A [zǎojiù]M [rènshì]V [tā]O le

  Old Chang - I - long ago- knew - him

    Topicalization is obligatory if the noun phrase appears with the determiners *lián* 'even' and is usually preferred if it is preceded by the determiners *suǒyǒu* 'all' and *měi* 'every':

i. [lián-zhè-ī-běn shū]O [wǒ]A dōu [kàn-wán le]V

  even this book- I - also - read

ii. [měi-ge dìfang]L [tā]A [dōu] [qù-gùo le]V

  every place - he - all - went

iii. [suǒyoǔ-de tánhùa]O [wǒ]D dōu [tīng-jìan le]V

  all the talking - I - all - heard

iv. [lián yáng-tàitai]D [wǒ]A dōu [sòng le]V [qián]O

  [gěi tā]D

  even Mrs. Yang - I - also- sent - money- to her

3. 12. T-subdel: Subject Deletion

  NP, NP, M, Y

    [-sPe]

    where 1 and 2 are not dominated by the same case category

    $1\ 2\ 3\ 4 \Longrightarrow 1\ \phi\ 3\ 4$

When the unspecified subject is preceded by a primary topic (note that the constraint stated in the condition will block the deletion of the subject following a secondary topic, cf. T-sectop), it may be optionally deleted, resulting in sentences that have 'passive import'.

[shū]o [ǐ-jīng]M [kàn-wán le]v

the book - already-read

Subject deletion is very common in Mandarin Chinese. As a matter of fact. any subject (not necessarily preceded by a primary topic) may be deleted if the missing subject can easily be supplied by the linguistic or situational context and if the deletion does not result in ambiguity.

3. 13. T-exist: Existential Verb Introduction

♯, NP, M, X

[-def]

1 2 3 4 $\Longrightarrow$ *yǒu* 2 3 4

When an indefinite pronoun or a noun with an indefinite number-measure phrase becomes the subject of the sentence (note that an indefinite noun phrase cannot be made a subject, unless we remove the feature specification of [+def] from the structural index for the subject selection rule (cf. T-subj)), the existential verb *yǒu* 'there is' is obligatorily introduced to the left of the subject, giving us:

[yǒu]v   [rén]A   [lái]M [kàn]v [wǒ]O

there is - someone - come - see - me

[yǒu]v [sān-ge háizi]A [zài wàimian]M [děng]v
[tā]O

there are - three children - outside - wait-him

Most Chinese linguists[33] have so far treated the *yǒu*
here as a determiner rather than a verb. However, if it
were a determiner, we could not explain the fact that *yǒu*,
unlike other determiners, can occur in A-not-A questions:

yǒu-méi-yǒu rén lái kàn wǒ

Is there-anyone- come- see- me

yoǔ-méi-yǒu sān-ge-háizi zài-wàimian děng tā

Are there- three children-outside- wait - him

4 Conclusion

It has been the purpose of this paper to examine
whether Fillmore's case theory can serve as a descrip-
tively adequate model for a universal grammar by testing
its applicability to Mandarin Chinese, a language which
in its surface structure and in its traditional description
appears to differ considerably from English. In the process
of this, we have discovered that certain grammatical
facts (e.g., the notion of inalienable possession, generali-
zations about subject selection) are shared by English and

Chinese, thus strengthening the claim that they may be linguistic universals. Our discussion also shows that the notion of case helps to explain a number of semantically relevant syntactic facts. For example, in both Chinese and English (cf. Fillmore, 1968: 31) only sentences containing the Agentive case may become imperatives and take benefactive objects. The semantic contribution of, cases is also evident in the transformations found in Chinese involving pretransitivization and passivization. The specification of case categories in the structural index of transformations makes it possible to greatly simplify the description of these transformations and thus helps eliminate proliferation of syntactic features (e.g. [±active], [±disposal]) in the lexicon.

Fillmore's current model of case grammar has important implications for the contrastive analysis of grammatical systems in its potential for simplifying the task of the contrastive analyst. For not only does his model provide us with much simpler base rules by (a) assuming that there is no sequential ordering among various case categories in the deep structure, (b) treating most adverbial expressions (e.g., benefactive, instrumental, comitative, resultative phrases) as derivable from case categories containing a noun phrase, and (c) eliminating such language-specific constituents as prepositions, coverbs, postverbs, localizers from the base rules; it also gives us a greatly simplified lexicon by (a) collapsing strict subcategorization and selectional restriction into a case frame and (b) allowing facultative representation of cases in the frame-feature expressions. These revisions make the base rules look more like universal base rules, which do not have to be stated separately for each language. Furthremore, Fillmore's case grammar model tells us in a more economical and significant way what transformations to compare and how to compare them. For from the universality of base rules it follows that if there is in one language a certain deep structure that must undergo transformation, there will be a corresponding deep structure in the other language that must also undergo transformation (e.g., subject-selection, passivization, case marker deletion.) Surface-structure differences between languages, on the other hand, may be explained by the application or nonapplication of certain transformations in each language. For example, the semantic characterization of Chinese sentences as typically topic-comment relation (as opposed to the typical actor-action relationship in English) can be accounted for by the fact that while the topicalization transformation is available in Mandarin Chinese, English sentences may undergo only the subjectiv-alization.

Thus the contrastive analyst can now concentrate most of his attention on the investigation of the trans-formational rules which change similar deep structures into seemingly very different surface structures. Lexical items which are semantically similar across languages may also be compared in terms of their frame features (e.g., *shā* +[___ D (I(A))] as opposed to *kill* +[___ D (1)(A)]; i.e., the Instrumental does not become subject in Chinese, while it does in English) and their rule features (e.g., both *sǐ* and *die* share the frame feature +[___ D], but only the former may undergo the dative promotion transformation, so that we have *tā sǐ le fùqin* in Chinese but not *He died father* in English.)

So far most contrastive analyses have been limited to inventories of form-classes and comparisons of word-order in surface structures. Fillmore's new model will make it possible for us to approach contrastive analysis at a more significant level, and holds the exciting pro-mise of yielding much more revealing results then has heretofore been possible.

NOTES

1. I follow Fillmore (1966) to treat Negative as an obligatory constituent (in disjunction with Affirmative) rather than an optional subconstituent of the Modality. According to Fillmore (1966: fn. 6), "this choice is necessary because of various semantic rules whose effect is to reverse the negativity value of a sentence — changing affirmatives to negatives and negatives to affirmatives."

2. Certain sentential adverbs are derivable from "superordinate" sentences (e.g., *kě-néng* 'possibly'; *zìrán* 'naturally'), while others (e.g., *yěxǔ* 'perhaps'; *běnlái* 'originally') are not derivable in this way and have to be included in the constituent Modality.

3. For Mandarin Chinese a more appropriate form of the rule may be $\left\{ {\text{Tns} \atop \text{Modal}} \right\}$, since modal verbs in Chinese never take the past tense marker *le* or its variant *yǒu*. Furthermore, if *Tns* is replaced by the marked tense marker *past*, the whole constituent may be made optional.

4. We have no strong convictions that these various elements actually comprise a single constituent, but for the time being we may assume that they do. (Cf. Fillmore, 1968: 365.)

5. Whether there is a universal constraint on the sequential order (even partially) among these categories is at the moment an open question and must be decided on by empirical evidence supplied by further investigations.

6. For the definition and semantic contents of these categories, see Fillmore (1968: 24-25).

7. wǒ [[tì]K [tā]NP]B xǐe xìn

   I -for   him-   write-a letter

   bēizi pò [[chéng]K [suei-pìan]NP]R

   (the) cup-broke-   to pieces

8. This universal constraint may explain why sentences like the following are ungrammatical. Cf. Lakoff (1968: 21).

   [A hammer]I broke the glass [with a chisel]I

9. I differ from Fillmore (1968) in treating the definite, indefinite, and generic determiners as features of nouns rather than independent morphemes under the constituent d(eterminer) in the base. For the arguments for this analysis, see Bach (1967: 464).

10. I assume that syntactic redundancy rules are language-independent in nature, while subcategorization rules and selectional rules (at least part of them) might be language-specific.

11. A line dividing the last two sets is quite vague

at the present, and it is possible that such a distinction will prove unnecessary.

12. The details of the various transformational operations discussed in this paper are rather informal and admittedly very sketchy. Especially, a number of important questions concerning derived phrase markers, the transformational cycle, and choice between ordered and disjunctive applications of transformational rules have been left undiscussed.

13. No subrules are necessary for the subject choice between the remaining cases Dative and Locative (in the sense of 'obligatory' or 'highly restricting' Locative (cf. Fillmore, 1968: fn. 34), since they do not seem to occur together in the deep structure.

14. We are here talking about the 'unmarked' subject choice, and there are of course exceptions to these generalizations. For example, verbs like *kàn-jiàn* 'see', *tīng-jiàn* 'hear', *zhī-dào* 'know', typically take the Dative, rather than the Objective, as the subject. In these cases, their idiosyncratic properties must be indicated in lexical entries; e.g., the verbs above will be given the frame feature $+[\_\_\_ O+D_s]$, where the subscript s signifies 'to be obligatorily chosen as the subject.

15. Fillmore (1968:33).

16. For the moment, we will disregard the syntactic relevance of various aspects; e.g. *zhè-bǐ yào-shi kě-ǐ kāi mén* is perfectly well-formed, whereas *zhà-bǎ yào-shi kāi le kāi* seems somewhat dubious and *zhè-bǎ yào-shi kài zhe mén* becomes altogether ungrammatical.

17. The tendency for only definite noun phrases to occur as subjects in Mandarin Chinese is shown by the so-called 'inverted' sentences, where definite locational or temporal expressions, rather than an indefinite noun phrase, are transported to the sentence-initial position,

[qiáng-shang]L [gùa-zhe]v   [ì-zhāng tú]o

on the wall - is/was hanging -a picture

[jìnlái]Tem [sǐ le]v [ì-liǎng-ge rén]o

recently - died - a couple of people

[qiánmian]L [laí le]v [liǎng-ge rén]A

(from) the front - came - two people

and by the obligatory introduction of the existential verb *yǒu* when the subject noun phrase is indefinite:

[yǒu]v [sān-ge háizi]A [zài wàimian]M

[děng]v [wǒ]o

there are-three children-outside- wait- me

For a discussion related to this, see Locative Transportation and Existential Verb Introduction.

18. The term 'pretransitivization' is derived from

'Pretransitive Construction' (Chao, 1968: 342).

19. We say 'partially' because there are other pre-transitive constructions involving various complements (e.g., directional complements, descriptive complements, resultative complements, measure complements) which go well beyond the scope of the present paper.

20. Chao (1968 : 705).

21. This will also account for the occurrence of pretransitives in the imperative: *bǎ dēng guīn diào* 'Turn off the light', *bǎ shū gěi wǒ* 'Give me the book.'

22. Sentences like *tī bǎ zuěi xiào wāi le* '(literally) he twisted his mouth by laughing'; *tā bǎ shǒupà dōu kū shì le* 'she cried her handkerchief wet', which superficially contain intransitive verbs and pretransitive objects are derived from a resultative complement sentence by what may be called the 'pseudo-transitivization' transformation.

[tā xiào le]s [[zuěibà]o wāi le]s' ⟹

[tā kū le]s [[shǒupà]o dōu shī le]s' ⟹

23. Of all the 24 verbs listed by Chao (1968: 705) as sensitive to the pretransitivization, only two verbs *hài* 'harm' and *shā* 'kill', sharing the frame feature of +[___ A+D], make exceptions to our generalization. (A similar difficulty occurs with the passivization involving the Dative as the subject. Cf. T-pass.) There seems no

other way to remedy this except to assign the frame feature [___ A+O] to these verbs, thus resulting in losing the semantic information that only animate nouns can be made the object of these verbs, or to include the Dative (in disjunction with O and F) in the structural index. The second way out is no more satifactory than the first one, since the Dative has *gěi*, not *bǎ*, as its case marker and setting up of *bǎ* as a contextual variant of *gěi* solely for this purpose seems rather ad hoc. On the other hand, the occurrences of the Locative (e.g., *tā bǎ huāpíng chī le huā* 'he-O the vase- put-flower') as well as the Dative as pretransitive objects seem to strongly suggest that the case marker *bǎ* is transformationally introduced rather than inherently assigned to the Objective.

24. It has been pointed out during the discussion at N. T. N. U. that *yóu* has a wider range of occurrence than as a suppletive alternant of the Agentive marker *bèi* coocurring with the Factitive:

[dōngxi]O [yóu wǒ]A [lái]M [bān]V

stuff- *yóu* I- come- move

[zérèn]O [yóu tā]A [qù]M [fù]V

responsibility - *yóu* he - go - assume

Note that the directional modals *lái* and *qù* frequently occur in sentences containing *yóu*, but not in sentences with *bèi*. Note also that the Objective may, though less frequently, occur after the verb:

〔〔yóu wǒ〕A 〔laí〕M 〔fù〕v 〔qián〕o 〕s' 〔hǎo le〕v

yóu I - come- pay- money - (is) fine

These facts seem to indicate that *yóu* is not always on a par with *bèi* and may not be simply analyzed as a syntactic variant of the latter.

25. Similarly, Fillmore's case grammar model for English, if so revised, will give us 'He is not known to us,' but not 'He was seen by us.'

26. I call this 'Locative Transportation' rather than 'Locative Subjectivalization', to avoid potential terminological disagreements.

27. Directional verbs like *lái* 'come', *qù* 'go', *dào* 'arrive', *zǒu* 'leave', *pǎo* 'run', which share the frame feature +〔___ A (L)〕 or +〔___ O (L)〕, may occur in a similar construction if they contain the perfective aspect marker *le* and if they appear with a locative or a temporal adverbial.

〔jìnlái〕Tem 〔sǐ le〕v 〔hěn dūo rén〕D

recently- died - many people

〔qián-mian〕L 〔lái le〕v 〔ǔ-ge háizi〕A

(from) the front - came - five children

28. The idiosyncratic property of these verbs will

be indicated in their lexical entries by a rule feature
[+ T-dat] or a frame feature +[___ D+O], as distinct
from $+\left(---\begin{Bmatrix} O+D \\ D+O \end{Bmatrix}\right)$.

29. An alternative analysis for the verb *gĕi* 'give'
is to treat it as an empty verb (i.e. zero), to be filled
by the Dative marker *gĕi* by a Dative marker promotion
transformation. Cf. T-Loc.

30. For the application of this rule, a limited set of
verbs (e.g., *sĭ* 'die', *mâ* 'feel numb', *xīa* 'go blind', *lóng* 'go
deaf') capable of entering into this relationship must be
identified by a rule feature.

31. Note that the adnominal Dative, when promoted,
may become the 'patient' subject of a passive sentence,
giving us:

[tā]D [bèi rén]A [hàisĭ le]V [fùqin]D

he-by someone- (harm) killed-father

Or it will further undergo a pretransitivization and
becomes.

[tā]D [bèi rén]A [bǎ fùqin]D [hàisĭ le]V

he-by someone- O father- (harm) killed

32. This might be again a case arguing that
the Objective marker is zero and that the pretransitive
bǎ is transformationally introduced.

33. For example, Lí (1938: 51).

REFERENCES

Bach, Emmon. 1967 "*Have* and *Be* in English Syntax." *Language* 43:462–485.

Chao, Yuen Ren. 1968 *A Grammar of Spoken Chinese*, University of California Press.

Fillmore, Charles J. 1966 "Toward a Modern Theory of Case." *The Ohio State University Project on Linguistic Analysis, Report No.* 13. 1–24. Reprinted in D. Reibel and S. Shane, eds., *Modern Studies in English*, Prentice-Hall, 1969, 361–375.

——. 1968 "The Case for Case." in E. Bach and R. Harms, eds., *Universals in Linguistic Theory*, Holt, Rhinehart and Winston, 1968, 1–88.

Lakoff, George. 1968 "Instrumental Adverbs and the Concept of Deep Structure," *Foundations of Language* 4, 4–29.

Lí, Jǐn-xī. 1938 Xīnzhù Guóyǔ Wénfǎ Dìngzhèngběn (A New Chinese Grammar: Revised Edition). Chángshā: Shāngwù Yìnshūguǎn.

*This paper was originally presented at the Pacific Conference on Contrastive Linguistics and Language Universals, Honolulu, Hawaii, January 11–16, 1971. I wish to thank Dr. R. C. Troike, Professor C. M. Yang, and other members of the Linguistic Circle of the National Taiwan Normal University for their valuable comments and suggestions. I am also grateful to my students at N. T. N. U. for serving as my principal informants in judging the grammaticality of the Chinese sentences used in this paper.

* 本文原發表於1971年夏威夷大學舉辦的 Pacific Conference on Contrastive Linguistics and Language Universals, 並刊載於 Papers in Linguistics In Honor of A. A. Hill, 148至178頁。

Double-Object Constructions in Chinese *

National Taiwan Normal University

I. Introduction

In Chinese, as in many other languages, there is a class of transitive verbs which take two objects in surface forms. Of the two objects, the one which immediately follows the verb and generally refers to a person is traditionally termed indirect object, while the one which follows the indirect object and generally refers to an impersonal object is called direct object. Verbs falling under this class include *ji* 'mail', *jyau* 'hand over', *di* 'pass on', *chwan* 'pass', *mai* 'sell', *syu* 'promise', *shu* 'lose', *shang* 'bestow', *fa* 'punish (by a fine)', *two (fu)* 'entrust', *chingjyau* 'inquire (respectfully)', *(ma)-fan* 'trouble', *jye* 'loan', *na* 'take', *mai* 'buy', *dzu* 'rent', *fen* 'share', *chyang* 'rob', *tou* 'steal', *jan* 'occupy', *ying* 'win', *jwan* 'earn', *yung* 'use', *hwa* 'cost', etc.[1] We may call these verbs double-object verbs or, following Quirk et al. (1972:39), ditransitive verbs.

Despite their surface similarities, however, not all the direct and the indirect objects occurring with these verbs fulfil the same semantic function. Nor do they behave exactly alike in syntactic transformations. The purpose of this paper is to investigate the underlying semantic structure of double objects in Standard Chinese[2] as well as their syntactic behavior in relevant transformations.

II. Subclassification of Double-Object Verbs in Chinese

On the surface, double-object verbs in Chinese may be subclassified into four types, depending on whether the indirect object takes the dative preposition *gei* 'to',

* I am grateful to Professors Jeffrey C. Tung and L. Tai of National Taiwan Normal University for their valuable comments on an earlier version of this paper.

1 Chao (1968:318) lists also verbs of the 'call' type like *jyau* 'call', *ma* 'call (names)', *dang* 'take as', *feng* 'enfeoff' as falling under this category. However, noun phrases following these verbs are object and objective complement rather than indirect and direct objects.

2 By 'Standard Chinese' here we mean Mandarin Chinese as spoken by the younger generation in Taiwan. The acceptability judgments, indicated with the presence or absence of an asterisk, are mainly of my students' as well as my own.

The question mark before a sentence indicates that there may be considerable dialectal and/or idiolectal variation. This may also suggest that the borderline between ill-formedness and well-formedness is at times rather 'fuzzy'.

whether the direct and the indirect objects may be transposed to allow two different word orders, and whether the indirect object may be genitivized to become a premodifier of the direct object.

Type I verbs include *chwan* 'pass on', *jyau* 'hand over', *syu* 'promise', *ji* 'mail', *mai* 'sell', *shu*[*3] 'lose' (Chao 1968:317). With these verbs, the indirect object must take the preposition *gei* and may either precede or follow the direct object.

> (1) Wo ji gei ta yi-fen liwu.
> 'I mail to he one-class. present'
> 'I mailed him a present. '

> (2) Wo ji yi-fen liwu gei ta.
> 'I mail one-class. present to he'
> 'I mailed a present to him.'

Notice that the indirect object may be omitted without changing the basic meaning. The deletion of the direct object, on the other hand, is less common and seems to be natural only in special contexts.[4]

> (3) Wo ji le yi-fen liwu.
> 'I mail perf. one-class. present'
> 'I mailed a present.'

> (4) ?Wo ji gei le ta.
> 'I mail to perf. he'
> 'I mailed to him.'

Type II verbs include *sung* 'send, present', *jyau*[*] 'teach', *shang* 'bestow', *two(fu)* 'entrust', *gausung*[*] 'tell', *hwan* 'return' (Chao 1968:317), *shu* 'lose', *fu* 'pay'. With these verbs, the indirect object may either precede or follow the direct object. The preposition *gei* is obligatory if the indirect object follows the direct object, but optional when the word order is reversed. Compare, for example:

> (5) Wo sung (gei) ta yi-fen liwu.

---

3 The asterisks behind the verbs indicate that my own usage with regard to these verbs differs from Chao's (1968).

4 It seems all right, for example, in discourses such as the following:
A: Wo dzwotyan ji le yi-fen liwu gei pengyou.
'I mailed a present to a friend yesterday.'
B: Ni ji gei shei?
'Who did you mail to?'
C: Wo ji gei Lau Jang.
'I mailed to Old Jang.'

'I send (to) he one-class. present'
'I sent him a present.'

(6) Wo sung le yi-fen liwu gei ta.
'I send perf. one-class. present to he'
'I sent a present to him.'

The omission of the indirect object seems to result in a more acceptable sentence than the deletion of the direct object.

(7) Wo sung le yi-fen liwu.
'I send perf. one-class. present'
'I sent a present.'

(8) ?Wo sung (gei) le ta.
'I send (to) perf. he'
'I sent (to) him.

Type III verbs include *chr* 'eat', *he* 'drink', *chou* 'smoke', *shou* 'receive', *yung* 'use', *jwan* 'earn', *ying* 'win', *chyang* 'rob', *tou* 'steal', *jan* 'occupy', *fa* 'punish (by a fine)', *pyan* 'swindle' (Chao 1968:318), *yau* 'ask (for)', *tau* 'beg', *hwa* 'spend, cost', *chyan* 'owe' With these verbs, the indirect object may not take the dative preposition *gei* and must precede the direct object in the surface sentence.

(9) Wo yau le (*gei) ta yi-fen liwu.
'I ask perf. (to) he one-class. present'
'I asked him for a present.'

(10) *Wo yau le yi-fen liwu ta.
'I ask perf. one-class. present he'
'I asked a present of him.'

Here again the omission of the indirect object seems to be more natural than that of the direct object. Moreover, the indirect object may be genitivized to become a premodifier of the direct object without changing the basic meaning. (Cf. Chao 1968: 318).

(11) Wo yau le yi-fen liwu.
'I ask perf. one-class. present'
'I asked for a present.'

(12) ?Wo yau le ta. (Cf. Wo gen ta yau le.)
'I ask perf. he' (Cf. 'I with he ask perf.')

'I asked (of) him.' (Cf. 'I asked from him.')

(13) Wo yau le ta-de yi-fen liwu.
'I ask perf. he-gen. one-class. present'
'I asked for his present.'

Type IV verbs include *wen* 'ask, querry', *chingjyau* 'ask, inquire (respectfully)', *(ma)fan* 'trouble' (Chao 1968:318), *jyau* 'teach', *gausu* 'tell'. Like Type III verbs, these verbs may nót take the preposition *gei* before the indirect object, which, furthermore, must precede the direct object.

(14) a. Ta wen (*gei) wo syudwo wenti.
'he ask (to) I plenty question'
'He asked me a lot of questions.'

b. *Ta wen le syudwo wenti (gei) wo.
'he ask perf. plenty question (to) I'
'He asked a lot of questions of me.'

(15) Wo jyau le ta yi-sye mijywe.
'I teach perf. he some secret'
'I taught him some secrets.'

b. *Wo jyau le yi-sye mijywe ta.
'I teach perf. some secret he'
'I taught some secrets (to) him.'

(Cf. (*)[5] Wo jyau le yi-sye mijywe gei ta.)
'I teach perf. some secret to he'
'I taught some secrets to him.'

Unlike Type III verbs, however, either object may be omitted without changing the meaning. Notice also that the indirect object may not be changed into a possessive form to become a modifier of the direct object.

(16) a. Ta wen le syudwo wenti.
'he ask perf. plenty question'
'He asked a lot of questions.'
b. Ta wen le wo.

___

5 The symbol '(*)' indicates that a sentence marked with it is acceptable to some, but not all speakers.

'he ask perf. I'
'He asked me.'

c. *Ta wen le wo-de yi-ge wenti.
'he ask perf. I-gen. one-class. question'
'He asked my question.'

(17) a. Wo jyau le yi-sye mijywe.
'I teach perf. some secret'
'I taught some secrets.'

b. Wo jyau le ta.
'I teach perf. he'
'I taught him. '

c. *Wo jyau le ta-de mijywe.
'I teach perf. he-gen. secret'
'I taught his secret.'

In addition, it is important to note two special kinds of double-object verbs
that cut across the classification described above. They are the so-called 'bi-directional'
verbs (e.g. *na* 'take', *mai* 'buy', *dzu* 'rent', *jye* 'loan', *fen* 'share' (Chao 1968: 318),
and the verb *gei* 'give'). With bi-directional verbs, which may occur with or without
the preposition, the use or nonuse of the preposition *gei* before the indirect object
makes a difference in the semantic interpretation of the sentence. The direction
of the action denoted by the verb is from the subject to the indirect object (i.e.
'outward') if *gei* is present, and from the indirect object to the subject (i.e. 'inward')
if the preposition is absent. When used in the 'outward' sense, with *gei* present,
the indirect object may either precede or follow the direct object just as any Type
I verb but when used in the 'inward' sense, with *gei* absent, the indirect object must
precede the direct object just as any Type III verb. Compare, for example:

(18) a. Wo jye gei ta shr-kwai chyan.
'I lend to he ten-dollar money'
'I lent him ten dollars.'

b. Wo jye shr-kwai chyan gei ta.
'I lend ten-dollar money to he'
'I lent ten dollars to him.'

(19) a. Wo jye le ta shr-kwai chyan.[6]
          'I borrow perf. he ten-dollar money'
          'I borrowed ten dollars from him.'

      b. *Wo jye le shr-kwai chyan ta.
          'I borrow perf. ten-dollar money he'

Notice that the omission of the indirect object is possible only with the 'inward' verb and that only the indirect object of the 'inward' verb may be genitivized to become a modifier of the direct object.

(20) a.*Wo jye le shr-kwai chyan. [7]
          'I lend perf. ten-dollar money'
          'I lent ten dollars.'

      b. ?Wo jye gei le ta.
          'I lend to perf. he'
          'I lent to him.'

(21) a. Wo jye le shr-kwai chyan.
          'I borrow perf. ten-dollar money'
          'I borrowed ten dollars.'

      b. ?Wo jye le ta. (Cf. Wo gen ta jye le.)
          'I borrow perf. he' (Cf. 'I with he borrow perf.')
          'I borrowed (from) him. (Cf. 'I borrowed from him'.)

      c. Wo jye le ta-de shr-kwai chyan.
          'I borrow perf. he-gen. ten-dollar money'
          'I borrowed his ten dollars.'

Thus, we will analyze these verbs as *jyegei* 'lend to', *dzugei* 'rent to', *fengei* 'give a share to', *maigei* 'buy for', *nagei* 'take to', on the one hand, and *jye* 'borrow from', *dzu* 'rent from', *fen* 'get a share from', *mai* 'buy from', *na* 'take from', on the other, and assign them respectively to Type I and Type III.

The verb *gei* 'give' superficially resembles Type IV verbs because the verb does not take *gei* before the indirect object, which almost always occurs before the direct object.

---

6 Quite a few speakers, perhaps under the influence of Taiwanese, interprets this sentence in the 'outward' sense:
      'I lent him ten dollars.'
7 Compare the interpretation of this sentence with that of (21.a).

(22) a. Ta gei wo chyan.
'he give I money'
'He gave me money.'

b. *Ta gei chyan wo.
'he give money I'
'He gave money (to) me.'

(23) Ta gei chyan gei wo.
'he give money to I'
'He gave money to me.'

(24) *Ta gei gei wo chyan.
'he give to I money'
'He gave to me money.'

This analysis is supported by the fact that though *ji* in *gungji* 'provide' and *gei* in *fagei*[8] 'issue' are both represented by the same character 給 , the preposition *gei* must be deleted after *fagei* but need not be so after *gungji*.

(25) Ta gungji (gei) wo syudwo shu. (Cf. Li 1968:125)
'he provide (to) I plenty book'
'He provided me with a lot of books.'

(26) Ta fagei (*gei) wo syudwo shu.
'he issue (to) I plenty book'
'He issued a lot of books to me.'

Based on these observations, it seems reasonable to assign the verb *gei* to Type II, with the proviso that the indirect object may not take the preposition *gei* if it, immediately follows the verb.

III. Double-Object Constructions and Relevant Transformations

Constructions containing direct and indirect objects may undergo transformations such as Object Preposing with *Ba*, Object Preposing with *Lyan*, Passivization, Topicalization, Relativization, and Clefting. Different types of double object verbs, however, behave quite differently with regard to these transformations.

3.1 Object Preposing with *Ba*

---

8 If *fagei* is pronounced as *faji* (cf. Li 1968:125), then the verb may take *gei* before the indirect object.

With Type I verbs (including 'outward' verbs) and Type II verbs (including the verb *gei*), the direct object, but not the indirect object, may take the preposition *ba* (literally) hold' and be shifted to preverbal position.

(27) a. Wo ba yi-fen liwu ji gei ta.
        'I hold one-class. present mail to he'
        'I had a present mailed to him.'

      b. *Wo ba ta ji (gei) le yi-fen liwu.
        'I hold he mail (to) perf. one-class. present'
        '(literally) I had a present mailed to him.'

(28) a. Wo ba shr-kwai chyan jye gei ta.
        'I hold fen-dollar money lend to he'
        'I had the ten dollars lent to him.'

      b. *Wo ba ta jye (gei) le shr-kwai chyan.
        'I hold he lend (to) perf. ten-dollar money'
        '(literally) I had him lent ten dollars.'

(29) a. Wo ba yi-fen liwu sung (gei) ta. (Cf. Li 1968:124)
        'I hold one-class. present send (to) he'
        'I had a present sent to him.'

      b. *Wo ba ta sung (gei) le yi-fen liwu.
        'I hold he send (to) perf. one-class. present'
        '(literally) I had him sent a present.'

(30) a. Wo ba shr-kwai chyan gei ta.
        'I hold ten-dollar money give he'
        'I had the ten dollars given to him.'

      b. *Wo ba ta gei le shr-kwai chyan.
        'I hold he give perf. ten-dollar money'
        '(literally) I had him given ten dollars.'

With Type III verbs (including 'inward' verbs) Object Preposing with *Ba* seems to be inapplicable.

(31) a. *Wo ba yi-fen liwu yau le ta.
        'I hold one-class. present ask perf. he'
        '(literally) I had a present asked of him.'

b. *Wo ba ta yau le yi-fen liwu.⁹
'I hold he ask perf. one-class. present'
'(literally) I had him asked of a present.'

(32) a. *Wo ba shr-kwai chyan jye le ta.
'I hold ten-dollar money borrow perf. he'
'(literally) I had the ten dollars borrowed from him.'

b. *Wo ba ta jye le shr-kwai chyan.
'I hold he borrow perf. ten-dollar money'
'(literally) I had him borrowed ten dollars from.'

With Type IV verbs, only the direct object of the verb *jyau* 'teach' may be preposed. Compare, for example:

(33) a. Wo ba mijywe jyau (gei) le ta.
'I hold secret teach (to) perf. he'
'I had the secret taught to him.'

b. *Wo ba ta jyau le mijywe.
'I hold he teach perf. secret'
'I had him taught the secret'

(34) a. *Wo ba syudwo wenti wen le ta.
'I hold plenty question ask perf. he'
'(literally I had a lot of questions asked of him.'

b. *Wo ba ta wen le syudwo wenti.
'I hold he ask perf. plenty question'
'(literally) I had him asked of a lot of questions.'

3.2 Object Preposing with *Lyan*

With Type 1 verbs (including 'outward' verbs), only the direct object may take *lyan* 'even' and be moved to the preverbal or sentence-initial position.

(35) a. Wo lyan nei—fen liwu dou ji gei laushr le.
'I even that-class. present all mail to teacher perf.'
'I mailed even that present to the teacher.'

b. *Wo lyan laushr dou ji (gei) ye-fen li-wu le.

---

9 Many speakers, however, consider (31.b) to be not as bad as (31.a). There are also speakers who accept *Wo ba ta fa le shr-kwai chyan* '(literally) I had him fined ten dollars'.

'I even teacher all mail perf. one-class. present to he'

'I mailed a present even to the teacher.'

(36) a. Wo lyan na-shr-kwai chyan dou jye gei laushr le.

'I even that-ten-dollar money all to teacher perf.'

'I lent even those ten dollars to the teacher.'

b. *Wo lyan laushr dou jye (gei) shr-kwai chyan le.

'I even teacher all lend (to) ten-dollar money perf.'

(Cf. Wo lyan *laushr* dou jye le shr-kwai chyan gei *ta.*)

With Type II verbs (including the verb *gei*), the indirect as well as the direct object may be preposed, provided that the indirect object does not take the preposition *gei.*

(37) a. Wo lyan nei-fen liwu dou sung (gei) laushr le.

'I even that-class. present all send (to) teacher perf.'

'I sent even that present to the teacher.'

b. Wo lyan laushr dou sung (*gei) le yi-fen liwu.

'I even teacher all send (to) perf. one-class. present'

'I sent a present even to the teacher.'

(38) a. Wo lyan chyan dou gei laushr le.

'I even money all give teacher perf.'

'I gave even the money to the teacher.'

b. Wo lyan laushr dou gei le chyan.

'I even teacher all give perf. money'

'I gave money even to the teacher.

With Type III verbs (including 'inward' verbs), however, only the indirect object may be preposed; and with Type IV verbs, both the direct and the indirect object may be preposed.

(39) a. *Wo lyan nei-fen liwu dou yau ta le.

'I even that-class. present all ask he perf.'

(Cf. Wo lyan nei-fen liwu dou gen ta yau le.)

'I even that-class. present all with he ask perf.'

'I asked him even for that present.'

b. Wo lyan ta dou yau le yi-fen liwu.

'I even he all ask perf. one-class. present'

'I asked a present even of him.'

(40) a. *Wo lyan na-shr-kwai chyan dou jye laushr le.
'I even that-ten-dollar money all borrow teacher perf.'
(Cf. Wo lyan na-shr-kwai chyan dou gen laushr jye le.)
'I even that-ten-dollar money all with teacher borrow perf.'
'I borrowed even those ten dollars from the teacher.'

b. Wo lyan laushr dou jye le shr-kwai chyan.
'I even teacher all borrow perf. ten-dollar money'
'I borrowed ten dollars even from the teacher.'

(41) a. Wo lyan nei-ge mijywe dou jyau le ta.
'I even that-class. secret all teach perf. he'
'I taught him even that secret.'

b. Wo lyan ta dou jyau le nei-ge mijywe.
'I even he all teach perf. that-class. secret'
'I taught that secret even to him.'

(42) a. Wo lyan nei-ge wenti dou wen le laushr.
'I even that-class. question all ask perf. teacher'
'I asked the teacher even that question.'

b. Wo lyan laushr dou wen le nei-ge wenti.
'I even teacher all ask perf. that-class. question'
'I asked even the teacher that question.'

3.3 Passivization

With Type I verbs (including 'outward' verbs) and Type II verbs (including the verb *gei*), only the direct object may become the subject of a passive sentence, whereas with Type III verbs (including 'inward' verbs), only the indirect object may become the passive subject. As for Type IV verbs, *wen* 'ask' takes the indirect object as its passive subject, whereas *jyau* 'teach' takes the direct object as its passive subject (or, at least, a passive sentence with the indirect object as subject seems less acceptable than one with the direct object as subject).

(43) a. Nei-ben shu bei ta ji gei pengyou le:
'that-class. book by he mail to friend perf.'
'That book was mailed to his friend by him.'

b. *Wo bei ta ji (gei) nei-ben shu le.
'I by he mail (to) that-class. book perf.'

'(literally) I was mailed that book by him.'

(44) a. Na-shr-kwai chyan bei ta jye gei pengyou le.
         'that-ten-dolar money by he lend to friend perf.'
         'Those ten dollars were lent to a friend by him.'

      b. *Wo bei ta jye gei shr-kwai chyan le.
         'I by he lend to ten-dollar money perf.'
         '(literally) I was lent ten dollars by him.'

(45) a. Nei-ben shu bei ta sung (gei) pengyou le.
         'that-class. book by he send (to) friend perf.'
         'That book was sent to a friend by him.'

      b. *Wo bei ta sung (gei) nei-ben shu le.
         'I by he send (to) that-class. book perf.'
         '(literally) I was sent that book by him.'

(46) a. Nei-sye chyan bei ta gei le pengyou le.
         'that-class. money by he give perf. friend part.'
         'That money was given to a friend by him.'

      b. *Wo bei ta gei le nei-sye chyan le.
         'I by he give perf. that-class. money part.'
         '(literally) I was given that money by him.'

(47) a. *Na-shr-kwai chyan bei pengyou yau le wo le.
         'that-ten-dollar money by friend ask perf. I part.'
         '(literally) Those ten dollars were asked of me by a friend.'

      b. Wo bei pengyou yau le shr-kwai chyan le.
         'I by friend ask perf. ten-dollar money part.'
         'I was asked for ten dollars by a friend.'

(48) a. *Na-shr-kwai chyan bei pengyou jye le wo le.
         'that-ten-dollar money by friend borrow perf. I part.'
         'Those ten dollars were borrowed from me by a friend.'

      b. Wo bei pengyou jye le shr-kwai chyan le.
         'I by friend borrow perf. ten-dollar money part.'
         '(literally) I was borrowed ten dollars by a friend.'

(49) a. ?Nei-ge mijywe bei ta jyau le pengyou le.
         'that-class. secret by he teach perf. friend part.'

(Cf. (?)[10] Nei-ge mijywe bei ta jyau gei pengyou le.)

    'that-class. secret by he teach to friend perf.'

    'That secret was taught to a friend by him.'

    b. *Wo bei pengyou jyau le nei-ge mijywe le.

       'I by friend teach perf. that-class. secret part.'

       'I was taught that secret by a friend.'

(50 a. *Nei-ge wenti bei laushr wen gwo wo le.

       'that-class. question by teacher ask asp. I part.'

       ((literally) That question was asked me by the teacher.'

    b. Wo bei laushr wen gwo nei-ge wenti le.

       'I by teacher ask asp. that-class. question part.'

       'I was asked that question by the teacher.'

3.4 Topicalization

With Type I verbs (including 'outward' verbs), only the direct object may be shifted to the sentence-initial position to become the topic of the sentence. With Type II verbs (including the verb *gei*), the indirect object may also become the topic if it is not preceded by the dative preposition *gei*. With Type III verbs (including 'inward' verbs), the topicalization of the indirect object seems more natural than that of the direct object, and with Type IV verbs, both direct and indirect objects may be topicalized.

(51) a. Nei-fen liwu, wo ji gei laushr le.

       'that-class. present I mail to teacher perf.'

       'That present, I mailed to the teacher.'

    b. *Laushr, wo ji (gei) le nei-fen liwu le.

       'teacher, I mail (to) perf. that-class. present part.'

       'The teacher, I mailed that present.'

       (Cf. *Laushr* wo ji le nei-fen liwu gei *ta* le.)

       'teacher, I mail perf. that-class. present to he part.'

       'The teacher, I mailed that present to him.'

(52) a. Na-shr-kwai chyan, wo jye gei ta le.

       'that-ten-dollar money, I lent to him.'

       'Those ten dollars, I lent to him.'

    b. *Ta, wo jye (gei) shr-kwai chyan le.

---

10 The symbol '?!' indicates that the sentence is acceptable to some speakers, but questionable to others.

'he, I lend (to) ten-dollar money perf.'
'Him, I lent ten dollars.'

(53)　a. Nei-fen liwu, wo sung (gei) laushr le.
　　　　'that-class. present, I send (to) teacher perf.'
　　　　'That present, I sent to the teacher.'

　　　　b. Laushr, wo sung (*gei) le nei-fen liwu le.
　　　　'teacher, I send (to) perf. that-class. present part.'
　　　　'The teacher, I sent that present.'

(54)　a. Chyan, wo gei le ta le.
　　　　'money, I give perf. he part.'
　　　　'The money, I gave to him.'

　　　　b. Ta, wo gei le chyan le.
　　　　'he, I give perf. money part.'
　　　　'Him, I gave the money.'

(55)　a. ?Nei-fen liwu, wo yau gwo ta.
　　　　'that-class. present, I ask asp. he'
　　　　(Cf. Nei-fen liwu, wo gen ta yau gwo.)
　　　　　　'that-class. present, I with he ask asp.'
　　　　'That present, I have asked him for.'

　　　　b. Ta, wo yau gwo nei-fen liwu.
　　　　'he, I ask asp. that-class. present'
　　　　'Him, I asked for that present.'

(56)　a. ?Na-shr-kwai chyan, wo jye le ta le.
　　　　'that-ten-dollar money, I borrow perf. he part.'
　　　　(Cf. Na-shr-kwai chyan, wo gen ta jye le.)
　　　　　　'that-ten-dollar money, I with he borrow perf.'
　　　　'Those ten dollars, I borrowed from him.'

　　　　b. Ta, wo jye le shr-kwai chyan le.
　　　　'he, I borrow perf. ten-dollar money part.'
　　　　'From him, I borrowed ten dollars.'

(57)　a. Nei-ge mijywe, wo jyau gwo ta.
　　　　'that-class. secret, I teach asp. he'
　　　　'That secret, I have taught him.'

b. Ta, wo jyau gwo nei-ge mijywe.
'he, I teach asp. that-class. secret'
'Him, I have taught that secret.'

(58) a. Nei-ge wenti, wo wen gwo laushr.
'that-class. question, I ask asp. teacher'
'That question, I have asked the teacher.'

b. Laushr, wo wen gwo nei-ge wenti.
'teacher, I ask asp. that-class. question'
'The teacher, I have asked the question.'

3.5 Relativization

With Type I verbs (including 'outward' verbs), only the direct object may be relativized. With Type II verbs (including the verb gei), the indirect as well as the direct object seems to be relativizable. With Type III verbs (including inward' verbs), ˜nly the indirect object may be relativized, whereas with Type IV verbs, both the ˙ect and the indirect objects are relativizable. Compare the following:

(59) a. Je jyou shr wo yau ji gei pengyou de liwu.
'this simply be I want mail to friend sub. present'
'This is the present I want to mail to a friend.'

b. *Ta jyou shr wo yau ji (gei) liwu de pengyou.
'he simply be I want mail (to) present sub. friend'
(Cf. Ta jyou shr wo yau ji gei ta liwu de *pengyou.*)
'he simply be I want mail to he present sub. friend'
'He is the friend I want to mail a present to.'

(60) a. Je jyou shr wo jye gei pengyou de shr-kwai chyan.
'this simply be I lend to friend sub. ten-dollar money'
'This is the ten dollars I lent to a friend.'

b. *Ta jyou shr wo jye (gei) shr-kwai chyan de pengyou.
'he simply be I lend (to) ten-dollar money sub. friend'
'He is the friend I lent ten dollars to.'
(Cf. Ta jyou shr wo jye gei ta shr-kwai chyan de *pengyou.*)
'he simply be I lend to he ten-dollar money sub. friend'
'He is the friend I lent ten dollars to.'

(61) a. Je jyou shr wo yau sung (gei) pengyou de liwu.
'this simply be I want send (to) friend sub. present'
'This is the present I want to send to a friend.'

       b. Ta jyou shr wo yau sung (*gei) liwu de pengyou.
         'he simply be I want send (to) present sub. friend'
         'He is the friend I want to send a present.'

(62) a. Je jyou shr wo gei le pengyou de chyan.
         'this simply be I give perf. friend sub. money'
         'This is the money I gave to a friend.'

       b. Ta jyou shr wo gei le shr-kwai chyan de pengyou.
         'he simply be I give perf. ten-dollar money sub. friend'
         'He is the friend I gave ten dollars.'

(63) a. ?Je-jyou shr wo yau gwo pengyou de liwu.
         'this simply be I ask asp. friend sub. present'
         (Cf. Je jyou shr wo gen pengyou yau gwo de liwu.)
            'this simply be I with friend ask asp. sub. present'
         'This is the present I have asked a friend for.'

       b. *Ta jyou shr wo yau gwo liwu de pengyou.
         'he simply be I ask asp. present sub. friend'
         (Cf. Ta jyou shr wo gen ta yau gwo liwu de *pengyou*.)
            'he simply be I with he ask asp. present sub. friend'
         'He is the friend I have asked for a present.'

(64) a. ?Je jyou shr wo jye le pengyou de shr-kwai chyan.
         'this simply be I borrow perf. friend sub. ten-dollar money'
         'This is the ten dollars I borrowed from a friend.'
         (Cf. Je jyou shr wo gen pengyou jye de shr-kwai chyan.)
            'this simply be I with friend borrow sub. ten-dollar money'
            'This is the ten dollars I borrowed from a friend.'

       b. Ta jyou shr wo jye le shr-kwai chyan de pengyou.
         'he simply be I borrow perf. ten-dollar money sub. friend'
         (Cf. Ta jyou shr wó gen ta jye le shr-kwai chyan de *pengyou*.)
            'he simply be I with he borrow perf. ten-doilar money sub. friend'
         'He is the friend (from whom) I borrowed ten dollars.'

(65) a. Je jyou shr wo jyau le pengyou de mijywe.
         'this simply be I teach perf. friend sub. secret'
         'This is the secret I taught to a friend.'

       b. Ta jyou shr wo jyau le mijywe de pengyou.

'he simply be I teach perf. secret sub. friend'
'He is the friend I taught the secret.'

(66) a. Je jyou shr wo wen gwo pengyou de wenti.
'this simply be I ask asp. friend sub. question'
'This is the question I have asked a friend.'

b. Ta jyou shr wo wen gwo wenti de pengyou.
'he simply be I ask asp. question sub. friend'
'He is the friend I have asked a question.'

3.6 Clefting

With Type I verbs (including 'outward' verbs), only the direct object may be separated from the rest of the sentence by the subordinate marker *de* and *shr* 'be' (corresponding to the English pseudo-cleft construction *what ... is ...*).   With Type II verbs (including the verb *gei*), the indirect object may also be cleft if it does not take *gei*.[11] With Type III verbs (including 'inward' verbs), on the other hand, clefting of the indirect object seems to be more acceptable than clefting of the direct object.   Finally with Type IV verbs, both the direct and the indirect objects may be cleft and put in focus.

(67) a. Wo ji gei pengyou de shr jei-fen liwu.
'I mail to friend sub. be this-class. present'
'What I mailed to the friend is this present.'

b. *Wo ji yi-fen liwu de shr (gei) jei-wei pengyou.
'I mail one-class. present sub. be (to) this-class. friend'
'(literally) The one I mailed a present is (to) this friend.

(68) a. Wo jye gei pengyou de shr jei-ben shu.
'I lend to friend sub. be this-class. book'
'What I lent to the friend is this book'.

b. *Wo jye yi-ben shu de shr (gei) jei-wei pengyou.
'I lend one-class. book sub. be (to) this-class. friend'
'(literally) The one I lent a book is (to) this friend.'

(69) a. Wo sung (gei) pengyou de shr jei-fen liwu.
'I send (to) friend sub. be this-class. present'
'What I sent to the friend is this present.'

---

11 Some speakers, however, consider the clefting of the indirect object less natural than that of the direct object.

b. ?Wo sung yi-fen liwu de shr (*gei) jei-wei pengyou.
'I send one-class. present sub. be (to) this-class. friend'
(Cf. Wo sung gei *ta* yi-fen liwu de shr jei-wei *pengyou*.)
'I send to he one-class. present sub. be this-class. friend'
'(literally) The one I sent a present to is this friend.'

(70) a. Wo gei pengyou de shr chyan.
'I five friend sub. be money'
'What I gave (to) a friend is money.'

b. Wo gei chyan de shr jei-wei pengyou
'I give money sub. be this-class. friend'
'(literally) The one I gave money (to) is this friend.'

(71) a. ?? Wo yau gwo pengyou de shr jei-fen liwu.
'I ask asp. friend sub. be this-class. present'
(Cf. Wo gen pengyou yau gwo de shr jei-fen liwu.)
'I with friend ask asp. sub. be this-class. present'
'What I have asked my friend for is this present.'

b. Wo yau gwo yi-fen liwu de shr jei-wei pengyou.
'I ask asp. one-class. present sub. be this-class. friend'
(Cf、Wo gen *ta* yau· gwo yi-fen liwu de shr jei-wei, *pengyou*.)
'I with he ask asp. one-class. present sub. be this-class. friend'
'(literally) The one I asked for a present is this friend.'

(72) a. ?? Wo jye le pengyou de shr jei-ben shu.
'I borrow perf. friend sub. be this-class. book'
(Cf. Wo gen pengyou jye de shr jei-ben shu.)
'I with friend borrow sub. be this-class. book'
'What I borrowed from the friend is this book.'

b. Wo jye le yi-ben shu de shr jei-wei pengyou.
'I borrow perf. one-class. book sub. be this-class. friend'
(Cf. Wo gen *ta* jye le yi-ben shu de shr jei-wei *pengyou*,)
'I with he borrow perf. one-class. book sub. be this-class. friend'
'(literally) The one I borrowed a book from is this friend.'

(73) a. Wo jyau gwo pengyou de shr jei-ge mijywe.
'I teach asp. friend sub. be this-class. secret'
'What I have taught the friend is this secret.'

      b. Wo jyau gwo mijywe de shr jei-wei pengyou.

       'I teach asp. secret sub. be this-class. friend'

       '(literally) The one I taught the secret is this friend.'

(74) a. Wo wen gwo pengyou de shr jei-ge wenti.

       'I ask asp. friend sub. be this-class. question'

       'What I have asked the friend is this question.'

      b. Wo wen gwo wenti de shr jei-wei pengyou.

       'I ask asp. question sub. be this-class. friend'

       '(literally) The one I have asked the question is this friend.

Based on the above observations, the transformational behavior of various types of double-object verb in Chinese may be summarized as follows:

	Ba-Preposing	Lyan-Preposing	Passivization	Topicalization	Relativization	Clefting
Type I	D.O.	D.O.	D.O.	D.O.	D.O.	D.O.
Type II	D.O.	D.O./I.O.	D.O.	D.O./I.O.	D.O./I.O.	D.O./I.O.
Type III	———	I.O.	I.O.	I.O.(?D.O.)	I.O.(?D.O.)	I.O.(?D.O.)
Type IV jyau	D.O.	D.O./I.O.	(?D.O.)	D.O./I.O.	D.O./I.O.	D.O./I.O.
wen	———		I.O.			
Bidirectional Outward	D.O.	D.O.	D.O.	D.O.	D.O.	D.O.
Inward	———	I.O.	I.O.	I.O.(?D.O.)	I.O.(?D.O.)	I.O.(?D.O.)
Gei	D.O.	D.O./I.O.	D.O.	D.O./I.O.	D.O./I.O.	D.O./I.O.

IV. Semantic Functions of Objects and Proposed Underlying Semantic Structures for Double-Object Constructions in Chinese

It is obvious from the foregoing discussion that direct and indirect objects occurring with various types of double-object verbs differ from one another in a rather systematic way with regard to Optionality of Objects, Indirect Object Movement. Object Preposing with *Ba*, Object Preposing with *Lyan*, Passivization , Topicalization, Relativization, and Clefting. This systematic distinction in syntactic behavior cannot be accidental and seems to be closely related to the syntactic as well as semantic functions of direct and indirect objects at a deeper level. Our next task is to investigate whether any linguistically significant generalization can be found in this regard.

Semantically, all the double-object verbs in Chinese express, in slightly different senses, a transition of position or possession. Type I verbs (including 'outward' verbs) and Type II verbs (including the verb *gei*) denote the action of transfer. With these verbs, the subject NP expresses, in addition to the agent of the action, the source of the motion, whereas the indirect object NP expresses the goal of the motion. Type III verbs (including 'inward' verbs) denote the action of consumption, requisition or deprivation. With these verbs, the subject NP indicates, in addition to the agent of the action, the goal of the motion, whereas the indirect object indicates the source of the motion. Type IV verbs denote the activity of discourse which involves abstract motion; the subject expresses either the source (e.g. *jyau, gausu*) or the goal (e.g. *wen, chingjyau, mafan*) of the motion, and the indirect object indicates either the goal (e.g. *jyau, gausu*) or the source (e.g. *wen, chingjyau, mafan*) of the motion. With all four types of double-object verbs the direct object NP expresses the entity which transfers from the source to the goal, and may be called, following Gruber (1965), the theme.

Syntactically, we have already seen that Type II verbs differ from Type I verbs in that the preposition *gei* in Type II may be optionally omitted if the indirect object immediately follows the verb, but not in Type I. We have also seen that Type III verbs and Type IV verbs differ from Type I verbs and Type II verbs in that the indirect object of these verbs never takes the preposition *gei*. If the preposition *gei* is analyzed as marker of the goal, then, the fact that Type III verbs and the Type IV verbs *wen, chingjyau, mafan* never take *gei* before the indirect object, which performs the semantic function of source, can be naturally accounted for. This also explains why with some speakers the Type IV verb *jyau* may optionally take *gei* before the indirect object, which semantically functions as goal.

The goal (i.e. the indirect object) of Type I verbs and Type II verbs may be a human noun ('recipient') or a locative noun ('destination'). While the recipient goal takes *gei*, the destination goal takes *dau* 'to'.[12] Compare sentences (75) and (76), which express essentially the same meaning.

---

12 The goal markers *gei* and *dau*, which function as prepositions in the surface structure, may deep structurally as well as historically derive from the full verb *gei* 'give' and *dau* 'arrive'. The residue of their verbal property can still be found in the fact that the perfective marker *le* is normally suffixed not to the main verb but to these prepositions.

    Ta jye gei *le* wo shr-kwai chyan.

    Ta dzungyu pau dau *le* dzungdyan.

(75) Ta ji le yi-ben shu gei wo.
'he mail perf. one-class. book to I'
'He mailed a book to me.'

(76) Ta ji le yi-ben shu dau wo jeli.
'he mail perf. one-class. book to I here'
'(literally) He mailed a book to me here.'

Notice that the recipient goal and the destination goal are mutually exclusive, as shown in (77). [13] Notice also that the recipient goal, but not the destination goal, may undergo Indirect Object Movement, as illustrated in (78) and (79).

(77) *Ta ji le yi-ben shu gei wo dau wo jeli.
'he mail perf. one-class. book to I to I here'
'(literally) He mailed a book to me to me here.'

(78) Ta ji gei wo yi-ben shu.
'he mail to me one-class. book'
'He mailed (to) me a book.'

(79) *Ta ji dau wo jeli yi-ben shu.
'he mail to I here one-class. book'
'(literally) He mailed to me here a book.'

The goal marker *gei* must be distinguished from the homophonous benefactive marker *gei* 'for (the benefit of)'. Notice that while the goal phrase follows the main verb, the benefactive phrase precedes it. Thus, though sentence (81) is a paraphrase of sentence (80), sentence (82), at least on one reading, is not. Notice also that the benefactive marker *gei*, but not the goal marker *gei*, may be replaced by *ti* 'on behalf of' or *wei* 'for the sake/benefit of', as illustrated in (82) and (83).

(80) Wo mai yi-jyan dayi gei ta.
'I buy one-class. coat to he'
'I bought a coat for him.'

(81) Wo mai gei ta yi-jyan dayi.
'I buy for he one-class. coat'
'I bought him a coat.'

---

1 3 Cf. Fillmore's (1968; 1971) 'principle of one-instance-per-clause'

(82) Wo gei ta mai yi-jyan dayi.
'I for he buy one-class. coat'
= Wo ti ta mai yi-jyan dayi.
'I for he buy one-class. coat'
'I bought a coat on his behalf.'

(83) Wo lai gei ta shwoming jei-ge wenti.
'I come for he explain this-class. problem'
= Wo lai wei ta shwoming jei-ge wenti.
'I come for he explain this-class. problem'
'Let me explain this problem for his benefit.'

Notice further that the benefactive marker may cooccur with the goal marker, as shown in (84).[14]

(84) Wo *gei ta* mai yi-jyan dayi *gei ta taitai*.
'I for he buy one-class. coat to he wife'
'(literally) I bought on his behalf a coat for his wife.'

The semantic marker which is missing in the source NP (indirect object) following the Type III verb may appear overtly in the source adverbial preceding the verb, in which case the source marker is *gen* '(literally) with' or *syang* '(literally) toward' for human nouns and *syang* or *tsung* 'from' for locative nouns. Compare sentences (85)–(87), which express essentially the same meaning. Notice that while the 'human' source may either precede (as in (86)) or follow the verb (as in (85)), the 'locative' source may only precede the verb (as in (87)).

(85) Wo jye le ta shr-kwai chyan.
'I borrow perf. he ten-dollar money'
'I borrowed (from) him ten dollars.'

---

14 With non-motional verbs such as *sye (syin)* 'write (a letter)', and *da (dyanhwa)* 'make (a phone call)', the recipient goal either follows the theme (direct object) or precedes the verb. Compare, for example:

    (i) Wo yau sye yi-feng syin *gei ni*.
      'I will write a letter to you.

    (ii) ??Wo yau sye *gei ni* yi-feng syin.
      'I will write to you a letter.

    (iii) Wo yau *gei ni* sye yi-feng syin.

My students disagree on whether the *gei*-phrase in (iii) is to be interpreted as the benefactive or as the recipient.

(86) Wo gen/syang ta jye le shr-kwai chyan.
'I with/toward he borrow perf. ten-dollar money'
'I borrowed from him ten dollars.'

(87) Wo tsung/syang ta nali jye le shr-kwai chyan.
'I from/toward he there borrow perf. ten-dollar money'
'I borrowed from him (there) ten dollars.'

Based on the above observations, we postulate the following underlying semantic structures for the various types of double-object verbs in Chinese:

(88) Type I Verbs and Type II Verbs

$$\begin{bmatrix} NP \\ Agent \\ \pm Source\ ^{15} \end{bmatrix} \begin{bmatrix} V \end{bmatrix} \begin{bmatrix} NP \\ Theme \end{bmatrix} \begin{bmatrix} NP \\ Goal \end{bmatrix}$$

Type II verbs optionally incorporate the preposition *gei* in their pre-lexical structures (in the environment immediately preceding Goal); thus, the Goal marker *gei* may be optionally deleted following these verbs.[16]

(89) Type III Verbs

$$\begin{bmatrix} NP \\ Agent \\ Goal \end{bmatrix} \begin{bmatrix} V \end{bmatrix} \begin{bmatrix} NP \\ Source \end{bmatrix} \begin{bmatrix} NP \\ Theme \end{bmatrix}$$

Type III verbs obligatorily incorporate the preposition *gen* or its equivalent in their pre-lexical structures (in the environment immediately preceding Source); thus, the Source marker is obligatorily deleted following these verbs.[17]

---

15 The positive/negative specification of the semantic function 'Source' indicates that it is possible to have the subject as both Agent and Goal (e.g. *Wo yau ji shu gei ta* 'I will send books to him'), or simply as Agent (e.g. *Wo yau ba shu tsung jeli ji dau nali chyu* 'I will send books from here to there').

16 Since the optional deletion of the goal marker *gei* in the environment immediately following Type II verbs, the obligatory deletion of the preposition *gei* after the verb *gei*, and the obligatory deletion of the source marker *gen* and *syang* in the environment immediately following Type III verbs, are idiosyncratic properties of the verbs involved, these syntactic idiosyncracies are best taken care of in the lexicon or in the pre-lexical structure as proposed by Gruber (1965). Notice that here I use the term 'incorporate' in a sense somewhat different from Gruber's definition.

17 In order to account for the optionality of the goal (Type I, Type II, and Type IV), or the source (Type III and Type IV) in the surface structure, the following frame features may be assigned to the verbs (cf. Fillmore 1968):
Type I and Type II verbs (+ [__ ST (G)]), Type III verbs +[__ G (S) T] , Type IV verbs (*jyau* + [__ S (G) (T)] ; *wen* (+[__ G (S) (T)]), where S, G, T stand respectively for Source, Goal. Theme.

(90) Type IV Verbs

$$\begin{bmatrix} NP \\ \begin{bmatrix} Goal \\ Source \end{bmatrix} \end{bmatrix} \begin{bmatrix} V \end{bmatrix} \begin{bmatrix} NP \\ \begin{bmatrix} Source \\ Goal \end{bmatrix} \end{bmatrix} \begin{bmatrix} NP \\ Theme \end{bmatrix}$$

4.1 Indirect Object Movement

There seem to be two factors affecting the operation of Indirect Object Movement (or Goal Preposing) with regard to Type I and Type II verbs. One is whether the end-focus is on the direct object or on the indirect object. That is, if the indirect object or the Goal is to be in focus it remains in the sentence-final position; if, on the other hand the direct object or the Theme is to be in focus, the indirect object is moved to the front, thereby leaving the direct object in the sentence-final position. In the case of Type II verbs, the indirect object may be structurally reduced from a prepositional phrase into a noun by deleting the preposition *gei*. The other factor relevant to Indirect Object Movement is definiteness, or specificity and unspecificity, of direct and indirect objects. According to the acceptability judgment of native speakers, while an object noun occurring in the sentence-final position may be interpreted as either definite (specific) or indefinite (unspecific), an object noun preceding another object noun may receive only the definite or specific interpretation. Compare, for example, the following sentences and acceptability judgments:

(91) a. Wo yau sung $\begin{bmatrix} \text{yi-ben shu} \\ \text{+ specific} \end{bmatrix}$ gei $\begin{bmatrix} \text{yi-ge pengyou} \\ \pm \text{specific} \end{bmatrix}$.

 b. Wo yau sung (gei) $\begin{bmatrix} \text{yi-ge pengyou} \\ \text{+ specific} \end{bmatrix} \begin{bmatrix} \text{yi-ben shu} \\ \pm \text{specific} \end{bmatrix}$.

 c. Wo yau sung $\begin{bmatrix} \text{yi-ben shu} \\ \text{+ specific} \end{bmatrix}$ gei $\begin{bmatrix} \text{jei-wei pengyou} \end{bmatrix}$.

 d. Wo yau sung $\begin{bmatrix} \text{jei-ben shu} \end{bmatrix}$ gei $\begin{bmatrix} \text{yi-ge pengyou} \\ \pm \text{specific} \end{bmatrix}$.

 e. Wo yau sung (gei) $\begin{bmatrix} \text{jei-wei pengyou} \end{bmatrix} \begin{bmatrix} \text{yi-ben shu} \\ \pm \text{specific} \end{bmatrix}$.

 f. Wo yau sung (gei) $\begin{bmatrix} \text{yi-ge pengyou} \\ \text{+ specific} \end{bmatrix} \begin{bmatrix} \text{jei-ben shu} \end{bmatrix}$.

 g. Wo yau sung [jei-wei pengyou] [jei-ben shu] .

 h. Wo yau sung (gei) [jei-wei pengyou] [jei-ben shu] .

This seems to suggest that only a definite or specific noun phrase may be preposed by Indirect Object Movement, which is in accord with the majority of movement transformations in Chinese. Thus, the rule of Goal Preposing may be roughly formulated as follows:[18]

(92) Goal Preposing

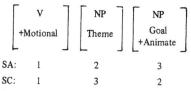

SA: 1   2   3
SC: 1   3   2

Condition: 3 contains [+Definite] or [+Specific].

The animate source occurring with Type III verbs may either precede or follow· the verb, whereas the 'locative' source may only precede the verb. Since there seems to be no change in the semantic interpretation of the sentence whether the source precedes or follows the verb, the rule of Source Preposing is formulated as follows to account for this:

(93) Source Preposing

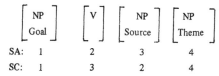

SA: 1   2   3   4
SC: 1   3   2   4

Condition: Optional if 3 is [+Animate]; obligatory if 3 is [+Locative].

Notice that both transformations are formulated as involving a leftward rather than a rightward movement, since there seem to be very few candidates for a rightward movement transformation in Chinese syntax. Notice also that leftward movement transformations in Chinese normally affect generic, ·definite or specific NPs. (Cf. Tang (1977)).

VI. Conclusion: Constraints on Relevant Transformations

The following two general constraints are proposed to account for the seemingly idiosyncratic transformational behavior of double-object constructions in Chinese:

(94) Constraints on Extraction of an NP from a Prepositional Phrase:

No NP with the analysis [Prep NP] may be moved or deleted unless it leaves behind a pronominal copy.

---

18 For more detailed discussion of Indirect Object Movement, see Tang (1977:208-212; 325–327).

This constraint, which is independently motivated, accounts for the fact that, with Type I verbs, Goal NPs (i.e. indirect objects), which always take the preposition *gei*, may not undergo movement transformations.

(95) Thematic Hierarchy Condition:[19]

> Movement and deletion transformations which affect object NPs seem to apply in the following order of priority: 1. Source; 2. Theme; 3. Goal.

This condition will account for why, with Type II verbs, the movement or deletion of Theme NPs (direct objects) is in general more natural than that of Goal NPs (indirect objects) and, with Type III verbs, the movement or deletion of Source NPs (indirect objects) is more natural than that of Theme NPs (direct objects). This condition also explains why the sentences *Nei-ge wenti bei laushr wen gwo wo* 'That question has been asked of me by the teacher' and *Na-shr-kwai chyan bei pengyou jye le wo* 'Those ten dollars were borrowed from me by a friend,' in which both Source and Theme are present, sound very odd, while the sentences *Nei-ge wenti bei laushr wen gwo* [20] 'That question has been asked by the teacher' and *Na-shr-kwai chyan bei pengyou jye dzou le* 'Those ten dollars were borrowed (away) by a friend', in which Source is absent, are perfectly acceptable.

Type IV verbs form a heterogeneous group. *Jyau* 'teach', for example, behaves more like Type II verbs, while *wen* 'ask' is closer to Type III verbs. With these verbs, furthermore, Goal and Source NPs are more nominal than adverbial in that they do not take prepositions as semantic markers, and that they both behave very much like direct objects. This explains their capacity for entering most of the movement transformations discussed, with the exception of *Ba*-Preposing and Passivization, which are semantically as well as syntactically constrained and thus must refer to the semantic function of the object NP. It is in this sense that this type of verb constitutes *bona fide* double-object verb in Chinese.

---

19 The term, but not the content, is borrowed from Jackendoff (1972).

20 *Nei-ge wenti wo bei laushr wen gwo* 'That question I have been asked by the teacher', which is also grammatical, is derived from the structure underlying *Laushr wen gwo wo nei-ge wenti* 'The teacher has asked me that question' by frist applying Passivization (*Wo bei laushr wen gwo nei-ge wenti*) and then applying Topicalization, which preposes *nei-ge wenti* to the sentence-initial position.

REFERENCES

Chao, Yuen Ren (1968). *A Grammar of Spoken Chinese.* Berkeley and Los Angeles: University of California Press.

Fillmore, Charles J. (1968). "The case for case," in E. Bach and R. T. Harms (eds.), *Universals in Linguistic Theory.* New York: Holt, Rinehart and Winston.

————. (1971). "Some problems for case grammar," *Georgetown University Monograph Series on Languages and Linguistics* 22:35—56.

Gruber, J.S. (1965). *Studies in Lexical Relations.* Unpublished Ph. D. dissertation, M.I.T.

Jackendoff, R.S. (1972). *Semantic Interpretation in Generative Grammar,* Cambridge, Mass.: M.I.T. Press.

Li, Syi. (1968). *Mandarin Grammar* (in Chinese). Taipei: Commercial Press.

Quirk, R., S. Greenbaum, G. Leech, J. Svartvik, (1972). *A Grammar of Contemporary English.* London: Longman Group Ltd.

Tang, Ting-chi. (1977). *Studies in Transformational Grammar of Chinese, Volume I: Movement Transformations* (in Chinese). Taipei: Student Book Co., Ltd.

* This paper was originally presented at Symposium on Chinese Linguistics, Honolulu, Hawaii, July 15—17, 1977.

＊本文原發表於1977年在夏威夷大學舉辦的Symposium on Chinese Linguistics。

Contrastive Approach in Bilingual Education

I. INTRODUCTION

All those who are involved in language teaching, no matter whether they are teaching English to Chinese or teaching Chinese to Americans, would find that students tend to unconsciously transfer linguistic habits of their native language to the foreign language they are learning. This phenomenon of transfer or interference can be observed in terms of pronunciation, grammar, vocabulary and cultural backgrounds.*

In terms of pronunciation, for instance, in the phonemic inventory of the Min dialect there are only long vowels / ɔ / and / e· / but no diphthongs /ou/ or /ei/. As a result, many speakers of the Min dialect hear O.K. /ou kei/ as /ɔ ke / and when they pronounce the expression they also pronounce it as /ɔ ke·/. This is an example of transfer in segmental phonemes. Also, in alternative questions in Chinese, the intonation is composed of two rising junctures, e.g., " 你要到台北去呢，還是到台南去呢 ?" ("Are you going to Taipei or Tainan?") Therefore, many Chinese students, when asking the parallel question in English "Are you going to Taipei or Tainan?", would also use the intonation pattern "Are you going to Taipei or Tainan?" This is an example of transfer in suprasegmental phonemes. On the other hand, the retroflex sounds and difference in tones in Chinese are absent from English. So, when native speakers of English learn Chinese, the pronunciation of the retroflex sounds and the difference in the four tones will constitute a learning problem for them.

As for grammar, Chinese is an analytical language with no inflections; there are no suffixal changes in nouns or verbs nor problems of concord or agreement between the subject noun and the predicate verb. That is why Chinese students of English tend to

---

* This is a revised version of the paper presented at the International Symposium on Bilingual Education, Hong Kong, December 18-21, 1976. The paper was originally written in Chinese and translated into English by an anonymous student at the University of Hong Kong. I am grateful to Dr. Benjamin T'sou for inviting me to attend the Symposium. I also wish to thank Professor Jeffrey Tung, who has carefully gone over the English translation and given me many valuable comments and suggestions.

say, "*He have a lot of book"[1] instead of "He has a lot of books". Also, in Chinese, the words meaning 'because' and 'so' as well as those meaning 'though' and 'but' are correlated conjunctions which can be used together in one sentence whereas, in English, 'because' and 'though' are subordinating conjunctions that cannot be put together in one sentence with 'so' and 'but', which are coordinating conjunctions. Many Chinese students fail to understand this distinction and produce incorrect sentences like "*Because I am busy, so I can't go" or "*Though he is rich, but he is not happy." On the other hand, Americans are occasionally heard to say something like " 我不能講中國話很好 " and " 我兒子玩在院子裡 " when he means " 我講中國話講得不好 " and "我兒子在院子裡玩" respectively. Such sentence patterns, of course, are influenced by the English sentences "I can't speak Chinese well" and "My son is playing in the yard".

In vocabulary, Chinese uses the same word 嘴 (mouth) for both 人嘴 (man's mouth) and 鳥嘴 (bird's mouth), and the same word 鼻 (nose) for both 人鼻 (man's nose) and 象鼻 (elephant's nose). That is why Chinese students tend to use 'mouth' instead of 'beak', and 'nose' instead of 'trunk'. Similarly, in English, the verb 'wear' can be used with nouns like 'dress, hat, lipstick and smile', whereas in Chinese different verbs are used for each of those nouns. So American students of Chinese usually have a hard time learning "穿 (衣服), 戴(帽子), 擦(口紅), 帶(笑容)". Such mistakes due to transfer in vocabulary are sometimes made even by people highly proficient in English. For instance, a Chinese influenced by the Chinese sentence "請你原諒我沒有早一點寫信給你" may inadvertently say "*Please forgive me that I didn't write to you sooner", though in English the word 'forgive' cannot have a 'that'-clause as the object, the correct sentence being "Please forgive me for not having written to you sooner."

Apart from differences in pronunciation, grammar and vocabulary, differences in cultural backgrounds should also be noted. For example, when an American brings somebody a gift, he will say something like "I've brought you a nice present. I'm sure you will like it." The person to whom the present is given would unwrap the gift there and then and, to show his appreciation, say something like "This is just what I've been looking for." But a Chinese who presents a gift would usually say something like " 這是小意思，希望收下 (This is just a small gift, I hope you would accept it)", and the person who receives the gift would say, " 那怎麼好意思，眞不敢當 (How can I help being abashed. This is really something I hesitate to think I deserve.)" Moreover, he would not unwrap the gift in the presence of the visitor; he would even pretend not to see the gift. Sometimes, even an innocent gesture would lead to misunderstanding. For example, when a

---

1. Such mistakes are common with Chinese students of English. Plural verbs and singular nouns are unmarked forms, as opposed to singular verbs and plural nouns which must take the suffix '-(e)s' and are thus marked forms.

Chinese beckons to someone to ask him to come, he would move his hand up and down with his palm facing downward. But an American would beckon with the palm facing upward, using the movement of four of the fingers or of the index finger. Such beckoning would often give a Chinese the feeling of being insulted.

II. CONTRASTIVE ANALYSIS

Contrastive analysis is concerned with the identification of significant similarities and differences between two or more languages in terms of pronunciation, grammar, vocabulary and cultural backgrounds. The area of linguistics dealing with contrastive analysis is called contrastive linguistics. The significance of contrastive analysis and its contribution to second language teaching was pointed out long ago by Charles Fries in *Teaching and Learning English as a Foreign Language,* published in 1945[2]. Robert Lado in his *Linguistics across Cultures,* published in 1957, further pointed out that if the characteristics of one's native language are similar to those of the foreign language, there will be fewer learning difficulties because one can transfer many of the linguistic habits of the native language to the foreign language. On the other hand, if the differences between one's native language and the foreign language are great, then it will be more difficult to learn the foreign language owing to interference by the native language[3] Through contrastive analysis it is possible to pinpoint systematically the similarities and differences between the native language and the foreign language. It is therefore of great help in predicting students' difficulties in learning a foreign language and in accounting for mistakes made by students[4]. What follows is an introduction to the theory, methodology and application of contrastive linguistics, using the contrastive analysis of Chinese and English as an example.

III. CONTRASTIVE ANALYSIS IN TERMS OF GRAMMATICAL OR LEXICAL CATEGORIES

To Chinese students learning English grammar, the usage of articles, modal

2. Fries (1945:9): "The most effective teaching materials are those that are based upon a scientific description of the language to be learned, carefully compared with a parallel description of the native language of the learner."
3. Lado (1957:2) "Those elements that are similar to his native language will be simple for him and those elements that are different will be difficult."
4. Carroll (1958) thinks that contrastive analysis has two functions: explanatory and predictive; but Catford (1968) maintains that it only has the explanatory function and the predictive function falls on error analysis.

auxiliaries and prepositions are among the most difficult areas of English grammar. This is because these fall under function words which convey rather elusive meanings. For example, the meanings and usage of English articles are connected with whether the reference of nouns is definite, specific, indefinite or generic. For different references, different articles 'a (n), the, φ (zero)' are used in English. But in Chinese, differences in reference are mainly indicated by word order and do not always need overt marking[5] Compare:

我已經看完了書了。　　　　　(definite)
I have finished reading the book.

我已經看完了一本書了。　　　　(specific)
I have finished reading a book.

我已經把書看完了。　　　　　　(definite)
(Literally: I have had the book finished reading)

我想喝一杯開水。·　　　　　　　(indefinite)
I would like a glass of water.

書我已經看完了。　　　　　　　　(definite)
The book I have finished reading.

有一本書我已經看完了。　　　　　(specific)
(Literally: There is one book I have finished reading.)

我很喜歡看書。　　　書我很喜歡看。(generic)
I like to read books.　Books I like to read.

Therefore, we must make clear to students the meanings and behaviors of English articles in contrast to definite nouns and specific nouns in Chinese. For example, in English, generic nouns are normally used with the generic tense, i.e., simple present tense in active voice. There are also in English three different ways of expressing the generic reference, for example, 'a student, students, the student', of which 'a student' is singular both in form and meaning, 'students' plural both in form and meaning, and 'the student' singular in form but plural in meaning. Thus we can say "Students are increasing in

---

5. A detailed discussion of the reference of nouns in Chinese can be found in my " 國語的有無句與存在句 " 中國語文 40, 2.

number", or "The student is increasing in number", but not "*A student is increasing in number". On the other hand, generic nouns in Chinese are not normally followed by the plural marker '們', nor do they carry the number-measure '一個'. That is why, instead of "*學生們越來越多" or "*一個學生越來越多", we simply say "學生越來越多"

Modal auxiliaries in English are also semantically opaque or vague in meaning; besides, each modal auxiliary has at least a root meaning and an epistemic meaning. Modal auxiliaries in Chinese, on the other hand, can be used as main verbs or have evolved from main verbs, which makes their semantic content easier to grasp. Moreover, the root meaning and epistemic meaning of each English modal auxiliary are expressed in Chinese by two different auxiliaries. For example, the root meaning of the English auxiliary 'will' is expressed in Chinese by '要' (want) or '願意' (be willing) and its epistemic meaning by '會' (be likely); the root meaning of 'may' by '可以' (be allowed) and its epistemic meaning by '或許會' (be probable); the root meaning of 'can' by '能夠' (be able) and its epistemic meaning by '可能' (be possible); the root meaning of 'must' by '必須' (need) and its epistemic meaning by '必定' (be certain). Thus, the meanings and behaviors of English modal auxiliaries, especially the distinction between root meanings and epistemic meanings, should be made clear to students in contrast to their Chinese equivalents.

As for prepositions, English and Chinese differ in the following respects:

(1) Prepositions in English are function words, whereas, in Chinese, prepositions have evolved from main verbs and, therefore, retain the functions of verbs. For example, '在, 到, 進' in Chinese, which are the equivalents of the English prepositions 'at, to, into', are all semantically and syntactically verbs.

(2) Prepositional phrases in English are composed of prepositions and object nouns, whereas a prepositional phrase in Chinese contains a preposition and an object noun followed by a localizer such as '上面, 下面, 裡面, 外面' etc. Compare:

> *on* the desk
> 在桌子上面   (literally: on the desk top, on the top of the desk)

(3) Semantic differences in English prepositional phrases are expressed by prepositions themselves, whereas semantic differences in Chinese prepositional phrases are expressed by localizers. For example, the differences among the English prepositions 'beside, in, under' are expressed in Chinese by the localizers '旁邊, 裡面, 下面'. Compare:

      beside the desk

      在桌子旁邊   (literally: at the desk side, at the side of the desk)

      in the desk

      在桌子裡面   (literally: at the desk inside, at the inside of the desk)

(4) The choice of prepositions in English depends sometimes on the object nouns that follow (e.g., *at* 6 o'clock, *on* Monday, *in* May), and sometimes on the preceding verb or adjective (e.g., arrive *at*, get *to*, start *for*, angry *with*, mad *at*). Such complicated problems of collocation do not exist in Chinese.

(5) Each preposition in English can carry a number of meanings (e.g., the discovery of Columbus, the discovery *of* america, the city *of* Taipei; inform someone *of* something, rob someone *of* something; afraid *of* something, full *of* something, free *of* something"). In addition, different prepositions can be used to express the same meaning (e.g., "ten minutes *before/of/to* six" can all mean " 六點差十分 "; 'for, from, through, of, by' can all be used to express a reason or cause). This is not true in Chinese, except for a few examples influenced by dialectal differences.

From the above discussion, it can be seen that the difficulties Chinese students may encounter with regard to English articles, modal auxiliaries and prepositions are mainly due to the many differences these function words exhibit from their Chinese counterparts, and that the understanding of meaning plays an important role in learning all these three types of English function words. It is due to these differences that Chinese students of English tend to drop articles, modal auxiliaries and prepositions. Therefore, in order to teach these function words well, teachers must make effective use of the corresponding content words in Chinese so as to make their meanings and usage clear to Chinese students.

IV. CONTRASTIVE ANALYSIS IN TERMS OF SURFACE STRUCTURE

In addition to contrastive analysis between English and Chinese in terms of grammatical categories, contrastive analyses can also be made in terms of surface structure. For example, in comparing noun phrases in English and Chinese we would find the following:

(1) For English, demonstratives and inflections are used to show plurality of nouns (e.g., 'this boy' → 'these boys'). But in Chinese, the quantifier ' 些 ' or the suffix ' 們 ' are used to show plurality (e.g.,' 這個孩子 → 這些孩子 , 孩子們').

(2) ' 們 ' in Chinese can only be used with personal nouns; we can only say " 孩子們,

朋友們，老師們 " but not "＊貓們，狗們 " or "＊書們，雜誌們 ". Note also ' 們 ' in Chinese is optional. In fact, when there is a quantifier preceding the noun, ' 們 ' is normally not added to it. For instance, we say " 這些孩子 " or " 孩子們 ", but rarely say " 三個孩子們 ", " 這四個孩子們 ', or " 那些孩子們 " This explains why Chinese students of English tend to leave out the plural marker '-(e)s'. Note further that, in English, plural nouns can be used for generic reference (e.g., "Bees gather honey from flowers"). But in Chinese, nouns with the suffix ' 們 ' are seldom a generic expression. That is why Chinese students prefer singular nouns (e.g., 'a dog, the dog') to plural nouns ('dogs') for generic expressions.

(3) In partitive constructions, English uses double genitives and places possessive pronouns at the end, whereas, in Chinese, possessive pronouns occupy the initial position. Compare:

this book *of mine*
我(的)這一本書

every pencil *of yours*
你(的)每一支鉛筆

Next, the positions of adverbs in an English sentence are different from those in a Chinese sentence in the following respects:

(1) Both in English and Chinese, adverbs can be sentence-initial, sentence-medial, and sentence-final. But in English, the final position is the basic position for the adverb and almost all adverbs can be placed in that position. Adverbs appearing in the middle of a sentence are usually confined to those expressing modality (e.g., 'perhaps, possibly'). frequency (e.g., 'ever, often, seldom') or certain manner adverbs moved up from their usual position at the end of the sentence (e.g., 'quickly' or 'rapidly', but not 'fast' or 'early'). As for the initial position, it is normally confined to adverbs of time, place and modality which can be analyzed as sentence-modifiers or sentential adverbs. On the other hand, adverbs in Chinese are most frequently placed in the middle of a sentence. Those which appear at the end of a sentence are limited to complements that express duration (e.g., 三天 'for 3 days', 五個小時 'for 5 hours') or direction (e.g., 上來 'up', 下去 'down'). Also as in English, adverbs of time, place and modality in Chinese can be moved to the beginning of the sentence to modify the whole sentence. All these explain why Chinese students of English frequently move adverbs that should be at the end of the sentence to the middle or the beginning of the sentence.

(2) The so-called 'sentence-medial' position does not mean the same thing in Chinese as in English. In English, the adverb in the sentence-medial position mormally comes either after the (first) auxiliary verb (including the verb *to be)* or, when there is no auxiliary verb or verb *to be,* immediately before the verb. In Chinese, the sentence-medial position is always the position between the subject noun and the predicate verb. That is why it is easier for Americans to learn to use sentence-medial adverbs in Chinese sentences than it is for Chinese students to learn to use the corresponding adverbs in English sentences.

(3) The order in which adverbs of time, place and manner occur in an English sentence is just the opposite of that in Chinese, each being a mirror image of the other, as shown below.

> He studied diligently at the library yesterday.
>
> 他 昨 天. 在 圖書舘 認眞地 讀 書
> (he yesterday at the library diligently studied)

From the above, it can be seen that there is a number of differences between English and Chinese in surface structure. Such differences can be generalized or formalized in a few simple statements. For example, the most conspicuous surface structure difference between English and Chinese is that modifiers in Chinese always appear before the headword whereas, in English, modifiers can be placed either before or after the headword. For instance, in English, when the modifier of a noun is a single word, it normally appears before the noun; but if it is a phrase or a clause, it appears after the noun it modifies. This explains why infinitive phrases, prepositional phrases, and relative clauses must be placed after the noun in English, whereas their equivalents in Chinese must be placed before the noun. This also explains why an English address and a Chinese address are always given in the reverse order, e.g.,:

> 6 Lane 113, Mintsu Road, Hsinchu, Taiwan, Republic of China
> 中華民國台灣省新竹市民族路113巷6號
> (Republic of China, Taiwan, Hsinchu, Mintsu Road, Lane 113, 6)

V. POSITIVE TRANSFER AND NEGATIVE TRANSFER

In the past, language teachers, especially followers of structural linguistics, tended to over-emphasize the differences between languages and even claimed that "languages could differ from each other without limit and in unpredictable ways."[6]   As a result, they held that the use of the native language should be avoided as much as possible so as to prevent interference from the native language. Since the rise of the transformational-generative theory in the 1960's, it has been pointed out that structural linguists went too far when, by emphasizing the differences among languages, they accused traditional grammarians of attempting to fit all languages into the strait jacket of Latin grammar. For, despite the many differences between languages, the similarities between them are also great.   Differences between a native language and a foreign language can bring about negative transfer, which interferes with the learning of the foreign language. But structural similarities or closeness between them can also lead to positive transfer, which helps the learning of the foreign language. Therefore, we should not only warn students against negative transfer but also encourage them to make use of positive transfer, so that they can understand, and even predict, the structure of the foreign language through that of the native language.

For example, for a beginning Chinese student of English, the meaning and behavior of the auxiliary verb 'do' in an English interrogative sentence are rather difficult to grasp.   But the student will find it fairly easy to understand the function of the auxiliary 'do' in an English question[7], if the teacher can bring the following statements and questions in English and Chinese to his attention and point out that 'do' is equivalent to the question marker '嗎' in Chinese, except that while '嗎' appears at the end of the question, 'do' is placed at the beginning of the question.

你 喜歡 他。	你喜歡他嗎？
You like him.	*Do* you like him?

Also, in teaching English comparative sentences, teachers can make use of the parallelism between the following Chinese and English comparative sentences to show how the comparative suffix '-er' and the conjunction 'than' are used.

我　高。	我比他高些。
I am tall.	I am tall*er than he.*

Similarly English pseudo-cleft sentences can be taught by using the correspondence between the following Chinese and English sentences without having to burden the

---

6. See Joos (1958:96).
7. Teachers can also make use of the high rising tone in Chinese questions to explain the high rising tone in English questions. Notice that, in a Chinese question, the whole question is pronounced in a high rising tone, whereas in an English question, it is only the last content word in the question that is pronounced in a high rising tone.

student with discussions of the compound relative pronoun 'what' or of whether such sentences are simple or complex sentence.[8]

他 需要一 點　同情。　　他需要的是一點同情。
He needs a little sympathy.　　*What* he needs *is* a little sympathy.

他們 要　　　　買一棟新 新房子。　他們要買的是一棟新房子。
They are going to buy a new house.　*What* they are going to buy
　　　　　　　　　　　　　　　is a new house.

Linguistic similarities such as these can be used to teach not only sentence structures but pronunciation as well. For example, for American students, the tones of Chinese are difficult to learn. But it is possible to help them if the following correspondences between Chinese tones and English intonations are utilized:

Go! (falling intonation)
去! (high-falling tone)

Are you going to ride that *horse*? (falling-rising)
馬　(falling-rising tone)

VI. CONTRASTIVE ANALYSIS AND TRANSFORMATIONAL GENERATIVE GRAMMAR

In the past, contrastive analysis was confined to comparison and analysis of surface structures (i.e., grammatical forms and word order) in languages. Since transformational-generative grammar introduced the distinction between deep and surface structures and the transformational rules which relate them, the contrastive study of languages has been extended to include deep structures and transformational rules. According to the theory of transformational-generative Grammar, the deep structure represents the meaning of a sentence and all natural languages are very much alike in deep structures. The surface structure is the superficial form of a sentence as actually spoken or heard, and languages may differ appreciably in surface structures due to the application of different transformational rules. Therefore, the contrastive study of languages may proceed with emphasis laid on the transformational rules which convert essentially similar deep

---

8. For a detailed description of pseudo-cleft sentences in English, see Tang (1973-76; Volume 4, pp. 73-5).

structures in all languages to markedly different surface structures.

For example, we may assume the underlying word order of a Chinese and an English sentence to be Subject-Verb-Object[8]. Then through different transformations (e.g., *Ba* Transformation, *Lian* Transformation and Topicalization)[10], the basic order can be transformed into Subject-Object-Verb or Object-Subject-Verb.

$$\text{Chinese: SVO} \Rightarrow \left\{ \begin{matrix} \text{SOV} \\ \text{OSV} \end{matrix} \right\}$$

我撕掉了那一本書。	(SVO)
我把那一本書撕掉了。	(SOV)
我連那一本書都撕掉了。	(SOV)
那一本書我（把（它））撕掉了。	(OSV)

English: SVO ($\Rightarrow$ OSV)[11]

I tore up that book.	(SVO)
I had that book torn up.	(SVO)
I tore up even that book.	(SVO)
That book I tore (it) up.	(OSV)

Next, existential sentences in Chinese and English consist of a noun indicating an object (e.g, ' 書 ' and 'book') and a noun indicating a place (e.g., ' 桌子上 ' and 'on the desk'). When the noun indicating the object is definite, it occurs sentence-initially as the subject of the sentence both in English and in Chinese. Compare, for example:

$$\left\{ \begin{matrix} 那一本書 \\ 我的書 \\ 每一本書（都） \\ 所有的書（都） \end{matrix} \right\} \quad \text{在桌子上。}$$

$$\left\{ \begin{matrix} \text{That book} \\ \text{My book} \\ \text{Every book} \\ \text{All the books} \end{matrix} \right\} \quad \textit{is/are} \text{ on the desk.}$$

If the noun indicating the object is indefinite, however, it is placed at the end of

---

9. For further discussion on word order in the deep structure of Chinese, see Tang (1976).
10. For a detailed discussion of these transformations, see Tang (1976).
11. The word order of English topicalized sentences (OSV) normally occurs in spoken English and rarely in written English.

the sentence in Chinese with the place noun fronted to the sentence-initial position, and the verb '有' is used instead of '在'. In English, on the other hand, the noun indicating the object is moved to the end of the sentence and the expletive 'there' is used at the beginning of the sentence. E.g.,

$$\text{桌子上} \left\{ \begin{array}{l} \text{有} \left\{ \begin{array}{l} \text{一本書} \\ \text{一些書} \\ \text{好幾本書} \end{array} \right\} \\ \text{沒有書} \end{array} \right. \text{。}$$

$$\textit{There is/are} \left\{ \begin{array}{l} \text{a book} \\ \text{several books} \\ \text{a lot of books} \\ \text{no books} \end{array} \right\} \text{on the desk.}$$

If the structures of these two kinds of sentences are confused, ungrammatical sentences would result. For example, "* 一本書在桌子上" and "*A book is on the desk" are ungrammatical. So are "* 桌子上有我的書 " and "*There is my book on the desk".

Also, before an English sentence and a Chinese sentence undergo a question transformation, they are very similar in word order, e.g., " 那一位先生是某甲" and "That gentleman is Mr. X". But after they have been changed into a Wh-Question the position of the Chinese question word ' 誰' (who) remains the same whereas, in English, the question word is placed at the beginning of the question. In addition, the order of the subject and the verb is reversed in an English question, but not in Chinese.

那位先生是某甲。 　　　　那一位先生是誰？
That gentleman is Mr. X. 　　*Who is* that gentleman?

Finally, before a relative pronoun is used to combine two sentences into one, the word order in an English sentence is similar to that in a Chinese sentence, as in " 那小孩子是我的弟弟 ", " 他站在門口 " and in "The hoy is my brother", "He is standing at the gate". In Chinese, after relativization has taken place, the ' 他' (he) in the clause " 他站在門口 ",which is coreferential with" 那小孩子 " in the main clause, is deleted. Furthermore, the relative clause marker ' 的' is placed at the end of the relative clause, and then the entire relative clause is placed before the subject of the main clause " 那小孩子 " to form the sentence " 站在門口的那個小孩是我的弟弟." In English, on the other hand, after relativization has taken place, the pronoun 'he' which refers to 'the boy' in the main clause is replaced by the relative pronoun 'who', which is then moved to the beginning of the sentence to form the relative clause "who is standing at the gate". Then the whole relative clause is placed after the subject in the main clause, yielding the sentence "The boy who is standing at the gate is my brother".

$$\left.\begin{array}{l}\text{那小孩子是我的弟弟。}\\ \text{他站在門口。}\end{array}\right\} \Rightarrow \quad \text{站在門口的 那個小孩子 是我的弟弟。}$$

$$\left.\begin{array}{l}\text{The boy is my brother.}\\ \text{He is standing at the gate.}\end{array}\right\} \Rightarrow \quad \begin{array}{l}\text{The boy } \textit{who is standing at the}\\ \textit{gate} \text{ is my brother.}\end{array}$$

The above discussion shows that, before transformations, the basic sentence structures in Chinese and English are quite similar. But after they have undergone various transformations their surface structures become markedly different. In fact, if the same sentences undergo both relativization and wh-question transformation, the differences in their surface structures are even greater, so much so that each is almost a mirror image of the other in terms of word order.

站在門口的　那個小孩子　是　誰？
Who is the boy (that is) standing at the gate?

VII. CONTRASTIVE ANALYSIS AND COGNITIVE APPROACH

The so-called oral approach to the teaching of languages advocated in the past by structural linguists is based on the belief that learning a language, like learning other kinds of behaviors, is a matter of habit formation, which depends on processes of stimulus and response and simply requires repeated practice and reinforcement until the behavior becomes automatic. The cognitive approach developed under the influence of the transformational-generative theory, on the other hand, asserts that learning a language is essentially a cognitive activity. To learn a language is not to memorize individual sentences one by one by mimicry and repetition so that they can be faithfully reproduced one by one when necessary. It is, rather, a process of discovering grammatical rules through one's inborn intelligence and using such grammatical rules to create sentences that properly express one's thoughts and feelings. Therefore, in the process of language teaching, teachers should make sure that students understand the rules (including rules of pronunciation and of word use) both as to the what and as to the why. The cognitive approach does not deny the importance of practice; it only says that practice helps only if preceded by 'conscious' learning, or that the ability for 'unconscious' language use can result only from a process in which there is first a 'conscious' cognitive activity, followed by repeated practice and use. This is similar to what happens when a person first learns to knot a tie or drive a car, in which every movement is at first a 'conscious' intellectual exercise but after a certain period of time becomes an 'unconscious' automatic habit with increased familiarity. Therefore, practitioners of the cognitive approach believe the object of language learning lies in linguistic competence rather than linguistic performance. As far as the learning of a foreign language is concerned, such competence includes the speaker-hearer's knowledge of one's native language[12] as well as an active knowledge of the target language rules which differ from those of the native language. Moreover, learning a language requires, not only the passive perceptive skill, but also the active expressive skill.

For example, it is not possible to build competence related to the modal auxiliaries in English discussed earlier, unless the root meaning and epistemic meaning of each modal auxiliary as determined by the context are first understood through examples such as the following:

Root meaning	Epistemic meaning
will (willingness, insistence)	(future prediction)
I *will* go with you.	He *will* be here this afternoon.
You *will* come with me.	Boys *will* be boys.
should (obligation)	(future expectation)
We *should* love our parents.	I *should* get a letter today.
may (permission)	(possibility)
You *may* come with us.	The road *may* be blocked.
	He *may not* be there.
can (ability, permission)	(theoretical (im)posibility)
I *can* speak three languages.	The road *can* be blocked.
You *can* come with me.	It *can't* be him.
must (compulsion)	(logical necessity)
Man *must* eat to live.	He *must* be over sixty.

---

12. The speaker-hearer's knowledge here includes, specifically, syntax, morphology, phonology and semantics.

(1) It___be (the case) that ....

for epistemic meaning:

$$\text{It} \left\{ \begin{array}{l} \text{may} \\ \text{must} \\ \text{can't} \end{array} \right\} \text{be that he is sick.}$$

(2) _____ stative verb (verb that can't appear in an
imperative sentence)

for epistemic meaning:

$$\text{He} \left\{ \begin{array}{l} \text{may} \\ \text{must} \\ \text{can't} \end{array} \right\} \text{resemble his mother.}$$

(3) past tense

mostly for epistemic meaning:

$$\text{I} \left\{ \begin{array}{l} \text{might} \\ \text{could} \\ \text{would} \end{array} \right\} \text{do it tomorrow.}$$

(4) _____ (perfect) (progressive)

mostly for epistemic meaning:

$$\text{He must} \left\{ \begin{array}{l} \text{have studied} \\ \text{be studying} \\ \text{have been studying} \end{array} \right\} \text{English.}$$

(5) if-clause

for root meaning:

$$\text{If he} \left\{ \begin{array}{l} \text{can} \\ \text{will} \\ \text{must} \end{array} \right\} \text{do it,} \ldots$$

Next, the traditional method of teaching tense in English is to divide it into three time categories (present, past, future), each of which is further divided into four subcategories (simple, continuous, perfect, perfect continuous), resulting in 12 tenses.

A new method of teaching tense in English is to assign to each component of the English tense expression (including tense, mode, aspect, phase and voice) a concrete semantic content. Students have only to choose from these semantic components according to the meaning they wish to express and to string them into a tense expression.

Tense	Mode	Aspect	Phase	Voice	Verb
$\left\{\begin{array}{c}-(s)\\-ed\end{array}\right\}$	$\left(\left\{\begin{array}{c}will\\shall\\may\\can\\must\end{array}\right\}\right)$	(have-en)	(be-ing)	(be-en)	V

In the table above, 'Tense' is divided into past ('-ed') and non-past (i.e., '-(s)', which includes present, future and generic tense). The braces, i.e., $\left\{\ \right\}$, mean that one and only one of the tenses enclosed must be chosen. 'Mode' refers to the mood of the speaker as expressed by modal auxiliaries ('will,shall,may,can,must').The parentheses indicate that the items enclosed are optional, and the braces again indicate that, if a modal auxiliary is used, only one can be chosen. 'Aspect' refers to the presence or absence of the perfective aspect, which shows the relevant anteriority or priority of the event or situation, and 'Phase' the presence or absence of the progressive phase, which indicates the currency or simultaniety of the action. 'Voice', referring to the active or the passive voice, indicates whether the subject is the agent or the patient. The '-' in '-(s)', '-ed', '-en' and '-ing' shows that these are suffixes that have to be moved to the end of the immediately following element. By following the rules formalized above, it should be possible for students to correctly produce all the possible tense expressions in English.[13]. For example:

-ed   will   have-en   be-en   see ———➤ would have been seen

would   been   seen   (would + perfect tense passive voice)

-(s)   have-en   be-ing   talk ——➤ $\left\{\begin{array}{c}have\\has\end{array}\right\}$ been talking

$\left\{\begin{array}{c}have\\has\end{array}\right\}$ been   talking   (perfect progressive tense)

13. For a detailed discussion of English tenses, see my *"A Cognitive Approach to English Grammar and Rhetoric."*

-ed   be-ing   be-en   discuss $\rightarrow$ $\left\{ \begin{array}{l} \text{was} \\ \text{were} \end{array} \right\}$ being discussed

$\left\{ \begin{array}{l} \text{was} \\ \text{were} \end{array} \right\}$ being   discussed

(past progressive tense passive voice)

When this formalized rule is used to produce English tense expressions, students can see automatically that the 'perfect tense' must be expressed with the verb 'have' plus a past participle (have-en); 'the progressive tense' with the verb *to be* plus a present participle (be-ing); the 'passive voice' with the verb *to be* plus a past participle (be-en); and that the tense markers, i.e. '-(s)' and '-ed', must be added to the first tense component. More importantly, as each tense component has a fixed meaning, it is easy for students to make a choice to express what they wish to express, and then apply the rules to produce the tense expression they need. For instance, if what you want to express is something factual but is something that happened in the past time, then past tense (-ed) has to be selected; but if it is something that happened in the non-past time (i.e. present, future, or generic time), then a non-past tense (-(s)) has to be used. If you wish to express something that is non-factual, like a supposition contrary to a fact, or a wish that is impossible or unlikely to come true, and if, further, this is connected with the past time, then past perfect tense is used; if this is connected with the non-past time, then simple past tense should be used. According to the content of what is expressed, if it is connected with 'modality', then a suitable modal auxiliary should be used. If it is connected with 'anteriority', then the perfect aspect (have-en) has to be used. If it is connected with 'continuity' or 'simultaniety', then the progressive phase (be-ing) has to be used. Finally, if it is related to the notion of 'agent' and 'patient', then the passive voice (be-en) has to be used. Here are two examples showing how this works:

他告訴我他整個上午都在圖書館讀書。
-ed + tell   -ed + (have-en) + (be-ing) + study

He *told* me that he *had been studying* at the library all the morning.

假若他開車子沒有開得太快的話，他就不會給計程車撞上了。
-ed + (have-en) + (be-ing) + drive   -ed+will + (have-en) + (be-en) + hi

If he *had* not *been driving* too fast, he *would* not *have been hit* by a taxi.

VIII. PEDAGOGICAL APPLICATION OF CONTRASTIVE ANALYSIS

Apart from contributing to the discovery of the student's difficulties and the analysis of his errors, contrastive analysis is also helpful in the design of teaching materials and techniques. For example, it is often said that the arrangement and design of teaching materials should proceed from the easy to the difficult and from the simple to the complicated. But how are we to determine the degree of difficulty, especially of syntactic difficulty? Contrastive analysis tells us that one of the criteria is the amount of syntactic correspondence between equivalents in the two languages. In other words, patterns with smaller difference from their native language equivalents are easier to learn than these with greater differences. Of course, apart from factors of quantity, factors of quality should also be taken into consideration, for some difficulties are inherent or intrinsic. For example, the trill is physiologically more difficult to produce than the labial sounds/p,b,m/, and the verb tenses in English are inherently more difficult to memorize than the inflections of English nouns or adjectives. Moreover, some difficulties are for linguists or teachers to discover while others are for students to overcome. The former include the difficulty of discovering the rules hidden behind the observable phenomena, whereas the latter include that of understanding such rules and of internalizing them by repeated application (i.e. turning them into unconscious linguistic' habits). For example, the phrases below which are marked by asterisks (i.e.*) are all ungrammatical in English. Why can we say "such wonderful news" but not "*so wonderful news"? Also, why is it wrong to say "*such many gifts" while "so many gifts" and "many such gifts" are perfectly all right?

$$\text{such wonderful} \begin{cases} \text{gifts} \\ \text{a ... gift} \\ \text{news} \\ \text{food} \end{cases}$$

$$\text{so wonderful} \begin{cases} \text{*gifts} \\ \text{a gift} \\ \text{*news} \\ \text{*food} \end{cases}$$

$$\text{so} \begin{cases} \text{many/few gifts} \\ \text{much/little food} \end{cases}$$

$$\text{*such} \begin{cases} \text{many/few gifts} \\ \text{much/little food} \end{cases}$$

$$\begin{Bmatrix} \text{many/few such gifts} \\ \text{much/little such food} \end{Bmatrix}$$

When we come across such problems, the job of the teacher is to discover a simple and explicit rule to explain to students why some of the expressions are grammatical while others are not, preferably with the aid of corresponding structures or rules in Chinese. For example:

[such [(adjective) noun]   (the type of noun is not restricted)

$$\begin{cases} 這樣的（好）孩子 \\ 這樣的（貴重的）禮物 \end{cases}$$

[[so adjective] a(n) noun]   (the noun is restricted to singular

$$\begin{cases} 這麼好的孩子 \\ 這麼貴重的禮物 \end{cases}$$ countable)

[such quantifier (adjective) noun]   (the noun is restricted to plural

這麼多／少的(好)孩子   countable or singular uncountable)

這麼多／少的(貴重的)禮物

[quantifier [such (adjective) noun]]   (the type of noun is not restricted)

很多／少這樣的孩子

很多／少這樣的禮物

The examples above show that 'such' is a noun modifier or a limiter of a noun phrase. The adjective after 'such' is optional, and the type of noun is not limited. 'So' on the other hand, is a modifier or intensifier of an adjective or an adverb, and it must be followed by an adjective which must be placed before the article 'a(n)'; at the same time, the noun must be a singular countable noun. Therefore, neither plural nouns (e.g. 'gifts') nor uncountable nouns (e.g. 'food' or 'news') can be used after 'so'. Also, quanitifiers (e.g. 'many, much, few, little') appear after 'so' but before 'such'. A comparison between English and Chinese shows that 'such' and ' 這樣的 ' are similar in meaning and usage, as are 'so' and ' 這 麼 '. With such generalization and systematization, students will find it easier to understand the difference between 'such' and 'so' without having to grope in the dark. The difference between 'such' and 'so' can also help students to understand the behaviors of the intensifiers 'as' and 'too' and of the exclamatory 'how', all of which behave like 'so', (e.g. 'as good a gift, too good a gift, how good a gift'), as well as the behavior of the exclamatory 'what', which behaves like 'such' (e.g. 'what wonderful gifts, what a wonderful gift, what wonderful news, what wonderful food').

Well-handled discussion of contrastive analysis between Chinese and English before students in the classroom can help them realize the difficulties they might come across in learning either English or Chinese. Teachers can even design suitable exercises to help students overcome these difficulties. It is often reported by students that they are bored by the monotony of the pattern practice drills used in the classroom or the language laboratory, and that such drilling is not doing them any good in their learning of sentence patterns, grammar or use of words. Therefore, exercises in textbooks, including exercises on tapes in the laboratory, should no longer employ mechanical imitation and repetition as the major exercise, but should methodically make use of all kinds of exercises, from the simple substitution-concord, completion, restoration, etc., to the more sophisticated transformation, integration and expansion, etc.[14] Even translation exercises, which were at one time much criticized, are worthwhile from the view point of contrastive analysis.[15] But 'translation exercises' here do not mean the faithful and elegant translation from English into Chinese but, rather, the kind of translation from Chinese into English which gives attention primarily to the meaning of the whole sentence. The aim of such translation exercises is not to train students in the skill of precise translation, but to promote their awareness and understanding of the differences and similarities between English and Chinese structures. In short, language teaching should no longer proceed under situations where the teacher either unilaterally does all the talking or makes students do only mechanical drills and exercises. Instead, a variety of lively, meaningful exercises should be used so as to let students take active part in the learning process by exercising their intellect. The examples below show how this can be done.

In drilling on English existential sentences, for example, the teacher can provide students with a concrete noun and an adverb of place, and then require them to give a complete sentence:

> Teacher: my books, on the desk
> Students: My books are on the desk.
> Teacher: three pencils, in the pencil case
> Students: There are three pencils in the pencil case.

The teacher can also provide students with a Chinese sentence and ask them to translate it into English:

---

14. For the content of such exercises, see my "Imitation, Manipulation and Communication" (模仿, 運用與表情達意).
15. Rivers (1968) even thinks that translation is an excellent exercise.

Teacher: 手錶在椅子上。
Students: The watch is on the chair.
Teacher: 牆上有一張圖畫。
Students: There is a picture on the wall.

Also, in exercises on relative clauses in English, students can be required to change simple sentences into relative clauses:

Teacher: The boy hit the girl.
Student 1: the boy who hit the girl.
Student 2: the girl (whom) the boy hit.

Then, students can be asked to join two or more sentences with proper relative pronoun to form one sentence:

Teacher: The boy kicked the girl. He was standing at the door.
　　　　 She was stepping into the room.
Student 1: The boy who was standing at the door kicked the girl.
Student 2: The boy who was standing at the door kicked the girl
　　　　 who was stepping into the room.

For more advanced students, translation can be used to introduce relatively difficult exercises:

Teacher: 站在門口的男孩子打了誰？
Students: Who did the boy hit who was standing at the door?

BIBLIOGRAPHY

Carroll, John B. (1968) "Contrastive Linguistics and Interference Theory," Monograph Series on Language and Linguistics, 19:113-122.

Catford, J.C. (1968) "Contrastive Analysis and Language Teaching," Monograph Series on Language and Linguistics, 19:160-173.

Fries, Charles C. (1945) Teaching and Learning English as a Foreign Language, Ann Arbor: Univ. Mich. Press.

Joos, Martin. (1958) Readings in Linguistics. New York: American Council of Learned Societies.

Lado, Robert. (1957) Linguistics Across Cultures. Ann Arbor: Univ. Mich. Press.

Rivers, Wilga M. (1968) "Contrastive Linguistics in Textbook and Classroom," Monograph Series on Language and Linguistics, 19:151-158.

Schachter, Paul. (1967) "Transformational Grammar and Contrastive Analysis," Workpapers in English as a Second Language, 1-7.

Stockwell, Robert P., J. Donald Bowen, & John W. Martin. (1965) The Grammatical Structures of English and Spanish (Contrastive Structure Series). Chicago: Univ. of Chicago Press.

Tang, Ting-chi (湯廷池) (1973-1976) Practical Advanced English Grammar (6 volumes). Taipei: Haiguo Book Co.

──────── (1975) "A Contrastive Study of Chinese and English Relativization," The Concentric, 1975:38-66.

────────. (1976). Studies in Transformational Grammar of Chinese: Vol. 1, Movement Transformations, Taipei: Student Book Co.

────────. (1977). " 國語的有無句與存在句 ," 中國語文 40, 2. 24-36.

────────. (in preparation a). A Survey of Contrastive Analysis between Chinese and English. (中英比較文法)

────────. (in preparation b). A Cognitive Approach to English Grammar and Rhetoric. (高級英文作文與修辭).

＊本文原以中文發表於1976年在香港大學舉辦的International Symposium on Bilingual Education, 並由香港大學某一位學生翻成英文。

附錄一：

「中國語言學的研究與推廣」座談會記略

林　微　微

　　上禮拜六，在本報五樓舉行了一項「中國語言學的研究與推廣」座談會，參加的二十多位語言專家跟學者們共聚一堂，每一位都把自己的興趣和意見提供出來，可以說是一次成功而有意義的座談會。

　　現在把當天每一位的發言，簡要的紀錄如下：

　　湯廷池先生是師大英語研究所教授，對句法的研究最有興趣，目前正在作「國語變形語法」的研究。

　　他說國內對國外中國語言學的研究現況缺乏了解，而外國人士對國內語言學研究情形同樣也感到很陌生，所以他認為首先必須了解彼此所作的研究，而如何跟國外語言學研究保持聯繫是當

務之急。

湯教授指出，目前新加坡已經開始採用「簡體字」，照這樣情形下去，十年以後，在新加坡的華僑子弟只看得懂簡體字，而華僑子弟新學的華語跟臺灣的國語，在字音和語法上都有相當大的距離，這是值得國內重視和研究的問題。

以前大家在寫語言學論文時，都用英文，後來經人建議，湯教授首先用中文完成了一些論文。他說，開始時很不習慣，幾乎每一個字都要詳細的思考後才能下筆。不過，他最後表示，應該用中文來研究中文。

湯教授的第一部書是用中文作的以國語句法爲內容的論文。另外有「現代語言學論叢」的中文部分三本，二月份將提前出版。這書是以現代的觀點和方法來研究語言學，分爲中、英文兩部分。他還計劃不久的將來，收集國內跟國外語言學論文，出版一本「漢語句法論文集」。

中央研究院歷史語言研究所研究員丁邦新先生，雖然沒有親臨現場，不過他有書面建議三點：

第一、研究方向以學術性爲主，希望十年之內國內能夠成爲漢語研究（包括聲韻、語法和方言，漢藏語比較研究，南島語研究）的中心。

第二、從研究漢語結構的立場，應該供研究者與從事敎學者密切合作，作爲推廣的方式之一。

第三、國內各機構的研究人員希望能藉語言學研討會有更多交換心得的機會。

從香港來參加座談會的鄒嘉彥博士表示，他在香港大學語言中心已經有半年的時間，他覺得香港是個環境很特殊的地方，日

常用語以廣東話爲主，但是英語佔的地位也很重要。在大學方面，香港大學去年成立了碩士班，研究語言學；另外中文大學將在一九七八年以後成立。

鄒博士的興趣在研究語法的變遷，以方言爲主。他認爲我們應該和東南亞各方面取得密切的聯繫，可以超越國家的界限，辦一本亞洲地區的語言學研究刊物，上面可以用中文、英文跟日文發表語言學研究論文，及語言學者的動態等。

師大英語系曹逢甫教授正在研究的是話題與語句組織，他認爲在語法上話題跟主語應該分開。

師大國文系戴璉璋教授說：中國語法多數受到西方語法的影響，很難有系統。理論有新有舊，觀念的溝通才是最重要的。

戴教授在學校講授文法時，發現選修的學生不多。他指出語言學的推廣最重要的是培養年輕人。如果語言學效用不限於理論方面的話，應該可以提高年輕人研究的興趣。他覺得國內推廣語言學的工作需要更積極的進行。

輔仁大學外語學院孫志文院長，是位外籍人士。他表示，教學生外語最困難的是閱讀。另外：一、學習語言應該注重句子結構跟上下文；二、要幫助學生了解自己的語言；三、語言是永遠在變的，要注意到五十年前後文字的變化觀念；四、應該有特別的方法教外國人學國語，因爲外國人比較主動，喜歡自己發掘困難。

師大國文系主任李鍌教授：語言學除了研究理論還要注重實用，像英文的九百句型一樣，中國話也能歸列出若干的型式，分析句法的技巧，這樣比較容易學習，外國人看書就可以大概了解

中國語文，希望語言學能夠在我國推廣起來。

　　臺大外文系副教授邱大環，對閩南語聲調的研究很有興趣，他認為學習語言不一定要從小學起。

　　以前在國科會服務的張以仁教授說：把知識傳播下去，給廣大的本國讀者看才是最重要的。他並且強調應該及時成立語言學會的組織，讓對語言學有興趣的人能互相討論，學生們也可以知道那些問題應該請教那位專家。

　　謝燕隆先生：雖然有些語言學的書已經用中文寫，可是所有書上的例句仍然都是外國句子。中文例句就應該用純中文、國語的例句才對，而且中文名詞跟說明也是不可以忽略的。

　　大家在進行討論時，也同時提出，國語是普及的，但方言也不容忽視，懂得的語言越多越好。研究語言學不要被理論的模式限制住。在語言研究方面，要用中文寫作論文，並應該注重實用才能推廣。在字典的編輯方面，要注意新詞彙的搜集，並且注意字音在口語上的變遷。

　　＊本文曾刊載於語文週刊（1977）一四五〇期。

附錄二：

反 義 詞 的 問 題

陳 永 禹

讀了一月二十日、二月三日語文周刊上，湯教授所發表有關『語義相反的形容詞』的大作，令人覺得中文在文法結構上也是很豐富的，只是我們平常沒有覺察到罷了。

我個人認爲在中文反義詞（詞義相反的形容詞）上還有幾個問題要討論。比如說『肯定其中的一個就必定否定另外的一個，但是否定其中的一個不一定就肯定另外的一個』，未必只是反義詞在語意功能上的共同特點，因爲顏色（如紅、藍）氣味（如酸、甜）之間的關係也符合這種特色，我們能夠說，紅色跟藍色是反義詞嗎？那麼甚麼是反義詞呢？『凡是可出現於旣不⋯⋯也不⋯⋯形式』的標準來作爲相反詞的界說，也不見得恰當，因爲我們可以說

『她旣不漂亮，也不聰明』，漂亮跟聰明不是反義詞。我們又不能只靠列出一堆例子：「大、小；長、短；遠、近」，說這些就是中文的反義詞，語言學的工作，正是給語言現象找解釋、定規則。

一對相反詞，在語義指稱上必須屬於同一個範疇，「漂亮」跟「聰明」，一個是指人的外表，一個是指人的智力，便不能算是同一個範疇。反義詞所表示的便是範疇的兩個極端；比如說，在溫度的範疇裏，就有冷、熱兩個極端，而極端之間必定有所謂的中間地段，所以，才會有『肯定其中的一個就必定否一個，但是否定其中的一個不一定就肯定另外一個』的特點。由此觀之，我們把「大、小；長、短；遠、近」界說爲語義相反，並不是很恰當的，是不是界說爲對立比較恰當？

就「冷」、「熱」反義詞所指稱的範疇都沒有第三個詞表示，而是用聯詞來表示的（如：高矮、大小、多少），或是用『正面意義』的詞來表示（如：高度、重量、深度），因此，『他有多高？』能有兩種意思，一是：你說他很高，究竟有多高（語義上有『他高』的先設）；一是詢問他的高度（而沒有『他高』或『不高』的先設語義）。因此，『你的字典有多薄？』『你的行李有多輕？』並非不通，只是具有『字典是薄的』，『行李是輕的』先設語義。（你說你的字典很薄，有多薄？）

至於反義詞出現在『還……呢！』句式的問題，我個人認爲除了表示時間的早晚以外，一般反義詞（如多少、新舊、大小）的正負與時間的早晚，並沒有相對的關係。『多』不一定是表示先前的事態。『少』也不一定是表示後來事態，如：雖然米是愈吃愈少，但米是愈存愈多，所以，『我們的米還少呢！』是完全講得

通的句子。其他的反義詞也是相同的道理，如：『你的衣服還舊呢！』（舊衣拿去翻面，結果看來還舊）；『空位還小呢！』（在騰空位愈騰愈大）『你的頭髮還長呢！』（去理了髮，還是太長，不合標準）；『臺北還近呢！』（正在南下途中）。檢討起來，大概只有『時間還晚呢！』；『他年紀還大啦！』這些直接涉及時間的句子不通，其他都可算通，如『水溝還寬呢！』（從水溝寬的那頭走來）；『水溝還窄呢！』（從水溝窄的那頭走來）。

我的淺見是：我們不能夠以片面的實景來決定詞的語意屬性，如因為米是愈吃愈少；空位是愈佔愈小，就決定『多』跟『大』是表示『先前的事態』；『少』跟『小』是表示『後來的事態』。以上幾點只不過是個人狗尾續貂的淺見，語言學在臺灣還算是新興的學問，關於現行中文語法的研究，仍有待語言學專家的努力。語言非但是維繫一國文化、歷史的命脈工具，也是人從事各種活動學術研究的基本工具，因此振興國內中文語言研究的工作，是迫切並具有重大意義的任務。

*本文原刊載於語文週刊（1977）一四五六期。

附錄三：

「小題大作」或「大題小作」

最近湯廷池教授在語周發表了一連串兒的（有人也喜歡說是「一系列的」）文章，討論國語語法上的一些問題，言簡意賅，整舊翻新，使我們讀了覺得欣喜難得。湯先生的這些文章有一個總的副標題，就是「小題大作」。在三月三日的一篇「小題大作之六」，一開頭說：『「小題大作」原是以介紹現代語言學理論與提倡國語語法研究而寫的。』這個意旨非常值得贊許，使我們有滿懷的興奮與期待，渴望由此積小題而就其大成，烹小鮮而蔚成大國，在國語語法的研究上扩展出一條寬大的新路，育長出遍布園地的繁盛的花朵。

同時，我們也看到了湯先生的「小題大作」已經引起了讀者

的熱烈討論：「小題大作之六」就是「三談語義相反的形容詞」
而「兼答讀者來信質疑」；「小題大作之七」又是「再談反義詞
的問題」而「敬答陳永禹先生」；激盪研究討論的情況於此可
見。現在所發表過的「小題大作」還只到了這裏，以後陸續的討
論想必踵接不絕，可成大觀。而從「之六」「之七」兩篇討論的
內容來看，又是牽涉到語法研究上的若干或爲「枝節」或爲「根
本」的問題，可說是相當「複雜」而「熱鬧」，也可說是把語法
研究原是包羅萬象的實質顯示了出來，這更可使人體會出其中的
興趣，鼓舞起研究討論的精神。

　　——例如，本來是爲了討論「語義相反的形容詞」，「之
六」的討論中間卻不得不附帶議論到「詞」「語」「詞類」「詞品」
「詞位」的定義與界說；更關連到「大多數語言現象」「一般性
規律」與「少數例外」的問題；另外談到「語言現象與自然語言
的普遍性質」，以及「人類心智的活動內容」；還有「特定身分」
「特定情況」所使用的「合語法或有意義的句子」等等。又在
「之七」的討論裏說到：『不過我們還得承認，「給語言現象找解
釋、定規則」並不是一件容易的工作。』於是牽連議論到「語
意」的「範疇」，再談到是否是「以片面的實景來決定詞的語意
屬性」，乃至於「語意屬性」跟「時間的推移」（先前或者後來的狀
態）等因素之與解釋語言現象的關係等等。像這樣複雜而熱鬧的
話題，竟是千頭萬緒，脈絡紛陳，卻使人多多少少有些意亂神迷，
難免注意力分散而影響了正常一貫的思考與判斷。

　　對於問題的研究討論，「研究」當然是要精益求精，「討
論」必然會是集思廣益。已發表的七篇「小題大作」，一半以上

（四篇）是討論「語義相反的形容詞」或「反義詞」的問題。筆者覺得這或者就可以認許是「小題大作」的正常發展，但感覺到這樣的「發展」似乎嫌它有點兒迂曲滯緩。以筆者的看法，這迂曲滯緩的現象顯示在討論的話題複雜而熱鬧，也不能不歸咎於討論內容的千頭萬緒，脈絡紛陳，略如前述。於此，卻想對於湯先生這項「小題大作」的方式上提出淺薄的建議。（關於某些語法本題上的分析討論，筆者也有些多多少少的疑難或淺見，現在暫不提出；因為研討方式是根本的問題，應該優先解決。）

建議之一，是怎麼樣做到眞正的「小題大作」。原則上我們絕對贊成而且應該這樣小題大作。小題大作才能逐項逐點地解決問題，積漸而萌芽成長，自邇行遠。只有小題大作才能免除了大而化之的籠統含胡的毛病，才能集中論點，實事求是，獲得確切可靠的結論。但是通盤觀察設題研撰與縱橫議論的情況，湯先生已發表的七篇大作，似乎都不見得就是小題！有的幾篇，縱然不是全部的各篇，甚至於與其說是「小題大作」，還不如說是「大題小作」來得恰當。語周的篇幅有限，兩三千字的文章又怎麼能談得了多少道理？因此，取題似乎應該愈小愈好，愈單純才愈能有清楚的分析。如果把好幾個話題，把許多項論點，總合在一起拿出來，這兩三千字的文章就不能不成了「大題小小作」，沒辦法討論得清楚透徹。例如上述的「之六」「之七」兩篇所容納着的若干細小話題，每一個話題都值得「大作」一番；如果把「之六」「之七」各分析成小題五六篇，討論的「景象」一定會大不相同，似乎那樣才會得到「小題大作」的眞正效果。

建議之二，是慎採而且多探語料（詞例、語例、句例）。語料是我

們用以研究討論的對象，如果所探的語料有了問題，或是語料不足，就必然影響到我們發生了結論上的偏差，或是論據不足而不能得到完善的結論。以往研究語法的人，往往採取語料只限於從紅樓夢、兒女英雄傳等等適當著作裏取材，固然太過於拘執慎重；可是我們今天雖不願意忽略或埋沒現代應用的活生生的語言材料，卻也需要注意選取其中的正常、健康、可作代表性的部分，不能無準則地混合採用。一個爛杏子會毀了一整筐，這道理誰也明白；同樣地，語料發生了問題也會使我們的全部語法研究染上毛病。當然，實際語言是不斷地在吸收新成分，蛻變演化而推陳出新，所以我們在語料方面也不能不廣為蒐集；但是猶如工商貿易的產品應該經過適當的品質管制與檢驗，然後不至於敗壞市場，摧殘貿易；又如行醫的儘管無限制地採集些牛溲馬勃、敗鼓之皮，但也只能供作儲備炮製之需，卻不可立刻就胡亂入藥。在遭逢過不少大變動的時代裏，我們此時此地的日常用語自然有不少歐化、日化、方言化乃至於種種畸形變態的情況，而我們的語法學術研究方面卻不能無所準繩地「混而治之」。筆者的看法，我們在研究上對於實際語料的選擇取捨，與其過於「現代化」而弄得亂糟糟，就不如稍微傾向「保守」一些來得到眉目清醒的條理；放任地採用那些太「現代」而「尚未穩定」的語料也許會使我們在研究的實質上得不償失。同時，語料的普遍性跟代表性也要審查，「孤例」自不足賴，僅想到三五條的特殊例子也不一定就算夠了，只有在研究個別的語態的時候，儘多蒐集同類的語料，以求足供歸納分析之用。如果語料不夠充足，縱然「小題」，也只能「小作」，怎麼還稱得上「小題大作」呢？

建議之三，是在研究過程中不忙求結論，不強立規矩。這原是學術研究上「欲速則不達」的道理，從實際研究的經驗之中可以得知，勿須多所申論。而且，如果偏向於忙求結論和強立規矩，形成了「早摘的果子澀口」的情況，事後再補足、修正或推翻改造，其苦況可說是事倍功半。另外，忙求結論和強立規矩的結果，必然會把「小題大作」的場面逼迫成「大題小作」甚而至於「怪題盲作」。因此，筆者覺得在維持「小題大作」的美好意旨之下，我們不妨認真地點點滴滴去鑽研，不慌不忙地一步步多展示些現象，多描寫、紀錄、提供種種角度的不同的意見，一個小題一個小題地真正地去顯微放大，把很小的課題討論得既廣且深，然後可以獲得扎扎實實的豐盛美滿的討論成果。

建議之四，是不可忽略「敍寫程序」與「討論技術」方面的有所講求。這跟前一項（建議之三）是有些關聯的。例如，以湯先生已發表過的幾篇文章來看，其中說出「結論」或「定則」，並以列明次序號的語料實例作解釋或比較，然後才列舉出這些語料實例，讀起來就讓人覺得相當「繞脖子」。讀的人，首先要突然間接受這結論或定則，然後跳越向後看那些語料實例，再倒轉回來繼續看結論或定則的敍述，最後再重看語料實例，或是略過不看（因為已看過一次了）而跳到應該接着上文意思的下文的字句；如果這種情形的語料實例比較多些，就更讓人麻煩而頭痛。這種敍述和推論的方式，也許在其他語言表達習慣上使人接受得很順利，不發生扞格情況，在中文卻令人有些「倒裝」「倒敍」的感覺。也正因為如此，明明是歸納的，往往看起來卻活像是演繹的；又像幾何學上求證定理而先命題後推證似地，減低了實事求是的觀

念。而且，更因爲如此，就逼着非先說出「結論」或「定則」不可，又同時不便大量列舉語料實例，這就完全跟上述建議之二的要求背道而馳，使「結論」或「定則」一條條一項項地匆匆而來且源源而生，影響到「小題大作」的用意之不能兌現！再如在文章當中插幾個「註一、註二」，又在文章末尾附上一串「註一、註二」的敍述或說明。這種「註一、註二……」就好比西裝領帶一樣添了麻煩。但領帶麻煩了自己而可以使別人賞心悅目，這囉嗦的附註就徒然煩己煩人，爲甚麼不順順當當地在行文當中加括號敍述，或者插敍一兩句來說明？因爲這些無謂的麻煩，也未嘗不損傷到我們「小題大作」的討論上的效果啊！

以上各項爽直淺薄之見，容或並無可取之處。不過筆者很欽佩湯先生在「之七」這篇的一段話：『「小題大作」對於國語語法提出了許多「大膽的假設」，目的就在歡迎國內外的學者來參加共同「小心的求證」。求證的結果，這些假設能夠成立，固然值得高興，就是被推翻了，也同樣值得欣慰。』然而我也曾早在若干年前提出過一項新的看法，就是：假設要合理，求證要切實。胡適之先生提倡研究，鼓舞大家研究的勇氣，所以說大膽、小心，可是在實際研究討論方面就不能太大膽，原則上應該「合理假設」才行；豈只是小心，根本上非得「切實求證」不可。僅希望湯先生的「小題大作」再接再厲，合理而切實地去假設、去求證，開創而且刺激得大家共同開創出一條國語語法研究討論的坦途大道。

＊本文原刊載於語文週刊（1977）一四六〇期。

附錄四：

讀「國語變形語法研究」

守　白

　　有幸在語文周刊上連續拜讀湯廷池教授所寫討論語法問題的題爲「小題大作」的一系列大作。從這些言論辭采中，可以看得出湯先生在語言學方面，眞是研究功深，而且見解卓越。最近又拜讀了湯先生於此間學生書局出版的新著「國語變形語法研究」第一集，他的研究成果之豐碩和特出，眞教人旣敬佩，又歆羨。

　　我自己早些年雖也粗略地看過一些國人所譯所編的語言學槪論一類的入門書，可是更多時間翻閱的是文字學（文字形義方面）的新舊籍，可以說對語言學方面根本不曾有深入的了解，只是在意識裏覺得假如要研究文字學，而又想突破前人的界域，不自囿於說文、玉篇之類的書裏兜圈子，就必須旁涉語言學。

因爲從文字發展的軌迹來觀察，最初的象形文字剛從圖畫演變簡化出來，雖沒有和語言發生太大的關係（因爲它們只表示腦子裏的思想和對事物的印象，而無法直接代表語音）；隨後發展到了會意字階段，象形、象事、象意的造字辦法，已經前路不通，山窮水盡，就必須另造形象和語音相結合的形聲字出來，才能濟文字的「窮」（此所以班固要稱爲「象聲」）；至於轉注，在比較爲一般所同意的定義下，可以看作是一個觀念因語音分歧（或爲時間或爲地域關係）而增加出來的音形俱異的同義字；假借更可以說是借體托生純爲語音的表示。還有音同義同、聲近義通、一聲之轉等的現象，更應該去語言學上找解釋。至於古人用文字組織成篇章，後人要辨認句讀，讀懂古文，尤其需要進一步去明瞭語法了。

所以語言問題、語法討論，實在都是從事語文教學或研究的人應該來注意的。

拜讀湯先生的大作，會發現語言上有許多有趣的現象，我們平日習焉而不察，對它們常有忽略，如果能作精密的分析，非常耐人尋味。如湯先生在提到國語詞彙中有「一詞多類」的現象的時候，所舉的三個例句：

①這一塊玉是我們家的寶貝。

②他這個人很寶貝。

③你未免太寶貝孩子了。

第一個例句，寶貝作名詞講是正規的用法，不成問題。

第二個例句「他這個人很寶貝」，如果要進一步加以解釋，「寶貝」二字，似乎含有：希有的、奇特的，或者不常見（不正常）等的意思。雖然說出這個句子的時候不必作這樣的解釋，聽話

的人也能了解而接受；但通常的說法，大都作：「這個人很寶氣。」（或這個人很有點「寶裏寶氣」）。又如果把例②改用：「這個人有幾個寶貝兒子」的例句，好像更容易爲人接受。

第三個例句「你未免太寶貝兒子了。」我初看的時候，就覺得「寶貝」被這樣當外動詞用不很習慣。或許這樣的句子，是從「你未免太（把你的孩子當作寶貝了）」的話變來；或許它也就是湯先生在「國語變形語法研究」這本書裏說的，表面結構（前者）和深層結構（後者）的分別。

因此我想到：

一、句子的通不通（本書所謂「合法」「不合法」）的判斷，在語言習慣以外，還需要有一個「社會的標準」嗎？

二、如果我們說，例句③這個句子在舊有的語法（或文法）書，可能被看作「不通」（或至少是「太夾」），而有人實際上這樣說，能夠承認和接受嗎？

三、這樣的句子，假定被多數人承認是通的，對我們的國語語法會發生哪一類影響？

我雖然請教了許多朋友，大都承認例句③是通的，但是它還是困擾了我好久好久，所以特地寫在這裏，順便請教於湯先生。

這本「國語變形語法研究」的作者湯廷池先生，是一位熱誠而專精於語言學研究的學者，爲要使語言學的科學研究在國內生根，所以在致力於英語及語言學教學之外，現在又開始用本國語文介紹現代的新語言學理論給國人，並且倡導用本國語文的語例來討論語法問題。他不僅抱有這種理想，而且能劍及屨及地寫文章、出書，作這方面的努力，眞是十分難得，也十分令人讚佩。

因爲在目前譯書盛行、創述待振，依門傍戶的風氣瀰漫下，我們也實在太需要像湯先生這樣獨立創新的努力，大家在國內學術界從事披荆斬棘、撒播籽苗的工作，才能期待國內各種學術研究開花、結果。也由於湯先生做的是開創的工作，困難之多是可以想見的，有一些論據之欠周延也在所不免。但是問題被提出來，能爲大家所注意而熱烈地參與討論，研商改進，想必也是湯先生所樂聞的。我雖然對語法理論缺乏理解，卻覺得極需要從頭開始學習並尋求了解；也覺得如有希望對語言學及語法新理論有所了解的朋友，能從這本「國語變形語法研究」入手。

＊本文原刊載於語文週刊（1977）一四六五期。

國家圖書館出版品預行編目資料

國語語法研究論集

湯廷池著. – 初版. – 臺北市：臺灣學生，民 68
面；公分 – –（現代語言學論叢 甲類；5）

ISBN 978-957-15-0121-5 (平裝)

1. 中國語言 – 文法 – 論文，講詞等

802.607   79000392

國語語法研究論集

著　作　者：湯　　　　廷　　　　池
出　版　者：臺　灣　學　生　書　局　有　限　公　司
發　行　人：楊　　　　雲　　　　龍
發　行　所：臺　灣　學　生　書　局　有　限　公　司
　　　　　　臺北市和平東路一段七十五巷十一號
　　　　　　郵　政　劃　撥　帳　號：00024668
　　　　　　電　話　：（02）23634156
　　　　　　傳　眞　：（02）23636334
　　　　　　E-mail：student.book@msa.hinet.net
　　　　　　http：//www.studentbook.com.tw
本書局登
記證字號　：行政院新聞局局版北市業字第玖捌壹號

印　刷　所：長　欣　彩　色　印　刷　公　司
　　　　　　新北市中和區永和路三六三巷四二號
　　　　　　電　話　：（02）22268853

定價：新臺幣四五○元

西元一九七九年八月初版
西元二○一二年四月初版六刷

80224